]文庫

悪霊 1

ドストエフスキー

亀山郁夫訳

kobunsha classics

光文社

Title : БЕСЫ
1871-1872

Author : Ф.М.Достоевский

『悪霊　1』目次

ドストエフスキー『悪霊』

三部からなる長編小説

あがいてもあがいても、わだちは見えない
おれたち、道に踏み迷った、どうすりゃいい？
鬼どもめ、おれたちを荒野に連れだし
ほうぼう引きまわす腹づもりか
……………
ひしめく鬼どもよ、どこへ急ぐ
どうしてああも悲しげに歌うたう？
竈《かまど》の小鬼どもを弔うか
魔女の嫁入りをうたうのか？

プーシキン

ところで、その辺りの山で、たくさんの豚の群れがえさをあさっていた。悪霊どもが豚の中に入る許しを願うと、イエスはお許しになった。悪霊どもはその人から出て、豚の中に入った。すると、豚の群れは崖を下って湖になだれ込み、おぼれ死んだ。この出来事を見た豚飼いたちは逃げ出し、町や村にこのことを知らせた。そこで、人々はその出来事を見ようとしてやって来た。彼らはイエスのところに来ると、悪霊どもを追い出してもらった人が、服を着、正気になってイエスの足もとに座っているのを見て、恐ろしくなった。成り行きを見ていた人たちは、悪霊に取りつかれていた人の救われた次第を人々に知らせた。

「ルカによる福音書」(第八章三二～三六)

第1部

第1章　序に代えて

われらが敬愛するステパン・ヴェルホヴェンスキーの伝記より数章

1

今日まで何ひとつきわだったところのないわたしたちの町で、最近たてつづけに起こった奇怪きわまりない事件を書きしるすにあたり、わたしはいくらか遠回りを覚悟して、まずは手はじめに、才能豊かにして敬愛すべきステパン・トロフィーモヴィチ・ヴェルホヴェンスキー氏の経歴にまつわる細かい話を、いくつか紹介することからはじめなくてはならない。なにぶん、わたしに文才が欠けているためである。といっても、これらの細かい話は、このクロニクルの前置きをはたすだけのもので、わたしがもくろんでいる物語の本編は、そこから先の話ということになる。

まず、率直にこう述べておこう。ステパン・ヴェルホヴェンスキー氏は、わたしたちの町では日ごろから、ある特別な、いってみれば進歩的文化人といった役どころをにない、その役どころを熱烈なまでに愛してきた。わたしからすると、それなしでは、この世をまともに生きぬくこともできないとさえ思えるほどだった。かといって、その役どころを舞台俳優の演技にひき比べるつもりなど、今のわたしには少しもない。いや、めっそうもない話だ。わたし自身、彼を尊敬しているのだからなおさらのことである。思うに、すべてが習慣のなせる業というか、もっといえば、自分の少年時代から、進歩的文化人という美しい姿をたえず夢心地で思いえがいてきた彼の、気高い性癖のあかしだったのだろう。彼はたとえば「迫害の身」、ないしは「流刑《るけい》の徒」といった立場に、自分を置いてみることをこよなく愛してきた。この二つの言葉には、一種独特の古典的なきらめきがあって、彼はそれに魅了しつくされ、かなり長い年月にわたってその自己評価を徐々に高め、ついには彼自身を、おそろしく高い、そして彼の自尊心にとってはたいそう居心地のよい台座へと、みずから担ぎあげていったのだった。

一八世紀のイギリスのある風刺小説に、ガリバーとかいう人物の出てくる話がある。身の丈《たけ》十センチほどしかない小人の国から帰った彼は、自分を巨人とみなす習慣がしみついてしまっていたために、現にロンドンの町を歩きながらも、通行人や馬車に向かって、さあ、どいたどいた、ぼやぼやしてると踏みつぶされちまうぞ、と思わずどなりつけてしまう。自分はあいかわらず巨人で、相手は小人なのだと思いこんでいたわけである。そのために、彼は人から物笑いのたねにされ、罵倒《ばとう》された。荒っぽい御者がこの「巨人」に鞭《むち》を浴びせたということだが、はたしてこれは正当といえるだろうか？　だいたい、何ごとでも引きおこしかねないのが習慣の力である。その力のせいで、ヴェルホヴェンスキー氏の身にも、ほぼこれと同じことが起こったのだ。といっても、根が無類の好人物ときているので、かりにこういう物言いが許されるとして、ガリバーの場合よりはもっと無邪気で、およそ害のないかたちに落ちつくところとなった。

わたしはこうも考える。たしかに彼は、晩年に近づくにつれ誰からもすっかり忘れられた存在になっていたが、だからといって往年もまるきり無名の人だったかというと、けっしてそうは言えない。しばらくのあいだ、彼が一世代前のロシアのきら星のごとき著名人の仲間の一人であったことは争う余地がないし、一時など――といってもごく短期間のことだが――、彼の名前は当時、少々気の早い連中から、チャーダーエフ、ベリンスキー、グラノフスキー、さらには当時外国にあって活躍をはじめたばかりのゲルツェンらの名前と、ほとんど並び称されたこともある。だがヴェルホヴェンスキー氏の活躍は、始まるとほとんど時を同じくして終わりを迎えてしまった。いわば「嵐のような事情があい重なって」そういう結果になったのだ。しかも、どうしたことか？　あとで明らかになったことだが、「嵐」はおろか「事情」さえ、少なくともこの場合、まるきり存在してはいなかったのである。つい先だっても、人づてに話を聞いて腰が抜けるほど驚いたことがある。これはきわめて信頼できる筋からの話だが、ヴェルホヴェンスキー氏がわたしたちの県のこの町に住みついた理由というのが、世間で広く信じられているような追放の身となったからではけっしてなく、だいたい彼自身、いちどとして当局の監視下にあったためしもなかったということである。こうみると、人間の想像力というものがいかに勝手気ままなものかわかるだろう！彼は一生を通じて、大まじめに信じきってきた。すなわち、自分はつねにある階層から危険視され、その一挙一動はたえず監視され、筒ぬけになっている、と。過去二十年間に交代した三人の県知事も、県政を司《つかさど》るべく当地に赴任し、引きつぎを行ったさい、まず第一に、彼にかんするある特別の厄介きわまる考えを上層部から吹き込まれている、というのである。かりにもし、この高潔きわまりないヴェルホヴェンスキー氏に動かざる証拠をつきつけ、なにひとつ心配する気づかいなどないのですよとご注進に及びでもすれば、十中八九、かんかんになって怒りだしたにちがいない。とはいいながら、彼はなんといっても、とびきり知的で才能あふれる、言ってみれば学問畑の人であった。もっとも学問畑とはいえ……まあ、ひと言でいって、さほど大きな仕事を残していたわけではなかった、というより何も残してはいなかったらしい。しかしこのロシアという国にあって、学問畑の連中などというのは、大方がそんなところではないだろうか。

外国から戻った彼が大学講師としてはなばなしく登場したのは、一八四〇年代の終わりのことである。ただし、講義を行ったのはせいぜい数回のことで、その中身はアラビア人に関するものらしかった。彼はまた、一四一三年から一四二八年にまたがる時期に、ドイツの小都市ハノーバーに生まれかけた、自由民権風のハンザ同盟的な同市の意義と、その意義がなぜ実りをもたらさずに終わったか、その特殊かつ漠然とした原因を明らかにするすばらしい学位論文を書きあげ、その審査にもみごとパスした。この論文は、当時のスラヴ派たちが抱える弱点を鋭く巧みにつくものであったので、彼はいちどに、おびただしい数の凶暴な敵を作りあげる結果となった。その後——といってもすでに大学の職を失ったあとのことだが——彼は（スラヴ派たちが失ったものの大きさを思い知らせる、いわば報復のようなかたちで）、チャールズ・ディケンズの紹介や、ジョルジュ・サンドの喧伝《けんでん》に努める進歩派の月刊誌に、ある深遠きわまりない学術研究の序論を掲載することとあいなった。その研究はどうやら、ある時代のある高潔な騎士たちが並みはずれた道徳的高潔さを保持していた原因は何かという、もしくはそれに類する研究だったようである。少なくともそこに吐露されていたのは、何かおそろしく高尚で、異様といえるぐらいに立派な思想だった。あとから耳にした話だが、その序論のせいで論文の続編はたちまち発行禁止となり、進歩派のこの月刊誌までが何か被害を受けざるをえなかったとのことである。当時は、それこそなんでもありの時代であったから、これもたしかにありそうな話ではある。しかしこの場合、よりありうる話としては、じっさいには何も起こらず、たんに億劫《おっくう》をきめこんだ著者が最後まできちんと論文を仕上げなかった、ということなのではないか。

いっぽう、アラビア人に関する講義をやめた理由というのは、さる人に宛てたその「事情」とやらを説明する手紙が、途中どういうわけか誰かによって（あきらかに守旧派の敵のひとりである）ある人物の手にわたり、その結果、そのある人物が彼に釈明を求めたことに起因していた。真偽のほどはともかく、これとちょうど同じ時期にペテルブルグでは、何やらきわめて大がかりで、想像を絶する反国家的な秘密結社が摘発されたと主張するものもいた。十三人のメンバーからなり、国の屋台骨さえ揺るがしかねない結社だったという。聞くところによると、彼らはなんでも、フランスの空想的社会主義者シャルル・フーリエの翻訳にとりかかっていたということである。ちょうど同じころ、モスクワではまるで面当《つらあ》てのように、ヴェルホヴェンスキー氏の物語詩も押収された。その物語詩は、この事件よりもおよそ六年前、彼がまだ青春の真っ盛りにあった時期にベルリンで書きあげられたもので、その写しは二人の好事家《こうずか》のあいだを行き来したあと、ある大学生の手にわたった。この物語詩の写しは、いまわたしの机のなかにも納まっている。受け取ってまだ一年と経っていないが、つい先ごろヴェルホヴェンスキー氏がみずから写しとってくれたこの物語詩には、自筆のサインが入り、豪奢《ごうしゃ》な赤いモロッコ革による装丁がほどこしてある。もっともこの物語詩は、それなりに詩情もあり、才能の片鱗《へんりん》もいくらかは見てとることができるもので、奇妙といえば奇妙な代物《しろもの》ではあったが、当時は（つまり、より正しくは一八三〇年代には）こういった類の書き方がしばしばなされたものだった。

だが、その中身について話せと言われると、これがなかなかむずかしい。というのも、じつをいえばそこに何が書いてあるのか、わたしにはさっぱりわからないのである。抒情劇の形式で書かれた一種のアレゴリーで、ゲーテの『ファウスト』の第二部を思わせるところがある。舞台は、まず女声合唱で幕をあけ、それに男声合唱がつづき、それからさらに何かの妖精の合唱が加わって、すべての終わりに、まだ生を享《う》けていない、懸命に生きようとする霊魂たちの合唱へと移る。これらの合唱は、何やらひじょうにあいまいで、大部分は誰かを呪《のろ》う歌がうたわれているのだが、それがなかなかに高級なユーモアの気配を含んでいるのだ。ところが、舞台がいきなり変わったかと思うと、一種の「生命の祝典」が訪れ、そこでは虫けらたちまでもがうたい、奇妙なラテン語の聖礼式の文句をとなえるカメが現われて、記憶するかぎり、何かの鉱物までが、つまり、もうまるで生命をもたない事物たちまでが歌をうたいだす始末である。おおむね全員がたえまなくうたいつづけ、たまにセリフが交わされるにしても、何やらあいまいに罵《ののし》りあうだけなのだが、それでいてなかなか高級な意味のニュアンスを含んでいるのだ。やがてふたたび舞台は変わり、荒涼とした土地が現われ、ごつごつした崖のあいだを文明人たるひとりの青年がさまよい、何か草を摘みとってはその汁をすすり、どうしてそんなことをするのかとの妖精の問いに対してこう答える。自分はわが身に溢《あふ》れんばかりの生命を感じながら忘却を求め、その草の汁のなかにそれを見いだしたが、自分の最大の願いはいち早く知恵を失うことだ、と（この願いというのは、ことによると余分かもしれない）。するとつぜん、えも言われぬ美しい青年が黒馬で乗りつけてやって来る。そして彼のあとから、恐るべき数のありとあらゆる民衆がつきしたがってくる。青年はみずから死を体現し、すべての民衆がその死を渇望している。やがていよいよ終幕へといたり、忽然とバベルの塔が現われ、若い力持ちたちが新しい希望に満ちた歌をうたいながら、塔の建設を終えようとしている。そうしてすでに塔の頂《いただき》が完成しようとするそのとき、たとえばオリュンポス山の、とでもしておこう、いずれにせよその塔の支配者が滑稽《こっけい》な姿で逃げ出していき、それに気づいた人類がその場所を支配下に収めると、ただちに事物の新しい洞察力でもって新しい生活をはじめるのである。

そう、当時はまさしく、この程度の物語詩でも危険視されていたのだ。昨年、わたしはヴェルホヴェンスキー氏に、これぐらいの物語詩は、今となってはどこからみても罪のないものだから、ひとつ出版を考えてはどうかともちかけたことがあるが、彼はあからさまに不満の色を浮かべ、わたしの提案をしりぞけた。どこからみても罪のないもの、というわたしの意見が気にくわなかったのだ。彼がこのまる二カ月間わたしによそよそしい態度をとりつづけてきたのも、じつはこれが原因だったのではないかと勘ぐっている。ところが、である。わたしが当地での出版を勧めたのとほぼ時を同じくして、この物語詩が、向こうで、つまり外国のある革命的な文集のひとつに掲載されてしまった。それも、ヴェルホヴェンスキー氏になんの断りもなしにである。これに仰天した彼は、さっそく県知事のもとに駆けつけ、ペテルブルグに宛てていそう高潔な弁解の手紙をしたため、わたしにも二度ばかりそれを読んで聞かせた。しかしその手紙を誰宛てに送ったらよいものかわからず、けっきょくのところは投函せずに終わった。要するに彼は、まるひと月ものあいだひとり慌てふためいていたわけである。もっとも、わたしは、彼が内心で度がすぎるくらい気をよくしていたとにらんでいる。外国から送られてきたその文集を手にした彼は、夜もろくに眠れず、昼間はそれを布団の下にひた隠しにして、女中にはベッドの敷きかえさえ許さず、毎日どこからか祝電のようなものが送られてくるのを待ちわびながら、そのくせ人を見下すような外面を装っていた。祝電は一通も送られてこなかった。そこでようやくわたしと仲直りしたわけだが、これをみても、彼が並みはずれて善良で、いつまでも根にもつことをしない、穏健な心の持ち主であることが理解できようというものだ。

2

わたしは何も、ヴェルホヴェンスキー氏がいささかも苦しみを負わなかったなどと言い立てるつもりはない。わたしはただ、自分なりにいま、はっきりとこう納得している。つまり、例のアラビア人に関する講義にしても、彼が自分から、二、三、必要な釈明さえおこなえば、いくらでも好きなだけ講義を続けられただろうということだ。ところが当時、彼はつい山気《やまけ》を起こし、恐ろしく慌てふためきながら、「怒濤のごとく押し寄せてきたいろんな事情」のせいで一生を棒に振ったと、かたくなに決めこんでしまった。

しかし、洗いざらい真実をぶちまけると、彼が人生の道を誤ったほんとうの原因は、陸軍中将夫人でたいへんな金持ちだったワルワーラ夫人から、すでに以前にも持ちかけられ、その後また持ちだされた、しごくデリケートな提案にあった。その提案とは、つまり、最高の教育者かつ最高の友人として、彼女の一人息子ニコライ・スタヴローギンの教育および知的な発展の任にあたってもらいたいという要請で、それにたいして、当然のことながら破格の謝礼が約束されていた。この提案が最初になされたのは、彼がまだベルリン在住のころ、彼がちょうど初めて男やもめになったころのことである。ちなみに、彼の最初の奥さんというのは、わたしたちと同県人のある軽薄な娘で、彼がその娘を妻に迎えたのは、ごく若くまだ分別もつかない青春時代のことだった。なかなかチャーミングな相手とはいいながら、この娘を相手にかなりの苦労を営《な》めさせられたらしい。彼女を養っていくための十分な手立てに事欠いていたこともあるが、ほかにもいろいろデリケートな理由があった。最後の三年間、彼女は彼と別々に暮らし、五歳になる息子を残したままパリでこの世を去った。その息子というのが、わたしの前でヴェルホヴェンスキー氏があるときふと口をすべらせた言葉にしたがうと、「喜びに満ちた、まだ翳《かげ》りのない、初めのころの愛の結晶」だった。ひな鳥は、生まれ落ちるとすぐにロシアに送りかえされ、その後、人里離れた片田舎に住む遠縁の叔母たちの手で育てられた。ヴェルホヴェンスキー氏は当時、ワルワーラ夫人の提案をしりぞけると、まだ一年経つかたたないうちに、ある無口なベルリン出身のドイツ娘と早々に再婚を果たした。しかしじつのところ、この結婚には、これといった必要性らしきものなど何ひとつなかったのである。

といっても、彼が教育者の職を断った理由は、ほかにもいろいろある。当時一世を風靡《ふうび》していたある有名教授の名声にいたく刺激され、自分もまた鷲《わし》の翼のようにはばたいてみようと決意し、大学の教壇へ飛び出していった。しかし、いまやその翼が破れはてると、彼は当然のことながら、かつて心を揺すぶられたことのある例の提案を思い出した。結婚後一年足らずして二番目の妻にとつぜん先立たれたことで、すべてが決定的なものとなった。率直に言っておこう。事態は、ワルワーラ夫人の情熱的ともいえる尽力と、ヴェルホヴェンスキー氏に対する高価な——かりに友情についてこんな言いかたが可能だとして——いわば古典的な友情のおかげでけりがついた。彼はこの友情の抱擁に身をゆだね、その後二十年あまり続くことになる関係の礎《いしずえ》が築かれた。わたしはいま「抱擁に身をゆだね」という表現を用いたが、かりにそれでなにか妙な勘ぐりをする輩《やから》がいるとしたら、とんでもない話である。ここでいう「抱擁」は、精神的にきわめて高い意味でのみ理解していただかなくてはならない。これほどにも非凡な二人の人物を永久に結びつけたのは、まさにこのかぎりなく繊細かつこのうえなくデリケートな関係だったのだから。

教育係の任務を引きうけた理由については、ヴェルホヴェンスキー氏の最初の妻が残してくれた領地が――ごくささやかなものにせよ――スクヴォレーシニキ村、つまり当県の郊外にあるスタヴローギン家の、たいそう立派な領地とすぐ隣りあわせだったという事情もある。おまけに、大学での山のような雑務に煩《わずら》わされることなく、静かな書斎にこもって学問に没頭し、深遠な研究でもって祖国ロシアの文学を豊かなものにすることも常に可能だった。といって、見るべき成果があったわけではない。しかしそのかわり、二十年以上もの残りの人生を通じて彼は、民衆詩人ネクラーソフのひそみにならえば、いわば「血肉と化した非難」として祖国の前に立ちつづけることができたのだった。

血肉と化した非難として

……………………

おまえは祖国の前に立っていた

理想家の自由主義者よ

だが、民衆詩人がこう謳《うた》ってみせた当の人物なら、たとえ退屈であろうと、かりにそれを望みさえすれば、死ぬまでそんな意味のポーズをとることもできたろう。しかしわれらがヴェルホヴェンスキー氏は、じつのところ、それに類した人物にくらべればたんなる模倣者にすぎなかったわけで、それに、そうして立ったままでいることに疲れて、ついごろりと横になってしまうのである。しかし横になるとはいってもなったなりに、「血肉と化した非難」の役どころは変わらなかった。この点はちゃんと評価してやらなくてはならない。ましてや、相手がわたしたちのような田舎の県であれば、それで十分だったのである。彼がこの町のクラブでカードに興じている姿をごらんいただこう。彼は見るからにこう語っているかのようだった。『カードなんて！　君たちとこうしてテーブルを囲んでエララーシュをやってるなんて！　ほんとうにとんでもない話ですよ！　いったい誰が責任をとってくれるんです？　ぼくの事業をだいなしにし、こんなエララーシュなんてゲームに向かわせた張本人は、いったい誰です？　まったく、ロシアなんてくたばっちまえばいいんですよ！』――そんなことを口にしながら、彼は何食わぬ顔でハートの切り札をぽんと切るのである。

じつのところ、彼はカード賭博に目がなく、そのためとくに最近は、ワルワーラ夫人と不愉快な悶着を頻繁に繰りかえしてきた。負けがこむ一方なのでなおさらだった。しかしそれはいずれまた述べることにして、ここではひと言だけ指摘しておこう。そういう彼も、根は良心的といってもよい人物で（つまりときどきそうなるのだが）、そのために少なからず落ち込むことがあったということだ。ワルワーラ夫人との二十年間におよぶ交友のなかで、彼は年に三度から四度、定期的に、わたしたちがよく言う「市民的な悲哀」に落ちこむことがあった。何のことはない、たんなる鬱《うつ》の病にすぎなかったが、ワルワーラ夫人はこの言葉がえらく気に入ってしまった。のちに彼は、この「市民的な悲哀」だけでは足りずに、シャンパンにものめりこむようになった。ただ、勘のいいワルワーラ夫人は、生涯を通じ、いろんなつまらない傾向に染まらぬように彼を守りとおしてきた。じっさい、彼には守《も》り役が必要だった。なぜなら彼は、ときとして人が変わったように、このうえなく高潔な悲哀にかられているかと思いきや、やぶから棒におそろしく庶民的な高笑いをはじめることがあり、かと思えば、ユーモラスな口ぶりで身の上話をはじめるときもあった。しかしこのユーモラスな口ぶりぐらい、ワルワーラ夫人が心から恐れていたものはなかった。夫人は、ひたすら高尚な動機によってのみ行動する古典的な女性であり、パトロン女性だったのである。この気高い貴婦人が、二十年にわたって哀れな友人にもたらした影響は、きわめて甚大だった。彼女についてはあらためて話をする必要があるし、わたしもそうするつもりでいる。

3

この世には奇妙な友情がある。友だち同士、たがいに相手を取って食らいあおうというほどの仲で、一生そんなふうに生きていながら別れるに別れられない、別れられないどころか、ちょっとした気まぐれで相手との縁が切れようものなら、縁を切った当人が先に病にかかり、ことによるとそのままぽっくり逝《い》きかねない、そんな友情である。わたしは確実に知っている。ヴェルホヴェンスキー氏は、ワルワーラ夫人と何度か水入らずで、かなり親密に心のうちを明かしたあと、夫人が部屋を出ていくなりとつぜんソファから跳びあがり、壁をこぶしでどんどん叩きはじめることがあった。これは、たとえ話でもなんでもない。あるときは、壁の漆喰《しっくい》を剝《は》がしてしまったくらいである。ことによると、わたしがどうしてそんな細かな話まで知ることができたのか、いぶかしく思う向きもあるだろう。しかし、このわたしが当の目撃者だったのである。ヴェルホヴェンスキー氏自身、いちどならずわたしの肩に顔をうずめて泣き、その胸の内をあざやかに描きだしてみせたことがある（こうなったらもう、隠すも隠さないもなかった！）。しかしそうした愁嘆場《しゅうたんば》が去ったあとで、ほとんどいつもこんなことが起こった。つまり翌日には、そんな恩知らずなふるまいを理由にわれとわが身を磔《はりつけ》にせんばかりに責めたて、大急ぎでわたしを自宅に呼びつけたり、自分のほうからわが家に駆けつけてくるのである。それはほかでもない、ワルワーラ夫人が「貞淑さとデリケートさを絵に描いたような天使であるのに、自分はまるきりその正反対だ」というひと言を、このわたしに伝えておきたい一心からだった。彼は、わたしの家に駆けつけるだけでは収まらず、おそろしく雄弁な調子で、何度となく夫人宛ての手紙に洗いざらいをしたため、おおげさに署名まで入れて告白してみせた。つまり、昨日も自分は赤の他人に向かって、彼女が自分の面倒をみてくれるのは虚栄心のせいで、自分の学識や才能をやっかんでいるからだとか、ほんとうは自分を憎んでいるのだが、自分が彼女のもとを去りでもしたら、文学好きというせっかくの評判が損なわれかねないと恐れ、それでその憎しみをあからさまにするのを恐れているだけだなどと話をしたのだが、しかし今では、そんなことを口にした自分にほとほと嫌気がさし、こうなったらもう自殺するしかないと腹をくくってはみたものの、とにもかくにも彼女の最後のひと言を待ってすべてを決める気でいる、などなど、すべてがこういった調子なのである。世の中には、五十歳になっても赤ん坊同然の男がいるものだが、ここまで話をすれば、このとびぬけて無邪気な男の神経的な発作が、時としてどれほどヒステリックな状態にまでゆきついたかご想像いただけるだろう！　わたし自身、そうした手紙のひとつに目を通したことがある。二人のあいだに持ちあがった、ちょっとした口論のあとのことである。口論はごく些細《ささい》な原因で起きたが、その内容たるやすさまじいものだった。わたしは思わずおぞけだって、どうかその手紙は出さないでほしいと懇願した。

「だめです……誠実に……義務なんですから……なにもかも洗いざらい告白しないと、こっちが参ってしまいます！」彼はなかば熱に浮かされたように訴え、とうとうその手紙を出してしまった。

この点にこそ、二人の違いがあった。当のワルワーラ夫人なら、けっしてこんな手紙を出すようなまねはしなかったろう。たしかに彼は、たいへんな手紙魔だった。同じ屋根の下に暮らしながら夫人宛てに手紙を書き、ヒステリーが高じれば、一日に二度もしたためることがあった。わたしはよく知っているが、彼女はつねに、一日に二通送られてくるようなときでも、たいそう注意深くそれらに目をとおし、読み終えると印をつけ、分類したうえで特別の小箱にしまいこむのである。そればかりか、その文面をきちんと胸のうちにも刻みつけておく。それからまる一日返事を書かないままにしておき、翌日は特別なことなどまるでなかったように、何食わぬ表情で顔を合わす。こんな調子で少しずつきびしく飼いならしていった結果、彼のほうでは、昨日のことはもう口にする勇気もなくなり、しばらくのあいだただひたすら相手の顔色をうかがうだけになった。

とはいえ、夫人が何ひとつ忘れてはいなかったのにたいし、彼のほうはどうかすると早すぎるくらい事のなりゆきを忘れてしまい、夫人の落ち着きはらった態度にも勇気づけられて、訪ねてきた友人を相手に、その日のうちからシャンパンのボトルを傾けては、笑ったりはしゃいだりすることも珍しくなかった。そんなとき夫人は、さぞや白々しい目で彼を眺めていたにちがいないのだが、ご当人はまるきりそれに気づかずにいた！　やがて一週間、あるいは一カ月、ことによると半年も経ってから、何かの拍子にその手紙の一節を思い出し、それから手紙をまるごと、いや事のなりゆきを隅々まで思い出して、恥ずかしさのあまり、にわかに体がほてり、時によると煩悶《はんもん》が高じて、コレラまがいの下痢を起こすことがあった。持病ともいえるこの下痢は、たいていの場合、彼が激しい神経性のストレスを受けたさいに起こるごくありふれた症状で、それじたい、彼の体質のもつなかなか興味深い一面でもあった。

ワルワーラ夫人はたしかに、彼にたいしてかなりひんぱんに憎悪の念を抱いてきた。ところが相手は、彼女のなかのある一点だけは最後まで見ぬけなかった。それはつまり、彼がついには夫人の息子となり、夫人の創造物となり、言ってみれば夫人の発明物ともなって、夫人と血肉をわけた存在になったということ、そして夫人が彼の面倒を見、その後も見つづけていく気でいたのは、たんに「彼の才能へのやっかみ」が理由ではまったくなかったということだ。かりにそんな邪推を耳にしようものなら、夫人はきっとおそろしい侮辱と感じたにちがいない！　夫人の心のうちには、絶えまない憎悪、嫉妬、軽蔑にまじって、彼にたいする何かしらやむにやまれぬ愛情がひそんでいた。夫人はこの二十二年間、塵《ちり》ひとつかからないように注意して彼を守り、そのお守り役をつとめ、詩人としての、学者としての、市民活動家としての彼の声価に関わる何かが起きようものなら、心労のあまり、夜もおちおち眠ることができないありさまだった。夫人は、勝手に彼の像を頭のなかでこしらえ、その像を自分からまっさきに信じこんでいた。夫人にとって、彼は何かしら夢のような存在だったのだ……ただし夫人は、その代償として、じつに多くのものを彼に要求した。時には、屈従さえ強いたほどである。夫人は、信じがたいほどに執念深い性質《たち》だった。話のついでに、二つばかり、ひとくち話を披露しようと思う。

4

農奴解放をめぐる噂がちらほら飛びかい、ロシア全体が急に歓喜の声をあげて根本から生まれ変わる勢いを見せていたころ、ペテルブルグのある男爵が、旅の途中ワルワーラ夫人の屋敷を訪れたことがある。その男爵はきわめて高い筋に縁故もあり、この政治問題にもごく近いところで関わっていた人物だった。夫人は、上流社会での自分の縁故が夫の死後、日を追うごとに細くなり、しまいにすっかり途切れてしまったせいもあって、こうした類の訪問を異常なくらい大事にしていた。男爵は夫人の屋敷に一時間ほど上がりこみ、お茶をご馳走《ちそう》になった。同席者はほかに誰もいなかったが、ワルワーラ夫人はヴェルホヴェンスキー氏を招《よ》んで客に紹介した。男爵は、彼について以前からそこそこ耳にはしていたらしく、というか、耳にしていたようなそぶりを見せていたが、お茶の席ではほとんど彼に注意を払わなかった。当然のことながら、ヴェルホヴェンスキー氏もそれなりに体面を保ったし、その物腰にしてもじつに優雅なものであった。氏の生まれはさして立派なものではなかったようだが、ごく幼いころからモスクワのある著名な家庭で育てられたこともあって、折り目ただしく、フランス語もパリジャン並みに話すことができた。というわけでその男爵も、県の片田舎に住んでいるワルワーラ夫人が、それ相応の人物を取り巻きにしていることをひと目で理解してよいはずだった。ところがそうはいかなかった。当時ちらほらと人々の耳に入りはじめた例の大改革の噂について、男爵がこれを完全に信頼に足るものと請けあうや、ヴェルホヴェンスキー氏はにわかに自制心を失い、「ばんざい！」とひと声叫んだばかりか、片手を振りあげ、何やら喜びのポーズまで披露してみせたのである。歓声はそう甲高《かんだか》いものではなかったし、むしろ優雅な感じがしたくらいだった。ことによると、そのポーズにしてもあらかじめ用意されていたもので、お茶がはじまる半時間ほど前から、鏡の前でわざわざ仕込んだ仕草だったかもしれない。しかしおそらく、事前の思惑どおりにはいかなかったのだろう。男爵はなんとか愛想笑いをもらしてみせたが、すかさず、この大改革でいますべてのロシア人が歓喜に打ちふるえているのはしごくもっとも、といったセリフを馬鹿ていねいに差しはさんでみせた。それから男爵はそそくさと去って行ったが、別れぎわに、ヴェルホヴェンスキー氏に二本の指を差しだして握手することを忘れなかった。客間にもどったワルワーラ夫人は、最初三分ばかり、何やらテーブルの上で探しものをしているといった様子で黙りこくっていたが、やがてふとヴェルホヴェンスキー氏のほうを振りむくと、真っ青な顔で涙に目をうるませながら、くぐもった声でささやいた。

「さっきのあなたの仕打ち、わたし、ぜったいに忘れませんから！」

翌日、夫人は何事もなかったかのように、ヴェルホヴェンスキー氏と顔を合わせた。昨日の出来事についてはひと言も口にしなかった。しかしそれから十三年後、とある悲劇的な瞬間に、夫人はそのことを思いおこして彼を責めた。最初に責めた十三年前とまったく同じ、真っ青な顔だった。夫人が彼に「さっきのあなたの仕打ち、わたし、ぜったいに忘れませんから！」と口にしたのは、一生で二度だけであった。男爵と顔を合わせたときにそれを口にしたのが、すでに二度めだった。ただし、一度めもそれなりに興味深いもので、ヴェルホヴェンスキー氏の運命にあまりに大きな意味をもったように思えるので、ぜひともそのときの話をお伝えしておこうと思う。

一八五五年の春、五月――。折からスタヴローギン中将死す、の知らせがスクヴォレーシニキの別荘に届けられた直後のことである。軽薄なこの老人は、前線での勤務を命じられてクリミアへ急ぐ途中、胃をこわして死去した。未亡人となったワルワーラ夫人は、黒の喪服に全身を包んでいた。たしかに夫人も、そう悲嘆に暮れてばかりいるわけにもいかなかった。というのも、最後の四年間、夫人は性格の不一致が原因で夫と完全な別居状態にあり、彼に年金を送る立場にあったからである（当の中将は、たかだか百五十人ほどの農奴を所有し、俸給生活を送る身で、そのほかには名声と多少のつてがある程度だった。全資産およびスクヴォレーシニキは、徴税代理人の大富豪の一人娘であるワルワーラ夫人の所有になるものだった）。しかし夫人は、この思いがけない死去の知らせにショックを受け、完全に屋敷に引きこもってしまった。当然のことながら、ヴェルホヴェンスキー氏は彼女から離れずにつきそった。

春もたけなわという五月――。夜の美しさは驚くばかりだった。実桜《みざくら》のつぼみがふくらみはじめていた。二人の友人は毎晩のように庭で落ちあい、あずまやに腰をかけたまま、時には夜遅くまで自分の思いや考えを披瀝しあった。時として詩的な雰囲気に包まれることもあった。ワルワーラ夫人は、身の上が大きく変化したことにも影響されて、ふだんより口数が多かった。夫人には、親しい友人の気づかいに甘えかかるような趣きがあり、そうして幾晩かが過ぎていった。そのうち、ヴェルホヴェンスキー氏の心に、ふいにある奇妙な考えが浮かんだ。《今はこうして未亡人となって悲しみに暮れているが、ことによるとこのわたしをあてにし、一年間の喪が明けるころに、こちらからプロポーズするのを待っているのではないか？》たしかにシニカルな考えにはちがいなかった。しかし、えてして高尚な人間というのは、その教養の多面性という点からして、シニカルかつ恥知らずな考えに傾きがちである。あれこれ詮索《せんさく》のあげく、どうもそうらしいとの考えにいたった。そこで彼は考えこんだ。《財産はたしかに莫大だ、だが……》たしかにワルワーラ夫人は、いわゆる美人というのとは多少趣きを異にしていた。上背があり、肌は黄色っぽく、骨ばった感じがし、どことなく馬を連想させるやたらと長い顔をしていた。ヴェルホヴェンスキー氏の迷いは深まるいっぽうで、あれやこれやの疑念に苦しめられ、決心がつかないまま二度ばかり声に出して泣いたこともあった（ちなみに、彼はかなり涙もろいほうだった）。それでいて夜になると、つまりあずまやに入るというと、彼の顔はなぜかしら気まぐれであざけるような、どこか媚《こ》びるようで、それでいて高慢な表情を浮かべるのである。なんとはなしに、おのずからそうなってしまうので、上品な人間であればあるだけ余計にそれが目立つことになる。ここをどう判断すべきか、神のみぞ知るといったところだが、ワルワーラ夫人の心のうちには、先に述べたヴェルホヴェンスキー氏の憶測を十分に裏書きするものなど何ひとつきざしていなかったというのが、よりたしかなことだろう。それに彼女にしても、いかに栄えあるヴェルホヴェンスキー姓とはいえ、自分のスタヴローギン姓を今さら変える気にはなれなかったろう。ことによると、たんに夫人のいかにも女性らしい遊び心、つまり何かしら尋常ならざる場合の、女性からみればきわめて自然な、無意識的な本能の現われにすぎなかったのかもしれない。もっとも、この点については保証のかぎりではない。女心の奥深さというのは、今日にいたってなお究《きわ》めつくされてはいないのだから！　しかしそれはともかく、話をつづけよう。

ここでひとつ考えるべき点は、自分の親しい友人がときおり示す不思議なまなざしがはたして何を意味しているかを、夫人はすみやかに見破ってしまったということである。夫人は繊細で、かつ観察力に富んでいたのに対し、彼のほうは時としてあまりにナイーブすぎた。ともあれ二人の夜はいつもどおりに過ぎ、そのやりとりも詩的で興味深かった。そんなある日、じつにいきいきした詩情あふれる会話をかわしあったあと、夜も更けてきたので、二人は氏が借りている離れの階段口のそばで固く握手をかわし、気持ちよく別れを告げた。夏が来ると、彼はスクヴォレーシニキの豪勢な屋敷を出て、ほとんど庭の外れにあるこの離れに移ってくるならわしだった。部屋にもどった彼は、あれこれ思い迷いながら、手にした葉巻に火をつけるでもなく、開け放った窓の前に疲れきった表情でたたずみ、明るい月をかすめて流れていく羽根のように軽やかな白い雲を見上げていたが、そのときふとちいさな衣《きぬ》ずれの音を耳にしてぎくりとし、振り返った。目の前に、わずか四分前に別れたはずのワルワーラ夫人が立っていた。その黄色っぽい顔はほとんど真っ青で、唇は横一文字に固く結ばれ、口元がひくひく震えていた。夫人はまる十秒ほど、無言のまま容赦ないまなざしで彼の目をにらみ、いきなり早口でこうささやいた。

「さっきのあなたの仕打ち、わたし、ぜったいに忘れませんから！」

それから十年が経ち、ヴェルホヴェンスキー氏は最初にまずドアを閉め、そのあと小声でそのときの悲しい物語を聞かせてくれた。彼が誓って言うには、あまりのことに茫然自失となった彼は、夫人が目の前から姿を消したことにもまったく気づかなかったという。彼女は、その後いちどとしてこの事件をほのめかすようなことを口にせず、すべては何事もなかったかのように過ぎていったので、彼のほうではその事件を、病気の前によく起こる幻覚にすぎなかったのかもしれないとまで考えるようになった。ましてやその夜、彼は病の床に伏し、まる二週間も寝たきりとなって、あずまやでのいつもの逢瀬も頓挫してしまったとあれば、なおさらだった。

しかし、幻覚であってくれたらという切なる願いにもかかわらず、彼は毎日、死ぬまでその続きを、いわば事件の結末を待ちわびていたかのようだった。事件があんなかたちで終わってしまったことが、なんとしても信じられなかったのだ！　であればこそ、彼はときおりこの女友だちを、不思議そうなまなざしで見つめなくてはならなかったのである。

5

ワルワーラ夫人は、ヴェルホヴェンスキー氏が身につける服装まで考えてやり、彼は彼で、夫人の見立てによるスタイルを死ぬまで押しとおした。それはなかなか粋なスタイルで、興趣あふれるものだった。襟首《えりくび》の部分にまでボタンがついた、それでいてしゃれた感じにおさまった裾の長い黒のフロックコート、つばの広いソフト帽（夏は麦わら帽）、結び目を大きくして両端が垂れている麻製の白の蝶ネクタイ、銀のにぎりのついたステッキ、そして肩までかかる長髪というスタイルである。髪の毛は深い栗色をしていて、最近ようやく白髪がちらほら目立ちはじめるようになった。口ひげとあごひげはきれいに剃《そ》ってあった。若いころはたいへんな美男子だったという。しかし、わたしが思うに、彼は老年になってからもなかなか立派な押し出しを誇っていた。だいいち、五十三歳のどこが老年だというのか。だが進歩的文化人らしい若干のポーズもあって、彼は若づくりを嫌がったばかりか、粋に年寄り風を吹かせるところがあった。上背《うわぜい》もあり、痩《や》せぎすの彼が、このような服装に身をつつみ、肩まで髪を垂らしている姿は、総主教か何かを思わせた。というか、三〇年代にどこかの出版物で売りだされた、詩人クーコリニクのリトグラフ肖像画とうりふたつだった。とりわけ、彼が夏の日、咲き乱れるライラックの木陰のベンチに腰を下ろし、両手をステッキにかけて、読みかけの本をそばに置いたまま、沈む夕陽に詩的な思いをはせている姿がそのクーコリニクとやらを思わせた。ついでに本のことに言及しておくと、彼は晩年に入ると、なぜかしら読書から遠ざかるようになった。といっても、最晩年になってからの話である。ワルワーラ夫人が購読していた何種類もの新聞や雑誌に、それまでの彼は怠りなく目をとおしていた。ロシア文学の動向にもたえず注意を払っていたが、自分の見識を曲げるようなことはまったくなかった。いっときなどは、現代のわが国の内政やら外交やらの政策の研究に、夢中になりかけたこともあった。しかしまもなく、こいつは手におえないとばかりにその研究をあっさりと諦めてしまった。フランスの歴史家トクヴィルの本を手に庭先に出るのだが、ポケットのなかには通俗作家ポール・ド・コックの小説をしのばせる、といったことも一度ならずあった。といっても、こんなのはとるに足らぬ話である。

ついでに、クーコリニクの肖像画についても述べておこう。ワルワーラ夫人がこの絵を初めて目にしたのは、娘時代、すなわち彼女がまだモスクワの寄宿学校にいたときのことだった。夫人はたちまち、この肖像画に恋してしまった。寄宿学校の少女たちというのは、何にでもめったやたらと恋をしがちなもので、ことに自分たちの先生、とりわけ習字や絵の先生たちがその対象となる。だが、この話でひとつ興味をひく点は、若い娘たちのそうした特質というよりも、ワルワーラ夫人がじつに五十歳を迎えた今なお、この肖像画を自分のいちばん大切な宝物のひとつとして秘蔵していた事実である。夫人が、この絵に描かれている服装といくらか似たものを、ヴェルホヴェンスキー氏のために考えてやった理由というのは、ひょっとしてそのあたりにあるのかもしれない。しかし、これもむろん瑣末《さまつ》な話である。

ワルワーラ夫人の屋敷で過ごすようになった最初の何年間か、というか正確にはその前半の時期、ヴェルホヴェンスキー氏は、それでもまだ、なにがしかの著書の構想にふけっていて、毎日その執筆に取りかかろうとしていた。ところが後半にはいると、彼はどうやらそんな当たり前のことまでも忘れ果ててしまったらしかった。わたしたちに向かって、彼はますます頻繁にぐちをこぼすようになった。《仕事の用意もできているし、資料もたまっているのに、どうもうまく筆が進まないんですよ！　どうしようもありません！》――そんなふうにこぼしては悲しげにうなだれる。それがまた、わたしたちの目に、学問の受難者としての偉大な面影をよりいっそう際立たせるのである。ところが、当のヴェルホヴェンスキー氏のほうは、どうやらなにか別のことがお望みらしかった。《ぼくは忘れられた存在です、ぼくはだれにも必要とされていないんです！》――そんなセリフが口をついて出ることも一度ならずあった。この強度の鬱《うつ》にとくに取りつかれるようになったのは、五〇年代もかなり押しつまったころである。ワルワーラ夫人も、やがて事態が深刻なのを見てとった。それに夫人としても、親しい友人が世間から忘れられ、必要のない人間になりさがったなどという考えに耐えることはできなかった。彼の気持ちをまぎらせ、ついては彼の名声をも蘇《よみがえ》らせてやろうと、夫人は彼を文人や学者の知人が何人かいるモスクワに連れていった。しかしそのモスクワも、けっして満足できる場所ではないことがわかった。

当時は、一種特別な時代だった。それまでの平穏さとはとうてい似つかない、新しい何かが訪れていた。その何かは、じつに奇妙ながら、いたるところで、スクヴォレーシニキにいても実感された。いろんな噂が伝わってきた。多かれ少なかれ個々の出来事は知られてはいたが、その背後で、何かしらそれらの出来事に付随する思想が生まれていることも明らかだったし、大事なのは、その数が異常なくらい多いことだった。人々の心をまどわしていたのは、まさにそのことである。それらの思想になんとか順応し、何を意味しているかを正確に見きわめようにも、それがなんとしてもできないのだ。ワルワーラ夫人は、女性たる自分の気質からして、それらの思想にどうしても秘密をかぎとらずにはいられなかった。そこで彼女は、新聞や雑誌、外国で出ている出版物、当時出はじめていたアジ文（そういった類のものまで入手していたのだ）まで手にとって読んでみた。しかし、ただただ目が回るだけで終わった。あちこち手紙も書いてたずねたが、ほとんど返事を得られないうえに、先に進めば進むほどわけがわからなくなった。ヴェルホヴェンスキー氏があらためて夫人の家に招かれ、「こういった思想」をずばりひと言で説明してくれるように求められた。だが、彼の説明にも夫人はまったく満足できなかった。世の中の全体的な動きに対する彼の見方は、おそろしく尊大なものだった。その結論はすべて、自分は世間から忘れられ、誰にも必要とされていないというところに行きついた。しかし、やがて彼の名もふたたび思いかえされるときがきた。外国の出版物が「追放の受難者」といったふれこみで彼を取りあげたのがきっかけで、その後まもなくペテルブルグでも、名だたる有名人の一角を占めていたスター、といった取りあげられ方がなされた。なかには、こともあろうに、過激な思想家ラジーシチェフと彼を引きくらべるものまでいた。その後ある人物が、彼はすでに死去しているとの記事を載せ、その追悼文まで書くと約束した。ヴェルホヴェンスキー氏はたちまち息を吹きかえして、おそろしいほど若さを気どりはじめた。同時代の連中にたいする、いかにも見下すような態度がいっぺんに消え、逆に自分も運動に加わり、持てる力を発揮したいという夢が燃えあがった。ワルワーラ夫人は、すぐにまたすべてを真に受け、おそろしいほどやきもきしはじめた。一刻の猶予もなしにすぐさまペテルブルグに出かけ、すべてを実地に確かめ、個人的な調査も行ったうえで、可能ならば新しい事業に全面的に身を投じてみる気になった。このさい夫人は、自分から雑誌を創刊し、余生をすべてそれに捧げる覚悟だとまで宣言した。事態がそこまで来たのを見ると、ヴェルホヴェンスキー氏はますます横柄になり、ペテルブルグに向かう旅の途中から、夫人に対してほとんど庇護者然とした態度をとるようになった――、夫人はただちにそれを胸の奥に刻みこんだ。もっとも、夫人からするとこの旅には、ほかにもうひとつ別の、きわめて重要な目的があった。それはほかでもない、上流社会とのコネを復活させることである。できるかぎり、社交界に自分のことを思い出してもらう必要があった。少なくとも、そのための努力を払わなくてはならなかった。もっともこの旅の表向きの口実は、当時ペテルブルグの学習院《リツェイ》で課程を終えようとしていた一人息子と会うことだった。

6

ペテルブルグにやってきた二人は、冬のシーズンをほとんどまるごとそこで過ごした。しかし大斎期が近づくころには、虹色のシャボン玉さながらすべてがはじけ飛んでしまった。むなしくも夢は破れ、もろもろの荒唐無稽さが明らかになるどころか、よりいっそう醜悪なものと化していった。第一に、最上流階級とのコネづくりはほとんど失敗に帰し、屈辱的な努力を重ねた末にえられた成果は、ごくしょぼくれたものにすぎなかった。これに屈辱を覚えたワルワーラ夫人は、「新しい思想」に体当たりすべく、自宅で夜会を開きはじめた。文人たちに声をかけると、彼らはたちまち群れをなして押しかけてきた。いちど押しかけると、次からはもう呼ばれもしないのに自分から勝手にやってきた。誰かが誰かを引き連れてくるという具合にである。夫人はそれまで、そうした文人の類《たぐい》にはついぞお目にかかったことがなかった。文人たちは、常識ではとても考えられないくらい見栄っぱりで、そうすることがまるで義務でもあるかのようにどこまでも開けっぴろげだった。なかには（全員がというわけではけっしてなかったが）、酒に酔ったまま顔を出す連中もいたくらいで、そのことをつい昨日発見した美徳とでも心得ているかのような按配《あんばい》だった。連中はそろいもそろって奇妙なくらい自信家で、どの顔にも、おれさまは今とびきり重要な秘密を発見したばかりだと書いてあった。たがいに罵《ののし》りあっては、そのことを誇りにしているようなところもあった。そういう連中がはたしてどんな代物《しろもの》を書いているのか、それを突きとめるのはかなり困難だったが、それでもそこには、批評家やら、小説家やら、劇作家やら、風刺作家やら、特ダネ記者やらが顔を出していた。

ヴェルホヴェンスキー氏は、彼らの最上層のサークルに、つまりその運動を牛《ぎゅう》耳《じ》っている連中にもコネをつけることができた。その連中は高嶺の花といってもよいほどかけ離れた存在だったが、ヴェルホヴェンスキー氏を快く迎えてくれた。といってもむろん、連中の誰ひとり、彼について何かを知っているわけではなかったし、彼が「ある思想を代表している」ということ以外、何ひとつ耳にしたことがなかった。

ヴェルホヴェンスキー氏はあれこれ画策し、オリュンポス山の神々とでもいうべきこれらの人々を、二度ばかりワルワーラ夫人のサロンに招くことができた。彼らはたいへんまじめで、折り目正しい人たちだった。身のこなしも立派で、残りの連中は見るからに彼らに一目置いていた。しかし、彼らにはあきらかに時間がなかった。当時たまたまペテルブルグにいて、ワルワーラ夫人ともかなり以前からたいそう優雅な交際をつづけてきたかつての文壇の大家たちも、二、三人顔を出した。しかし驚いたのは、じっさいにはもう押しも押されもせぬこうした大家たちが、今やすっかり鳴りをひそめ、なかには新しい世代のろくでもない連中に取りいり、恥も外聞もなくおべっかを使う者までいたことである。

すべり出しは順調だった。あちこちからヴェルホヴェンスキー氏にお声がかかり、公開の文学の集まりにも呼びだされた。ある公開の講演会の席では、講師の一人としてはじめて登壇するや凄まじい拍手が起こり、五分ばかり鳴りやまなかったほどである。それから九年後、彼はよく涙ながらにこのときの思い出を語ったものである。もっともそれは、感謝の念からというより、彼の人となりが芸術的にできているがゆえの涙だった。「あなたに誓ってもいいし、賭けをしてもいいくらいなんですが」と彼はわざわざわたしに向かって言った（わたしにだけ内々に話したのである）。「じつはあそこにいた聴衆の誰ひとり、ぼくのことなどこれっぽっちも知らなかったんですよ！」この告白は一驚に値した。つまり、もしもあのとき彼が壇上であれほど感涙にむせびながら、自分が置かれていた立場をそこまではっきりと理解できたとすれば、それは彼が鋭い知性の持ち主であることを意味するし、同じ彼が、九年経ってさえ、屈辱を感じずにそれを思い出すことができなかったとすれば、逆にそれは彼のなかに鋭い知性がなかったことを意味するからだ。

ヴェルホヴェンスキー氏は、二つか三つ、連名による抗議文に署名を求められたことがあった（何に対する抗議かは当人もわきまえていなかった）。そこで彼は署名した。ワルワーラ夫人もまた、とある「醜悪なふるまい」を告発する抗議文に署名を求められ、それにしたがった。もっとも、新しい連中の大半は、ワルワーラ夫人のもとに出入りしながら、どういうわけか蔑《さげす》みとあからさまな嘲笑を浮かべて夫人を眺めるのを義務と心得ているところがあった。ヴェルホヴェンスキー氏は、のちに気分が落ち込んだときなど、わたしにこうほのめかしたものである。あのときから夫人は自分に嫉妬するようになった、と。夫人は、いつまでもこんな連中の相手をしてはいられないことは百も承知だったが、それでも、いかにも女性にありがちなヒステリーじみたもどかしさに駆られて、むさぼるように連中を迎えいれていた。要するに、たえず何かを待ちうけている様子だった。夜会の席の夫人は、べつに話ができないわけでもないのにいたって口数が少なく、どちらかといえば聞き役に回ることが多かった。話題にのぼったのは、検閲や硬音記号（ヤーチ）の廃止、ロシア文字をラテン文字に変えること、その前日にあった誰それの流刑、勧工場《パッサージュ》で起こった暴動スキャンダル、自由な連邦制的なつながりのもとでロシアを民族ごとに分割することの利点、陸海軍の廃止、ポーランドによるドニエプル川岸の失地回復、農奴解放やアジビラの流布のこと、相続、家庭、親子、聖職制度の廃止、女性の権利、世間からごうごうたる非難を浴びた悪徳出版業者クラエフスキー氏の豪邸の件などである。この新しい連中の集まりには、あきらかにペテン師の類も少なからず含まれていた。しかし同時に、多少クセがあるとはいえしごくまっとうな、魅力的ともいえる連中が数多くいることはまぎれもなかった。まっとうな連中は、恥や礼儀をわきまえない連中よりはるかにわかりにくかったが、どちらがどちらを操っているのかは不明だった。ワルワーラ夫人が雑誌を創刊する考えがあることを明らかにすると、以前にもましてひんぱんに客が押しかけてくるようになった。ところがたちまち彼女自身が、おまえは資本家で労働者を搾取しているといった非難を、正面切って投げつけられるようになった。そうした非難は、ぶしつけなものであるのと同じくらい突拍子もないものだった。

今は亡きスタヴローギン将軍の友人で同僚でもあった一人に、イワン・イワーノヴィチ・ドロズドフというたいへん高齢の将軍がいる。この土地の誰もが知るじつに立派な（といってもそれなりにということだが）人物で、極端に頑固で癇癪《かんしゃく》もち、たいへんな大食《おおぐら》いで、無神論をひどく恐れていたが、その彼がワルワーラ夫人の主催する夜会の席で、さる有名な青年と論争をはじめた。青年が口にした最初のひと言は「あなたは、つまり将軍なんですね、そういう話し方をするところをみると」だった。将軍と名ざす以上にひどい悪態は考えられない、といったニュアンスで、青年はそういう物言いをしたのだ。ドロズドフ将軍は異常なほどいきり立って、こう言い放った。「ええ、わたしは将軍ですよ、陸軍中将ですとも。皇帝陛下にお仕えした身です、それにひきかえ、君なんて青二才の無神論者にすぎんじゃないですか！」許すべからざる大騒ぎが起こった。翌日、新聞にこの事件がすっぱ抜かれ、この将軍をすぐにも追い出そうとしなかったワルワーラ夫人の「目にあまる行為」に抗議する署名運動まではじまった。ある絵入り雑誌《イラスト》には、保守反動三人組のふれこみで、ワルワーラ夫人、ドロズドフ将軍、そしてヴェルホヴェンスキー氏の三人を、あざとく一枚の似顔絵にしたてた漫画まで現われた。おまけにこの漫画には、この事件のためにわざわざ注文された、ある大衆詩人の詩まで添えられていた。私見によれば、たしかに将軍の位をもつお偉方の多くには、「皇帝陛下にお仕えした身で……」などといった滑稽な言い方をする習慣がある。となると、彼らには、まるでわたしたち一般の庶民とは異なる、自分たちだけの特別な皇帝陛下がいるようではないか。

もはやこれ以上、ペテルブルグにとどまることは不可能だったし、そこにもってきて、ヴェルホヴェンスキー氏が決定的なヘマをやらかしてしまった。ついにしびれを切らした彼は、芸術の権利がどうのといったことについて蘊蓄《うんちく》を傾けはじめたのだが、それがかえってきびしい失笑を買うはめになった。最後の講演会で彼は、進歩的文化人たるにふさわしい雄弁に訴えることを思い立った。これならば人々の心に訴え、自分の「追放」の身への尊敬を呼びおこすことができると踏んだのである。彼は、「祖国」という言葉が無用にして滑稽でさえあることに文句なしに同意し、宗教は有害であるという考え方にも同意したうえで、長靴はプーシキンに劣る、それも格段に劣るといったことを声高に力説してみせた。その結果、彼は容赦ないブーイングを浴びせられ、演壇を降りるに降りられずに、そのまま、聴衆の前で泣きながら言いわけをはじめた。ワルワーラ夫人は、身も世もなく打ちのめされた彼を自宅に連れかえった。「On m'a traité comme un vieux bonnet de coton！（ぼろぼろのナイトキャップ同然の扱いを受けました！）」――彼は意味もなく口走るばかりだった。夫人は夜通しつきっきりで、鎮静用のばくち水を与えたり、夜が明けるまで繰り返しこう言ってきかせた。

「あなたはまだまだお役に立てる人なんですから。やり直しもききますし、いずれ認められる時も来ます……ただし、ここではない所で」

　翌日の朝早く、ワルワーラ夫人の家に五人の文士が姿を現わした。そのうちの三人は、夫人がこれまで一度も顔を合わせたことのない、見ず知らずの連中だった。彼らは、夫人が企てている雑誌刊行の件を検討し、ついてはその決定をたずさえてきたと申し渡した。夫人は、自分が主宰する雑誌の件で誰かにこれを検討し、何かを決めてくれと依頼した覚えなどまったくなかった。彼らの決定は次のような内容のものだった。すなわち、雑誌を創刊したあかつきにはただちにそれを自由な組合組織にゆだね、資本ごと自分たちに譲りわたす、そのうえ、夫人には「焼きのまわった」ヴェルホヴェンスキー氏を忘れず帯同のうえ、スクヴォレーシニキの領地にお引きとりいただく。相手への礼儀上、彼らは雑誌の所有権が夫人にあることを認め、毎年純益の六分の一を送付することに同意していた。なによりの聞かせどころは、この五人の文士のうち確実に四人は、利己的な目的をいっさいもっておらず、ひたすら「公共の事業」のために奔走しているという点だった。

「ぼくらがペテルブルグを出たときは腑抜《ふぬ》けも同然でした」と、ヴェルホヴェンスキー氏は語ったものである。「ぼくなんか、頭の中がもうごちゃごちゃでしてね、そう、覚えていますが、ゴトンゴトンという列車の音にあわせ、ずっとつぶやいていましたよ。

ヴェークとヴェークとレフ・カムベーク、

レフ・カムベークとヴェークとヴェーク……

こんなわけもわからんセリフを、それこそモスクワに着くまでずっと口ずさんでいたんです。で、モスクワに着いてやっとわれに返ったわけですが——ここでなら、じっさいに何か別のものを見つけられそうな気がしたからでしょうか？　ああ、みなさん！——彼は霊感にかられ、ときおり大声になった——みなさんには想像もできないでしょうが、自分がほんとうに古くから神聖なものとして崇《あが》めてきた偉大な理念を、未熟な連中に横どりされ、やつらと同じバカどものところや道端にまで引きずりだされ、そのうちリサイクル市場のどこか隅っこでいきなり出くわすはめになる、そのときはもう見る影もなくて、泥まみれの状態で阿呆面《あほづら》さらしているわけでしてね。均整も調和もあったもんじゃありませんよ、バカなガキどものおもちゃにされているんですから。そんなときはもう、ほんとうに悲しくて、怒りで胸をかきむしられるようですよ。いいや！　ぼくらの時代はそんなふうじゃなかった、ぼくらにしても、そんなことをめざしていたわけじゃない。ほんとうにそう、けっしてそんなことをめざしてたわけじゃない。ぼくにはもう、何がなんだかわかりません……いずれぼくらの時代はまたやってきますし、いま、こうしてぐらぐら揺れているものも、しゃきっとした道に向かわせてくれます。だって、そうじゃないとしたら、これからいったいどうなりますか？……」

7

ペテルブルグから戻ると、ワルワーラ夫人はただちに、友人のヴェルホヴェンスキー氏を外国に旅立たせた。《ひと息入れて》もらうためだった。それに、ワルワーラ夫人みずから痛感していたことだが、二人ともしばらくは、たがいに距離を置く必要があった。ヴェルホヴェンスキー氏は天にも昇る思いで出発した。《向こうに着いたら息を吹き返します》と彼は声をはずませた。《向こうでは念願の学問に精進するつもりです！》ところがベルリンから届いた手紙を開くと、彼は早々にいつもの調子を披露していた。《傷心の旅です》とワルワーラ夫人に書いてきた。《何ひとつ忘れることができません！　ここベルリンにあって、見るものすべてが古い過去を、歓びと苦しみに満ちた青春を思いおこさせるのです。あの人はどこに？　いま、あの人たち二人はどこに？　ぼくなど足元にもおよばなかったあの二人の天使たち、あなたたちはいまどこに？　ぼくの息子はどこに、最愛の息子は？　いや、そもそもこのぼくがどこにいるというのか、鋼鉄のような力にあふれ、岩のようにゆるぎなかった昔のぼくは？　それがいまは、無精ひげをのばした正教徒にしてたんなる道化にすぎないどこそのAndrejeff（アンドレーエフ）にさえ、peut briser mon existence en deux（ぼくという存在を真っ二つに割られかねません）》といった調子だった。ヴェルホヴェンスキー氏の息子についていうなら、彼はこれまでたったの二度、顔を合わせたことがあるだけだった。最初は息子が生まれたとき、二度目は最近ペテルブルグで再会したのだが、青年はそのとき、大学に入るための受験勉強にはげんでいた。

すでに紹介したとおり、この青年はずっと、スクヴォレーシニキから約七百キロ離れたO県に住む叔母たちのもとで養育された（養育費はワルワーラ夫人が出していた）。Andrejeff、つまりアンドレーエフについていうと、じつはなんのことはない、わたしたちの町で店を出している商人なのだが、これがたいへんな変わり者ときている。独学で考古学を学び、ロシア古代の遺品を熱心に集め、ときどきヴェルホヴェンスキー氏とも知識を競いあう、というか、思想傾向の面で丁々発止とやりあう間柄だった。白いあごひげをたくわえ、大きな銀のメガネをかけたこの老商人は、氏の領地内の（スクヴォレーシニキの並びにある）数へクタールの森林の伐採《ばっさい》権を買い取ったはよかったが、その代金のうち四百ルーブルが未払いになっていた。ワルワーラ夫人は、ベルリンに友人を送り出すにあたってけっこうな額を手渡してやったが、ヴェルホヴェンスキー氏は出発に先だち、おそらくは内緒の小遣いにするつもりで、この四百ルーブルをとくに当てにしていたので、アンドレーエフが借金の返済をひと月ほど延ばしてほしいと頼みこんできたときは、あやうく泣きそうになった。もっともアンドレーエフの側にも、これぐらいの延期は申しでる権利はあった。というのも彼が最初に入金したのは、ヴェルホヴェンスキー氏がとくに金に困っていたときのことで、その最初の分は、ほぼ半年前に前払いで手渡していた経緯があったからである。

ワルワーラ夫人は最初の手紙をむさぼるように読み、《あの人たち二人はどこに?》という叫びのくだりに鉛筆でアンダーラインを引くと、日付を記し、例の小箱にしまいこんだ。彼が思い出したのは、むろん二人の死んだ妻のことである。ベルリンから届いた二通目の手紙は、少しばかり様子がちがっていた。《一日に十二時間ずつ仕事をしています（〈せめて「十一時間ずつ」とでも書いてよこせばいいものを〉とワルワーラ夫人はつぶやいた）。図書館で資料を漁《あさ》り、それらを照合し、ノートをとり、あちらこちら駆けずりまわる毎日です。いろんな教授のもとに出入りしています。ドゥンダーソフ一家のすばらしい面々とも旧交を温めることができました。奥さんのナジェージダさんは、いまもってほんとうにお美しい！　くれぐれもよろしくとのことでした。彼女の若い夫と三人の甥っ子たちもベルリンに来ています。毎晩、若者たちとの議論で夜を明かし、古代アテネの夜を地で行っている感じですが、といってもこれは、繊細さと優雅さの趣きを言っているにすぎません。何もかもが気品に満ちています。音楽がふんだんに流れ、スペイン風のメロディが奏でられるなか、全人類の更生といった夢、永遠の美という理念、サン＝シストの聖母をめぐる話題、闇を引き裂く一閃の光について議論しています。しかし、太陽にも黒点があるのが世のならい！　ああ、わたしの友、気品に満ちた忠実な友！　わたしの心はあなたとともにあり、あなたのものです、en tout pays（どの国にあっても）、たとえ、dans le pays de Makar et de ses veaux（マカールと子牛の国にあっても）、つねにあなたひとりとともにあります。このマカールのことは覚えておいでですよね、ペテルブルグを出発する前、胸をときめかせてお話ししたことですから。いまも、思い出すと笑みがこぼれてきそうです。こうして国境を越えることができた今、わが身の安全をひしひしと実感していますが、これは、ここ何年来ではじめて味わう、新しい、ふしぎな感覚です……うんぬん》

《ほんとうにもう、くだらないったらない！》ワルワーラ夫人はそう決めこみ、この手紙も例の小箱にしまいこんだ。《アテネの夜が夜明けまでつづいてるなら、一日十二時間も本に向かっていられるわけないでしょ。酔いにまかせて書いたのかしら？あのドゥンダーソフの妻が、このわたしにくれぐれもよろしくなんて言ってこられるもんですか。でもまあ、しばらく遊ばせておきましょう……》

「dans le pays de Makar et de ses veaux」の一行は、《マカールも子牛を追いたてていけない遠いところ》を含意していた。ヴェルホヴェンスキー氏はときおり、ロシアのことわざや固有の言い回しを、わざと愚にもつかないフランス語に翻訳してみせることがあった。むろん彼としては、もっときちんと理解し、きちんと翻訳することもできた。もっとも、彼にしてみれば、一種独特の気取りからそうしていたまでのことで、それを彼は何かしら気のきいたことのように心得ていたのである。

しかし彼の「外遊」も長くはつづかず、四カ月ともたずにスクヴォレーシニキに舞いもどってきた。最後にしたためた何通かの手紙は、ただひたすら、そばにいない「親友」へのおそろしく感傷的な愛を綿々とつづったもので、文字どおり別離の涙に濡れていた。世のなかには、室内犬さながら異常なほど家に執着して、外に出たがらない人種がいるものである。二人は感激に満ちた再会を果たした。しかし二日たつとすべてが元のさやに収まり、昔よりも退屈なくらいだった。「いいかね」——二週間ほどしてから、ヴェルホヴェンスキー氏は、とてつもなく重大な秘密を打ち明けるような口ぶりでこう話してくれた。「あのですね、じつをいうと、ぼくにとって恐ろしい……発見があったんですよ。つまりです、je suis un（ぼくはたんなる）居候《いそうろう》にすぎないってことです、et rien de plus ! Mais r–r–rien de plus !（それ以上の何でもない！ほんとうにそれだけのものなんです！）」

8

その後、わたしたちの町には一種の凪《なぎ》がおとずれ、ここ九年間ほとんど変わることのない状態がつづいた。ヴェルホヴェンスキー氏は定期的にヒステリーじみた発作を起こし、わたしの肩に顔をうずめてすすり泣くことがあったが、かといって、わたしたちの平穏な生活がかき乱されることはいっさいなかった。この間ヴェルホヴェンスキー氏の体重が増えなかったのは、奇跡というほかない。ただし、変わった点といえば、鼻のあたりが少しばかり赤みを帯び、円満さが加わったことだろう。彼の周囲には、いつも少人数の集まりながら、徐々に友人たちのサークルができあがっていった。ワルワーラ夫人はこのサークルとほとんど関わりをもたなかったが、わたしたち全員、夫人がこのサークルのパトロンであると考えていた。ペテルブルグ滞在中の例の苦々しい一件を経て、夫人はその後すっかりこの町に腰を落ちつけ、冬は市内にある自宅で、夏は郊外にあるスクヴォレーシニキの領地で過ごすようになっていた。過去七年間、つまり現在の県知事がここに赴任してくるまでの七年ほど、県の社交界で夫人が権勢をふるったことはなかった。かつての県知事で、忘れがたくも温厚な人物イワン・オーシポヴィチは、夫人と近い親戚筋にあたり、一度は夫人の世話にもなったことのある間柄である。知事夫人は、ワルワーラ夫人の機嫌を損ねてはならないという一念にかたまっていたし、県の社交界あげての崇拝ぶりは、どことなく罪深いものを思いおこさせるほどだった。とうぜん、これはヴェルホヴェンスキー氏にとっても都合のよいことだった。クラブのメンバーになった彼は、しかつめらしい顔でカードに負けつづけていた。周りの多くは、彼をたんなる「学者先生」と見ていただけだが、それでも一同の尊敬をあつめていた。その後、ワルワーラ夫人が彼に別居を許すようになると、わたしたちは以前にもまして自由に出入りできるようになった。週に二度ほど彼のところで集まりをもち、わいわい楽しくやっていた。彼が気前よくシャンパンをふるまうときは、とくに楽しかった。酒は、例のアンドレーエフの店から取り寄せていた。勘定は、ワルワーラ夫人が半年ごとに請求書にしたがって払うことになっていた。支払い日は、だいたいにおいて、ヴェルホヴェンスキー氏が急性の疑似コレラにかかる日に重なる、というならわしだった。

サークル内の最古参メンバーは、県庁につとめる中年の役人リプーチンである。大のリベラル派で、市内では無神論者という評判だった。若くて器量よしの女房と再婚して持参金をせしめたばかりか、年ごろにさしかかった娘が三人いた。家族の全員に絶対服従を強い、めったなことでは外出も許さなかった。どはずれた吝嗇《りんしょく》家で知られ、ため込んだ給料で小ぶりの家を買い、ちょっとした額の貯蓄まであった。落ちつきのない男で、おまけに官等も低かったから、町ではまともに相手にされず、社交界への出入りも許されていなかった。そのうえ札付きのゴシップ屋ときていたので、これまでなんどか痛い目にもあわされてきた。あるときは将校から、あるときはまた一家の立派な主人たる地主からである。しかしわたしたちは、彼の才知や知識欲、一種独特なクセのあるおどけぶりを愛していた。ワルワーラ夫人もリプーチンをきらっていたが、彼のほうでは、何やかやと夫人に取りいるすべを心得ていた。

ワルワーラ夫人は、つい去年、同じサークルのメンバーになったシャートフのこともきらっていた。シャートフは以前大学生だったが、ある学生騒動に加わったあと、大学を除籍処分となった。子どものころヴェルホヴェンスキー先生に勉強を学んだこともあったが、ワルワーラ夫人の従僕だった故パーヴェル・フョードロフを父に、夫人の農奴として生まれ、夫人にはあれこれ恩義をこうむってきた男である。夫人が彼を好かなかった理由というのは、彼の傲慢かつ恩知らずな一面で、大学から除籍処分になったとき、ただちに自分のところに飛んで来なかったことがなんとしても許せなかったのだ。それどころか、当時夫人がわざわざ書き送った手紙にも一通たりとも返事をよこさず、どこやらの進歩的な商人のお抱えとなって、子どもたちの教育にあたる道を選んだ。彼はこの商人の家族といっしょに、家庭教師というよりはむしろ子守役といった資格で、外国にまで出かけて行った。当時、彼はなんとしても外国に出てみたかったのである。この商家の子どもたちには、ほかにも家庭教師がついていた。そのほうがむしろ安くすむというので、これも出発直前になって雇われた、なかなか元気のいいロシア娘だった。二カ月ほどして商人は、「自由思想かぶれ」を理由にその娘を解雇してしまった。シャートフは彼女のあとを追い、まもなくジュネーヴで結婚した。二人は三週間ほど同棲したあと、なんら拘束されることのない自由人同士ということで離婚した。むろん、貧乏も離婚の原因の一つだった。その後、彼はひとりヨーロッパを長く放浪して回ったが、どのようにして生計をやりくりしていたかはわからない。人の話では、街頭で靴磨きをしたり、どこかの港で荷揚げ人として働いていたともいう。そしてついに一年ほど前、古巣であるこの町にもどってきて、年老いた伯母の家に転がり込んだが、その伯母がひと月後には死んで、葬式を出すはめになった。やはりワルワーラ夫人の養女で、夫人のお気にいりとして、同じ屋敷ですこぶる上品な生活をしていた妹のダーシャとは、ごくまれに顔を合わせる程度の、ひどく疎遠な間柄にあった。わたしたちの仲間うちでは、彼はいつも無愛想で口数も少なかった。しかし話題がいったん自分の信念に触れるというと、時として病的なまでにいら立ち、たいそう大胆な口を叩くことがあった。「シャートフ君はまず縛りつけてだね、それから議論をはじめるんですよ」ヴェルホヴェンスキー氏はときどき冗談をもらした。そのじつ、彼はシャートフが大好きだったのだ。外国に滞在中、シャートフはかつての社会主義的な信念のある部分をラジカルに一変させ、正反対の極へと突っ走った。何かしら強烈な理念にふいを打たれると、たちまちそれに圧倒され、時として死ぬまでそこから離れられなくなる観念的タイプのロシア人だった。そういう類の連中は、理念とうまく折り合いがつかず、ただひたすらそれを信じこんでしまうため、その後の彼らの人生は、自分たちにのしかかって半ば自分たちを押しつぶしてしまった石のもとで、息もたえだえにあがきつづける、といったようなありさまとなる。

シャートフの外見は、まさにその信念を絵に描いたようなものだった。体つきは不恰好だし、髪はブロンドで、毛深く、背は低く、肩幅はやけに広く、分厚い唇をし、やけに太く白っぽい眉毛が長く伸び、額には八の字にしわがきざまれ、目つきといえば愛想が悪く、いつも伏し目がちで、何かを恥じてでもいるかのようだった。頭はつむじのところでいつも髪がぴんとつっ立っていて、どうしても寝つこうとしなかった。年齢は二十七ないし二十八歳くらいだった。「女房に逃げられたからといって、べつに驚きはしませんよ」ワルワーラ夫人はあるとき、彼の顔をじっとのぞきながらそう口にしたことがある。どはずれた貧乏暮らしのくせに、身なりだけは清潔を心がけていた。ワルワーラ夫人にはあらためて援助を求めようとせず、その日暮らしで生きのびてきた。商人の家で仕事をしたこともあった。あるときは店番をし、その後、番頭の助手として貨物船に乗り行商に出ようとしたが、出発まぎわに病で倒れてしまった。彼がなぜどれほどの貧乏にも耐え、それを意に介さずにいられるかは、想像することもむずかしい。ワルワーラ夫人は彼の病気を知り、匿名でひそかに百ルーブルを送ってやった。シャートフはしかし、送り主の正体を見やぶり、しばらく思案してからその金を受け取ると、礼を言いにワルワーラ夫人のもとにやってきた。夫人は熱くなって迎えたが、彼はそのときもみごとに夫人の期待を裏切った。というのも、彼は何も言わずに床をじっと見下ろしたまま、わずか五分ほど間のぬけた笑みをもらしながら腰をかけていたが、夫人の話がいよいよ熱を帯びてきたところでつと椅子から立ちあがり、なぜか横を向いたまま不器用にお辞儀をすると、その帰りぎわ、恥ずかしさのあまり頭に血がのぼり、夫人が大切にしている細工ものの仕事机にけつまずいてしまったのだ。仕事机は轟音とともに倒れてばらばらとなり、彼のほうはあまりのきまり悪さに生きた心地もなく出ていった。リプーチンは、あとになって彼を大いに責めたてた。どうしてあのとき、かつての暴君である女地主の金を軽蔑をこめて突き返さなかったのか、お金を受け取ったあげく、お礼まで言いにのこのこ出かけていったのか、というのだ。シャートフは町はずれにひっそり暮らしていて、たとえ相手がわたしたちの仲間でも、立ち寄られるのを嫌っていた。だが、ヴェルホヴェンスキー氏宅で開かれる夜会には欠かさず顔を出し、新聞や書物を借り出していった。

この夜会にはもう一人、ヴィルギンスキーという青年も顔を出していた。この町の役人で、外見的にはあらゆる点でシャートフとおよそ正反対の男に見えたが、それでいてどことなく似たところがあった。もっとも、彼もやはり「所帯持ち」だった。ひどく静かでいじましい青年、といっても年はもう三十を過ぎ、ほとんどが独学だが、かなり高い教養の持ち主だった。貧乏ながら女房もちで、役所勤めをして妻の伯母と妹を扶養していた。彼の女房をはじめ、この家の女連中はそろって最新の思想にかぶれていたが、その最新の思想というのがいくぶん荒っぽい感じで、あるときヴェルホヴェンスキー氏が別の件で口にしたところによれば、「往来に落っこちていた思想」だった。何もかもが本の受け売りで、ペテルブルグの進歩筋から漏れてくるちょっとした噂を真に受け、忠告されるがままに手当たりしだい何でも窓から放り投げてしまうといった感じなのだ。マダム・ヴィルギンスカヤはこの町で産婆業を営んでいたが、若いころにしばらくペテルブルグ暮らしをした経験があった。ヴィルギンスキー自身は、まれにみる純真な心の持ち主で、彼ぐらい清廉で燃えるような魂をもった男には、このわたしもめったにお目にかかったことがない。「この明るい希望に背中を向けるなんて、ぜったいに、ぜったいにしませんから」――目をきらきらさせて、そう口にしたものだ。この「明るい希望」については、いつもまるで秘密めかした感じに、小声でうっとりと半ばささやくような声で話すのである。かなり上背があったが、ひどくほっそりした体つきをし、肩幅は狭く、髪は異常なくらいに薄く、赤みをおびていた。自分のいくつかの意見には、ヴェルホヴェンスキー氏がいかにも見下すようにあざけるのを、彼はいつも穏やかに受けとめ、ときどきはひどくきまじめに反論し、よく相手を窮地に陥れた。ヴェルホヴェンスキー氏は彼にやさしくしていたが、総じて、わたしたちの誰にたいしても父親のような態度で接してきた。

「きみたちみんな、『未熟児』ですよ」ヴィルギンスキーに向かって、彼はそう冗談めかしてみせた。「きみたちみたいな人間は、みんなそうなんです。といってもヴィルギンスキー君には、ペテルブルグでよく見かけたchez ces séminaristes（例の神学生のような）視野の狭いところはありませんがね、でも、やっぱり『未熟児』なんですね。シャートフ君は、月が満ちるまでなんとかねばる気でいたんですが、しかしその彼も未熟児ってわけです」

「それじゃ、ぼくは？」とリプーチンがたずねた。

「そう、あなたは中庸そのものってところですかね。どこに行ってもうまくやっていける……それなりに」

　リプーチンはむっとした。

　ヴィルギンスキーについては、残念ながらきわめて信憑性《しんぴょうせい》のある噂が広まっていた。彼の妻が、正式に結婚して一年と経たないうちに、あなたはもうけっこう、わたしはレビャートキンのほうがいい、と言い渡したというのだ。このレビャートキンというのは、どこかよそから流れてきた男で、のちに分かったのだが、たいそう胡散臭《うさんくさ》い人物というにとどまらず、自分で名乗っていた退役二等大尉などではまるきりなかった。とにかく、ヒゲをひねりまわすことと酒を飲むこと、思いつくかぎりの、およそ洒落《しゃれ》にもならない冗談を口走るしか能のない男だった。この男は、無礼はなはだしくも、ただちに彼ら夫婦の家に乗り込んできて、他人の家の飯ほどうまいものはないといわんばかりに食っちゃ寝の生活をつづけ、あげくの果ては主人を上から見おろすような態度をとりはじめた。人の話では、妻から縁切りを宣告されたヴィルギンスキーは、彼女にこう言ったという。「そう、これまでぼくはたんに愛しているだけだったけど、いまは尊敬している」しかし、こんな古代ローマ風のセリフがじっさいに発せられたかどうかはあやしく、逆におんおん泣きじゃくったという噂もある。

ある日、この縁切りから二週間ほど経ったころのこと、彼ら三人は「家族そろって」郊外の森に出かけていき、知人たちとお茶を飲んだ。ヴィルギンスキーはなぜか熱に浮かされたようなはしゃぎぶりで、踊りの輪にも加わった。ところが彼はとつぜん、口論したわけでもないのに、一人でカンカン踊りをやっていた大男のレビャートキンの髪に両手でつかみかかり、相手を地面に押さえつけると、すさまじい金切り声をあげて泣き叫びながら引きずりはじめた。度肝を抜かれた大男のレビャートキンは、自分の身を守ることもできず、引きまわされているあいだほとんど声を上げることをしなかった。しかし彼は、引きまわしが終わるや、いかにも自分は高潔な人間だといわんばかりの調子で、真っ赤になって怒りだした。ヴィルギンスキーはひと晩、妻にひざまずいて許しを請うた。だが許しは得られなかった。というのも、レビャートキンに謝罪しに行くことに頑として同意しなかったからだ。おまけに彼は、信念の不足と馬鹿さかげんをなじられる結果となった。なぜなら、女性に向かって釈明するのにひざまずいて話をしていたからである。二等大尉はそのうち姿を消したが、最近になってまた、こんどは妹をともなない、新しい魂胆を秘めてわたしたちの町に姿を現わした。しかし彼については、またあらためて話をしよう。この哀れな「所帯もち」が、仲間と憂さを晴らそうとして、わたしたちの前に姿を現わしたのもふしぎではない。とはいえ、彼はいちども家庭の内輪話をしたことはなかった。わたしとともにヴェルホヴェンスキー氏の家から帰りしな、彼は自分が置かれている立場について遠まわしに話をはじめたが、いきなりわたしの腕をつかむと、熱っぽい調子でこう叫んだものである。

「こんなの、なんてことないです。こんなのは個人的な事例にすぎないですし。こんなことで、『共同の事業』に支障が出るなんてことじゃぜったいにありません！」

わたしたちのサークルには、たまさかの客も顔を出した。リャームシンというユダヤ人や、カルトゥーゾフという名の大尉も出入りしていた。しばらくのあいだ、好奇心満々の老人も顔を出していたが、あるときぽっくり逝ってしまった。リプーチンがスロニツェフスキという流刑囚のポーランド人司祭を連れてきた。最初、彼は原則にのっとり受け入れられていたが、その後出入りを許されなくなった。

9

一時期、町では、わたしたちのサークルが自由思想と放縦と無神論の温床だという噂が広まった。しかもその噂は強まるいっぽうだった。ところがそのじつ、わたしたちのあいだでは、ごく無邪気でかわいらしい、完全にロシア的で、陽気でリベラルなおしゃべりが交わされていたにすぎない。「最高のリベラリズム」と「最高のリベラリスト」、つまりなんらの目的ももたないリベラリストは、ロシアでのみ見られる存在である。ヴェルホヴェンスキー氏は、ウイットにあふれる人間の常として、なんとしても聞き手が必要だったし、おまけに、自分がひとつの理念の伝道者として最高の義務を果たしているという意識も必要だった。そしてしまいには、ともにシャンパンを飲み、ワインを傾けながら、ロシアや「ロシア精神」、神全般、そしてとりわけ「ロシアの神」について、お定まりの面白おかしい意見を交わしあえる相手が必要だった。また、誰もが知っていて丸暗記している、いかにもロシア式のスキャンダラスな小話を、何百回も繰り返さずには気がすまなかった。わたしたちは町のゴシップもためらわず話題にし、おまけに、厳しい高度に倫理的な判断を下すこともしばしばあった。全人類的な問題にまで話がおよんで、ヨーロッパや人類の未来の運命についてはげしく議論しあったこともある。また、帝政以後のフランスはたちまち二流国レベルに落ち込むだろうと、学者ぶった偉そうな予言を口にし、その予言はおそろしいほど早く、いとも容易に実現するにちがいないと頭から信じこんでいた。わたしたちはもう前々から、統一イタリアでは、ローマ法王などはたんに大司教の役割を果たすにすぎなくなると予言し、千年にわたるこの問題も、ヒューマニズムと工業、鉄道の現代にあっては、ごくとるにたらぬ問題だと固く信じていた。だが「最高のロシア・リベラリズム」なら、じっさい、ほかの態度などとりようもなかったのである。

ヴェルホヴェンスキー氏は、芸術についてもときおり論じることがあったし、それもたいそうみごとな話しっぷりだったが、いくらか抽象的になるきらいがあった。青春時代の友人たちの話もときおり出た。彼らはみな、ロシアの発展の歴史に名をとどめる人物ばかりで——感動と敬虔さに満ちた調子で思い出話をするのだが、そこにいくらか羨《うらや》む気持ちもこもっているようだった。どうにも退屈なときは、ピアノ弾きの名人でユダヤ人のリャームシン（郵便局に勤める小役人）がピアノの前にすわって演奏し、その合いま合いまに豚の鳴き声やら、雷の音やら、赤ん坊の産声《うぶごえ》などをあれこれ物まねしてみせた。そのためだけに彼は招かれていた。かなり酒が入ったときは――頻繁《ひんぱん》にというわけではないが、よくそんなときがあり――みんな有頂天になって、あるときなどはリャームシンの伴奏で「ラ・マルセイエーズ」を大合唱したこともある。もっとも、その出来ばえについては何も言えない。農奴解放令が発布された二月十九日を大喜びで迎えたが、それよりはるか以前からその前祝いと称し、杯を重ねてきた。といってもそれは、ずいぶん古い、まだシャートフもヴィルギンスキーもおらず、ヴェルホヴェンスキー氏がワルワーラ夫人と同じ屋敷に住んでいたころの話である。発布の日のしばらく前から、ヴェルホヴェンスキー氏は、かつてリベラル派の地主か誰かが作ったものらしい、多少不自然なところもある有名な詩を、しきりと口にするようになった。

百姓が行く、手に斧《おの》をたずさえ
何か恐ろしいことが起こりそうだ

たしかこんな感じの詩だったと思うが、一字一句までは覚えていない。あるとき、それを立ち聞きしたワルワーラ夫人は「ばかばかしいったらありゃしない！」と彼を一喝し、かんかんになって出て行った。たまたまその場に居合わせたリプーチンは、ヴェルホヴェンスキー氏に嫌味をこめてこう注意した。

「以前の農奴たちがつい図にのり、じっさいに地主の旦那方に、何かいやなことをやらかしたら困るでしょう」

こう言うと彼は、人差し指で自分の首のまわりに輪を描いてみせた。

「Cher ami（きみね）」——ヴェルホヴェンスキー氏はおだやかな調子でこれを受けた。「正直に言いますが、そんなことをしたって（と言って彼もまた首のまわりに輪を描いてみせた）、ぼくたち地主どころか、総じてぼくたちの誰にも、なんの足しにもなりませんよ。ぼくたちの頭なんて、しょせん物事の理解をさまたげるだけのものですが、それだって、頭なしじゃ何もできないんですからね」

ここでひとつ断っておくが、農奴解放令が発布される日には、リプーチンが予言してみせたような何かしらとんでもないことが起こるにちがいないと、町の多くの人々が予想していた。いわゆる国民や国家といった問題に通じている連中が、こぞってそのような見方をしていた。どうやら、ヴェルホヴェンスキー氏もこれらの考えに与《くみ》していたらしく、発布が間近にせまったある日、いきなりワルワーラ夫人に向かって、外国に行かせてほしいと願い出たほどだった。要は不安にかられたのである。ところが発布の日が過ぎ、それからしばらく時が経過すると、ヴェルホヴェンスキー氏の口もとには、またしても傲慢な笑みが浮かびはじめた。彼はわたしたちに向かって、ロシア人全体、とくにロシアの百姓の性格について、いくつか卓見を披露してみせた。

「ぼくたちは、だいたい根がせっかちにできているもんですから、この国の百姓たちについても結論を急ぎすぎたんです」彼はそのいくつもの卓見をこうしめくくった。「ぼくたちは連中を、流行の寵児《ちょうじ》に仕立ててしまったんです。この何年間か、文学界全体がもう、新発見の宝物みたいに連中をもちあげてきましたからね。ぼくたちはあのシラミだらけの頭に、月桂樹の冠を載せてやったってわけです。この一千年、ロシアの農村がぼくたちにもたらしてくれたものといったって、カマリンスカヤの歌ぐらいでしてね。なかなかウイットに富んだあるロシアのすぐれた詩人が、フランスの大女優ラシェールの舞台をはじめて見て、感激のあまりこう叫んだっていいますよ。『このラシェールと百姓の取り換えっこだけはごめんこうむる！』とね。ぼくならもう一歩踏み込んで、こう言ってやりますよ。ロシアの全百姓をラシェール一人と交換してもいい、ってね。そろそろ頭を冷やし、あのロシアの無教養なタールの臭いと、bouquet de l'impératrice（皇后の花束）の香水をごっちゃにしないようにしなくちゃ」

リプーチンはすぐに同意したが、それはともかくも、当時は時代の風潮にかんがみて、本心を曲げてでも百姓たちを持ちあげることが不可欠だったのです、と説明した。なぜなら、上流階級のご婦人がたまでが小説『不幸なアントン』を読んで涙にくれ、彼女たちのある者はパリからロシアにいる管理人たちに手紙を書いて、これからは農民をできるだけ人道的に扱うよう言ってきたからだ、と。

あるとき、それもあてつけのように農民指導者アントン・ペトロフの噂が広まってまもなくのこと、わたしたちの県内でも、スクヴォレーシニキから十五キロと離れていないところで何かしら騒動が持ちあがり、そのために慌てて軍隊が派遣されるという事件が起こった。このときのヴェルホヴェンスキー氏の動揺ぶりはたいへんなもので、わたしたちもそれにはさすがに驚かされた。彼はクラブで、軍隊をもっと投入しろ、他の郡から電報で呼び寄せろとわめきたてた。かと思えば、県知事のもとに駆けつけ、この事件に自分は何も関与していないなどと力説したり、昔の記憶をネタに自分を事件の巻き添えにしたりしないでくれと頼みこんだり、自分のこの上申について即刻ペテルブルグのしかるべき筋に書き送ってはどうかなどと提案したりした。すべてはあっというまに過ぎ、何事もなく収まったからいいものの、そのときのヴェルホヴェンスキー氏の態度には、さすがのわたしも開いた口がふさがらなかった。

それから三年ほどして、周知のように国民性といったことが口にされるようになり、「世論」が誕生した。ヴェルホヴェンスキー氏はおおいに笑った。「いいですか、きみたち」と彼は教えさとすように言った。「ロシアの国民性なんてものは、じっさいいま新聞でさかんに書きたてられているとおり、たとえそれが本当に誕生したところで、まだ小学校の段階にとどまっていましてね、そこらのドイツ式ペテルシューレじゃ、ドイツ語の教科書を前にお定まりのドイツ語の文章を丸暗記させ、ドイツ人の教師なんか、必要とみれば生徒をひざまずかせることまでする。ドイツ人教師にはごくろうさまと言いたいですね。でも、何ひとつ起こらず何ひとつ誕生せず、何もかもが昔どおり、つまり神さまの加護のもとに進んでいるというのが本当のところじゃないですかね。ぼくに言わせると、ロシアにとっちゃ、pour notre sainte Russie（ぼくたちの神聖なロシアにとっちゃ）、それで十分じゃないですか。しかも、汎スラヴ主義だの国民性だのにしたって、新しく生まれ変わるにはあまりに古色蒼然としすぎている。国民性にしたって、強いていやロシアじゃ、クラブにたむろしているそれこそモスクワあたりの旦那連中の、気晴らし程度のものでしかなかったんですから。もちろん、イーゴリ公時代のことを言ってるわけじゃないですよ。それにけっきょくは、すべては怠慢から来ているんです。ロシアじゃ、すべての原因が怠慢にある。どんなにいいことも、どんなに立派なこともね。何もかも、この旦那連中の愛すべき、教養あふれる、気まぐれいっぽうの怠惰からです！　ぼくは三万年間でも口をすっぱくして言いますよ。要するに、自分たちの労働じゃ生きられない。それに、なんだってあの連中、今さらロシアに世論が『誕生した』などと言って騒ぎ立てているんですかね――理由もなしに、いきなり天から降ってきたってわけですか？　世論を手に入れるには、何よりもまず労働が、自分自身の労働が、自分の手で事業をはじめることが、自分で実践を積むことが必要だってことが、わからないんでしょうか？ただじゃ何ひとつ手に入らないんですから。自分の意見だって、仕事をしてはじめてもてるんです。ところが、ぼくたちロシア人はぜったいに働こうとしない。だから、ぼくたちに代わって意見をもつのは、ぼくたちに代わって働いてきた連中、つまり過去二百年ぼくたちの教師をつとめてきたあいもかわらぬヨーロッパ、あいもかわらぬドイツ人ってことになるわけです。おまけにロシアっていうのは、ドイツ人なしでは、労働なしでは、自分たちだけで解決するにはあまりに大きな謎ですからね。このぼくが警鐘を鳴らし、労働を呼びかけて、もう二十年にもなるんですよ！　この呼びかけに、ぼくは命を賭けたんです。ほんとうに愚かなことに、それが正しいってずっと信じてきたんですから！　いまじゃもう信じちゃいませんけど、でも警鐘だけは鳴らしつづけているし、死ぬまで、墓場に入るまで鳴らしつづけるつもりですよ。ぼくはね、ぼくの追善供養を告げる鐘が鳴りだすまで、その綱を引っぱりつづける気でいるんです！」

ああ！　わたしたちはもう、うんうんとうなずくばかりだった。わたしたちは、われらがヴェルホヴェンスキー先生に拍手を送った。それも、たいへんな熱をこめてである！　しかし読者のみなさん、こういった類の「愛すべき」「賢い」「リベラルな」古臭いロシアのたわごとは、時として今なお、ひきもきらず鳴りひびいているのではないだろうか？

わたしたちの先生は、神を信じていた。「どうしてこのぼくを町のみんなが無神論者呼ばわりするのかが、さっぱりわからないんです」――彼はときどきそう口にしたものだ。「ぼくはね、神を信じているんです。mais distinguons（でも断っておきますが）、ぼくが信じているのは、ぼくのなかでのみおのれを意識する存在としての神ですよ。ですから、うちの女中のナスターシヤとか、『万が一にそなえて』神を信じているどこぞの旦那なんかのようには、神を信じることができません。それに、われらが愛すべきシャートフ君みたいに。といっても、そう、シャートフ君は数に入りませんよ。シャートフ君はモスクワのスラヴ主義者たちみたいに、自分で無理して信じているんですから。で、キリスト教についていうと、自分なりに真剣に尊敬していますが、ぼくはキリスト教徒じゃありません。ぼくはむしろ、かの偉大なゲーテとか古代のギリシャ人みたいな、古代の異教徒なんです。キリスト教が女性を理解しなかったという一点だけでも、そうです――これはジョルジュ・サンドが、天才的な小説の一つでじつにみごとに展開していることです。礼拝とか、精進とか、ほかにもいろいろありますが、どうしてぼくに関係があるっていうんです？　この町の密告好きな連中がどう騒ごうったって、イエズス会士なんかになる気はない。一八四七年に、当時外国にいたベリンスキーがゴーゴリに宛てて有名な手紙を書いていますが、その手紙で彼は、ゴーゴリが『どこぞの神』を信じているといってはげしくなじっています。Entre nous soit dit（でも、ここだけの話ですよ）、ゴーゴリが（当時のゴーゴリがですよ！）そのくだりを……いや、手紙全体を読み終えたときぐらい滑稽な瞬間は、想像できないほどです！　でも、その滑稽なところは措《お》くとして、ぼくはやっぱり問題の本質には同感していますから、ここではっきり言っておきますが、昔はほんものの人物がいたんですよ！　この人たちは自分たちの民衆を愛することができたし、民衆のために苦しむこともできたし、民衆のためにすべてを犠牲にすることもできた、と同時に、必要とあれば、彼らと一線を画することもできたし、ある種の見方については、彼らを甘やかさずにいられるだけの勇気ももつことができた。じっさい、ベリンスキーにしろ、精進用のバターや大根とエンドウ豆の料理なんかに、救いを求めることはできなかったわけです！……」

　しかし、そこにシャートフが割りこんできた。「あなたのおっしゃるあの人たちなんて、民衆を愛したことなど一度だってないし、民衆のために苦しんだこともない、民衆のために何ひとつ犠牲にしたこともないんです。本人はどう勝手に想像していたかしれませんが、そんなのはみんな気休めにすぎませんよ！」シャートフは目を伏せ、椅子の上でじれったそうに体を反転させると、いかにも気難しい調子でつぶやいた。

「あの人たちが民衆を愛したことがないだって！」ヴェルホヴェンスキー氏は声を荒らげた。「いいや、どんなにロシアを愛していたことか！」

「ロシアも民衆も、愛したことなんてありません！」目をぎらつかせながら、シャートフも声を荒らげた。「自分が知らないものを愛することはできないんです。で、あの人たちときたら、ロシアの民衆のことなど何もわかっちゃいなかった。あの人たちはみんな、先生だってそのお仲間ですが、みんながみんなロシアの民衆を見て見ぬふりをしてきたんです。ベリンスキーなんかとくにそうです。ゴーゴリに宛てたあの手紙ひとつからして明らかです。ベリンスキーはです、クルイローフの『好奇心まるだしの男』とまるきり同じで、博物館に行っても肝心のゾウさんを見逃し、フランスの社会主義者とかいった虫けらにばかり目を向けてきた。で、それでもってすべて片づけた気でいる。ところが、そのベリンスキーにしたって、ひょっとしたらあなたたちのだれよりも賢かったかもしれないんですから！　あなたたちは民衆を見逃したばかりじゃない――、民衆にたいして、それこそおぞましいくらい侮蔑的な態度をとってきた。それっていうのも、この民衆という言葉であなたたちが想像していたのは、もっぱらフランス国民だけ、それもパリジャンしか頭になく、ロシアの民衆が彼らに似ていないことが恥ずかしくてならなかったからです。これこそがまぎれもない真実です！　しかしです、民衆をもたないものに神なんて存在しない！　しっかり理解してほしいのは、自分の民衆を理解することをやめ、民衆とのつながりを失った人間は、ただちにそれに応じて父祖伝来の信仰も失い、無神論者になるか、無関心になるか、いずれかしかないってことです。ぼくの言ってることにまちがいはありません！　これは事実であって、いずれ証明されることです。だからこそあなたたちはみんな、ぼくたちもみんな、いまのところは――唾棄すべき無神論者か、なんの関心もない屑《くず》みたいにみだらな人間か、それ以上のなにものでもないんです！　ヴェルホヴェンスキー先生、あなただってそう、ぼくはどんなことがあってもあなたを例外扱いする気はないし、むしろあなたのことを念頭において言っているくらいなんですよ、おわかりですか？」

ふつうなら、これに類したひとり語りを終えると（しばしば生じたことである）、シャートフは帽子をつかんで勢いよくドア口のほうに向かっていったものだが、そのときの彼は、これでもうすべてに片がつき、ヴェルホヴェンスキー氏との友情に満ちた関係も完全に、永久に断ち切ったという自信に満ちあふれていた。ところがヴェルホヴェンスキー氏は、いつもどおりほどよいところでうまく彼を引きとめた。

「いいかげん仲直りしませんか、シャートフ君、言うだけのことはすべて言ったんですから」いかにも寛大な様子で肘かけ椅子から手をさしのべ、彼はそう口にした。

不器用ながら恥ずかしがりのシャートフは、そんなふうに優しい態度に出られるのが苦手だった。表向きはいかにも粗暴な感じがするのだが、内心はいたってデリケートな男らしかった。しばしば羽目をはずすことがあっても、そのことで真っ先に苦しむのは当の本人だった。ヴェルホヴェンスキー氏からそう声をかけられた彼は、何ごとかぶつぶつつぶやき、熊さながらその場で足踏みし、やがて急ににやりと笑って、帽子を脇に置き、またもとの椅子に腰をおろすと、ひたと床を見つめはじめた。当然のことながらそこでワインが運ばれ、ヴェルホヴェンスキー氏も、たとえば昔の活動家の誰それのためにといった、何かしらもっともらしい乾杯の音頭をとるのだった。

第2章　ハリー王子。縁談

1

ステパン・ヴェルホヴェンスキー氏への愛着におとらず、ワルワーラ夫人が愛情をいだいていた人物が、もうひとりこの世に存在していた。それが彼女の一人息子、ニコライ・フセヴォロドヴィチ・スタヴローギンである。ヴェルホヴェンスキー氏が養育者として招かれたのも、まさにこの息子のためであった。当時、少年は八歳ぐらいで、軽佻浮薄な父親のスタヴローギン将軍は、すでに当時母親のワルワーラ夫人と別居状態にあったので、子どもはもっぱら女手ひとつで育てられた。ここはひとつ正当に評価してやらなくてはならないところだが、ヴェルホヴェンスキー氏はもののみごとに教え子を手なずけてしまった。秘訣は、なんといっても彼自身が子どもだったことにある。当時はわたしもまだこの町に来ていなかったし、彼は心から頼れる友人をたえず必要としていた。そこで彼は、よりによってまだ物心がついたばかりのごくおさない少年を、ためらうことなく友人に仕立ててしまった。しぜんのなりゆきとして、二人のあいだにはほんのわずかな距離すら見当たらなくなった。ヴェルホヴェンスキー先生は、自分が受けた屈辱の思いを涙ながらにぶちまけたり、家庭内の秘密を打ち明けたりするためだけに、まだ十や十一の友人を夜中に起こすことがしばしばあったが、それがまったく許すべからざる行為だということには気づきもしなかった。二人は、たがいにひしと抱きあっては涙を流しあった。少年は、母親が自分をひどく愛してくれていることは知っていたが、彼のほうは母親のことなどたいして愛してはいなかったと思う。母親は息子とあまり口もきかず、窮屈な思いをさせることもめったになかったが、それでも少年は、自分をじっと見守っている母親の視線を、なぜかいつも病的なほど肌身に感じていた。もっとも、子どもの教育や精神面での成長となると、母親はひとりヴェルホヴェンスキー氏にまかせきりにしていた。そのころ夫人は、彼をまだ完全に信頼しきっていたのである。ただこの教育者は、自分の教え子の神経を、いくぶんなりとも狂わせたと見るべきふしがある。数えで十六になったとき、少年は学習院《リツェイ》に入れられたが、そのときの彼はといえば虚弱体質で、顔も青白く、妙にひっそりと考えこんでばかりいた（のちに並みはずれて体力に秀でることになる）。これまた念頭に置いておきたいと思うのだが、この親友同士が夜の夜中しっかりと抱きあい涙にかき暮れた理由は、なにも家庭内のごくつまらない内輪話のせいだけではない、ということだ。ヴェルホヴェンスキー氏は、友だちの奥深い心の琴線に触れ、まだぼんやりとしたものながら、あの永遠に消えることのない神聖な憂《うれ》いの最初の感覚を、少年の心のうちに呼びさますことができた。選ばれた人間というのは、いちどこの憂いを味わい、それを認識したが最後、もはや安手《やすで》の満足に安住しようなどとは思わなくなるものである（世の中にはこの憂いを、かりにそういったものがあるとしての話だが、このうえなくラディカルな満足より大事にしている物好きもいる）。しかしいずれにせよ、ひな鳥にもひとしい教え子と教師が、遅きに失したとはいえ、別別の道へと引き離されていったのはよいことだった。

　学習院に入学して最初の二年間、青年はバカンスを利用してわが家に戻ってきた。ワルワーラ夫人とヴェルホヴェンスキー氏がペテルブルグに滞在中は、母親の家で開かれる文学の夕べにときどき顔を出し、話に聴き入ってはじっと周囲の様子を観察した。口数も少なく、あいかわらずもの静かで、恥ずかしそうにしていた。ヴェルホヴェンスキー氏にたいしては、以前とかわらない優しい心づかいを示していたが、前に比べてどことなく遠慮がちで、高尚な話題や昔の思い出話になると、あからさまに口をきくのを避けている様子だった。学習院での所定のコースを終えると、母親の望みにしたがって軍務につき、まもなく、もっとも名高い近衛騎兵連隊の一つに配属となった。軍服姿で母親のもとに戻ってくることもなければ、ペテルブルグから手紙を寄こすこともめったになくなった。ワルワーラ夫人は金に糸目をつけず仕送りをつづけていたが、そのじつ農奴解放以後は領地からの収入が激減しており、最初のうちは以前の半分にも足りない収入しか受けとることができなかった。もっとも夫人には、長期にわたる節約のおかげでかなりのまとまった資本の貯えがあった。夫人の何よりの関心の的といえば、ペテルブルグの社交界で息子が成功することだった。夫人がついにかなわなかった願いを、金持ちで将来性もあるこの青年将校はつぎつぎと実現していった。夫人がもう夢に見ることもできないような人々との交流を復活させ、どこに行っても大歓迎を受けた。しかしそれもつかのま、ワルワーラ夫人の耳にたいそう奇怪な噂がちらほらと届くようになった。この青年が、どういうわけか、とつぜん常軌を逸したような放蕩三昧をはじめたというのである。賭けごとに狂っているとか、大酒を食らっているとかいうのとはちがって、何かしら奇怪というしかないはめの外しようで、競走馬で人を踏みつぶしたとか、上流社会のある夫人に対して獣じみた行為におよんだ、つまりその夫人と関係をもちながらその後公《おおやけ》の席で夫人を侮辱した、といった類の話ばかりが聞こえてくるのである。この事件には、何かあまりにも露骨で、汚《けが》らわしい感じがつきまとっていた。そればかりか、彼は言うなれば一種の決闘狂いで、何かと難くせつけては侮辱のために人を侮辱している、といった噂さえ加わった。ワルワーラ夫人は動揺し、心を痛めていた。ヴェルホヴェンスキー氏は、それは体力がありあまるほどあるせいで突発的に起こる若気の至りにすぎず、いずれ荒れた海も鎮まるはずだ、シェイクスピアが描いたハリー王子が、フォールスタフやらポインズやらクイックリー夫人とさんざん遊びふけった青春時代と少しもちがわない、と説いて聞かせた。ワルワーラ夫人も、最近ヴェルホヴェンスキー氏にたいしてとみに連発してきた「ばかばかしい、くだらない！」を、今度ばかりは叫ばず、むしろそれどころか真剣に彼の話に耳を傾け、もっと詳しく説明してほしいと命じたほどで、ついには夫人もわざわざシェイクスピアを手にとり、おそろしく念入りにこの不朽の物語を読みとおしたほどだった。だが、物語を読んでも気持ちは安まらず、両者が似ているとされる点もすぐには発見できなかった。夫人は、自分が送った何通かの手紙への返事を狂おしい思いで待ちわびていた。だが、返事はまもなく届けられ、恐ろしい知らせを受けとった。つまり、ハリー王子がほとんど同時に二度の決闘をおこない、いずれの場合も非は完全に自分にありながら、相手の一人を一撃のもとに即死させ、もう一人には回復不能の傷を与え、そうした行為の結果、裁判にかけられたというのである。裁判は一兵卒への格下げ、諸権利の剝奪、ある歩兵大隊勤務への追放処分ということで決着したが、それとても特別な慈悲による計らいであった。

一八六三年、彼はたまたま武勲を立てることに成功した。十字勲章を授けられ、下士官に昇進し、そのあとなぜか、早々《はやばや》と将校への復官をはたすことになった。この間、ワルワーラ夫人がペテルブルグの各方面に書きおくった懇願や哀願の手紙の類は、数百通にのぼったかもしれない。事態が事態だけに、夫人はいささかおのれの品格を落とすことも辞さない覚悟だった。ところが青年は、復官をはたすが早いかとつぜん軍務を退き、今度もスクヴォレーシニキの領地には戻らず、母親に返事を寄こすこともしなくなった。彼がふたたびペテルブルグに舞いもどっていることは、第三者を介してわかったが、以前の社交界にはまったく姿をみせず、どこぞへと雲隠れしてしまったらしかった。あちこち探りだした結果、ある奇怪な仲間たちと暮らし、ペテルブルグの住民のなかでも屑《くず》とでもいうべき連中とつきあっていることがわかった。満足に靴もない役人やら、たかりを生業《なりわい》にしている退役軍人やら、酔っぱらいたちがその相手で、そういう連中の汚らしい家を転々としたり、昼夜わかたず薄暗い貧民窟や怪しげな路地裏をうろつきまわっては、堕落するにまかせ、ぼろぼろの服を身にまとっているのだが、それがけっこう彼の気に入っているらしかった。母親には、仕送りをねだることもしなかった。というのも彼には、小さいながら自分の領地があったからである。これは、故スタヴローギン将軍が所有していた村で、そこからの収入がわずかながらもあり、噂によればその村を、あるザクセン出身のドイツ人に貸しているとのことだった。しかし、さすがのハリー王子も、領地に戻ってくるように母親に拝みたおされ、とうとうわたしたちの町に姿を現わした。そこで初めて、じっくり彼の顔を眺めることができたわけで、それまではついぞ、いちどたりとも彼を見たことがなかった。

それは、年が二十五、六のたいへんな美青年で、正直なところわたしは圧倒されてしまった。放蕩のせいで頭をやられ、ウオッカの匂いをぷんぷんさせている、どこか得体のしれない、薄ぎたない浮浪人のような男を想像していたからだ。ところが彼は、それとは正反対に、わたしがかつて出会っただれにもまして優雅なジェントルマンで、身につけているものはとびきり上等、その身のこなしも、洗練のかぎりをつくし、上流社会の交際に慣れている紳士でなければとうてい真似のできない、みごとなものだった。驚いたのはわたしだけではなかった。町じゅうの人々が、驚きの声をあげた。彼らはむろん、スタヴローギン氏の行状については何もかも知りつくしていたし、それもどこから入手できたのか想像もつかないほど細部にわたっていたが、何よりも驚くべき点は、そのうちの半分が正しかったことである。町のご婦人がたは、この新しい客人にすっかりのぼせあがってしまった。彼女たちは、はっきりと二手に分かれた。一方は彼を崇《あが》めたて、もう一方は不倶戴天《ふぐたいてん》の敵のように彼を忌みきらった。しかし、のぼせあがっているという点ではどっちもどっちだった。とくに彼の心に何か運命的な秘密がひそんでいるらしいということでそそられているご婦人がたもいれば、彼が殺人犯だというのがひどく気に入っているご婦人がたもいた。彼がかなりしっかりした教育を受け、かなり専門的な学識があることもわかった。もっともこの町の人たちの度肝をぬくのに、むろんたいした学識は必要なかったろう。しかし、彼は時事的な、たいそう興味深い話題に関しても一家言をもっていて、それに何よりも大事な点は、その意見がみごとなまでの周到さをそなえていることだった。

不思議な例としてひとつ挙げておきたいのは、ほとんど第一日目からこの町の人たちが、そろって彼のことをきわめて思慮深い人物とみなしたことだ。口数もあまり多いほうではないし、身のこなしはスマートで嫌みがなく、驚くばかりに謙虚なのだが、それでいて、この町のだれにもまして大胆かつ自信に満ちあふれていた。町の伊達男《だて》どもも、嫉妬のまなざしでながめるだけで、本人の前に出るとすっかり影が薄くなってしまった。わたしは、彼の顔立ちにも衝撃を受けた。髪の色は何かやけに黒々とし、明るい色の目はどこか妙に落ちついて澄んだ感じがし、顔色もまたじつに柔和で抜けるように白く、頰の赤みはあまりに鮮やかだし、歯は真珠のようで、唇はまるで珊瑚みたいなのだ。つまり、一見したところ絵に描いたような美男子なのだが、それでいて、どこか人に嫌悪感を抱かせるところがある。彼の顔は仮面のようだと、人々は噂していた。巷《ちまた》では、彼の異常な体力についてもあれこれ取りざたされていた。身長はかなり高いほうだった。息子をながめやるワルワーラ夫人の目はいかにも誇らしげだったが、それでいて、つねに内心の不安を押し隠せずにいた。彼はこの町に、もう半年ほども逗留《とうりゅう》していた。暮らしぶりはどこか物思わしげで、ひっそりとし、かなり気むずかしげだった。社交界に顔を出しては、この県のしきたりを根気よくきちんと実行していた。県知事とは父方の親戚にあたっていたので、知事の屋敷には近親者ということで自由に出入りを許されていた。ところが、何カ月かが過ぎると、獣はとつぜん牙をむいた。

ついでながら、少し断っておくと、われらが愛する心優しい元知事のイワン・オーシポヴィチは、いくぶん女を思わせるところがあった。女といってもそれ相応の家柄で、かつ親類縁者にもめぐまれた女のことをいっているのだが、どんな仕事も面倒くさがって手をつけず、それでいてあんなに長いこと県知事の椅子におさまっていられたのも、これで説明がつくだろう。客に対するもてなしのよさや、そもそも客好きであるという点からして、古き良き時代の貴族団長あたりがお似合いといったところで、とても現代のようなせかせかした時代に県知事が務まる人物ではなかった。町では、実質的に県政をとりしきっているのはこの人物ではなく、ワルワーラ夫人であるとのもっぱらの噂だった。もちろん、これは棘《とげ》のある物言いにはちがいなかったが、じっさいは根も葉もないでたらめだった。それにこの件について、町ではあることないこと、さまざまな陰口がたたかれていた。しかしそれと裏腹に、ワルワーラ夫人はここ数年というもの、社交界全体からかなりの敬意を払われながらいかなる役職からもとくに意識して遠ざかり、自分が定めたきびしい枠の中にすすんで閉じこもるようにしていた。役職に就くかわりに、とつぜん領地経営に精を出すようになって、わずか二、三年のあいだに、領地の収入を以前とほとんど同じ水準まで引きあげた。かつての詩的な衝動（ペテルブルグ行きとか雑誌を発行する計画といった類である）に替わって、貯蓄に励み、金を出しおしみするようになった。ヴェルホヴェンスキー氏にさえ、別の家に部屋を借りることを許し、自分から遠ざけてしまった（これについては、彼自身、もうかなり前からあれこれ口実を設けてしつこく夫人に懇願していたのである）。ヴェルホヴェンスキー氏はそのうち、夫人のことを散文的な女性だとか、もっとおどけて「散文的な友人」などと呼ぶようになった。むろん、こういう冗談を口にするにせよ、きわめて丁重なかたちであり、しかもそれなりに時間をかけ、適当な機会を見はからったうえでのことだった。

わたしたち身近にいた連中は――ヴェルホヴェンスキー氏がわたしたちのだれよりも敏感に感じとっていたことだが――夫人にとっては今や、息子が新しい希望、いや、何かしら新しい夢のようなものとなっていることを理解していた。息子に対する夫人の思い入れは、彼がペテルブルグの社交界であれこれ成功を収めたときにはじまり、一兵卒への降格の知らせを受けたときからとくに強まった。しかし、それでいて夫人は明らかに息子を恐れていたし、彼の前に出るときの彼女は、まるで奴隷のように見えたものである。はた目にも明らかだったのは、夫人が自分でもこうとはっきり説明できない、何かしら曖昧模糊《あいまいもこ》とした神秘的なものを恐れていたことで、そのために夫人は何かと思いをめぐらし、何かを見きわめようとでもするかのように、何度も相手に気づかれないように、息子 Nicolas（ニコラ）に目を注ぐのだった……そしてついに、獣はとつぜん牙をむいた。

2

わたしたちの「王子」はとつぜん、さしたる理由もなく、何人かの人にたいして二つ三つ、常識では考えられない大胆なふるまいにおよんだ。つまり問題点は、ほかでもない、それらの暴挙が前代未聞かつおよそ類のない、ふつうの常識からまるでかけ離れた、それこそそばからしい子どもじみたもので、なんのためのふるまいかもさっぱりわからず、理由らしい理由にもまるで欠けていたことだ。

この町のクラブの最古参の一人に、ピョートル・パーヴロヴィチ・ガガーノフという、かなりの年配でそれなりに功績もある人物がいたが、この人物は何かにつけ、ついかっとなっては、「いいや、わしをだまそうったってそうはさせませんよ、洟《はな》もひっかけるもんですか」と口にする罪のない癖があった。それはそれでどうということもなかったのだが、ある日クラブで何かを議論しているうち、つい熱くなって、まわりにいたクラブの常連たち（それもみなけっこうな身分のある人たちだった）にこのお得意のセリフを口にしたところ、それまで脇にひとりぽつんと立ち、誰からも話しかけられずにいたスタヴローギンが、いきなりガガーノフ氏のほうに近づき、二本の指でふいにしっかりと彼の鼻をつかみ、ホール内を二、三歩引きずりまわしたのである。ガガーノフ氏にたいして何かしら悪意のようなものをいだく理由など、彼にはひとつもなかった。それは純粋に子どもじみた、といってむろん許されるはずもない悪戯《いたずら》と考えることもできた。しかしその後、人づてに聞いた話では、この蛮行におよんだ瞬間、彼はほとんど物思わしげな様子で、「まるで気でも狂ったかのように見えせた」という。もっともそれは、その後かなり時をへだて、あれこれ記憶をたぐりよせたあげく、そのような判断に落ちついたにすぎない。だから、すっかり熱くなった一同が初めてわれに返ったのは、まさに次の瞬間、すなわち彼がすでに事の一部始終をあるがまま正確に理解し、少しも悪びれる様子もなく、いや、それとは反対に「後悔の色などつゆほどもみせずに」、毒々しく愉快そうに頰をゆるませたその時だった。恐ろしい騒ぎが持ちあがり、彼は一同からぐるりと取りまかれた。スタヴローギンはだれにも何も答えず、口々にわめき立てる連中の顔を物めずらしげに眺めながら、あたりをしばらく歩きまわり、周囲を見まわしていた。やがて、ふいにまた考えこんだかと思うと――少なくともそう伝えられている――眉をひそめ、侮辱されたガガーノフ氏のほうにしっかりした足取りで近づいていき、いかにもいまいましそうな表情で、早口につぶやいた。

「むろん、お許しいただけるでしょうが……正直、どうして急にあんな……ばかげた真似をする気になったかわからなくて……」

謝罪の調子があまりにぞんざいなものであったため、新たな侮辱が加えられたにひとしかった。叫び声がますますはげしくなった。スタヴローギンは軽く肩をすくめ、そのまま部屋から出ていった。

　すべてがじつにばかげていたし、その醜悪さたるや言うまでもなかった。一見したところ、それは、あらかじめ仕組まれた計算ずくの行為のようでもあり、当然、町の社交界全体に対する計画的で厚かましい侮辱を意味するものとなった。この事態を、この町の誰もがそう理解した。そこで手はじめに、全会一致でスタヴローギン氏をすみやかにクラブから除名することにし、つづいて全クラブ員の名で県知事に直訴して、ただちに（ということはつまり、この事件が正式に裁判にかけられるのを待たずに）この有害なならず者でペテルブルグから来た「決闘狂いを、知事に委ねられた行政的権限により取り押さえ、もってこの町の良識ある階層全体の平安を有害な侵犯行為からお守りくださるように」との請願を出すことを決議した。そのさい彼らは無邪気な悪意にかられ、「ことによると、いかにスタヴローギン氏といえど何がしかの法が適用されることになるかもしれません」とつけ加えた。まさしくこの言い草こそ、ワルワーラ夫人との一件で県知事に一矢報いてやろうという魂胆から準備されたものだった。要するに彼らは、あれこれ尾ひれをつけて喜んだわけである。ちなみに、県知事は当時、まるで計ったように町を不在にしていた。つい先ごろ、妊娠中の身で夫に先立たれたある美人の未亡人の赤ん坊の洗礼に立ち会うため、近隣に出かけていたのだ。だが、彼がじきに戻ってくることはわかっていた。

県知事の帰りを待つあいだ、侮辱されたピョートル・ガガーノフ氏は、彼を励まそうという町の連中から大いにもてはやされた。みんなが彼を抱きしめ、口づけまでしてやった。町じゅうの人々が次々と彼を訪問していった。彼の名誉のために有志をつのり、食事会まで企画されたが、本人のつよい要請もあって取りやめとなった。大の大人が鼻をつかまれ引きまわされたというのに、いくらなんでもお祝いはなかろうとようやく気づいたのだろう。

それにしても、どうしてこんなことが起こってしまったのか？　どうしてこんなことが起こりえたのか？　ここでなんとしても注目すべき点は、町全体を見わたしても、わたしたちの誰ひとり、彼の野蛮なふるまいを、狂気のせいとみなさなかったことである。つまりはニコライ・スタヴローギンほどの聡明な男なら、それぐらいの行為があっても不思議ではないという気分が、どこかにひそんでいたことを意味する。それにこのわたしからして、その後まもなくもうひとつ事件が起こり、それですべてが説明され、表向きは一見みんなの心が落ち着いたかと思われたにもかかわらず、今の今にいたるもなお、事態をどう説明したらよいかわからないありさまである。ここでもうひとつ言い添えておこうと思うのだが、この事件から四年が経ち、ニコライ・スタヴローギンは、クラブで起きた過去の事件に関するわたしの慎重な質問に、眉をひそめながらこう答えたものだ。「ええ、あのときはまったく健康とはいえませんでしたからね」しかし、何もそこまで先回りして話をする必要はないだろう。

わたしはまた、町の人間が当時この「ならず者でペテルブルグから来た決闘狂い」に、総がかりで食ってかかったときに見せた憎しみの爆発にも、ひどく興味をそそられた。町の連中は、彼のふるまいに、社交界全体をまるごと侮辱してやろうという厚かましい下心と、計算された意図を見てとろうとしたのだ。じっさいの話、一人の人間が誰にも受け入れられることなく、それどころか全員を敵に回してしまったというわけだが、どうしてそんなことになったのか？　この事件が起こるまで、彼はいちどとして誰とも口げんかなどしたことはなかったし、誰かを辱めるといったこともなく、それこそはやりのイラストから抜けだしてきた騎士のように、丁重そのものだった（といっても、その騎士が口をきくことができたとしての話である）。思うに、彼のプライドの高さが、たぶん憎しみを買ったのだろう。初めのうちこそ夢中になって崇めたてていた町のご婦人がたまでが、いまや男性にもまして、はげしい非難の声をあげていた。

ワルワーラ夫人は、恐ろしいばかりの衝撃を受けた。のちにヴェルホヴェンスキー氏に打ち明けたところによると、夫人は前々からこういうことが起こるのを予感していた、とくにこの半年は毎日のように、「これとまったく同じ類」の事態を予期してきたとのことだった。この告白は、生みの親の口から出たものだけに注目に値する。「ついに来た!」と夫人は身震いしながら思った。クラブでの運命的な一夜が明けた翌朝、夫人は、慎重ながらも毅然とした態度で息子に釈明をもとめたが、かわいそうにその固い決心にもかかわらず、その間ずっと全身の震えがおさまらなかったという。前の晩、夫人は一睡もできず、朝早くヴェルホヴェンスキー氏の家に相談に出かけていって、その場で泣きくずれた。人前で夫人が泣くといったことなど、これまでただのいちどもなかったことである。夫人は息子の〈ニコラ〉に、せめてひと言なりとも答えてもらいたかったし、釈明ぐらいしてくれてもいいだろうと思っていた。だが、つね日ごろ母親には丁重で恭《うやうや》しい態度をとってきた〈ニコラ〉は、しばらくのあいだ眉をひそめ、ひどく真剣そうな顔をして相手の話に聞き入っていたが、やがていきなり立ち上がると、返事ひとつせず母親の手にキスをし、そのままぷいと部屋から出ていってしまった。そして当日の夕方、まるであつらえたように、もう一つのスキャンダルが持ちあがった。といっても、最初のそれにくらべてはるかにおとなしい、ごくありふれたものだが、町全体の気分が気分なだけに、人々の非難の声はいちだんと高くなった。

被害にあったのは、だれあろう、わたしたちの友人のリプーチンである。リプーチンは、スタヴローギンが母親に問いつめられたすぐあとに顔を出し、その日は妻の誕生日にあたっているので、どうか家にお越し願えまいかと言葉をつくして頼みこんだ。ワルワーラ夫人は、息子ニコライの知人たちの下賤な趣味を、前々から身も凍る思いで眺めてきたものの、そのことをとがめ立てるだけの勇気はわかなかった。そうでなくても、スタヴローギンはもう町の三流どころ、いやそれより下の連中とつきあいだしていたが、それはもともとそういう彼の趣味から来ていたことだった。リプーチンとはこれまで何度も顔を合わせてきたが、彼のアパートにはまだ足を運んだことがなかった。スタヴローギンは、リプーチンが自分を招くのは昨日のクラブでのスキャンダルを踏まえてのことで、土地のリベラリストたるリプーチンはこのスキャンダルに狂喜し、クラブの長老相手にはああいうふるまいに及ぶのが当然であり、むしろひじょうにのぞましい行為だと本気で考えている、そうにちがいないと踏んでいた。そこでスタヴローギンはからからと笑い、行く約束をした。

大勢の客が集まった。見かけはあまりぱっとしないながら、たいそうにぎやかな連中ばかりだった。うぬぼれやで負けず嫌いのリプーチンは、多くて年に二度客を呼ぶのがやっとだったが、そういう機会には惜しまずに金を注ぎこんだ。いちばん大切な客人であるヴェルホヴェンスキー氏は、病気で来られなかった。お茶が出ていて、前菜とウオッカがふんだんに並べられていた。三つのテーブルでカードが始まった。若い連中は、食事が出てくるのを待つあいだ、ピアノに合わせてダンスをしていた。スタヴローギンは、リプーチン夫人をダンスに誘った。すばらしくチャーミングな婦人で、彼の前ではおそろしく縮みあがっていた。夫人と二曲踊り終えた彼は、となりに腰をおろし、いろんなおしゃべりでさかんに相手を笑わせていた。やがて笑ったときの夫人の顔がいかにもチャーミングなのに気づくと、客たちが見ている前でいきなり相手の腰に腕をまわし、三度ほど立てつづけに、それこそ心ゆくまで唇にキスをした。かわいそうに、驚いた夫人はその場で失神してしまった。

一同が混乱するなか、スタヴローギンは帽子をとり、唖然と立ちつくす夫のリプーチンに歩みよると、その狼狽《ろうばい》ぶりを見てさすがにどぎまぎしながら、「怒らないでください」と早口につぶやきかけ、そのまま部屋から出ていった。リプーチンは彼の後を追って玄関口に駆けだし、自分の手でわざわざ外套を取ってやると、階段口から何度もお辞儀をして彼を見送った。ところがその翌日、他との比較でいえば本質的には罪のないこの話に、かなり滑稽なおまけがついた。そしてこのおまけのせいで、以来リプーチンは、ある程度の尊敬までかちえることになった。彼もまた、その尊敬をじつにたくみに利用し、禍《わざわい》を利に転じたのだった。

朝の十時ごろ、ワルワーラ夫人の家に、リプーチン家で女中として働いているアガーフィヤが姿を現わした。年のころ三十前後の、じつに気さくで、元気のいい赤ら顔の女だった。リプーチンからの伝言をもって、スタヴローギンのもとに遣わされてきたのだが、彼女はなんとしても「ご本人にじきじきお会いしたい」と願い出た。当のスタヴローギンは、ひどく頭痛がしていたものの、顔を出した。ワルワーラ夫人は、その伝言が伝えられるさい、折よくその場に立ち会うことができた。

「セルゲイ・ワシーリイチ（つまりリプーチンのことである）から」とアガーフィヤ

は元気よく話しはじめた。「まず真っ先にくれぐれもよろしく申し上げ、お体の調子はいかがか、昨晩はあのあとゆっくりお休みになれたか、ああいうことがあったあとでご気分はいかがかと、おたずねするように申しつかっておりまして」

スタヴローギンはにやりと笑った。

「こちらからもよろしくと、それに、きちんとお礼も言ってくれ。それにアガーフィヤ、君のご主人に、彼はこの町いちばんの切れ者だと、そう伝えてくれ」

「そのことでしたら、あなたさまにこうお答えするようにと、申しつかっております」いっそう調子づいたアガーフィヤが言葉を引きとった。「あなたさまに言われるまでもなく、自分もそのことはよく承知しておりますし、あなたさまにも同じことを望んでおりますって」

「ほう！　それにしても、君のご主人、ぼくが言おうと思ったことがどうしてわかったんだろう？」

「さあ、ご主人さまがどんなぐあいにそれをお知りになったか、わたしとしてはわかりかねます。ただ、わたしが家を出まして、もう横町を通りぬけようってときに、帽子もかぶらずにわたしを追いかけてきまして、後ろから叫ぶじゃありませんか。

『おーい、アガーフィヤ、もしも向こうがやけを起こしてな、〈おまえのご主人にこう言え、やつはこの町いちばんの切れ者だ〉などと言ったら、忘れずにすぐ答えるんだぞ、〈自分もそのことはよく承知しておりますし、あなたさまにも同じことを望んでおります〉とな』って……」

3

県知事との話し合いもついに実現した。愛すべき温厚なわれらがイワン・オーシポヴィチは、出先からもどるや、クラブの面々から激烈な苦情を聞かされるはめとなった。何らかの手段を講じる必要があることはあきらかだったが、当惑しきっていた。客好きで知られるこの老人も、遠縁にあたるこの青年にはいくらか恐れをなしていたからだ。それでも彼は、青年をなんとか説きふせ、クラブの面々や侮辱された当人に対し、彼らの納得のいくかたちで、もしも要求があれば書面でも謝罪させることに腹を決めた。それから、彼にこの町を離れるように言い、たとえば見聞を広めるために、イタリアなりなんなり、どこか外国に行くようやんわりと説得する心づもりだった。

　スタヴローギンを出迎えるために知事が顔を出した広間では（いつもなら、親戚のよしみということで勝手に家のなかを歩きまわっていたのだが）、アリョーシャ・テリャートニコフという、子飼いの役人で、同時にこの知事宅では身内同然の男が、部屋の隅のテーブルのそばで何かの包みをほどいているところだった。また次の部屋では、広間のドアにいちばん近い窓のところで、イワン・オーシポヴィチの友人で元同僚でもあり、旅の途中ここに立ち寄った、たいそう恰幅《かっぷく》のいい健康そうな大佐がでんと腰をおろし、広間で生じていることなどむろん何ら意に介さない様子で「ゴーロス」紙を広げていた。おまけに、彼は背を向けて座っていた。イワン・オーシポヴィチは蚊の泣くような声で遠まわしに話しはじめたが、それでもいくぶんうろたえ気味だった。〈ニコラ〉は、およそ親戚とも思えない無愛想な顔つきをし、青ざめた様子で目を伏せたまま腰をおろして、つよい痛みをこらえているかのように眉根を寄せたままじっと相手の話に聞き入っていた。

「ニコラ、あなたは、優しい高潔な心の持ち主だ」と、老人はすぐに切り出した。

「たいへんな教養の持ち主ということで社交界にもずっと出入りされてきた。それに、この町でもこれまでみんなのお手本としてふるまい、われわれ一同にとってかけがえのないお母さまを安心させてきたわけだ……ところが今はこうして、何もかも、誰が見てもひじょうに謎めいた危険な雰囲気をみなぎらせている！　あなたの一家の友人として、あなたを心から愛する老人として、あなたと血のつながりのある人間として言うのですから、どうか怒らず聞いてほしいのだが……あなた、世間一般の常識やら節度といったものを端《はな》から無視し、どうしてああいう突飛なふるまいに出られたのか、ひとつきちんと話してもらえまいか？　ああいう熱に浮かされたみたいなふるまいに、どういう意味があるのかね？」

〈ニコラ〉は、いかにもいまいましそうにじりじりしながら話を聞いていた。そのときふと、何かしらずるがしこい、人を小ばかにしたような表情がちらりとその眼に浮かんだ。

「どうしてあんな気になったか、教えてあげましょうか」重くよどんだ調子で彼は言い、あたりをぐるりと見まわしてから、イワン・オーシポヴィチの耳元に屈《かが》みこんだ。子飼いのアリョーシャ・テリャートニコフは、さらに三歩ばかり窓のほうにさがり、大佐はあいかわらず「ゴーロス」紙を広げながらごほんと一つ咳ばらいをした。あわれなイワン・オーシポヴィチは、信頼しきった様子で自分の耳を差し出した。まさしく好奇心の塊《かたまり》になっていたのである。と、そのとき、何かしら想像を絶することが、他方、ある点であまりにも明々白々とした事態が起こった。老人はふいに、相手が何か興味深い秘密をささやくかわりに、いきなり歯で、かなりきつく自分の耳の上半分に噛《か》みつくのを感じた。体ががたがたふるえだし、息が止まりそうになった。

「ニコラ、冗談はやめなさい！」彼はとっさに別人のような声で呻《うめ》いた。

　子飼いのテリャートニコフと大佐は、まだ何ひとつ理解できずにいたし、それに何も目に入らなかったので、てっきり二人が耳打ちしあっているものとばかり思いこんでいた。しかし、老人の必死の形相を見るにおよんで、にわかに不安にかられた。おたがい目をむいて顔を見合わせ、事前の取りきめどおりすぐ助けに駆けつけるべきか、もう少し待つべきか、判断に迷った。〈ニコラ〉は、おそらくそれに気づいたらしく、ますます強く耳を噛みはじめた。

「ニコラ、ニコラ！」生贄《いけにえ》となった老人はふたたび呻き声をあげた。「さあ……冗談はもうこれくらいに……」

　その状態がさらにほんの一瞬つづいたら、あわれな老人は、まちがいなくショック死してしまったろう。だが、さすがにこの人でなしも相手が気の毒になったとみえ、噛んでいた耳を放してやった。この、まる一分近くつづいた死の恐怖のせいで、その後、老人の身には、何かしら発作のようなものが起こるようになった。しかし半時間ほどして、〈ニコラ〉は逮捕され、とりあえずは営倉に送られて、戸口に特別の番兵をつけた独房に監禁された。この処置はきびしいものだったが、われらが心優しき知事もこの件にはすっかり腹を立て、ワルワーラ夫人に対する非難まで自分ひとりが背負い込む気になった。誰もが驚いたことに、すみやかな釈明を求め、はやる心で知事宅へと大急ぎで駆けつけてきた夫人は、玄関先で面会を断られた。夫人はそのまま馬車を下りることもなく、われとわが耳が信じられない思いで、すごすごと自宅へ引きかえしていった。

しかし、ついにすべてが明らかになった！　真夜中の二時、それまで驚くほど静かにして眠りこんでいた囚人がいきなり騒ぎだし、両のこぶしでどんどんと激しくドアを叩きだしたかと思うと、人間業とも思えない力でドアののぞき窓についている鉄格子をもぎとり、ガラスを叩き割って手に傷を負うという事件が起こったのだ。部下を従え、鍵束をもってその場に駆けつけた当直の士官は、独房を開け、荒れくるう囚人に飛びかかって縛りあげるよう命じた。するとそこで、相手が極度の幻覚症におちいっていることが判明した。母親の待つ自宅に彼は移された。すべてが一度に明らかになった。この町の三人の医師は、口をそろえて次のような意見を述べた。すなわち病人は、すでに事件の三日前から譫妄《せんもう》状態にあった可能性があり、外見的には意識も思考も失われていなかったように見えるが、じっさいに健全な判断力や意志力はすでに持ちあわせていなかった、そのことは事実によっても裏づけられている、というのである。こうして、誰よりも先にそのことを察していたのがリプーチンだったという話になった。涙もろく、根がデリケートなイワン・オーシポヴィチは、困惑しはてた。しかし興味をそそられるのは、この県知事にしてから、スタヴローギンは完全な判断力のもとで、どんな狂ったような行為にもおよぶことのできる人物と見なしていたことである。クラブの面々も、自分たちがなぜこんな重大な点に気づかずにいたのか、こういう奇怪なふるまいについて考えうる唯一の説明を、どうして見逃してきたのかと、今さらながら恥じいりいぶかしい気分にかられた。当然のことながら、そういう意見にたいして懐疑的な連中も現われたが、それでもそう長く自説にこだわりつづけることはできなかった。

〈ニコラ〉は、二カ月あまり病床についていた。立ち会い診察のためにモスクワから有名な医師が招かれ、町じゅうの人々がワルワーラ夫人のもとに見舞いにやってきた。夫人もみんなを許した。春が近くなって、〈ニコラ〉もすっかり回復し、イタリアに旅をしてはとの母親の提案に、何ら口答えもせず応じると、夫人は彼に、町の人々にお別れの挨拶まわりをし、そのさい、しかるべき相手にはきちんとお詫びを述べてくれるように頼みこんだ。〈ニコラ〉は二つ返事で同意した。クラブの面々に伝えられた話だと、ピョートル・ガガーノフの家で、彼はたいそう行きとどいた釈明をおこない、ガガーノフ自身も大いに気をよくしたということである。あちらこちら挨拶まわりをする〈ニコラ〉の表情は真剣そのもので、いくぶん陰気な感じさえするほどだったという。だれもが彼を、上べでは同情心たっぷりに迎えてみせたが、なぜかしらとまどいを隠せず、彼がイタリアに出発することを歓迎していた。イワン・オーシポヴィチも涙まで浮かべてみせたが、最後の別れにさいして、なぜか彼の肩を抱きしめる気にはなれなかった。たしかにこの町にも、あの人でなしはたんにおれたちをコケにしただけのことで、病気とかなんとか言ったって眉唾《まゆつば》もの、と思いこんでいる連中が何人かはいた。〈ニコラ〉は、リプーチンの家にも立ち寄った。

「ひとつ聞きたいんですがね」と彼はリプーチンにたずねた。「どうしてあなたは、ぼくがあなたの頭のことを言うと見越して、アガーフィヤに前もって答えを教えたりしたんです？」

「それは、ですよ」リプーチンは笑いだした。「このぼくも、あなたのことを賢い方だって思っているからでして。だからこそ、あなたの答えをあらかじめ予想できたってわけです」

「それにしても面白い一致だな。でも、ですよ、ということは、アガーフィヤを使いに寄こしたとき、あなたはこのぼくのことを賢い人間と考えて、狂っているとは思わなかったわけですか？」

「いえ、ものすごく賢い方、ものすごく思慮深い方と思っていましたし、あなたが正気じゃないっていう話は、たんにそう信じているふりをしていただけでしてね……それにあなただって、あのときこっちが考えていることを真っ先に見抜いて、アガーフィヤ経由で、警句にたいする特許《パテント》まで送ってくださったでしょう」

「でも、そこのところは少しちがいますね。ぼくはじっさい……体調をくずしていたんですから……」スタヴローギンは眉をひそめ、つぶやくように言った。そこで彼は、

「あっ！」と叫んだ。「それじゃあ、あなたは、ほんとうにこのぼくが、完全に正気の状態でも人を襲えると思っておられるんですか？　でも、いったいなんのためにそんなことを？」

リプーチンは思わず体がこわばり、返事ができなかった。〈ニコラ〉の顔がいくぶん青くなった。あるいは、リプーチンにそう思えただけのことかもしれない。

「とにかく、あなたっていう人は、じつにおもしろい考え方をなさる人だ」と〈ニコラ〉はつづけた。「でも、アガーフィヤのことでいうと、まあ当然のことですが、ぼくはこう理解していますよ。あなたが彼女を寄こしたのは、ぼくを罵倒させるためでしょうが」

「だって、あなたに決闘を申し込むわけにもいきませんからね」

「ああ、そう、そうでした！　あなたの決闘嫌いのことは、ぼくもどこかで耳にしたことがあります」

「フランス流を直訳してどうします！」リプーチンの体がまたこわばった。

「国民性にこだわっておられる？」

リプーチンの体はますますこわばった。

「あれ、面白いものがある！」〈ニコラ〉はテーブルのいちばん目につく場所に置いてあるコンシデランの著書の一冊に気づいて叫んだ。「それじゃ、あなた、フーリエ主義者じゃないんですか？　きっと、そうにちがいない！　でも、これだって、フランス流を直訳するのと変わりないでしょう！」指でぽんとその本をはじきながら、彼は笑いだした。

「いや、これはフランス語からの直訳なんかじゃありませんよ」どこか敵意すら見せて、リプーチンは飛びあがった。「これは、全世界の人間の言語からの翻訳でしてね、たんなるフランス語からの直訳なんかじゃありませんよ！　全世界の人間の、社会主義的共和国と社会的調和からの翻訳なんです、そうなんです！　フランス語だけからの直訳なんかじゃないんです！……」

「ちぇっ、ばかくさい、だいいちそんな言語、あるはずないでしょう！」そう言って〈ニコラ〉は笑いつづけた。

時としてごく些細なことが、例外的にいつまでも心にひっかかることがある。スタヴローギン氏をめぐる大切な話はすべて先送りすることにするが、さしあたりひとつ、後学のために紹介しておけば、この町で過ごした期間中、彼が受けたいろんな印象のなかでもっともつよく記憶に刻みつけられたのは、この風采のあがらない、ほとんど卑劣ともいえる県庁の下っ端役人の姿だった。嫉妬深く、家庭にあっては横暴な専制君主で、食べ残しやろうそくの燃えさしまで鍵をかけてしまっておくような、吝嗇《りんしょく》家《か》で高利貸しまがいの男ながら、そのくせだれも知りようのない来《きた》るべき「社会的調和」を熱烈に奉じ、夜な夜な未来の共産組織《ファランステール》の現実離れした絵図を脳裏に思いえがいては有頂天になり、近い将来このロシアに、いやわたしたちの県にもそれが実現するものと心から信じてうたがわない男の姿だった。しかも、その共産組織《ファランステール》が実現すべき場所というのが、この下っ端役人が小金を貯めこんで「ちっぽけな家」を買い、二度めの結婚で少しばかりの持参金を手にした町——「全世界の人間の社会主義的共和国と社会的調和」の来るべき構成員に、せめて外見だけでもふさわしい人物など、周囲百キロを見回しても、当の役人をふくめだれひとり見当たりそうにない土地柄なのである。

《こいつら、いったいどういう頭をしてる！》〈ニコラ〉は、この思いもかけないフーリエ主義者をときおり思いおこしては、不審の念にかられたものだった。

4

わたしたちの王子は、三年あまり旅行していた。そのため、町ではほとんど彼のことを忘れてしまった。ヴェルホヴェンスキー氏の話を通して、彼がヨーロッパをくまなく巡り、エジプトにも足をのばし、エルサレムにも立ち寄ったことがわかった。その後、アイスランドに向かうある学術探検隊にもぐりこみ、じっさいにアイスランドにも滞在したということだった。ひと冬、ドイツのある大学で聴講生になったという話も伝わってきた。母親には、めったに手紙を寄こさなかった。半年に一度寄こすか寄こさないかだった。それでも、ワルワーラ夫人は腹も立てず、気を悪くすることもなかった。いちどできあがった息子との関係を、とくに不平もこぼさずにおとなしく受けいれていたが、この三年間というもの、夫人はむろん、毎日のように愛する〈ニコラ〉のことを不安がり、恋しがり、夢に描いてきた。ただし、そうした夢や不満を誰にも打ち明けようとはしなかった。ヴェルホヴェンスキー氏とも、傍《はた》から見るといくらか疎遠になっていた。彼女には何か胸のうちに秘めた計画があるらしく、以前にもましてケチになり、貯蓄に精を出すようになって、ヴェルホヴェンスキー氏がカードで負けることにたいしてもますます口やかましくなった。

　今年の四月、夫人はようやく、幼友だちでパリに住むプラスコーヴィヤ・ドロズドワ将軍夫人から一通の手紙を受けとった。手紙の中で将軍夫人は――ちなみにワルワーラ夫人は彼女ともう八年近く会っておらず、音信も不通だった――ニコライ・スタヴローギンが一家と親しく交わり、リーザ（彼女のひとり娘）とも仲良しになったことや、いまパリに滞在しているK伯爵（ペテルブルグではかなり有力な人物である）の家ではわが子同然の扱いを受け、ほとんど伯爵家で寝起きしているのだが、この夏はスイスのヴェルネ・モントルーに自分たちと同行するつもりでいると書いていた。手紙はごく短いもので、右に述べた事実以外、結論らしきものは何も記されていなかったが、その手紙が目当てにしているところははっきりと透けてみえた。ワルワーラ夫人はあまり考えることもせず、即座に決心し、身支度をすると、養女のダーシャ（シャートフの妹である）を伴って、四月半ばパリへ、それからスイスへ駆けつけた。夫人はダーシャをドロズドワ一家にあずけ、七月には単身で戻ってきた。夫人からもたらされた知らせでは、ドロズドワ一家も八月の終わりにこの町に来る約束をしたとのことだった。

ドロズドワ一家もまたこの町の地主だったが、イワン・ドロズドフ将軍（ワルワーラ夫人の昔の友人で、夫の同僚だった）の勤めの関係で、自分たちが所有する広大な領地をいつの日か訪れたいという願いを、ずっと叶《かな》えられずにきた。ところが昨年、当の将軍が亡くなると、プラスコーヴィヤ夫人は悲しみを癒しきれずに、娘を連れて外国へと旅立った。この旅行には葡萄《ぶどう》療法を受けるという目論見《もくろみ》もあって、夏の後半はこれをヴェルネ・モントルーで試みる予定でいた。そしてロシアに戻ってからは、この県に永住する心づもりだった。夫人は市内に、窓に釘を打ちつけたますでに何年にもわたって空家にしている大邸宅を持っていた。たいそう富裕な親娘だった。最初の結婚でトゥーシナ姓になったプラスコーヴィヤ夫人は、寄宿学校仲間でもあるワルワーラ夫人と同様、これまたひと時代前に財産を築いた専売商人の娘で、おなじく莫大な持参金をもって嫁入りしたのである。退役騎兵二等大尉だったトゥーシン自身も、それ相当の財産があり、いくつかの能力に秀でた人物だった。死にぎわに彼は、七歳になるひとり娘のリーザにけっこうな額の財産を遺言した。リーザ、つまりリザヴェータ・ニコラーエヴナが二十二歳となった今では、彼女名義の資産だけでも、見積もりで優に二十万ルーブルあったが、二度目の結婚で子どもを授からなかった母親プラスコーヴィヤ夫人の死後、手に入るはずの財産については、言うにはおよばない。ワルワーラ夫人は、見たところ、今度の旅行にたいへん満足しているらしかった。夫人に言わせると、彼女はプラスコーヴィヤ夫人との話し合いで、満足すべき成果を収めることができた。帰国するやただちに、その一部始終をヴェルホヴェンスキー氏に報告した。夫人は、彼にたいして開けっぴろげといってよい態度をとったが、こんなことはここしばらくなかったことだ。

「それはよかった！」ヴェルホヴェンスキー氏は声を張りあげて、指をぱちんと鳴らした。

彼はもう有頂天だった。親しい友と別れて生活しているあいだ、極度にわびしい気分で過ごしていたこともあり、なおさらである。外国に旅立つときに、ワルワーラ夫人は彼とろくに別れの挨拶もかわさず、自分の計画について何ひとつ伝えなかった。おそらくは「この女々しい男」が、あちらこちらしゃべり散らしかねないと案じてのことだろう。夫人は当時、思いがけず発覚したカードの多額の借金に腹を立てていた。しかしそれでも、まだスイスにいる時分から、ロシアに帰ったらすぐにも自分が見捨てた親友に何か埋め合わせをしてやらなくてはと痛感していた。ましてや、もうかなり長期にわたって彼にすげない態度をとってきたことがあるからだ。

いっぽう、この慌ただしくどこか秘密めかした旅立ちは、ヴェルホヴェンスキー氏の弱気な心にショックを与え、ずたずたに苛《さいな》んだばかりか、そこへまるで面当てのように、ほかのいろんな心配事が襲いかかってきた。彼を悩ませていたのは、たいそう厄介な、かなり以前から続いてきた金銭上のトラブルだった。この問題は、ワルワーラ夫人の助力なしではとても解決しそうになかった。しかも今年五月、わたしたちの善良にして温厚なイワン・オーシポヴィチ知事が、ついに任期切れとなった。いろいろと不始末も重なって、更迭《こうてつ》されたのである。それから、ワルワーラ夫人の不在中、新知事アンドレイ・アントーノヴィチ・フォン・レンプケーの赴任という出来事もあった。それと時を同じくして、ほとんど県全体の社交界の、ワルワーラ夫人、したがってヴェルホヴェンスキー氏に対する態度ががらりと一変した。少なくとも彼は、貴重ながらも不快きわまりない情報をいくつか耳にし、ワルワーラ夫人の不在中、ひとり怯《おび》えきっていたようである。彼はもう、危険人物ということで新知事に密告がなされているのではないか、という疑心暗鬼にとりつかれていた。彼は、町のご婦人がたの何人かが、ワルワーラ夫人宅への出入りをやめようともくろんでいることをはっきりと突きとめた。新しい県知事夫人（秋にならなければこの町には来ないとのことだった）については、傲慢な女というもっぱらの噂だったが、そのかわりにれっきとした貴族で、「どこの馬の骨ともしれぬわれらが哀れなワルワーラ夫人」とは格がちがうということだった。どこから聞きつけたものやら、新しい県知事夫人とワルワーラ夫人は、以前どこかの社交界で顔をあわせたことがあり、そこで生じた仲たがいが原因で、ワルワーラ夫人はフォン・レンプケー夫人と聞いただけで虫酸《むしず》が走るのだ、といった話がまことしやかに伝えられていた。町のご婦人がたの意見やら、社交界の動揺にまつわる話を聞き終えたワルワーラ夫人の、意気軒昂《いきけんこう》たる勝ち誇ったような表情、そして人を小ばかにしたような無関心ぶりを見て、怯えきっていたヴェルホヴェンスキー氏の心はにわかに活気がよみがえり、一瞬のうちに陽気になった。そこで彼は、一種独特のこびるようなユーモアをまじえて、新知事が赴任したときの様子をあれこれ話してきかせた。

「excellente amie（あのですね）、あなたがご存じないはずはないと思うんですが」と彼は、コケットリーな、気どった感じに言葉を引きのばしながら話しだした。「つまりですよ、一般的に、ロシアの行政官とは何か、新任の、つまり、なりたてほやほやのロシアの行政官とは何か、ということです……Ces interminables mots russes！（ロシア語っていうのは、ほんとうにきりがありません）……でも、行政官冥利《みょうり》ということが何を意味するか、そもそもそれがどんな代物か、あなたご自身もじっさいにほとんどご存じないわけでしょう？」

「行政官冥利ですって？　なんのことかわかりませんよ」

「つまりです……Vous savez, chez nous（ご存じのように、わが国では）……En un mot（要するに）、たとえばの話ですが、だれかカスのカスみたいな男を、どこかの駅のぼろチケット売場に立たせてごらんなさい、このカス男は、チケットを買いにやってくる客たちを、まるで全知全能のジュピター気どりで見下しはじめますから、それも、pour vous montrer son pouvoir.（自分の力を誇示するために）。『さあ、おれの力を見せつけてやるから』といわんばかりに……で、それが、連中にとっては行政官冥利にまで達するというわけです……En un mot（まあ、ひと言で言って）、わたしはこんな話を読んだことがあるんですよ、外国のあるロシア正教会に勤める寺男が——mais c'est très curieux（それにしてもじつに妙な話です）——イギリスのある高名な家族を追いだしたんですよ、つまり、文字通り、教会から、les dames charmantes（魅力的なご婦人がたをです）、大斎期の礼拝がはじまる直前にね。――vous savez ces chants et le livre de Job（あの聖歌とヨブ記はあなたもご存じですよね）……その口実というのがもう、『ロシアの教会を外国人にうろちょろされては規律が乱れる、決められた時間に来ていただかなければ』の一点張りで、しまいには相手が気絶する大騒ぎになった……この寺男は、行政官冥利の発作にかられ、et il a monté son pouvoir（自分の力を誇示した）ってわけです……」

「ステパンさん、こう言ってはなんですけど、もっと要領よくお話ししていただけません？」

「フォン・レンプケー氏はいま県内の視察に出ています。En un mot（要するに）、このレンプケーという人物は、ロシア正教を信じるロシア生まれのドイツ人なんですが――そこを差っ引いても――たいへんな美男子といってもいいほどでしてね、四十前後の……」

「美男子とおっしゃる根拠ってなんですの？　目なんて、まるで羊みたいにショボショボしてるじゃないですか」

「たしかにおっしゃる通り。ただぼくとしては、まあ、町のご婦人がたの意見にしたがって……」

「ステパンさん、お願いですから別の話にしましょう！　ところで、あなた、赤いネクタイをつけてらっしゃるけど、それは前から？」

「いえ、これはその……今日だけちょっと……」

「で、いつもの運動はつづけてらっしゃる？　毎日六キロの散歩、なさってらっしゃる、お医者さんの言いつけどおりに？」

「いや……毎日ってわけには」

「思ったとおり！　スイスにいたときからそんな予感がしてましたよ！」夫人は苛立たしげにそう叫んだ。「そうなったらもう、六キロじゃすまないわね、十キロずつ歩かなくちゃ！　ずいぶんだらしなくなった感じよ、ほんと、おそろしく！　たんに老けたなんてもんじゃない、もうろくした感じです……さっき、あなたを見て、ほんとうに驚きました、赤いネクタイなんかしめて……quelle idée rouge！（どうして赤なんて思いついたのかしら！）さあ、フォン・レンプケーの話をつづけてください、ほんとに話す価値があるんでしたらね、でも、適当なところで切り上げてくださいよ、お願いですから、それに、もう疲れました」

「En un mot（要するに）、ぼくが言いたかったのはこういうことなんです。つまり、四十代の駆けだしの行政官の一人で、四十まではうだつもあがらず、日陰《ひかげ》暮らしをしてきた男が、その後もっけの幸いと手に入れた奥さんか、何かそれにおとらず強引な手段で、いきなり世間のお仲間入りができた……つまり、その男はいま町を出ていて、ここにはいないわけですが……つまりぼくが言いたいのは、そいつが着任するが早いか、このぼくのことを、若者を堕落させる男だとか、県内にはびこる無神論の温床だとか吹き込む者がいたってことです……で、やつはすぐに調査を開始した」

「ええ、それって本当なの？」

「対抗策を講じているくらいです。あなたについても、『県政を陰で操っていた』とかいった『報告』を受けると、vous savez（いいですか）――あの男は、偉そうに『今後、二度とそんなまねは許さん』なんて言ってのけたそうですから」

「そのとおりに言ったんですか？」

「『今後、二度とそんなまねは許さん』とね。おまけにavec cette morgue（それも偉そうに）……奥さんのユーリヤさんは、ペテルブルグから直接、八月末にこちらにお見えになるそうですよ」

「外国からです。向こうでお会いしましたからね」

「Vraiment？（ほんとうですか？）」

「パリでもスイスでも会いました。あの方、ドロズドフ家の親戚ですから」

「親戚ですって？　いやはや、なんて面白い一致だろう！　なんでも、たいした野心家で、そうとうなコネを持ってるそうじゃないですか？」

「くだらない、どれもつまらないコネですよ！　四十五まで一文なしの独身で通した女ですからね、それがフォン・レンプケーとの結婚でようやく成りあがったというだけの話です、今じゃ、あの女の目的といや、むろん夫を一人前にすることしかありませんから。夫婦そろって、とんでもない陰謀家です」

「でも、ご主人より二歳年上なんですって？」

「五つです。あの女の母親っていうのが、モスクワにいた時分、よくうちのドア口でぺこぺこやってましてね。主人のフセヴォロドがいたころには、うちの舞踏会に呼んでくれってお情けにすがるみたいに拝まれて。ところがあの女、一晩じゅうろくに踊りも踊らず、額におっきな付け黒子《ほくろ》くっつけたまま、ホールの隅にぽつんと座ったきりでしょう、で、こっちもさすがに見かねて、夜の二時すぎになってから、踊りの相手をさし向けてやったくらいです。あのころ、あの女はもう二十五になってたけれど、まるで小娘みたいに、いつもつんつるてんのワンピース着せられていたもんです。ですから、あの人たちを出入りさせるのが、もうみっともなくって」

「その付け黒子、目に見えるみたいだ」

「じつをいうと、わたし、むこうに到着するとすぐ陰謀に出くわしたんです。あなたもさっき、ドロズドワの手紙読んだでしょう、あれだって、もう一目瞭然ですよ。いったいどんな陰謀だったか、ですか？　あのばか女のドロズドワときたら——ばかじゃなかったことなんてないくらいよ——急にすっとぼけた顔をするじゃないの！　いったい何しに来た、とでもいわんばかりにね。呆れてものもいえないくらいでしたよ！　ところがよく見ると、あのレンプケー夫人、ごまをすってあの従弟《いとこ》を、そう、ドロズドフ老人の甥をちゃっかり売り込んでるんです、何もかも見え透いています！もちろんわたし、すぐに全部をやり直させて、プラスコーヴィヤをまたこっちの味方につけましたけどね、でも陰謀ですよ、陰謀！」

「それでも、その陰謀をみごと打ちくだいた。ああ、たいした女ビスマルクだ！」

「ビスマルクじゃないけど、偽善や愚劣さなら、どこにいたってちゃんと見分けられるぐらいの能はありますからね。レンプケーが偽善なら、プラスコーヴィヤは愚劣の塊《かたまり》ですよ。あれぐらいふやけた女は、そうめったにお目にかかれません。おまけにあの女、足が腫《は》れあがって、もひとつおまけにお人よしときていますからね。ほんとうに、ばかなお人よしぐらい始末の悪いものはありませんよ」

「でも、意地の悪いばかほど、ma bonne amie（そう）、意地の悪いばかほど、始末の悪いものもありませんけれどね」ヴェルホヴェンスキー氏は、気品にみちた口ぶりで反論した。

「ひょっとしたらその通りかもしれない、だって、あなた、あのリーザのこと覚えてるでしょう？」

「Charmante enfant！（チャーミングな子でしたね！）」

「でも、いまはもう enfant（子ども）じゃなく、れっきとした一人前の女性ですよ、それなりにちゃんとした意志をもった女性ですとも。上品で、情熱的で、わたし、あの子のことが好き、なんでも信じこむばかな母親の言いなりにならないところがね。で、あのいとこのせいで、ひと騒動起こるところだったの」

「ほう、でも、その青年、じっさいにリーザさんとはぜんぜん血のつながりがないわけでしょう……何か目当てでもあるんでしょうか？」

「いえね、あの若い将校さん、ひどく無口で、謙虚なといってもいいくらいなんです。つねに公平でありたいというのがわたしの願いですから。あの人自身はああいった陰謀そのものに反対で、何も望んではいないのに、レンプケー夫人がすり寄ってるだけのような気がしますの。ニコラのこともとっても尊敬していますし。おわかりかしら、すべてはリーザの気持ち一つにかかっているんですが、わたしが帰るときは、ニコラとあの子の関係はほんとうに申し分のないものでしたし、ニコラにしたって、十一月にはこちらにぜひとも戻ってきますって、自分から約束してくれたくらいなんです。というわけで、陰謀をたくらんでいるのは、レンプケー夫人ひとりってわけでね、プラスコーヴィヤなんて、たんなる操り人形にすぎないんですよ。わたしが抱いている疑いなんかぜんぶ思いすごしにすぎませんって、いきなりこう言ってきましたからね。そこでわたし、面と向かって言い返してやったんです。あなたってほんとうにおばかさんね、って。最後の審判のときだってそう言ってやりますとも！ それにもし、ぎりぎりまで放っておいてほしいってニコラに頼まれなかったら、わたし、あそこを出るまでに、あのニセモノ女の化けの皮を思いきり剝いでやりましたとも。あの女、ニコラを通してK伯爵に取り入ったり、わたしたち親子を引き離そうとしたりしたんですから。でも、リーザがこっちの味方についてくれているし、プラスコーヴィヤとは折り合いがつきましたからね。で、あなたご存じ？　あの女とカルマジーノフ、親戚関係なんですってよ」

「えっ？　フォン・レンプケー夫人の親戚？」

「そうなんですよ、あの女の。遠い」

「カルマジーノフが？　あの小説家の」

「ええ、そうなんですって、作家の。何をそうびっくりなさってるんです？　むろん、ご当人は大作家気どりでいるかもしれないけど。ほんとうに高慢ちきな男ですよ！　彼女、その男を連れてこっちにやって来るんですが、今ごろきっと向こうで熱をあげてるでしょうね。彼女ったら、ここで何かやらかす気でいるらしいんです、何か文学の集会みたいなものをね。で、カルマジーノフのほうも、ひと月の予定でこちらに来て、この町にあるなけなしの領地を売りたいみたい。スイスでもあやうく顔を合わすところでしたけど、そんなの、ごめんこうむりたいと思って。といって、むこうはこっちのことをちゃんと覚えてると思いますよ。昔の話だけど、わたしに何通も手紙を書いてよこしたことがあるし、家に遊びにきたこともあるくらいですから。それはそうと、ステパンさん、あなた、もっときちんとした身なりを心がけてほしいものね。だって、毎日見るたびにだらしなくなっていくんですもの……ああ、あなたにはほんとうに苦労させられる！　で、いま、何を読んでらっしゃるの？」

「ぼくですか……ぼくは……」

「わかってますよ。あいかわらず友人づきあい、あいかわらず飲み会、クラブ、カード、それに無神論者とかいう評判じゃないの。わたしね、ステパンさん、そういう評判がいやなんです。無神論者だとか、人に後ろ指さされてほしくないの。とくに今はね。昔だっていやでしたけど、だって、あんなのはもう、ほんとうに中身のないおしゃべりにすぎないんですから。これは、いつかは言っておかなくちゃならないことなの」

「Mais, ma chère（そうはいっても）……」

「いいですか、ステパンさん、学問全般からいったらわたしなんか無学同然で、あなたの足元にも及びませんよ、でも、ここに帰ってくる途中、いろいろあなたのことを考えていたんです。で、ある確信に達したってわけ」

「とおっしゃると?」

「それはね、この世でいちばん賢いのはわたしたちだけじゃない、わたしたちよりもっと賢い人たちがいるってこと」

「それはずばり、的を射ていますよ。もっと賢い人がいる、ってことは、ぼくたちより正しい人がいる、ということですし、つまり、ぼくたちもまちがいを犯しかねないってことですね、そうじゃないですか? Mais, ma bonne amie(でも、そうは言っても)、たとえば、ぼくがまちがいを犯すとしても、ぼくにはぼくなりの、自由な良心という、全人類的で、つねに変わることのない最高の権利があるじゃないですか? でもそのつもりになれば、偽善者や、狂信家にならずにすむ権利だってあります、でもそのために、当然この世が終わるまで、いろんな人たちに憎まれることになるでしょうけどね。Et puis, comme on trouve toujours plus de moines que de raison(それにですよ、どんな時代だって、理性よりか偽善に出会うことのほうが多いですから)、ぼくもこれには同感です……」

「ええっ? いまなんておっしゃった?」

「ぼくが言ったのは、on trouve toujours plus de moines que de raison（どんな時代だって、理性よりか偽善に出会うことのほうが多い）、ぼくもこれには同感だってことです……」

「それってぜったいにあなたの言葉じゃないわね。いったいどこから引っぱってきた言葉です？」

「パスカルがそう言ってますよ」

「思ったとおり……やっぱりあなたの言葉じゃない！　どうしてあなた、そんなふうに、短く的確な言い方をいちどもなさらないで、いつもだらだらしたしゃべり方をするんでしょう？　さっきの行政官冥利の話よりはるかにましなのに……」

「Ma foi, chère（たしかに）……でもどうしてでしょう？　第一に、おそらくぼくがやはりパスカルじゃないからでしょうし、et puis（それと）……第二には、そう、ぼくたちロシア人というのは、自分たちのロシア語じゃ何ひとつまともなことがしゃべれない国民だからですよ……少なくとも、これまでは何ひとつものが言えていませんから……」

「ふうん！　ひょっとするとそうじゃないかもしれないわね。せめてあなたぐらい、そういう言葉を、会話でのやりとりでは、そう、そういう言葉をメモして、誰かとお話しするときにお使いになるといいわ……ああそうだ、ステパンさん、わたし、あなたとまじめにお話しすることがあって、こうして戻ってきたんでした！」

「Chère, chère amie！（ああ、ごめんなさい！）」

「レンプケーやらカルマジーノフといった連中がこれから……なのに、ああ、あなたのその体《てい》たらくぶりといったら！　ああ、あなたにはほんとうに苦労させられます！……わたしはね、あなたに対する尊敬の念を、あの人たちにも抱いてもらいたいの。だって、あの人たちなんて、あなたの指、あなたの小指ほどの値打ちだってないはずでしょう、それなのに、あなたの最近のお行儀の悪さといったら！　あの人たち、あなたをどう見ると思います？　あの人たちに何を見せてやれます？　生き証人として、しゃんとし、身をもってお手本にならなくちゃいけないはずなのに、どこの馬の骨とも知れぬ汚い連中をまわりにはべらせ、まともじゃ考えられないような珍妙な習慣に染まり、すっかり老いぼれて、アルコールとカードなしじゃ夜も日も明けないありさまだし、読書といったって、ポール・ド・コックぐらいなもんでしょう、あの人たちはみんなちゃんとものを書いているのに、あなたときたら何ひとつ書こうともしないで、時間という時間をぜんぶおしゃべりに費やしてる。あんな、あなたと無二の親友のリプーチンみたいな有象無象《うぞうむぞう》とつきあってていいんですか、そんなことが許されるんですか?」

「でも、どうしてまたリプーチンが、ぼ、く、の、無、二、の、親友ってことになるんです?」ヴェルホヴェンスキー氏は、おどおどした様子で抗議した。

「あの男はいまどこです?」きびしく、鋭い口調でワルワーラ夫人はつづけた。

「彼は……あの男はあなたのことをとても尊敬していますし、いまはS町に出かけているようです、母親の遺産を受けとるためとかいうので」

「どうやらあの男、金を受けとるのが仕事みたいだわね。で、シャートフはどうしてます?　いつもとかわらず?」

「Irascible, mais bon.（怒りっぽいところがありますが、でもなかなかの男ですよ）」

「あなたのお気に入りらしいけど、シャートフにはほんとうにがまんなりませんよ。底意地が悪いし、自分をへんに買いかぶって!」

「で、ダーリヤさんはお元気ですか?」

「あなた、それは、ダーシャのことを聞いてるの?　なんでまた急に?」そう言ってワルワーラ夫人は、ありありと好奇の色をうかべながら相手を見やった。「健康そのものですよ、ドロズドワのところに置いてきました……そうだ、わたしね、スイスで、あなたの息子さんの噂を耳にしましたよ、悪い噂です、いい噂じゃありません」

「Oh, c'est une histoire bien bête！（ああ、それはほんとうにばかげた話でしてね！）Je vous attendais, ma bonne amie, pour vous raconter（じつは、あなたがもどられたらそのお話をしようと）……」

「ステパンさん、もうけっこう、ちょっと休ませてくださいな。疲れてしまいましたから。お話ならこれからいくらでもできますでしょ。とくに悪い噂話ならね。あなた、お笑いになるとき唾《つば》が飛ぶようになりましたよ。それって、なんというか、もうろくしはじめた証拠ですからね！　それにこのごろ、なんてへんな笑いかたをするようになったんでしょう……ああ、ほんとうに悪い癖がたまりにたまって！　あなたのとこなんか、カルマジーノフだって訪ねて来やしませんよ！　それをまあ、なんにでも嬉嬉として……あなたはね、もう正体まるだしなの。もう、けっこう、けっこうです。疲れました。そろそろ勘弁してくださいな！」

ヴェルホヴェンスキー氏は「勘弁」し、部屋を出ていったが、その後ろ姿はいかにも困惑した様子だった。

5

たしかに、わたしたちの友人のヴェルホヴェンスキー氏は、とくに最近、少なからず悪い習慣が身につき、めっきりたがが緩んだ感じになってしまった。それに、だらしなくなったことも事実だった。アルコールの量が増え、涙もろくなり、神経も弱ってきた。さらに、何やら優美なものに対してやけに敏感になってきた。顔の表情も、たとえば威厳たっぷりな顔をしていたかと思うと、それがじつに滑稽で、むしろ間のぬけたものに異常なくらいすばやく変化してしまうという、奇妙な能力が身についたのである。一人でいることに耐えられず、つねに、一刻もはやく気を紛らわしてもらいたいと切望するようになった。わたしとしても、何かしら人の噂とか、町に広まっているひと口話とかを話してやることが欠かせなくなった。しかも毎日、新しいネタでないと収まらなかった。しばらく来客がとだえたりすると、部屋から部屋をさびしそうに歩きまわり、窓のそばに近づいていっては物思わしげに唇を噛み、深々とため息をついて、しまいにはほとんどすすり泣きをはじめるのである。つねに何かを予感し、唐突になにか避けがたいことが起こるのではないかとびくびくしていた。臆病になっていたのだろう、夜見る夢をひどく気にするようになった。

その日の昼と夜をひどくさびしい思いで過ごした彼は、わたしを呼びに使いをよこし、おそろしく興奮しながらだらだらとおしゃべりを重ねていたが、どれもこれもかなり脈絡を欠いていた。ワルワーラ夫人は、もうはるか以前から、彼がわたしに何ひとつ隠し立てしなくなっていることに気づいていた。そのうちわたしには、彼が何か特別なこと、おそらく彼自身にすら想像もつかないものに、心を煩わされているように思えてきた。以前であれば、わたしたちがこうして差し向かいになり、わたしに愚痴っぽいことを口にしはじめると、だいたいがいつも、しばらくするとウオッカの小瓶が運ばれ、いちだんとくつろいだ気分になったものである。ところが、このときばかりは酒も出ず、どうやら彼は酒を持ってこさせたいという願望を一度ならず押し殺しているように見えた。

「それにしても、どうしてあの人は腹を立ててばかりいるんだろう！」彼は、子どものようにしきりに愚痴をこぼしていた。「Tous les hommes de génie et de progrès en Russie étaient, sont et seront toujours des（ロシアの天才、そして進歩的人間というのは、例外なく）博打《ばくち》うちか、 et des qui boivent en zapoï（へべれけに酔っぱらった）酒飲みですけどねえ、……ぼくはまだそれほどひどい博打うちでもなければ、酒飲みでもありませんよ……どうしてものを書かないのかって、責めるんです。おかしな考えですよ！……どうしてぼくがいつも寝ころがっているのか、ですって？ あの人に言わせると、ぼくは、『お手本として、叱責者として』立っていなくてはいけないってわけです。Mais, entre nous soit dit（でも、ここだけの話ですが）、『叱責者』として立つように定められた人間って、いったい何をしていればいいんです、寝ころがっている以外に。――あのひと、そこのとこがわかってるんでしょうか？」

そして、今回彼が執拗に苦しめられている特別に重大な悩みごとが何であるのか、ついにわたしにもはっきりしたのだった。その夜、彼は何度も鏡のほうに近づいていっては、その前でしばらくたたずんでいた。やがて鏡に背を向け、くるりとこちらをふり返ると、何かしら妙に絶望した様子でこう口にしたのだ。

「Mon cher, je suis un（ほんとうに、ぼくは）、もう、人間として完全にたがが緩んでいるんです！」

たしかに、そうなのだ。彼はこれまで、今日の今日まで、ある一点だけは確信を失うことがなかった。それは、ワルワーラ夫人がいかに「新しい見解」を抱き、いかに「思想の変化」をとげようと、彼女の女心にとって自分は今なお魅惑的な存在である、つまり、たんに追放された者や栄えある学者としてだけでなく、ひとりの美しい男性としても魅力的なのだ、という一念である。かれこれ二十年間というもの、この、心をくすぐり、落ちつかせてくれる信念は、彼のなかに深く根をおろし、ことによると彼のありとあらゆる信念のなかでも、もっとも捨てがたい信念かもしれなかった。その夜、彼は、どれほど巨大な試練がごく近い将来に待ち受けているかを、はたして予感していただろうか？

6

ではこれから、事実上このクロニクルの発端となった、少しばかり滑稽な事件について書き記すことにしよう。

八月も押しつまったころ、ついにドロズドワ親娘も帰ってきた。二人の到着は、総じて社交界に目ざましい印象を与えた。二人の親戚にあたり、町じゅうの人からその到着が待たれていた新知事夫人の到着に、いくぶん先んじるものだったからである。だが、この一連の興味深い事件についてはいずれまた述べることにして、さしあたりはプラスコーヴィヤ夫人が、彼女の到着を首を長くして待ちわびていたワルワーラ夫人に、あるきわめて面倒な謎をもたらしたことを話すに留めておこう。〈ニコラ〉は、すでに七月のうちにドロズドワ一家と別れ、ライン河畔でK伯爵と落ちあうと、その伯爵一家とともにペテルブルグに向かったという（作者注。伯爵家の三人の娘はみな適齢期にあった）。「なにせ、プライドが高くて頑固な娘ですからね、リザヴェータからは何も聞きだせませんでしたよ」プラスコーヴィヤ夫人はそう明言した。「でも、この目で確かめているんです。あの子とスタヴローギンさんとのあいだで何かあったにちがいありません。原因はわかりませんけど。ねえ、ワルワーラさん、その原因については、お宅のダーリヤさんに聞いていただくのがいちばんかと思いますよ。わたし、思うんですけど、うちのリーザはひどく侮辱されたんです。でもね、ほんとうにうれしいんですよ。あなたの大のお気に入りのお嬢さんをやっとお連れできて、こうして直接、手渡しできるんですからね。これでやっと、肩の荷が下りたような気がします」

プラスコーヴィヤ夫人の口から吐き出されたこの毒々しい言葉には、あきらかに苛立ちがこもっていた。「愚図女」が、前もってこのセリフを用意し、あらかじめその効果を楽しみにしてきたことはあきらかだった。しかしワルワーラ夫人を、そんなセンチメンタルな効果や謎めかした言葉で悩ませてやろうなどというのは、どだいむりな話だった。夫人はきびしい口調で、もっと厳密で満足のゆく説明を要求した。プラスコーヴィヤ夫人はすぐに調子をおとし、あげくの果ては泣きだしてしまい、そこから一気に心をひらき、打ち明け話におよんだ。怒りっぽくて感情過多のプラスコーヴィヤ夫人は、ヴェルホヴェンスキー氏と同様、ほんものの友情というものにたえず飢えていて、娘のリザヴェータにたいする不平不満も、もっぱら「娘が友だちになってくれない」という点につきていた。

だが、夫人の説明や打ち明け話のなかで正確なのはただひとつ、リーザと〈ニコラ〉のあいだに、じっさいのところ何か喧嘩別れのようなものが起こったということだけで、それがどういうたぐいの喧嘩別れであったかというと、当のプラスコーヴィヤ夫人もはっきりとはつかみきっていないらしかった。ダーリヤに向けられた嫌疑も最後にはすべて取り消し、さっきの言葉は「腹立ちまぎれ」に口にしたことなので、どんな憶測も加えないでほしいと頼みこんだほどである。要するに、なにもかもがひどく曖昧で、何か裏がありそうなものになった。夫人の話では、喧嘩別れはリーザの「強情で、ひとを見下すような性格」から来ていて、「スタヴローギンさんはなにぶんにも誇り高い人ですから、あの子のことがとても好きでしたのに、ひとを見下すみたいなあの態度が耐えられなくって、自分からもあの子を見下すようになったんです」とのことだった。「それからしばらくして、わたしたち、ある若い方と知りあいになったんですけど、それがどうやらこちらにおられる〈教授〉の甥御さんらしいんですね、苗字も同じでしたから……」

「息子さんですよ、甥御さんじゃなくって」とワルワーラ夫人が注意した。プラスコーヴィヤ夫人は、前からヴェルホヴェンスキー氏の苗字がなんとしても覚えられず、いつも彼のことを「教授」と呼んでいた。

「ほう、息子さんねえ、それならそれでけっこう。といって、わたしにはどうでもいいことですけど。ごくふつうの青年で、たいそう活発で自由な人でしたけど、とくにどうということもありませんでしたわ。で、リーザのほうもそこはよくなかったたんですが、スタヴローギンさんに焼きもちを焼かせてやろうというんで、わざとその青年をそばに近づけたんですね。いまさらとやかく言うつもりはこのわたしにもありませんよ。若い娘にはごくありがちなことだし、むしろご愛嬌といってもいいくらいのことですもの。ところがスタヴローギンさん、焼きもちを焼くどころか、自分からむしろその青年と仲良しになってしまわれて、まるで何も気づいていないか、まるきりどうでもよいといった態度に出たわけ。そこでリーザったら、かっとなってしまったのね。それからまもなくその青年は出発してしまいましたが（どこかにとても急いでいました）、リーザは何かにつけ、スタヴローギンさんに突っかかるようになったんです。スタヴローギンさんがときどきダーリヤさんと口をきいているのに気づいたものだから、それこそ狂ったみたいに怒りだして。わたしも母親ですからね、ほんとうに生きた心地がしませんでしたよ。お医者からくれぐれも興奮することのないようにって言われているんですが、スイス自慢の湖にもすっかり嫌気がさしてしまいました。湖を見るだけでもう歯が痛みだす始末ですし、ひどいリューマチまで出てきてしまって。ジュネーヴ湖は歯痛の原因になるって、新聞にも書いてあるくらいですから。そういう性質の湖なんですね。そんなとき、スタヴローギンさんのところにとつぜん伯爵夫人から手紙が届いて、で、そのまま発ってしまわれたってわけ。一日で荷造りをすませて。二人はなごやかにお別れを言っていましたし、それにリーザったら、お見送りをしながらひどくはしゃいで、軽はずみな感じがするくらい大声をあげて、やたらと笑うんですよ。でもね、それはすべてみせかけにすぎませんでした。いったんあの方が去ってしまわれると、なんだかひどく沈みこむようになって、彼のことはもうまったく話さなくなり、わたしにもしゃべらせようとしないんです。ところでワルワーラさん、あなたにひとつアドバイスしておきますけど、この件について、しばらくリーザとは何も話さないようにしたほうがいいですよ。話がこじれるだけですから。あなたが何も言わなければ、きっとあの子のほうから話しはじめますし、そのほうがいろいろ事情もわかります。わたしの考えを言いますとね、スタヴローギンさんが約束どおりここに戻られれば、すぐまた元のさやに収まりますよ」

「今すぐあの子に手紙を書きます。ぜんぶそのとおりだとしたら、たんなるつまらない喧嘩ですから。ばかばかしいったらありゃしない！　ダーリヤのことも、わたし、わかりすぎるくらいわかってますから、ほんとうにばかばかしい」

「ダーシャのことでは、ひとつ後悔してることがあるんですよ。――悪いことをしました。あの二人、ごくありふれた世間話をしていただけで、それも大声で話していたわけですから。わたしも母親ですので、あのときはいろんなごたごたで、もうほんとうにおかしくなっていたんですの。それに、わたしもこの目で確かめてますが、リーザも自分からダーシャと仲直りして、元どおり優しい気持ちで……」

ワルワーラ夫人はその日のうちに〈ニコラ〉に宛てて手紙をしたため、約束の時期よりせめて一カ月早く戻ってきてほしいと懇願した。が、それでも夫人の胸のうちには、何かしら曖昧で割りきれないものが残った。夫人はその夜、明け方まで考えつづけていた。プラスコーヴィヤ夫人の意見はあまりに幼稚で、センチメンタルにすぎるような気がした。《プラスコーヴィヤは寄宿学校にいたころからセンチメンタルすぎる癖があった》夫人はそう考え、《ニコラは娘にからかわれたぐらいで逃げ出すような子じゃない。喧嘩別れしたというのがほんとうなら、きっとべつに理由があるにちがいない。だって、あの将校っていうのがここの町にいっしょに連れてこられ、親類面《づら》してあの家に腰を落ちつけてしまった。それに、ダーシャのことでプラスコーヴィヤがあんなふうに非を認めたのだって、ちょっと早すぎやしないかしら。きっと、自分の口からは言いだしたくない何かがあるんだわ、それを胸のうちに隠しているにち

がいない……》

朝方、ワルワーラ夫人の胸のうちで、すくなくともある誤解だけは一気にけりをつけてしまおうという計画がまとまった。そのとっぴさかげんからいって、目を見はるような計画だった。夫人がその計画を練りあげているあいだ、その胸のうちではたして何が起こっていたか、にわかに判断しがたいところがあり、わたしとしても、その計画がはらんでいる矛盾を前もってあれこれ説明するつもりはない。この事件の語り手として、わたしはその事件を正確に、それが起こったままのかたちで紹介するに留め、いかに信じがたいことのように思えようとそれはわたしの非ではない。しかしながら、ここでもういちどはっきり述べておくと、ダーシャにたいして夫人が抱いた疑念も、朝方には何ひとつその胸のうちに残っておらず、事実そんな疑念は初めから抱いていなかったにひとしかった。疑念を抱くにはあまりに彼女を信じすぎていたのである。それに〈ニコラ〉が彼女に……「ダーリヤごとき」に熱をあげるなどということは、考えもおよばないことだった……朝、ダーリヤがテーブルに向かってお茶を注いでいるとき、ワルワーラ夫人はしげしげと彼女を見やり、ことによると昨日から数えて二十回めになるだろうか、自信ありげにひとりつぶやいた。

《なにもかもばかげてる！》

ただし夫人は、ダーシャがどことなく疲れたような顔をし、いつもより静かで無気力な感じがするのに気づいた。お茶をすませると、十年一日のしきたりのごとく二人は手芸台に向かった。ワルワーラ夫人はダーシャに、外国旅行の印象について気づいたことをなんでも話してくれるように求めた。とくに、自然や、住民や、町々や、習慣や、彼らの芸術や、産業についての印象である。ドロズドワ親娘に関する事柄とか、ドロズドワ家での生活については、いっさいたずねようとしなかった。夫人と隣りあって手芸台に向かい、刺繍《ししゅう》の手助けをしていたダーシャは、すでに半時間も、いつものなめらかで単調な、そしていくぶん弱々しい声で話していた。

「ダーリヤ」ワルワーラ夫人は、ふいに相手の話に割ってはいった。「何かとくべつに伝えておきたいと思っていることはないかい？」

「いいえ、何も」ダーシャはほんの少し思案してから、彼女らしい明るい目でワルワーラ夫人を見やった。

「てことは、おまえの魂にも、心にも、良心にもないってことだね？」

「ええ、何も」ダーシャは低い調子ながら、どことなく思いつめたような声で繰りかえした。

「そうだろうと思ってましたよ！　ええとね、ダーリヤ、おまえのことはいちどだって疑ったことなんかありませんから。いいから、すわったままお聞き。いや、こっちの椅子にすわってちょうだい、そこの向かいにすわっとくれ、おまえの顔を、ようく見ていたいのでね。で、話というのはだね。いいかい、おまえ、お嫁に行く気はあるかい？」

　ダーシャは、いぶかしげなまなざしでしばらく相手を見つめていたが、それでもあまり驚いたようなそぶりはみせなかった。

「待って、何も言うんじゃないの。まず第一にだね、年齢の差っていう問題があるんだ。それも、とても大きなね。でもおまえは、ほかのだれよりそれがどんなにばか臭いことか、わかっているはずだよ。おまえは思慮深い子だし、一生過ちなんておかすもんですか。といっても、その方はまだ美男子ですけどね……。はっきり言ってしまうと、その相手というのは、おまえが日ごろから尊敬しているヴェルホヴェンスキー先生ですよ。どう？」

　ダーシャはますますいぶかしげな顔になったが、たんに驚きを浮かべているだけでなく、見るからに顔が赤くなった。

「待って、何も言うんじゃないの。それに、慌てない！　遺言でおまえにはお金も残してあるけど、かりにわたしが死んでしまったら、おまえ、どうなるっていうの、多少お金があるにしてもさ？　人にだまされてそのお金を横どりされたら、元も子もなくなるんだ。でもね、あの人のところにお嫁に行けば、おまえはもう有名人の奥さんだからね。で、こんどは別の面から見てごらん。今わたしが死んだら、——あの人が困らないようにしてあげるつもりだけど——あの人、いったいどうなります？　そこで、おまえにその期待をかけているってわけですよ。待って、話はまだ終わっていませんよ。あの人は、浅はかで、腰抜けで、残酷で、エゴイストで、それに下品な習慣まで身につけてしまっているけど、おまえがあの人を大事にしてあげるの。第一、あの人よりもっとひどい人はたくさんいるんですから。なにも厄介払いするために、どこぞのやくざ者を押しつけようっていうんじゃありません。おまえだって、まさかそんなふうには考えてもいないだろう？　でもね、いちばん肝心なのは、わたしがこうして頼んでいるんだもの、そこをわかってくれなくちゃね」夫人はそこで、苛立たしげにふと言葉を切った。「聞いてるかい？　なにをそうにらんでるんだね？」

ダーシャはずっと口を閉じたまま、話を聞いていた。

「待って、もう少しお待ち。あの人は、まあ、女々しい男だけど、でも、おまえにはそのほうがいいの。みじめったらしい、女の腐ったような男で、女からしたら愛する値打ちなんてまるきりない男ですよ。でもね、まるで頼りないところがあるからこそ、愛する値打ちがあるんだし、だからおまえも、その頼りないところを愛してやるんだね。おまえ、わたしが何を言ってるかわかってるだろう？　わかってるね？」

ダーシャは、首をたてに振った。

「思ったとおりさ、おまえならわかるはずって思ってました。あの人も、おまえが好きになりますよ。だって、愛さなくちゃいけないんです、愛さなくちゃね。きっとおまえを崇めたてるにちがいないんです！」なぜかとくに苛立たしげに、ワルワーラ夫人は声を高めた。「でもあの人は、そんな義務感ぬきでも、おまえを好きになるにちがいないんです、わたしはあの人のことがわかってるもの。おまけに、わたしもちゃんとここで見張ってるし。心配はいりませんよ。わたしがここで見張ってますからね。そのうちおまえの愚痴をこぼしたり、おまえの悪口を言ったり、会う人会う人におまえの陰口をたたいたり、ぶつぶつ不平を口にしたり、泣きごと言ったりするにちがいないんです。明けても暮れてもね。隣の部屋にいるおまえに手紙を書くこともありますよ、一日に二通ずつ。でもね、それでもおまえなしじゃ生きてけない、肝心なのはそこんとこですよ。おまえの言いなりにさせるの。それができないなら、おまえはほんとうのばかです。首を吊って死ぬとか脅しにかかるかもしれないけど、信じたりしちゃだめ。そんなのはみんなでたらめなんだから！　信じたりしちゃだめだけど、でも用心はしなきゃね、ひょっとして、ほんとうに首を吊らないとも限らないから。あいう男にはけっこうあることなんです。力があまってするんじゃない、気持ちが弱りきって首を吊るんです。だからね、どんなときでも最後まで追いつめちゃだめですよ。これは夫婦生活でいちばん肝心なところ。そう、あの人が詩人だってことも覚えておくんだね。いいかいダーリヤ、自分を犠牲にすること以上に幸せなことはないんだから。それにおまえは、このわたしにほんとうに大きな満足をもたらしてくれることになる、そこが肝心なところだからね。わたしがばかだから、口からでまかせにしゃべりちらしてるなんて考えるんじゃありませんよ。何をしゃべってるか、自分でもちゃんとわきまえてるんですから。わたしはエゴイストだからね、おまえもエゴイストになるの。わたしはべつに強制しようってんじゃない、なにもかも、おまえの気持ちひとつでさ、おまえの言うとおりになるんだ。でも、なんでそう黙ってるのさ、何か言ったらどうなの！」

「だって、ワルワーラさま、わたし、ほんとうにどちらでもかまわないんです、どうしてもお嫁に行かなくちゃならないんでしたら」ダーシャは、しっかりした声でそう答えた。

「どうしても？　おまえ、それ、どういう意味だい？」ワルワーラ夫人は、きびしい目で相手の顔をにらんだ。

ダーシャは押しだまったまま、刺繡の針をのろのろと動かしていた。

「おまえは賢い子だけれど、ばかなこと言うんだね。どうしてもおまえをお嫁にやりたいって思ったのはほんとうだけど、でも、そうするのが必要ってわけじゃないんだよ、たんにそんなことを思いついたからでね、相手だってヴェルホヴェンスキー先生ひとりなわけだし。先生がいなかったら、いますぐおまえをお嫁にやろうなんて考えもしませんでしたよ、おまえももう二十歳になるけど……で、どうなのさ？」

「ワルワーラさま、奥さまのおよろしいように」

「ってことは、同意したってことだね！　ちょっと待って、お黙り、急《せ》いちゃだめ、話はまだ終わってませんよ。遺言で、おまえは一万五千ルーブル受けとることになっています。結婚式がすんだら、そのお金はすぐにおまえにあげることにします。そのうち八千ルーブルはあの人に分けてやってちょうだい、つまり、あの人じゃなくてこのわたしに。だって、あの人はわたしに八千ルーブルの借りがあるんだから。わたしが支払うわけだけど、でもおまえのお金で支払うってことを、わきまえてもらいたいんだ。差し引き七千ルーブルおまえの手元に残るけれど、びた一文あの人に渡しちゃだめだからね。あの人の借金は、ぜったいに肩代わりしないこと。いちど肩代わりしたら、ぜんぶ巻きあげられることになるから。それでも、わたしがいつもここで見張っていますから。おまえたち夫婦は毎年、千二百ルーブルをこのわたしから受けとることになります。何か緊急の場合は千五百ルーブル。それとべつに、住居費と食費は、いまもあの人にしてあげている額をそのまま、わたしから受けとることになるわ。ただし、使用人だけは自分たちで支払うようになさいよ。毎年支払うこれだけのお金は、すべて一度にまとめて渡すことにするから。直接おまえにね。でも、ときどきあの人にお小遣いをあげるぐらいのことはするのよ。一週間に一回ぐらいなら、友だちの出入りも大目に見ておやり、ただし出入りが頻繁すぎるようなときは、ちゃんと追っぱらうんですよ。でも、わたしがここで見張ってますから。もしわたしが死ぬようなことがあっても、おまえたち夫婦が受けとる年金は、あの人が死ぬまでずっと支払われますからね、いいね、あの人が死ぬまでですよ。だって、これはあの人の年金であって、おまえの年金じゃないんだから。おまえがばかをしない限り、まるまるおまえの手元に残るさっきの七千ルーブルのほか、おまえにはほかに八千ルーブルを遺言で残すことにします。でも、それ以上わたしからは何も受けとれませんからね。そのことはよくわきまえておおき。どう、同意するかい？　そろそろ何か言ったらどうなの？」

「すでに申しあげたとおりです、奥さま」

「いいね、さっきも言ったように、これはすべておまえの気持ちしだいなんだ、おまえの望むとおりになるんだから」

「ただ、お聞きしたいのですが、奥さま。ヴェルホヴェンスキー先生からはもう、何かお返事のようなものをいただいているのでしょうか？」

「いいや、返事をもらっているどころか、この話じたいをまだ知りませんから、でもね……すぐにも返事を寄こしますよ！」

夫人はとっさに立ちあがると、黒いショールをさらりと肩にかけた。ダーシャはまたいくぶん顔を赤らめ、いぶかしげな目でその様子を見守っていた。ワルワーラ夫人は、怒りに燃えるような顔で彼女のほうを振りかえった。

「ばかだよ、おまえは！」夫人は、ハヤブサのように彼女に食ってかかった。「ほんとうに恩知らずのばかなんだから！　おまえ、いったい何を考えていたんだい？　わたしが何かこれっぽっちでも、おまえに恥をかかせるようなことをするとでも思ってるのかい？　いいえ、あの人は自分から膝をつき、這ってでも頼みに来ます、死ぬほどうれしがるにちがいありません、そうなるようにお膳だてしますとも！　おまえだってわかってるはずさ、おまえに恥なんか、かかせてなるもんですか！　それとも何かい、あの人はその八千ルーブル欲しさにおまえを嫁にもらうとでも、で、わたしがおまえを売り急いでいるとでも思っているのかい？　ばかだね、ばかだよ、おまえたちって、ほんとうに恩知らずのばかばっかり！　さあ、傘をとっとくれ！」

そう言うと、夫人は雨に濡れているレンガ敷きの歩道や渡り板をつたって、ヴェルホヴェンスキー氏のもとへ駆けだしていった。

7

夫人が〈ダーリヤ〉に屈辱を味わわせるような真似をするはずがないことは、たしかだった。それどころか、夫人はいまでは彼女の恩人のように自分をみなしていた。ショールをさらりと引っかけながら、自分に注がれている養女の当惑しきったいぶかしげなまなざしに気づいたとき、夫人の心のなかで、このうえなく高潔で、文句のつけようのない憤りが燃えあがった。夫人は、まだごく幼いころからダーシャを心底愛しており、プラスコーヴィヤ夫人が彼女について、ワルワーラ夫人の大のお気に入りと呼んだのもしごく当然のことだった。ワルワーラ夫人は、もうずいぶん前から「ダーリヤの性格って兄さんとは似ても似つきません」（つまり彼女の兄のイワン・シャートフの性格のことだが）、あの子はしとやかでおとなしいし、どんな犠牲をも耐えしのぶことができる、じつに忠実で、並みはずれて控えめだし、めったにないぐらい分別に富んだ子だ、なんといっても人の恩というものを忘れないと、勝手に決めこんだ。これまでダーシャは、夫人の期待にことごとく応えてきたように見えた。

「この子の人生にまちがいなんて起こるもんですか」ワルワーラ夫人がこう口にしたのは、ダーシャがまだ十二歳のときのことである。夫人はもともと、自分の心をとらえた夢とか、新しい計画とか、希望が持てそうなアイデアの一つひとつに、とことんねばり強く打ちこむ性質《たち》だったので、わが子同様にダーシャを養育することを決めた。夫人はさっそく彼女に資産を分けあたえ、ミス・クリーグスという家庭教師を自宅に招きいれた。このクリーグスという婦人は、養女のダーシャが十六の年になるまで屋敷に住みついていたが、どういう理由か、あるときとつぜん解雇された。中学校《ギムナジア》の先生が通ってきたが、そのうちの一人にほんもののフランス人がいて、その彼がダーシャにフランス語を教えた。ところがこの男も、まるで追い払われるようにしてとつぜん首になった。その後、立派な家柄の未亡人で、よその土地から来た婦人が彼女にピアノを教えた。

しかし教育係のいちばんの中心は、なんといってもヴェルホヴェンスキー氏だった。じつのところ、だれよりも先にダーシャの才能を見いだしたのも彼であった。ワルワーラ夫人がまだ彼女のことをろくに考えてもいなかった時分から、彼はこのおとなしい子どもの勉強を見ていたのである。あらためて繰りかえすが、幼い子どもたちの彼にたいするなつきようには、驚くべきものがある！　故トゥーシン将軍の娘リザヴェータは、八歳から十一歳まで彼のもとで勉強にはげんだ（当然のことながら、ヴェルホヴェンスキー氏は無償で教えたのであり、どんな名目があるにせよ、ドロズドワ家から報酬を受け取るようなことはしなかったろう）。もっとも、彼のほうはこの魅惑的な少女にほれ込み、世界や地球の成り立ちから、人類の歴史をめぐるおとぎばなしのような物語まで話して聞かせたものだった。原始時代の民族や原始人についての講義は、アラビアン・ナイトの物語よりも胸をときめかせるものがあった。こうした物語にしびれるような喜びを味わったリーザは、家に帰ると、ひどく滑稽な感じでヴェルホヴェンスキー先生の物まねを演じて見せた。そのことを知った先生は、あるときそんな彼女の物まねの最中に不意打ちをくらわせた。狼狽《ろうばい》したリーザは、先生に抱きついて泣きだした。先生のほうも、感きわまって泣きだしてしまった。ところがリーザはまもなくこの地を離れていったので、ダーシャひとりが残されることになった。教師たちがダーシャのもとに通いはじめると、ヴェルホヴェンスキー氏は、彼女との勉強を放りだし、徐々に彼女に注意を払わなくなっていった。そんなふうな状態が長いこと続いた。

あるとき、ダーシャはもう十七歳になっていたが、ヴェルホヴェンスキー氏は彼女の愛くるしい顔に気づいて驚きの目を見はった。ワルワーラ夫人の家で食卓を囲んでいるときのことだった。ヴェルホヴェンスキー氏はこの若い娘に話しかけ、その受け答えにいたく満足して、ロシア文学史について広く本格的な講義をしてあげようと提案するにいたった。それはすばらしいアイデアだとワルワーラ夫人も賛成し、彼に感謝の言葉を述べると、ダーシャは有頂天になった。ヴェルホヴェンスキー氏もこの講義の準備にはとくに念を入れ、いよいよ講義のはじまりとなった。講義はまず古代からはじまった。最初の講義は愉快に過ぎた。ワルワーラ夫人も同席していた。講義を終えたヴェルホヴェンスキー氏が帰りぎわに、次回は『イーゴリ軍記』の分析に入りますと宣言すると、ワルワーラ夫人はいきなり立ちあがって、講義はこれでおしまいにしますと宣言した。ヴェルホヴェンスキー氏はむっとしたが、声には出さなかった。ダーシャの顔が見るからに赤くなった。しかしながら、この新しい企みはこれでおしまいということになった。こんなことがあったのは、今回ワルワーラ夫人が切りだした突拍子もない話からさかのぼるちょうど三年前のことである。

かわいそうに、ヴェルホヴェンスキー氏はそんなこととはつゆ知らず、ひとり腰をおろしていた。彼はもうだいぶ前から悲しい思いにくれて、だれか知人でも訪ねてくれないかと窓の外ばかり眺めていた。しかし、だれも近づいてくる気配はなかった。外はしとしとと小雨が降り、徐々に冷え込んできた。暖炉を焚かなくてはならなかった。彼はふっとため息をついた。おそろしい幻影がふいに目のまえに迫ってきた。こんな悪天候をついて、しかもこんな奇妙な時刻にもかかわらずワルワーラ夫人がこっちにやって来る！ それも徒歩で！ あまりのショックに着替えることも忘れ、いつものピンク色の綿入り胴衣のまま夫人を出迎えるはめになった。

「Ma bonne amie！（これは、これは！）……」出会いがしらに彼は弱々しく叫んだ。

「あなた、ひとりですね、よかったわ。あなたのお友だちはどうにもがまんがならないの！ このお部屋、タバコの煙でむんむんしているわ。どうでしょう、この空気！ お茶も飲みかけのまま、もう十一時を過ぎているっていうのに！ あなたにとって最高の幸せって、無秩序のことね！ 快楽は、ゴミで！ 何なんですの、破り捨てて床に投げ散らかしたこの紙くず？ ナスターシヤ、ナスターシヤ！ あなたんとこのナスターシヤは何をしているんです？ さあ、お願いだから窓を開けて、通風口も、ドアも、ぜんぶ開け放ってちょうだい。わたしたち、むこうの広間に行きましょう。わたし、用事があって来たんですから。ほんとうに、一生に一度ぐらいお掃除をしたらどうです？」

「だって、すぐにゴミだらけにするんですもの！」腹立たしげな愚痴っぽい調子で、ナスターシヤが甲高《かんだか》い声をあげた。

「いいこと、つべこべ言わずお掃除するの、一日に十五回でもお掃除をするのよ！こっちの客間もひどいちらかりよう（そう口にしたのは客間に入ってからのことである）。ドアをしっかり閉めてちょうだい。盗み聴きされたら困りますから。壁紙も張り替えなくちゃね。わたし、見本をもたして壁紙屋さんを寄こしたでしょう。どうして選ばなかったんです？　さ、腰をかけて、話を聞いてちょうだい。腰をかけてくださいって、どうか。おや、どこへ？　どこに行くんです、ねえ、あなた！」

「その……いますぐ」隣の部屋からヴェルホヴェンスキー氏が叫んだ。「これならだいじょうぶ！」

「なるほど、着替えをしてきたってわけね！」彼女はあざけるような調子で、じろりと彼をながめまわした（彼は胴衣の上にフロックコートを引っかけてきた）。「そう、そのほうがまだふさわしいかもね……わたしたちの話には。さあ、お座りになって、どうか」

ワルワーラ夫人はきびきびした調子で、相手によくわかるように洗いざらい説明した。彼がのどから手が出るほどほしがっている八千ルーブルのお金のこともちらつかせた。持参金についても、詳しく話して聞かせた。ヴェルホヴェンスキー氏は目を丸くし、がたがたと体を震わせていた。話はすべて耳に入っていたが、考えをまとめるところまではいかなかった。口をきこうとするのだが、そのたびに声が途切れてしまうのだ。わかったのは、ただ、すべては彼女の言うとおりになり、反駁したり言葉を返したところでむだなことで、自分はこれで永久に女房もちになるのだということだけだった。

「Mais, ma bonne amie（でも、ですよ）、ぼくはこれでもう三度目だし、おまけにこの年齢《とし》ですよ……それに、あんな子どもが相手だなんて！」やっと彼は口にした。

「Mais c'est une enfant！（だって、彼女はまだ子どもでしょう！）」

「子どもっていっても、二十歳ですよ、ありがたいことに、ね！　どうか、そう目をくるくるさせないでくださいな、お願いですから、あなた、お芝居してるわけじゃないでしょう。あなたはとっても賢い方だし、学もおありになるけど、世間のこととなると、からきし何もご存じない、ですから、つねに乳母に面倒を見てもらわなくちゃいけないんです。わたしが死んだら、あなたどうなります？　でも、あの子ならあなたのすばらしい乳母になってくれますよ。ほんとうにつつましくて、しっかりもので、分別ってものをわきまえてますからね。おまけに、わたしがここについていますし、いつか死ぬといったって、今すぐってわけじゃありませんから。あの子は出不精ですし、おとなしさを絵に描いたような天使です。このアイデアはね、まだスイスにいるころ浮かんできたものなんです。いいですか、このわたしが、おとなしさを絵に描いたような天使だって太鼓判を押しているんですよ！」――夫人はとつぜん、猛り狂ったように叫んだ。「あなたのところは紙くずだらけだけど、あの子がきちんと整頓して、きれいにしてくれますよ、何もかも鏡みたいにピカピカに磨いてくれますから……いったいなんです、こんな宝物を持ってきてあげたっていうのに、それじゃ足りずに、ああです、こうですとほかにも利点を数えあげて、あの子をもらってちょうだいって、頭を下げさせる気じゃないでしょうね！　いいえ、そっちこそひざまずかなくちゃいけないはずですよ……ああ、なんて空っぽで、見かけだおしで、いくじなしなのかしら！」

「そういったって……もう年齢《とし》ですし！」

「そんな、五十三歳がなんだっていうんです？　五十歳で人生が終わりってことにはなりませんよ、人生の半分じゃないですか。おまけに美男子だし、それはご自分でもわかってらっしゃるでしょう。あの子があなたを尊敬していることも、ご存じでしょう。わたしが死んだら、あの子はどうなります？　でもあなたのところに行けば、あの子も安心だし、わたしだって安心できますし。あなたは社会的地位も、名声も、人を愛する心もお持ちだし。それに年金だって受けとれる、これは義務と心得ていますから。もしかして、あなたはあの子を救うことになるかもしれないんですよ、ほんとうに！　いずれにしたって、名誉を与えることができるんです。あなたはあの子に人生を見る目を開かせ、あの子の心を伸ばし、思想を方向づけてやれるんです。いま、思想をまちがって身を滅ぼしている人たちがどんなにいることか！　そのころには、あなたの著作もできあがり、一挙に名を上げることができるでしょう」

「その話ですがね」ワルワーラ夫人のたくみなお世辞に乗せられて気をよくした彼が、つぶやくように言った。「その話ですが、ぼくはちょうど『スペイン史物語』っていう本に取りかかろうとしているところなんです……」

「ほうらごらんなさい、わたしの言ったとおりじゃないの」

「でも……彼女は？　もう話はされているんですか？」

「あの子の心配はいりませんよ。それに、あなたがそんな詮索する必要だって何もないんですから。そりゃ、あなたから自分で申し込んで、承諾してくれるようにお願いしなくてはいけませんとも、そうでしょう？　でも、心配にはおよびません、わたしがここでちゃんと見張ってますから。それに、あなたはあの子を愛してらっしゃるんですし……」

ヴェルホヴェンスキー氏は、急に頭がくらくらしだした。まわりの壁がぐるぐる回りだしたかのようだった。この話には、自分ではどうにも手に負えない、ある恐ろしい考えがひそんでいたのだ。

「Excellente amie！（ああ！）」ふいに彼の声が震えはじめた。「ぼくはね……ぼくは、あなたがこのぼくを、別の……女性に嫁がせようと決心なさるなんて、これっぽっちも想像したことがありませんでした！」

「あなたは娘っ子じゃないでしょう、ステパンさん、嫁がせるっていうのは女の子のことで、あなたはお嫁さんをもらうほうです」毒々しい調子でワルワーラ夫人は嚙みついた。

「Oui, j'ai pris un mot pour un autre. Mais … c'est égal（ええ、ぼくは言葉をまちがえました。でも、……どっちでも同じことです）」途方にくれたような様子で、彼はひたと夫人の顔を見すえた。

「わかってますとも、c'est égal（どっちでも同じこと）というのは」夫人は、いかにも蔑むような調子で、気がなさそうに答えた。「まあ、たいへん！　この人、気を失ってしまった！　ナスターシヤ、ナスターシヤ！　水を！」

しかし、水をもってくるほどのこともなかった。彼はすぐに正気を取りもどした。ワルワーラ夫人は傘を手にとった。

「あなたとお話しすることは、もう無理なようね……」

「Oui, oui, je suis incapable（ええ、そう、無理のようです）」

「でも、朝の食事までには、ゆっくり休んでよく考えておいてくださいよ。家でじっとしているんですからね……何かあったら、夜でもかまいませんから、知らせてください。でも手紙はだめ、わたし、読みませんから。明日のこの時刻に、こっちから出向いてきます、一人でね。最終的なお返事をいただきに。よいお返事がいただけると期待しているわ。なるべく、だれも通さないようにしてくださいな。それと、ゴミをちらかさないように、それにしても、なんてひどいありさまだこと！　ナスターシヤ、ナスターシヤ！」

言うまでもないことだが、翌日、彼は承諾した。承諾せざるをえなかった。それにはある特別な事情がからんでいたからである。

8

ステパンさんの領地とわたしたちが呼びならわしていた村は（昔風の数え方にしたがうなら農奴五十人を抱え、スクヴォレーシニキ村に隣接していた）、じつは、ヴェルホヴェンスキー氏の持ちものであるどころか、もとは彼の最初の奥さんが所有する村だったため、今は二人のあいだに生まれた息子ピョートル・ヴェルホヴェンスキーの名義になっていた。父親のヴェルホヴェンスキー氏は、たんに彼の後見人役をつとめているにすぎず、そのため雛鳥《ひなどり》の毛が生えそろってからは、息子ピョートルから領地の経営に対する形式的な委託を受けて、これを管理していたのである。この契約は、ピョートル青年にとっては有利だった。彼は父親から、領地のあがりという名目で年に千ルーブル近い額を受けとっていたが、そのじつ、農奴解放後の新制度のもとで、このちっぽけな領地は五百ルーブルのあがりさえもたらしてくれなかったからだ（いやそれ以下だったかもしれない）。こうした関係がどのようにしてできあがったか、だれにもわからない。もっとも、この千ルーブルを丸ごと送金していたのはワルワーラ夫人のほうで、ヴェルホヴェンスキー氏のほうでは一ルーブルたりとも負担していなかった。それどころか、領地のあがりを丸ごと自分のポケットに収め、しかも最後には領地をどこぞの事業家に賃貸したり、ワルワーラ夫人には内緒で、土地の主要な価値をなす森林を伐採用に売り出したりして、すっかり荒廃させてしまった。

ヴェルホヴェンスキー氏は、この森をかなり前から少しずつ切り売りしてきた。総額で、少なく見積もっても八千ルーブルばかりの値打ちがあったが、彼が手にできたのは、わずか五千ルーブルほどにすぎなかった。それでいて、クラブのカード賭博でときどき大負けするときなど、怖くてワルワーラ夫人に無心することはできなかった。ついにその一部始終が明らかになったとき、夫人はぎりぎり歯がみして悔しがったものである。そんな折、とつぜん息子のピョートルから手紙が舞いこみ、この町にやってきてなんとしても領地を売り払いたいから、売買についてすみやかに手配を頼むという知らせが入った。高潔で無心なヴェルホヴェンスキー氏だけに、ce cher enfant（愛する息子）に対して良心がとがめたのは当然である（息子と最後に顔を合わせたのはまる九年前のペテルブルグでのことで、当時息子は学生だった）。当初、この領地は、一万三千ルーブルから一万四千ルーブルの価値があったかもしれない。しかし、今となっては五千ルーブルでも買い手がつくかどうか怪しかった。正式に委任されていたという点では、ヴェルホヴェンスキー氏にも森林を売却できる権利があったし、これほどの年月にわたって、常識では考えられない千ルーブルという収入を、毎年きちんときちんと仕送りしてきたことを考えれば、精算のさいにそのことを強力な盾とする権利があることはまぎれもなかった。ところが、ヴェルホヴェンスキー氏はじつに高潔かつ高い志をもった人物だった。その彼の脳裏に、ある驚くほど美しいアイデアが閃いた。息子のピョートルがやってきた暁には、領地の最高額をテーブルにぽんと差しだす、つまり、これまで仕送りしてきた額のことなどおくびにも出さずに、一万五千ルーブルをさっと並べて、涙ながらに、ce cher fils（いとしい息子）をぎゅっと胸に抱きしめ、それでもってすべての終わりにしようというアイデアである。彼はこうした光景を、遠まわしながらも、注意深くワルワーラ夫人に披瀝してみせるようになった。それによって、二人の友情の絆に……つまり二人の「理念」にも、何かしら特別で高潔なニュアンスが加わるだろうとほのめかしたのだ。そうすれば、新しい時代の軽薄で社会主義かぶれした若者たちに比べて、古い世代の父親や、総じて昔の人々が、どんなに無欲で寛大な心の持ち主かということを、はっきりと見せつけてやれるにちがいないというわけである。ほかにもたくさんの話をしたが、ワルワーラ夫人はずっと沈黙を守りつづけていた。やがて夫人は、そっけない調子で、あなたがたの土地を買うことに同意します、それにたいして最高の額をつけてあげます、つまり、六千ないし七千ルーブル出しましょう（四千でも買える土地だったが）と明言した。しかし、森林ともども消し飛んだ残りの八千ルーブルについては、ひと言もふれようとはしなかった。

これは、ヴェルホヴェンスキー氏に縁談が持ち込まれるひと月前の出来事である。以前なら、強いショックを受けた彼は、ああでもないこうでもないと思案しはじめた。息子はひょっとすると、まるきり来ないかもしれないといった希望をもつこともできた。もっともその希望というのは、はたから見てのもの、つまりだれか第三者が見ての話である。しかし父親としてのヴェルホヴェンスキー氏は、そういった希望を抱くことすら、憤然としりぞけたことだろう。それはともかく、息子のピョートルについてはこれまで、なにかしら奇妙な噂がわたしたちの耳に届いていた。初めのうち、つまり六年ほど前に大学の課程を終えたころ、彼はペテルブルグで職ももたずにぶらぶらしていた。そこへとつぜん、彼がある匿名のアジビラの作成に加わって事件に巻きこまれたというニュースが、わたしたちの町に伝わってきた。その後、彼は急に外国、すなわちスイスのジュネーヴに姿を現わした。何かの問題を起こし、逃走したにちがいない。

「ぼくとしても驚きなんですがね」当時ひどく狼狽したヴェルホヴェンスキー氏が、わたしたちにこう話したものである。「息子のペトルーシャは、c'est une si pauvre tête！（ほんとにとんでもない抜け作なんです！）根が正直で、高潔だし、それにとても感じやすいところがあるんです。あのころぼくもペテルブルグにいたんですが、同じ世代の若者たちと比べて、すごく頼もしく思ったことがあります。でもね、やっぱり、c'est un pauvre sire tout de même（あれは、なんと言ってもかわいそうな子で）、そう、すべてがどっちつかずのセンチメンタリズムから来ていることですよ！　連中が惹かれているのは、社会主義のリアリズム面じゃなくって、それが持っている感じやすい理想面、言ってみれば、宗教的なニュアンス、ポエティックな部分なんですね……むろん、それも他人の受け売りです。でも、ぼくからするとです、ぼくなんかからすると、なんてことはない！　この町にも敵がうじゃうじゃいますし、ましてや向こうに行けば、もっともっと多い。みんな、父親の影響ってことにしてしまいます……ああ！　まったく連中のエンジン役がだれかっていえば、息子のペトルーシャなんですから！　まったく、なんて時代に生きてるんでしょう、ぼくたちは！」

もっともペトルーシャは、通常の送金先として、すぐにスイスの正確なアドレスを知らせてきた。ということで、かならずしも亡命者というわけではないらしかった。そしていま四年ばかりの外国滞在を終え、とつぜんまた祖国に姿を現わし、じきにこちらに到着すると告げている。ということは、何の罪も犯していないということなのだろう。それればかりか、だれかがペトルーシャに関心をしめし、その後ろ盾にまでなってくれているようでもあった。彼はいま、ロシアの南部から手紙を書いてよこしていた。手紙では、だれかに個人的ながら重大なミッションを託され、何ごとかしきりに奔走しているとのことだった。それはそれでけっこうな話だが、それにしても、この領地の最高額にあてる残りの七、八千ルーブルを、いったいどこで手に入れたらいいというのか？　それにもし喧嘩にでもなって、このうるわしき光景とはうらはらに裁判沙汰にでもなったら？　ヴェルホヴェンスキー氏のうちにも、根が感じやすいペトルーシャのことだけに、自分の利益は頑として譲るまいという予感があった。「どうしてあんなふうなのか、ちょっと気づいたことですが」、当時ヴェルホヴェンスキー氏は、ふとした折にそうもらしたことがある。「どうしてなんでしょう、あの筋金入りの社会主義者や共産主義者たちが、同時にああした、ちょっと信じられないくらいどケチで、金儲け主義者で、業《ごう》つくばりっていうのは。だって社会主義者になればなるほど、業つくばりの度がひどくなるじゃないですか……これはどうしてなんでしょう？　やっぱり、例のセンチメンタリズムのせいでしょうか？」

　ヴェルホヴェンスキー氏のこの指摘に真実が含まれているのか、わたしにはわからない。わかっているのはたんに、ペトルーシャが森林の売買その他について若干の情報を手にしていたということ、ヴェルホヴェンスキー氏もまた、息子がその情報を握っているのを知っていた、ということだけである。わたしはたまたま、ペトルーシャが父親に書き送った手紙も読む機会があった。彼が手紙を書いてくるのはきわめてまれなことで、年に一回よこせばいいほうだった。ただ最近は、まぢかな帰郷を知らせるために二通の手紙を矢継ぎ早に書き送ってきた。その手紙はごく短く、そっけない内容で、たんに用件を記すだけのものであった。それにこの親子は、ペテルブルグにいた時分からの流行にならって、「ぼく」「きみ」でたがいを呼びあう間柄だったから、ペトルーシャが父親に宛てた手紙も、まるで農奴解放前の地主が領地の管理人にすえた農奴あがりの使用人に書き送ったような、昔ふうの指示書の体裁を帯びていた。そして今になって、こうした事態を解決するはずの八千ルーブルという話がワルワーラ夫人の提案からひょっこり飛びだし、しかもその金は、もはやほかのどこからも出てくるわけがないということをはっきりと匂わせたのである。ヴェルホヴェンスキー氏は、むろん一も二もなく同意した。

夫人が出ていくと、彼はただちにわたしに迎えをよこし、ほかの客人たちをすべて断って一日じゅう家にこもりきりになった。むろん、泣きもすればよくおしゃべりもし、あれこれひどく脱線もして、ふとしたおりに洒落《しゃれ》の一つも口にして、その出来ばえにひとり悦にいったり、あげくの果ては軽い疑似コレラに襲われたりした。――要するに、すべてが型どおりに運んだわけである。そのあと彼は、もう二十年前に死んだドイツ人の奥さんの写真を引っぱりだし、哀れっぽい調子でこう訴えるのだった。「ぼくを許してくれるかい？」総じて彼は、どこか調子が狂っていた。憂《う》さを紛らわそうと、少しばかりアルコールも口にした。もっとも彼は、すぐにすやすやと寝息を立てはじめた。朝方、彼はたくみな手さばきでネクタイをしめ、入念に身づくろいをすると、なんども鏡をのぞきに行った。ハンカチには香水を振りかけたが、といってもほんのわずかで、窓ごしにワルワーラ夫人の姿が目にはいると、すぐに別のハンカチを取りだし、香水のかかったほうは枕の下に隠してしまった。

「それはよかった！」承諾の返事を聞きおえたワルワーラ夫人は、こう彼を褒《ほ》めあげた。「なんといっても見上げた決心ですし、それに、個人的な事柄にはめったに耳を傾けようとなさらないあなたが、ご自分の理性の声にしたがったってことですからね。でもですよ、何もそう急ぐことはないでしょう」と夫人は、相手の白ネクタイの結び目をじろりと見やりながら言い添えた。「当分は黙っていることね。わたしも何も言わないでおきますから。もうすぐあなたの誕生日も来るでしょう。わたし、あの子を連れてここに来ますから。ひとつ、夜のパーティでも催してくださいな。でも、お酒もつまみもなしってことにしてくださいよ。といっても、すべてわたしがセッティングしましょう。お友だちもお呼びになるといいわ。ただし、人選はわたしといっしょにすること。その前日にでも、あの子とよく話し合っておくといいわ、もし必要なら、ね。で、そのパーティの席では、あらたまって婚約を発表するとか、そこで何か取りきめをするとかいったことはしませんよ、たんにそんなことをほのめかすか、知らせるかするだけ。かしこまったことはいっさい抜きにね。で、そこで二週間ほどしてから結婚式ってことになるわけだけど、なるべく内輪でやりましょう。……あなたたち二人の式がすみしだい、どこかにしばらく出かけるのもいいかもしれないわ。たとえばモスクワあたりにでも。もしかしたら、わたしもごいっしょさせてもらうかもしれない……とにかく大事なのは、それまでは黙ってることですよ」

ヴェルホヴェンスキー氏は愕然とした。自分にそんなことはできない、ともかく婚約者とよく話し合ってみなければと、へどもどしながら答えかけたが、ワルワーラ夫人は苛立たしそうにさえぎった。

「それはなんのために？　だいいち、何も起こらないってことだってまだあるかもしれないんですよ……」

「何も起こらないって！」花婿はすっかり肝をつぶしてつぶやいた。

「そう。もう少し様子を見てみないと……でも、そうは言っても、何もかもわたしの言ったとおりになりますから、ご心配はいりません、わたしがあの子にちゃんと言いふくめておきますから。あなたは引っ込んでてくだされぱいいんです。言うべきことはすべて言っておきますし、段取りもつけておきますから、何もご自分からしゃしゃり出ることはありませんからね。なんのために？　どんな役で出るっていうの？　あなたのほうから出向いていったり、手紙を書いたりしないでくださいよ。ともかく、そんなそぶりは見せずに、静かにしていてください、お願いですから。わたしも黙ってますから」

夫人はそれきり何も説明しようとせず、何やら機嫌をそこねた様子で引きあげていった。どうも、ヴェルホヴェンスキー氏がすっかりその気になっているのがショックらしかった。ああ、彼は自分の置かれている立場をまるで理解していなかったし、まだほかのいくつかの点から彼には見えていない側面もあった。それなのに、彼には何かしら新しいトーンが、どこか勝ち誇ったような軽はずみな調子が現われた。彼は力んでいたのだ。

「こいつが気に入りましたよ！」わたしの前に立ち、両手を広げながら彼は叫んだ。

「お聞きになったでしょう？　あの人はね、しまいにはぼくがいやと言いだすよう、仕向けたいんですよ。だって、このぼくだっていつ堪忍袋《かんにん》の緒が切れて……いやになるかもしれないんですから！『じっとしてらっしゃい、あなたから彼女のところに出向いて行くことなんてないんですから』と、こうですよ。でもねえ、どうしてこのぼくが、ぜったいに結婚しなくちゃいけないんですか？　たんに、あの人の頭におかしな空想が浮かんだからにすぎないでしょう？　しかしですよ、ぼくだってそれなりにまともな人間ですし、勝手気ままなご婦人の暇つぶしの空想に、唯々諾々としているわけにはいかないかもしれないんです！　ぼくには息子への義務だってありますし、それに……自分自身にたいする義務だってある！　あの人にはわかってるんですかね、ぼくが自分を犠牲にしようとしていることが？　ひょっとして、ぼくが承諾したのだって、ぼく自身もう生きるのにうんざりして、すべてどうでもよくなったからかもしれないでしょう。でも、あの人がぼくを怒らせることがあれば、そのときは、もうどうにでもなれなんて言っちゃいられない。腹が立てば、そりゃ、きっぱり断ります。Et enfin, le ridicule（なんたって滑稽ですもの）……クラブで、何を言われますかね？　リプーチンなんか……なんて言うでしょう？『ひょっとして、何も起こらないってことだってまだあるかもしれない』ときましたからねえ。あんまりじゃないですか！ひどすぎませんか！　これじゃもう……いったいどういうことですかね？　Je suis un forçat, un Badinguet（これじゃ、もう奴隷ですよ、身代わり人形です）、壁につるされた人形も同然です！……」

しかし、そうは言いながらも、彼のこの惨めな訴えには、どことなく気まぐれな自己満足が、ふざけ半分で何かしらうわついた調子が、ちらちらと顔をのぞかせていた。

その夜、わたしたちはまた酒を飲んだ。

第3章　他人の不始末

1

一週間が過ぎて、事件はいくぶん進展しはじめた。

ついでにひとこと断っておこうと思うが、この不運な一週間というもの、結婚話が進んでいる哀れな友人のかたわらに、ごく近しい相談役としてほとんどつきっきりでいるあいだ、わたしとしては、ずいぶんいやな思いをさせられたものだった。この一週間、わたしたちは二人きりで誰とも会わず家にこもっていたが、ヴェルホヴェンスキー氏を何よりも苦しめていたのは羞恥心だった。彼は、わたしにたいしてまで恥ずかしがるようになって、自分の心のうちを明かせば明かすほど、かえってこのわたしを腹だたしく思うらしかった。もちまえの猜疑心《さいぎしん》のせいで、もう何もかもが全員に、つまり町じゅうの人々に知られているのではないかと疑い、クラブはおろか自分のサークルにも顔を出すのをこわがった。日ごろから欠かすことのない運動のための散歩さえ、もうすっかり日が落ちて、あたりが完全に暗くなってから出かけていくというありさまだった。

一週間が過ぎたが、彼は自分がほんとうに花婿候補であるのかどうかすらわからず、どうがんばっても、そのことを確実に突きとめることはできなかった。フィアンセとはまだ顔も合わせておらず、そもそも彼女が自分のフィアンセなのかどうかすらあやしかった。それどころか、いったいこの話に、多少なりともどこかまじめなところがあるのかさえわからなかった！　ワルワーラ夫人も、なぜか彼にたいし、自分の家へ出入りすることを頑《かたく》なに許そうとしなかった。夫人は、彼が書いてよこした最初のころの手紙のひとつにこう返事をしたためた（彼はおびただしい数の手紙を夫人宛てに書いていた）。自分はいま忙しいので、しばらくのあいだあなたとの交渉はいっさいごめんこうむりたい、こちらにも、お伝えしなければならない大切なことが山ほどあるので、そのためにわざと、今よりもう少し自由にお話しできるタイミングを見はからっている、いつごろ来ていただくかは、そのうちこちらからお知らせする、と。

さらに、手紙を書いてくれても「ただのおしゃべりにすぎない」だろうから、開封せずに送りかえします、とも書いてよこした。この手紙をわたしも読んでみた。彼が自分で見せてくれたのである。

それにしても、こういうぞんざいであいまいな態度も、彼が抱いている最大の心配ごととくらべたら、ものの数ではなかった。その心配につきまとわれ、彼は異常ともいえるほど苦しみぬいていたのである。こうした気疲れのせいで、身も心も痩《や》せほそるほど意気消沈していった。それはまた、何かしら彼がこのうえなく恥ずかしく思っている類《たぐい》のことらしく、たとえ相手がわたしでも、けっして自分の口からは切りだそうとしなかった。それどころか、幼い子どものように見えすいた嘘をついたり、のらりくらり言い逃れをしたものだった。そのくせ、毎日かかさずわたしを呼びに使いをよこし、わたしなしでは二時間と過ごすこともできず、水か空気みたいにわたしを必要としていたのである。

そういう彼のふるまいに、わたしはいくらか自尊心を傷つけられた。それに、当然のことながら、わたしはもうかなり前から彼のこのいちばんの秘密を察知し、何もかもお見通しだった。当時わたしはこう確信しきっていた。つまり、ヴェルホヴェンスキー氏のこの秘密、つまり最大の心配ごとが少しでも暴露されるとなれば、それこそ彼の名誉は台無しになるはずだ、と。だがわたしは、まだ若いせいもあって、彼の感情の荒っぽいところや彼が抱いている情けない疑いに、いくらか憤慨していた。わたしはついかっとなり——それに正直なところ、相談役であることに飽きあきしていたせいもあって——ことによると、度がすぎるくらい彼を責めたてていた。情け容赦なく彼の口から洗いざらい告白させようとしたものだが、といってもいくつかの事実については、この告白させるというのがなかなか厄介であることは認めざるをえなかった。彼のほうでも、わたしの腹のうちをすっかり見抜いていた。つまり、わたしが彼を心底まで見透《みすか》しているということ、そしてそれに腹を立ててもいるということをはっきり見抜き、わたしが腹を立て、見透していることにたいして、彼自身もこのわたしに腹を立てていたのである。ことによると、わたしの腹立ちは底があさく、ばかげたものだったかもしれない。しかし、それぞれ相互に孤立した状態というのは、ときに真の友情というものを著しく傷つけることがある。ある点からすると、彼は自分が置かれている立場の一面をただしく理解していたし、とくにその立場を秘密にする必要がないと考えたことについては、かなりはっきりとした態度をとっていた。

「ああ、むかしの彼女はあんな感じじゃなかったのに！」ワルワーラ夫人について、彼はときどきそう口をすべらせた。「いっしょにおしゃべりをしていたころの彼女って、あんな感じじゃなかったのに……あなたはご存じないでしょうけど、あのころはね、彼女もまだ話し方のこつというのをわきまえていたんですよ。信じられます？　あのころの彼女には思想っていうのがあったんです。自分なりの考えがね。それが、今じゃすべてが変わってしまった！　あんなのはみんな古ぼけたおしゃべりにすぎません、なんて言い方をするんですから！　昔を軽蔑しているんです……。今の彼女は、どこかの番頭さんか管理人みたいで、ほんとうに情けも容赦もない人になってしまった、いつも怒ってばかりですから……」

「どうして、いまさら怒る理由なんてあるんですか、あの人の要求どおりにしているのに？」わたしは彼に反論した。

彼は微妙な顔をしてこちらを見やった。

「Cher ami（そう）、ぼくがもし同意しなかったら、あの人はきっとかんかんに怒ったでしょうね、かん、かん、かんに！　といっても、同意した今ほどじゃなかったでしょうけど！」

このひとことで彼はいたく溜飲《りゅういん》をさげたらしく、その夜わたしたちは、二人してボトルを一本空けてしまった。だがそれもつかのま、あくる日、彼はいつになくおそろしい陰気な顔つきで顔を出した。

しかし、わたしがなんとも腹立たしかったのは、町に到着したドロズドワ一家との旧交を温めるために欠かせない訪問まで、ずるずると先送りしていることだった。聞こえてきた話では、訪問は先方でも望んでいるようで、というのも彼のことをいろいろと尋ねてきているし、彼のほうでも毎日のように懐かしがっていたからである。リザヴェータのこととなると、わたしにいわせればもう、首をかしげるくらい有頂天になって話をした。彼はまぎれもなく、自分がかつてこよなく愛した、子どものころの彼女を思い浮かべていたのだ。だがそればかりか、なぜかよくわからないが、彼女のそばにいれば今の苦しみはたちどころに軽くなり、自分を苦しめているもっとも重要な疑念すら解決できると踏んでいたらしい。彼はリザヴェータを、何かしら並みはずれた人間であるようにみなしていたのだ。そのくせ、彼は毎日その心づもりでいながら、なかなかリザヴェータのもとに出かけて行こうとはしなかった。しかし当時、何よりもこのわたしが彼女と顔を合わせ、紹介してもらうことを切望していたのである。

その点、わたしが唯一あてにできたのがヴェルホヴェンスキー氏というわけだ。あの当時、わたしはしばしば彼女と出くわし、ひどく強烈な印象を受けていた。といっても、むろん路上での行きずりの出会いにすぎず、それは彼女が乗馬服を身にまとい、すばらしい馬にまたがって、遠縁にあたるとかいう故ドロズドフ将軍の甥のハンサムな将校に付き添われ、散策するおりの出来事だった。目もくらむような思いはほんの一瞬つづいただけで、その後まもなく、わたし自身それがおよそ叶《かな》わぬ夢であることを自覚させられることになった。しかし、たとえ一瞬ではあれ、こうした思いは現実に存在していた。それだけに当時、この哀れな友人が頑なに家にこもりきりでいることをどれほど腹立たしく思っていたか、ご想像いただけるだろう。

わたしたちの仲間には、当初から、ヴェルホヴェンスキー氏はしばらくのあいだ誰も客に迎えるつもりがないし、完全に一人きりにしていただきたいということがおおやけに通知されていた。やめておけばと、わたしは彼に言ってきかせたのだが、彼は一人一人に知らせるべきだといってきかなかった。そこでわたしが、彼の頼みに応じて、仲間たちの家に触れてまわることになった。要するに、ワルワーラ夫人がわれらの「ご老人」（わたしたちは仲間内でヴェルホヴェンスキー氏をそう呼んでいた）に、ある緊急の仕事を依頼した、それはここ数年間にたまった手紙類を整理するという仕事で、そのために彼は家にこもりきりになり、わたしがそのお手伝いをしている、等々である。ただ、リプーチンの家には寄る暇がなく、すべてを後回しにした——というか、怖くて立ち寄れなかったのだ。わたしにはあらかじめわかっていた。わたしの言うことなどリプーチンはひと言たりとも信じず、かならずそこに、自分ひとりにたいしてだけは隠しておきたい秘密があるとにらんで、わたしが彼の家を出るやただちに町じゅうをとびまわり、あれこれさぐりを入れたり、噂をばらまいたりするにちがいない、と。そんなことを想像しているうちに、当のリプーチンと通りでばったり鉢合わせしてしまった。そこでわかったのだが、彼はすでに、たったいまわたしが伝えてきた仲間たちから一部始終を聞いて知っていた。

だが奇妙にも、リプーチンは、好奇心まるだしでヴェルホヴェンスキー氏のことを根掘り葉掘りたずねるどころか、わたしがもっと早く彼の家に行かなかったことを謝りはじめるや、自分からその話をさえぎるようにし、すぐさま別の話題にとびうつった。たしかに、彼には話すべきことが山ほどあった。異常ともいえるほどの興奮状態にあって、わたしという聞き役を見つけられたことがうれしくてならない様子だった。

彼はそこで、町じゅうで噂されている最新のニュースを話しはじめた。「新しい話題をたずさえて」県知事夫人が町に到着したこと、クラブ内にはすでに反対派が形成されていること、みんなが口々に新思想について騒ぎたてていること、それがいかにもお似合いなこと、等々である。十五分ばかり彼はしゃべりちらしていたが、その話があまりに面白かったので、途中で立ち去るわけにはいかなくなった。この男にたいしてはかねて腹にすえかねていたわたしだが、正直なところ、彼には話を聞かせる才覚があることを認めざるをえなかった。とくに何かにひどくいらだっているときがそうだった。わたしに言わせると、この男は、まぎれもない根っからのスパイだった。いついかなる時でも、わたしたちの町の裏の裏まで知りつくし、最新のニュースに通じていた。それももっぱら醜聞の類に属するもので、ときとして自分とはまるで関係のない事柄でもしっかり受けとめる熱意のほどには、このわたしも目を見張らざるをえなかった。わたしはいつも、彼の性格のいちばん決定的な特徴が、嫉妬心にあるような気がしていた。あの晩、わたしがヴェルホヴェンスキー氏にリプーチンとの朝の対面や話の中身を伝えたとき、驚いたことに彼は異常なほど興奮し、こんな突拍子もない問いを投げかけたものだ。「リプーチンは知ってますかね、それとも、知りませんかね？」わたしは、そんなに早く知る機会などあるはずがないし、それに聞く相手もいないと彼を説得しにかかった。だが、ヴェルホヴェンスキー氏は耳を貸そうとはしなかった。

「本気にするかどうかわかりませんが」と彼は、最後に思いもかけず断言した。「でも、ぼくは、こう確信してるんですよ。リプーチンはもう何もかも知っているとね、ぼくたちが置かれている状態について、ありとあらゆる細部にいたるまで知りつくしている、そればかりか、ほかにもまだいろんなことを知っていると、あなたもぼくもまだ知らないようなことまでもね、ひょっとして、ぼくたちが決して知ることがないことも、さもなければ、かりに知ることができたとして、もう取りかえしがつかないくらい後になってから知ることになるものまでね！……」

わたしはしばらく何もいわずにいたが、その言葉はいろんな暗示を含んでいた。それからまる五日間、リプーチンについてわたしたちはひと言も口にすることはなかった。わたしにわかっていたのは、ヴェルホヴェンスキー氏がわたしの前でついそんな疑念を口にしてしまったのを、ひどく後悔していることだった。

2

ある日の午前――それはヴェルホヴェンスキー氏が結婚を承諾してから七日目ないし八日目の午前だったが――十一時ころ、いつものように悲しみにくれる友人のもとへと急いでいる途中、思いがけない事件がわたしに起こった。

リプーチン言うところの「大作家」カルマジーノフに出くわしたのである。わたしは、まだ幼いころからカルマジーノフに親しんできた。彼の中編や短編は、古い世代の読者だけでなく、わたしたちの世代にも広く知れわたっている。わたしも彼の小説に心酔してきた。それらの小説は、わたしの少年時代、青年時代の喜びだった。しかしその後、彼の書くものにたいして気持ちはいくぶん冷めていった。最近の彼が書きつづけているある種の傾向がかった小説には、あれほど真率な詩情にあふれる初期の小説ほどには好感を抱けなくなっていた。ごく最近の作品などは、まったくといってよいほどわたしの意に染まなかった。

こうしたデリケートな問題について、あえてわたしの意見も表明しておくと、わが国のこうした二流どころの才能で、その存命中、なかば天才扱いされていた連中というのは、総じて――いったん死んでしまえばほとんど跡形もなく、どういうわけか急に人々の記憶から消えてしまうものである。それぱかりか、まだ生きているあいだでも、新しい世代が育ち、彼らの活躍の舞台であった旧世代にとってかわると、誰からも忘れられ、あれよあれよという間に見捨てられてしまう。わが国では、こういう事態がいきなり、まるで劇場の舞台装置を変えるみたいに起こる。そう、その点で、プーシキン、ゴーゴリ、モリエール、ヴォルテールといった新しい言葉を吐くために生まれてきた人たちとはまるでわけがちがう！　他方、こうした二流どころの才能の大半は、いよいよ老境にさしかかろうというころには、自分ではまったくそれと気づかないままひどくみじめに才能を使い果たしている。これもまたよくある話だが、長く久しく、深遠きわまりない理念の持ち主とみなされ、社会運動にたいしてとびぬけて重大な影響を期待されてきた作家が、生涯の終わりには、その基本理念があまりに薄っぺらでちっぽけであったことを露呈し、彼がはやばやと才能を枯らしてしまったことを誰ひとり悲しもうとしない。ところが、白髪頭となった当の老人たちはそれに気づかず、ひとりで腹を立てている。彼らの自尊心は、活躍の舞台がいよいよ終わりに近づこうという段になって、呆《あき》れんばかりの大きさにふくれあがる。こういう連中が自分を誰と勘違いしているかは知るよしもない――が、少なくとも、自分は神さまだぐらいの勘違いはしているらしい。

カルマジーノフについていうと、有力な連中や上流社会とのコネを、自分の魂以上に大事にしているというもっぱらの評判だった。彼はまた、人当たりがよく、愛想をふりまき、お世辞をいい、とくに自分にとって必要な相手とみるや、そしてむろん当の相手が前もって誰かに紹介されているような場合には、もちまえの純朴さでもってその相手を魅了してしまう、というのである。ところが、公爵なり、伯爵夫人なり、自分が恐れている人なりと顔を合わせたが最後、彼はたちまち、相手がまだそこを辞さないうちから、まるで鉋《かんな》くずかハエであるみたいに思いきり侮辱的な軽蔑の色を浮かべ、その連中のことなどすぐにけろりと忘れてしまう。しかもそうすることを、このうえなく神聖で美しいマナーと大まじめに心得ている。完璧な自制心と、上品なマナーに関する完璧な知識を持ちあわせていながら、ヒステリーとも思えるほど自尊心がつよいため、文学にほとんど関心のない社会層でのつきあいでも、作家としての苛立《いらだ》ちをなんとしても隠しおおせないらしかった。かりにもし、ふとしたはずみから無関心な態度にでて彼を困らせようものなら、彼はそのことを病的なほど根にもち、復讐にかかろうとするのだった。

一年ほど前、わたしはある雑誌で彼の文章を読んだことがある。おそろしくナイーブな詩情にくわえ、人の心を知り尽くしていると言わんばかりの、すさまじい自負心に満ちた文章だった。どこやらドーバー海峡あたりで遭難した汽船の様子を描いたものので、彼自身がその目撃者となり、遭難者が救助され、溺死者が引き上げられるさまを目にしたというのだった。かなり長大で饒舌なこの文章全体が、もっぱら自分をひけらかす目的で書かれていた。行間から読みとれるのも次のようなことであった。

「注意を向けるべき相手はこのわたしであり、この瞬間、わたしがどのようであったか、よくごらんいただこう。あの海、嵐、岩、砕かれた船の破片など、きみらに何の必要があろうか？　そんなものは、このわたしが力強いタッチで十分に描写してみせたではないか。どうしてきみたちは、両腕に死んだ赤子を抱いた水死女などを見ている？　それよりも、このわたしを見たまえ、この光景を見るにしのびず、わたしは思わず目をそむけた。いいか、わたしは背を向けて立っていた。そう、恐怖にかられ、ふりかえる勇気もなかった。わたしは目を固く閉じていた。どうだ、面白くないとはいわせんぞ、そうだろう？」

カルマジーノフの文章についてのわたしの見方をヴェルホヴェンスキー氏に伝えると、彼は同意見だと答えた。

最近になって、カルマジーノフがやって来るという噂が町にひろまったとき、むろんわたしは、彼にひと目会うことができればと切望したし、できるならば彼と近づきになりたいとも願った。ヴェルホヴェンスキー氏を介せばそれが可能なことはわかっていた。二人はむかし、友人同士だったからだ。ところがそんな矢先、いきなり彼と十字路で顔を合わせるはめになった。わたしはすぐに彼だとわかった。つい三日前、県知事夫人と彼が馬車に乗って通りすぎたとき、あれがカルマジーノフだと教えてもらっていたからである。

カルマジーノフは、ひどく背の低い、四角四面な感じのする老人で、といっても年齢は五十五を出ておらず、かなり血色もよく、ふさふさしてゆたかに波打つ白髪が丸いシルクハットの下からはみ出し、清潔なピンク色をした小さな耳のあたりで渦巻いていた。すっきりとした顔立ちではあったが、とくに美男子というわけでもなく、薄くて長い唇はずるそうにぴたりと閉じられ、鼻はいくぶん肉厚な感じで、その目は小さいながらもするどく、賢そうな感じがした。身だしなみはどこか古めかしく、今の季節ならば、たとえばスイスか北イタリアあたりで身に着けていそうなマントをざっくりと羽織っていた。しかし少なくとも、カフスボタン、カラー、ボタン、細く黒いストラップのついた鼈甲《べっこう》の柄付眼鏡《ロルネット》、指輪といったこまごまとした服飾品についていえば、いずれもが申し分なく、趣味のいい持ち主が身につけているものとそっくり同じだった。思うに、夏がくれば横に真珠のボタンのついた、何かしらカラフルなラシャの靴をはいて歩きまわるのではないか。十字路で鉢合わせしたとき、彼は通りの曲がり角に少し立ちどまって、きょろきょろとあたりを見わたしていた。わたしがいかにもものめずらしそうに見つめているのに気づくと、彼は、甘い、いくぶんきんきんした声で問いかけてきた。

「ちょっとお尋ねしますが、ブイコフ通りへはどんな近道がありますか?」

「ブイコフ通りですか? それなら、こちらですよ、すぐそこです」わたしは異常なくらい興奮して、声を張り上げた。

「この通りをずっとまっすぐに行って、それから二番目の角を左に曲がります」

「いや、どうも」

この瞬間が、なんともいまいましい。わたしはどうやら完全におびえきって、卑屈な顔つきをしていたらしい！　一瞬のうちに彼はそれに気づき、当然のことながらただちにすべてを見通してしまった。つまり、相手が何者であるかをわたしがもう知っていて、わたしが彼の読者であること、ほんの幼いころから彼を崇《あが》めたててきたこと、そして今おじけづいて卑屈な顔つきをしていることを見抜いたのだ。

彼はにっこり笑い、もういちどうなずいてから、わたしの教えた道をまっすぐ歩きだした。そのとたん、理由もわからぬままわたしもまた彼のあとにしたがい、いま来た道をあともどりしはじめた。そしてこれまた理由もわからぬまま、彼の横にくっついて十歩ほども走りだしたのだ。と、そこで彼はまたいきなり立ちどまった。

「申しわけないが、このあたりでいちばん近い馬車の待合いはどこか教えてもらえませんか？」彼はまた、わたしに向かって叫んだ。

いやらしい叫び、いやらしい声！

「馬車ですか？　ここからいちばん近い馬車は……寺院のそばに停まっていますよ、あそこならいつも停まっています」――わたしはもう、くるりと身をひるがえして、あやうく馬車を呼びに駆けだすところだった。彼がこのわたしに望んでいたのは、まさにそうすることだったのではないか。むろん、わたしはすぐにわれに返って立ちどまった。しかし彼は、わたしのしぐさにはっきりと気づき、さっきと同じいやらしい笑みを浮かべながら、こちらの出方を見守っていた。わたしにとってけっして忘れられない出来事が起こったのは、そのときだった。

彼はふと、左手に持っていた小さな袋を落とした。というか、それは袋ではなくて箱のようなもの、より正確には、何か書類入れのような、より正しくはハンドバッグ、つまり昔のご婦人がたのハンドバッグのようなもので、かといってそれが何であるのか、わたしにはわからなかった。わかっていたのはたんに、どうやらわたしがそれを急いで拾いあげようとしたらしいことである。

わたしはそれを拾わなかった。それだけは確信している。しかし、わたしがとった最初のしぐさはもはや争う余地のないものだった。今さら隠すこともできず、ばかみたいに真っ赤になってしまった。ところがこの古だぬきは、こうした事のなりゆきから、ただちに引き出せるものをすべて引き出していた。

「だいじょうぶです。自分で……」魅力的な声で彼はそうつぶやいた。つまり、わたしがバッグを拾わないことにはっきりと気づいたところで、まるで先回りするようなしぐさでバッグを拾いあげ、もういちどうなずいてみせると、ぽかんとしているわたしを置きざりにしたまま、さっさと歩きだしたのである。要するに、わたしが拾ったも同然のかっこうになったわけだ。五分ばかり、わたしは永久に顔に泥をぬられたような気持ちで立っていた。ところが、ヴェルホヴェンスキー氏の家のすぐ近くまで来たところで、わたしはふいにゲラゲラ笑いだしてしまった。さっきのあの顔合わせがあまりにも滑稽に思えてきて、わたしはこの話ですぐにでもヴェルホヴェンスキー氏を慰めてやろう、顔つきまで似せてその一幕を再現してやろうと心に決めたのだ。

3

ところが驚いたことに、改めて訪ねてみると、彼はまるで人が変わってしまったようだった。部屋に入っていくなり、彼は獲物に飛びかからんばかりの勢いでわたしに走り寄り、熱心に話を聞きはじめたのはたしかだが、あまりに取りみだしていたので、はじめのうちはどうもわたしの言っていることが頭に入らないらしかった。ところが、いったんカルマジーノフの名前を口に出すと、彼はもう完璧にわれを忘れてしまった。

「言わないでください、その名を口にしないでください！」ほとんど狂ったような調子で叫んだ。「ほら、これを見てください、読んでください、読んでください！」

彼は引出しを開け、鉛筆で殴り書きされた小さな紙切れを三枚、テーブルの上に放り出した。すべてワルワーラ夫人から届けられたものだった。最初のメモは、一昨日の日付があり、二つ目は昨日、そして三つ目のメモは今日、つい一時間前に届けられたものだった。内容はいずれもきわめて空疎で、カルマジーノフのことばかり書かれてあり、夫人が体面を気にするあまり、ついこの作家が自分を訪問することを失念するのではないかとおびえ、心配でやきもきしている様子がありありと読みとれた。次に引用するのが、一昨日書かれたメモである（おそらく三日前のメモも、ことによるとその前のメモもあったかもしれない）。

「もしもあの方が、今日、そちらをお訪ねになっても、お願いですから、わたしのことはひと言もふれないでください。ちょっとしたほのめかしもだめ。ともかく話さないでください、催促したりすることもしないでください。

VS」

昨日のメモ――。

「もしもあの方が、今朝そちらを訪問すると決めても、彼をまったく受け入れないのがなにより立派な態度だと思います。これはわたしの意見で、あなたがどうお考えかは存じませんが。

VS」

今日の最後のメモ――。

「あなたのお宅にはゴミが車まる一台分もたまり、タバコの煙がもうもうとたちこめていることでしょう。マリヤとフォームシカを差しむけます。三十分ほどで二人が片付けてくれるはずです。お掃除のあいだ、あなたは邪魔をせずにキッチンでおとなしくしていてください。ブハラ製の絨毯《じゅうたん》と、中国製の花瓶を二つ持っていかせます。前からプレゼントするつもりでいました。それとはべつにわたしのテニエルの絵も（こちらは一時的にお貸しします）。花瓶は窓のところに置いたらいいですが、テニエルはゲーテの肖像画の右手にかけてください。あそこなら目につきやすいですし、午前中はいつも陽が入りますからね。もし、あの人がいよいよ現われたら、できるだけ神経をつかい、ていねいに応対なさってください。でも、つとめてごくつまらぬことや、何か学問的なことをお話しするのですよ。つい昨日別れたばかり、といった態度でね。わたしのことは、ひと言もふれてはだめ。もしかしたら、夕方にでも様子を見にうかがうかもしれません。　　　　　　　　　　　　　　　　　　　　　　　　ＶＳ

追伸、もし、今日姿を見せなかったら、まるきり顔を出さないつもりでいるでしょうね」

一読したわたしは、こんなばかばかしい手紙に彼がどうしてああまで動揺するのかと呆れてしまった。いぶかしい思いでちらりと彼を見やると、わたしが手紙を読んでいるあいだに、彼がなんと、いつもの白のネクタイを赤のネクタイに替えていたことに気づいた。帽子とステッキがテーブルの上においてある。ところが、ご当人は顔を真っ青にさせ、両手まで震わせていた。

「あの人がどう心配しようと、ぼくの知ったことじゃない！」わたしのいぶかしげなまなざしに応えて、彼は狂ったように声をあげた。「Je m'en fiche !（知るもんですか！）。あの人はね、カルマジーノフのこととなるとあれこれ心配するくせして、ぼくの手紙には返事すら寄こさないんですから！　ほら、これ、この開封していないぼくの手紙、昨日あの人が送り返してきたものです、ほら、そのテーブルの本の下に、その“L'homme qui rit”（『笑う男』）の下ですよ。ぼくには関係なんてないんです。息子さんのニコライ君のことで、あの人がどんなに嘆こうともね！　Je m'en fiche et je proclame ma liberté. Au diable le Karmazinoff! Au diable la Lembke !（知ったこっちゃない、ぼくは自由を宣言します。カルマジーノフなんぞ糞くらえ！　レンプケーなんぞ糞くらえ！）ですよ。ぼくはね、玄関のホールに花瓶を、テニエルはタンスの引出しに隠してしまいました。で、あの人には要求しました。このぼくとただちに面会するようにとね。いいですか、要求したんですよ！　ぼくも鉛筆書きで、同じような紙切れを送ったんです。封をせずにね、ナスターシヤに持たせました。で、その返事を待っているところです。ぼくはね、ダーリヤさんに、自分の口ではっきりとぼくに言ってもらいたいんです。神かけて、です。でなければ、少なくともあなたの前で。Vous me seconderez, n'est ce pas, comme ami et témoin.（むろん、協力してくれますよね、友人として、証人として）。ぼくはね、恥をかきたくないんです。嘘をつきたくないんです。秘密もお断りです。この件について、秘密はぜったいに許しません！　なにもかも正直に打ち明けてもらいたい。おおっぴらに、率直に、高潔にです。そうすれば……そのときは、もしかしたらこのぼくだって、どの世代の連中も驚くぐらい寛大な気持ちを発揮できるかもしれないんですから！　ところで聞きますが、ぼくは卑怯者でしょうか、それともそうじゃないでしょうか、ねえ、どうです？」彼はまるでわたしが彼を卑怯者と思っているとでもいわんばかりに、恐ろしい顔でにらみながら言葉を結んだ。

わたしは彼に水を飲むようすすめた。そんなふうな彼の姿を、これまでいちどとして見たことがなかった。話をしているあいだ、彼はずっと部屋の隅から隅まで走りまわっていたが、どことなく異様な感じのポーズをとり、わたしの目の前で急に立ちどまった。

「ほんとうにあなたは思ってるんですか？」彼は、わたしを足元から頭のてっぺんまでじろりと見まわしながら、病的なほど傲慢な態度でふたたび切りだした。「あなたは、まさかこのぼくが、このステパン・ヴェルホヴェンスキーがです、このカバンを手にとり――この貧乏くさいカバンです――これをこのひよわな肩にかついで、門を出て、ここから永久に姿を消すだけの精神力など持ちあわせていないなどと、そんなふうに思ってるんですか。名誉と独立という一大原則が求められているにもかかわらず、です。専制主義にたいして寛大な精神でもって反撃するのは、このステパン・

ヴェルホヴェンスキーにとっても初めての経験じゃありません、といっても、相手は気の狂った女の専制政治ですがね。つまり、この世に存在しうるかぎりの、もっとも屈辱的で残酷な専制政治ですよ。あなたは今、ぼくの言葉を聞いて薄笑いをもらされたようですね、そうでしょう！　そう、あなたは信じないかもしれないが、ぼくはね、商人の家の家庭教師として一生を終えたってかまわないし、どこか垣根の下で飢え死にしてもいいぐらいの、おおらかな根性を持ってるんです。答えてください、すぐに答えて。あなたは信じてくれますか、信じませんか？」

が、わたしはわざと沈黙したままだった。否定的な答えで彼を傷つける決心はつかないが、かといって肯定的に答えることもできない、といったそぶりまで見せた。彼のそうした苛立ちのなかには、何かしら、ひどくわたしをむかむかさせるものがあったのだ、個人的にではない、めっそうもない！　だが……この話はまたあとで説明するとしよう。

彼は、すっかり青ざめてしまった。

「もしかすると、ぼくと話をするのが退屈なのかもしれませんね、Ｇ君（これがわたしの苗字なのである）。で、あなたはもうこれっきりここには来ない……それがお望みなんでしょう?」彼は、ふつうなら異常な爆発の前ぶれとなる、青白い静かな調子で話した。わたしはおじけづいて飛びあがった。その瞬間、ナスターシヤが部屋に入ってきて、鉛筆書きの紙切れを一枚、だまってヴェルホヴェンスキー氏に差しだした。彼はちらりと紙切れに目をやると、それをわたしのほうに投げだした。紙切れにはワルワーラ夫人の手で、たった一行書かれてあるだけだった。

「家でおとなしくしていてください」

ヴェルホヴェンスキー氏は、何も言わず帽子とステッキをとると、急ぎ足で部屋から出ていった。わたしも反射的に彼のあとを追った。とつぜん誰かの声が聞こえ、せかせかと足早に近づいてくる物音が廊下から聞こえた。彼は、雷にでも打たれたように立ちどまった。

「あれは、リプーチンだ、こりゃ、だめだ!」わたしの腕をつかむなり、彼はそうささやいた。

その瞬間、リプーチンが部屋に入ってきた。

4

リプーチンが来るとなぜ「だめ」になるのか、わたしはわからなかったし、それにその言葉をろくに気にもとめなかった。わたしは、何もかも彼の神経症のせいにしていたのである。それでも、彼のおびえようがひととおりではなかったので、わたしはじっと観察しようと意を固めた。

入ってきたリプーチンの顔つきを見ると、面会謝絶だろうがなんだろうが、今回ばかりはここに入ってくる特別の権利があるとでも宣言しているようだった。彼は、余所者《よその》らしい見知らぬ紳士を引き連れていた。茫然自失するヴェルホヴェンスキー氏のうつろなまなざしにこたえ、彼はただちに大声で叫んだ。

「お客さんをお連れしましたよ、特別のね！　それで、おひとりでお過ごしのところをあえてお邪魔することにしたわけです。キリーロフ氏、最高にすぐれた建築技師です。いや、それよりもなによりも、あなたの息子さんをご存じです、ピョートル・ヴェルホヴェンスキーさんのことですよ。とっても身近なおつきあい、とかで。伝言をお持ちだそうです。まだ到着なさったばかりでしてね」

「伝言のことをいうのは、おせっかいがすぎます」と、客はとがった口調で言った。「伝言などありませんが、ヴェルホヴェンスキー君のことはたしかに存じあげています。十日前にX県で別れました」

ヴェルホヴェンスキー氏は、機械的に手を差しだして椅子をすすめた。彼はわたしのほうを見やり、それからリプーチンに目をやると、ふいにわれに返ったかのように、あわてて腰をおろした。だが、帽子とステッキを手にしたままで、そのことに気づかずにいた。

「おや、あなたもお出かけになるところでしたか！　わたしが聞いた話だと、過労ですっかり体調を崩されているとのことでしたが」

「ええ、体調を崩しましてね、でもこれからちょっと散歩に出ようと思って、それで……」ヴェルホヴェンスキー氏はすばやくソファに帽子とステッキを投げだすと、さっと顔を赤らめた。

わたしはその間、客をすばやく観察した。年のころ二十六、七歳の青年で、なかなかきちんとした身なりをし、すらりと背が高く、やせぎすのブリュネットで、顔は青白く、いくぶん薄よごれたような感じがして、黒い目には輝きがなかった。いくらか考えこみがちで、注意散漫のように見えたし、話し方もとぎれとぎれで、妙に文法がおかしかった。語順も妙な感じで、少し長めの文章を組み立てようとすると、とたんに言葉につまってしまうのだ。リプーチンは、異常なくらいおびえきっているヴェルホヴェンスキー氏の様子に気づいて、見るからにご満悦の様子だった。彼は籐椅子を部屋のまんなかあたりに引っぱりだし、それに腰をおろした。彼がそうした座り方をしたのは、二つのソファにそれぞれ向かい合って腰をおろしている主人と客人とのあいだに、ちょうど等しい距離で自分の身をおくためだった。彼は、好奇の色をありありと浮かべ、するどい目つきで部屋のすみずみまで見回していた。

「息子のペトルーシャとは……もうずいぶん長いこと顔を合わせてないんです……で、あなたは、外国でお会いに？」ヴェルホヴェンスキー氏は、どうにかこれだけつぶやくことができた。

「ここと、外国です」

「キリーロフ君も、つい最近外国から帰ったばかりでしてね、四年ぶりに」とリプーチンが口をはさんだ。「ご自分の専門をみがくために外国を回られたんですが、この町の鉄橋工事の職につけそうだというんで、やって来られたんです、今はその返事待ちというところです。ドロズドワ一家やリザヴェータさんとは、息子さんのピョートル君を通じてお知り合いなんですよ」

技師と呼ばれたその男は、鳥が羽を逆立てるみたいな感じで腰をおろしたまま、気まずい苛立ちの表情をうかべながら話に聞き入っていた。わたしには彼が何かに腹を立てているように思えた。

「スタヴローギンさんともお知り合いなんです」

「スタヴローギン君もご存じですって？」ヴェルホヴェンスキー氏は聞き返した。

「その方も、知っています」

「ぼくは……その、もうほんとうに長いこと息子のペトルーシャとは顔を合わせていないもんですから……父親を名のる権利があるかどうかさえあやしいと思っているんですよ……c'est le mot（ほんとうにそうなんです）。で、その……あなたと別れたとき、あの子はどんな様子でしたか？」

「いえ、ただなんとなく別れただけで……彼もじきにもどって来ますし」キリーロフ氏はまたあわてて質問をかわした。腹を立てていることはまちがいなかった。

「もどって来るって！　とうとうぼくも……いや、ぼくはもう、ほんとうに長いことあの子とは顔を合わせていないもんですから！」ヴェルホヴェンスキー氏は、やけにこの言いまわしにこだわっていた。「いま、かわいそうなあの子を待っているんです。あの子には……ああ、あの子にはほんとうに悪いことをしました！　つまり、その、要するに、ぼくが言いたいのは、あのとき、あの子をペテルブルグに残していったとき……要するに、あの子をほとんど無視し、quelque chose dans ce genre（何かそんなふうに）考えたわけで。ほんとうに神経質で、感じやすくて……おっかながりの子でしてね。夜寝るときだって、床にひざまずいて何度もお辞儀をしたり、枕に十字を切ったりしていました。寝ているあいだに死んでしまわないように、ってね……je m'en souviens. Enfin（よく覚えています。で、要するに）どんなエレガントな感情も、つまり何かこう、高貴で、根本的な、来るべき理念の萌芽のようなものは何も持っていなかった……c'était comme un petit idiot.（あの子は何かちっちゃなおばかさんみたいでした）。でも、どうやら、こっちのほうがこんがらがっているみたいで。申しわけありません、で、その……あなたがわざわざこちらに立ち寄られたのは……」

「枕に十字を切っていたって、それ、ほんとうの話ですか？」何かしら特別な好奇心をうかべて技師が急にたずねかえした。

「ええ、切っていましたが……」

「いや、なんでもないんです、どうぞお話を」

ヴェルホヴェンスキー氏はいぶかしげにリプーチンを見やった。

「訪ねてくださったことを、とても感謝しています、でも、正直のところ、ぼくはいま……どうにも……で、おうかがいしますが、あなたはどこに部屋を借りておいでです？」

「ボゴヤヴレンスカヤ通りにある、フィリッポフの家です」

「ああ、それじゃ、シャートフ君と同じところだ」わたしは思わず口をはさんだ。

「そのとおり、同じ家ですよ」とリプーチンが叫んだ。「ただシャートフが下宿しているのは上の中二階で、こちらの方は、下の、レビャートキン大尉のところに間借りしておられます。シャートフも、彼の奥さんもご存じなんです。外国では彼女とたいそう親しくおつきあいされていたということで」

「Comment！（ほほう！）。それじゃ、あなたは、de ce pauvre ami（あのかわいそうな友人）と例の女性の、不幸な結婚生活のことをご存じなんですね？」ヴェルホヴェンスキー氏は急に、ひどく夢中になって叫んだ。「あなたが初めてですよ、個人的にあのことを知っている人にお会いするのは、ですから、もし……」

「ったく、ばかばかしい！」顔を真っ赤にさせ、吐きすてるような調子で技師は叫んだ。「リプーチン、どうしてそういちいち話に尾ひれをつけるんだ！　シャートフの奥さんとなんか、会ったことありませんよ。いちど遠くから見かけたことがあるだけで、それを親しくおつきあいしてたなんて……シャートフなら知ってますがね。どうして、そういろいろ尾ひれをつけるんです？」

キリーロフは、ソファの上でくるりと向きを変えて帽子をとり、それからまたもとに戻して、もういちど前と同じように座りなおすと、燃えるような黒い目で、何か挑みかかるようにヴェルホヴェンスキー氏をにらみつけた。そういう奇妙な苛立ちが、わたしにはなんとしても理解できなかった。

「いや、申しわけありません」ヴェルホヴェンスキー氏はものものしい口調で言った。「ぼくにもわかっています、この件は、おそろしくデリケートな問題かもしれませんね……」

「べつに、デリケートな問題なんてありませんし、口にするのも恥ずかしいくらいです。でも、ぼくが〈ばかばかしい〉って叫んだのは、べつにあなたにたいしてじゃありません、リプーチンに向かって言ったんですよ。尾ひれぱっかりつけるもんですからね。もし、ご自分のことととられたのであれば、こちらが謝ります。シャートフなら知っていますが、彼の奥さんのことなどまったく知らないんです。ほんとうに知らないんですから！」

「わかってます、わかってますよ。ぼくがこだわっているのは、たんに、ぼくたちのあのかわいそうな友人が、notre irascible ami（あの怒りっぽい友人が）大好きで、いつも気にかけてきたからにすぎないんです……ぼくの見た感じだと、彼は、昔の、ひょっとしたら青くさい、でもそれなりにまっとうな考えを、あまりにも急に変えてしまいました。そして、今じゃ、notre sainte Russie（ぼくたちの神聖なロシア）がどうのこうのとわめきちらしているものですからね、ぼくはもうだいぶ前から、彼のオーガニズムの急変は——としか呼びようがありません——、なにか強烈な家庭的ショック、つまり結婚生活の失敗が原因じゃないかと思っているわけです。この貧しいロシアを自分の二本の指のように究めつくし、ロシアの民衆に自分の人生をささげつくした者として、あなたに請け合ってもいい。彼はロシアの民衆ってものがわかってないし、おまけに……」

「ロシアの民衆なんて、ぼくにもわかりませんよ……勉強してるひまだってまるきりありません！」技師はまたぶっきら棒な調子でそう言うと、ソファの上でくるりと向きを変えてしまった。ヴェルホヴェンスキー氏は、話の途中で言葉につまった。

「この方は研究をしておられるんです、研究を」と、リプーチンが話をついだ。「この方はもう研究をはじめていらっしゃるんです、ロシアで激増している自殺の原因とか、社会のなかでこの自殺に拍車をかけたり、抑制したりする要因について、ものすごく面白い論文を書いておられる。で、驚くべき結論に達したんです」

　技師はおそろしく興奮していた。

「あなたね、そんなこと言う資格ありませんよ」怒気をふくんだ声で彼はつぶやいた。「論文なんてぜんぜん。そんなばかなこと、するもんですか。あなたには内緒でたずねたんです、ほんとうになんの気もなしにね。論文なんてとんでもありません。だって、そんなもの、ぼくは発表していませんし、あなたにそんなこと言う資格はないはずだ……」

　リプーチンは明らかに楽しんでいる様子だった。

「申しわけありません、もしかして、あなたの文学的労作を論文なんて呼んだのは、間違いだったかもしれませんね。この方は、たんにいろいろ観察しておられるだけで、問題の本質、といいますか、いわばその精神面にはぜんぜんタッチしておられませんし、精神性そのものまでまったく否定しておられまして。最終的なすばらしい目的のためには全面破壊あるのみといった、最新の原理を奉じておられるくらいですから。この方は、健全な理性をヨーロッパに確立するために、一億人以上の人間の首を要求しておられるくらいです。先だって開かれた平和大会で要求された数を、はるかに上回るものです。この点、キリーロフさんはほかのだれよりも先を行っているというわけです」

技師の男は、見くだすような青白い笑みを浮かべながら話を聞いていた。わたしたち四人は、三十秒ほど押しだまったままだった。

「なにもかもほんとうにばかげていますよ、リプーチン」やがて、いくぶん改まった調子でキリーロフ氏が口を開いた。

「もしもぼくが、いくつかの点をうっかり口にし、それをあなたが他人にいいふらそうっていうんでしたら、どうぞお好きなように。でも、あなたに権利があるわけありませんよ。だって、だれにも、いちども話してないんですから。そんなこと口にするのをぼくは軽蔑していますからね……もしも信念があってということなら、ぼくにもわかりますが……でも、あなたはばかなまねをしている。ぼくもすっかり決着がついている点については、あれこれ議論しないんです。議論することががまんできないんです。議論なんてぜったいにしたくないんです……」

「ひょっとしたら、それがいちばんかもしれませんよ」耐えきれずにヴェルホヴェンスキー氏が口をはさんだ。

「あなたに謝ります。でも、ぼくはいまだれにも腹を立ててなんかいません」客人はむきになって早口でつづけた。「四年間、ほんとうにわずかな人間にしか会いませんでした……四年間、ほんとうに少ししか人と話をしませんでしたし、ある目的があって、それに関係のない人とは会わないように心がけてきました。四年間ですよ。リプーチンはそのことを知って、笑ってるんです。それがわかってますから、ぼくは気にしていません。ぼくは怒りっぽくないし、彼の身勝手がいまいましいだけです。で、ぼくがあなたがたに、自分の考えを明かさないのは」彼はそこで思いがけず言葉をきり、きっとしたまなざしで一同を眺めまわした。「あなたがたが政府に密告するのを恐れているからじゃまるきりないんです。それは、ちがいます。どうか、その意味でばかなことは考えないでください……」

その言葉にたいしてはだれももう何も答えようとせず、たがいに顔を見合わせただけだった。リプーチンさえ、忍び笑いを忘れてしまったほどだった。

「みなさん、とても残念ですが」決然とした様子で、ヴェルホヴェンスキー氏がソファから立ちあがった。「どうも気分がすぐれず、体調も悪いもんですから。申しわけありません」

「ああ、これは、帰るようにってことですね」キリーロフ氏はふと気づいて帽子をつかんだ。「そうおっしゃってくださってよかった、なにしろ、忘れっぽいもんですからね」

彼は立ちあがり、無邪気な表情を浮かべ、手を差しだしながらヴェルホヴェンスキー氏のほうに近づいていった。

「体調がお悪いところを、お邪魔してごめんなさい」

「こちらでの仕事が何もかもうまくいきますよう、祈ってますよ」ヴェルホヴェンスキー氏はそう答えて、愛想よくゆっくりと彼の手を握りしめた。「わかります。お言葉どおり、そんなに長く外国で生活され、自分の目的のために人々を避け、それで——ロシアを忘れたとすれば、もちろん、根っからのロシア人であるぼくたちを驚きの目でごらんになられるのも当然ですし、ぼくらもあなたを、同じような目で見ているわけでしてね。Mais cela passera.（しかし、それもここしばらくのことですが）。ただひとつだけ、腑に落ちないことがあるんですよ。それはあなたがこの町で鉄橋を建設なさろうとしながら、同時に、全面破壊の原理を奉じていると公言なさっていることです。それじゃ、この町の鉄橋は作らせてもらえないでしょう！」

「ええ？　どうしてそんなことをおっしゃるんです……あっ、しまった！」——キリーロフはショックを受けて声をあげると、ふいにからからと笑いだした。おそろしく陽気で明るい声だった。一瞬にして、彼の顔がひどく子どもっぽい表情になり、わたしにはそれがたいそう似合っているような気がした。リプーチンは、ヴェルホヴェンスキー氏の気のきいた言葉に有頂天になり、両手をこすり合わせていた。わたしはもう頭をひねるばかりだった。ヴェルホヴェンスキー氏がなぜあそこまでリプーチンを恐れ、彼の声を耳にするや、「こりゃ、だめだ」などと声をあげたのか？

5

わたしたちは四人とも、ドア口に立っていた。主人と客人が、別れぎわにたいそう愛想のいい言葉を手ぎわよく交わしあって、何ごともなくいとまを告げようとしたその一瞬だった。

「こちらの方が今日一日、ずっとご機嫌ななめなのは」――。部屋からすっかり出ようという段になって、リプーチンがふいに口をすべらせた。いわば藪から棒だった。「ついさっき、レビャートキン大尉とのあいだでひと悶着あったからなんですよ。妹さんのことでね。あの、頭は変ですが、けっこうすてきな妹さんを、レビャートキン大尉は、鞭《むち》で、それもほんもののコサック鞭でなぐる、それを日課にしていましてね。毎朝、毎晩です。で、キリーロフ君は関わりあいになるのがいやで、同じ家でも離れのほうを借りたくらいなんです。しかし、まあ、話はこれくらいにして」

「妹さんを？　病気の？　鞭で？」ヴェルホヴェンスキー氏がいきなり声をあげた。まるで自分がふいに鞭を食らいでもしたかのようだった。「どこの妹さんです？　レビャートキンって何者です？」

　先ほどのおびえが一瞬のうちに舞いもどってきた。

「レビャートキンですか？　ああ、やつは退役した大尉でしてね。以前は二等大尉と名乗っていただけですが……」

「いいや、官等なんてどうでもいいんです！　どういう妹さんです？　ああ……おっしゃいましたね。レビャートキンって？　そういや、この町にもむかしレビャートキンという男がいましたっけ……」

「そう、その男ですよ。われらがレビャートキンです、ほら、覚えてらっしゃるでしょう。ヴィルギンスキーの家にいた？」

「でも、その男は偽札事件でつかまってるはずでしょう？」

「それが、出てきたんですよ。もう三週間ぐらいになりますか、いろいろとひじょうに特殊な事情がありまして」

「でも、あれは、とんでもないろくでなしでしょう！」

「うちのグループにはろくでなしなどいない、ってな口ぶりですが？」ふいにリプーチンがにたにたし、ずるそうな目でさぐるようにヴェルホヴェンスキー氏を見やった。

「いや、まさか、まるでそんな、……でも、ろくでなしっていう点では、あなたと同意見ですよ。ほんとうに大賛成。で、それでどうしました、その先は？　でも、どういうつもりでそれをおっしゃろうとなさったんです？……あなた、きっと何かおっしゃりたいわけでしょう！」

「いや、なに、なにもかもほんとうにくだらん話ですよ……つまり、その大尉がこの町から逃げだしたわけというのは、どうみても偽札がらみの話じゃなく、もっぱらこの妹さんを探しだすためだったらしいんです。彼女のほうは、どうやらやつに見つからないよう、どこかわからない場所に身を隠していたんですが、今回、ようやく連れもどした。そんな話です。ヴェルホヴェンスキー先生、どうしてそうびっくりなさっているんです？　といって、いま申しあげたことはぜんぶ、あの男が酔っぱらってしゃべった話の受けうりでしてね、素面《しらふ》のときは、この点についちゃ口を閉じたきりです。怒りっぽくて、いわゆる軍人気質《かたぎ》の男なんですが、なんといっても趣味が悪いもんですから。で、その妹さんというのは、たんに頭が変ていうだけじゃなく、足が悪いときている。だれかに誘惑されて操を失ったとか、それを理由にこのレビャートキン氏は、もう何年にもわたってその誘惑者から、高貴な屈辱の代償ってなわけで、毎年慰謝料をもらっているらしいんです。少なくとも、やつのおしゃべりからわかるのはそんなところです――思うに、酔っぱらいの戯《ざ》れ言《ごと》。たんに自慢話をしてみせたいだけのことでね、それならはるかに安くすみますから。でも、やつがかなりの大金をもってることは、まちがいのない事実です。つい十日ばかり前まで裸足《はだし》で歩きまわっていたのが、今じゃ、この目でみましたよ、何百ルーブルっていう金を持っている。妹さんは、何かの発作が毎日おこるらしくて、そのたびに金切り声をあげるんですが、あの男ときたら、『正気にもどしてやる』とか言って、鞭でひっぱたくらしいですよ。女には尊敬の念とやらを教えこまなくては、ってのが言い分でしてね。しかし、わからないんですよ。あのシャートフが、どうしてまだあの連中と仲良くやっていけるのか。キリーロフ君なんか、連中とはたった三日、いっしょにいられただけです。ペテルブルグ時代からの知り合いだっていうのに。で、今は騒ぎがいやで、離れを借りている始末です」

「それ、ぜんぶほんとうの話なんですか？」と、ヴェルホヴェンスキー氏は技師に向かってたずねた。

「おしゃべりがすぎますよ、リプーチン」技師は怒ったようにつぶやいた。

「秘密や隠し事ばかり！　いったいどこから急に、こんな秘密や隠し事が入りこんできたんだろう！」抑えきれずにヴェルホヴェンスキー氏が叫んだ。

技師は眉をひそめ、顔を赤らめると、肩をすくめて部屋から出ていこうとした。

「キリーロフ君なんか、やつの鞭をもぎとってへし折り、窓から投げ捨てて、大ゲンカまでしたんですよ」とリプーチンは言い添えた。

「リプーチン、どうしてそうおしゃべりなんです、ばかばかしい。どうしてです？」

キリーロフはまた一瞬くるりと背を向けた。

「いったい、どうして隠そうとするんです、遠慮して、ご自分の、つまりあなたの高潔きわまりない心の動きを、なぜ隠そうとするんです？　ぼくは自分のことを言っているわけじゃありませんよ」

「なんてばかくさい……それに、まるきり不必要じゃないですか……レビャートキンはばかで、まるで空っぽな男ですよ——それにいざ実行となると、役立たずもいいとこで……おそろしく有害です。なんだって、あなたは、いろんなことをべらべらしゃべるんです？　もう帰ります」

「あーあ、そいつは残念」明るい笑顔を浮かべて、リプーチンが叫んだ。「そうでなきゃ、先生、ひと口話でもうちょっと笑わせてあげられるんですがね。じつは、そのことを伝えにきたといってもいいくらいでして。といっても、もう耳にしてらっしゃるでしょうけど。しかし、まあ、別の機会にゆずりましょうか、キリーロフ君もかなり急いでいるようですし……では、また。じつはワルワーラさんのことで、お聞かせしたいひと口話がありましてね。彼女には一昨日、大いに笑わされました。わざわざわたしを呼びに使いをよこしてきたんです。ほんとうに吹きだしてしまいましたよ。じゃ、これで失敬」

しかしヴェルホヴェンスキー氏は、そこでいきなりリプーチンにくらいついた。彼はリプーチンの肩をつかみ、くるりと部屋のほうに体を向けさせて椅子にすわらせた。リプーチンもこれにはさすがにひるんだ。

「いったいいなんだっていうんですか」リプーチンは椅子に腰を下ろしたまま、相手の顔を注意深くうかがいながら自分からこう切りだした。

「いきなり呼びだされましてね、『内々に』っていうのはわたしの考えですが、ともかく質問されたんですよ。息子のニコライは気が狂ったのか、それとも正常か、ってね。驚かないわけにはいきませんよ」

「狂ったのは、あなたのほうです！」ヴェルホヴェンスキー氏はそうつぶやくと、ふいにわれを忘れて叫んだ。「リプーチン、あなたはあまりに知りすぎている、ここにきたのだって、その類のくだらん話を……それに輪をかけて悪い話を伝えるためでしょう！」

その一瞬、わたしはヴェルホヴェンスキー氏が口にした憶測について思い出した。リプーチンは例の件について、わたしたち以上に、いや、それどころか、わたしたちがけっして知りえないほかのことまでも知っている、と口にしたあの言葉である。

「すみません、先生！」なにやら恐ろしい驚きにかられたかのように、リプーチンはつぶやいた。「すみません……」

「なんのかんの言わずに話をはじめなさい！　キリーロフ君、すみませんが、あなたもこちらに戻って、同席してくれませんか。ほんとうにお願いします！　お座りになって。で、リプーチン、あなたはすぐに話をはじめてください、率直に……ちょっとのごまかしもだめですよ！」

「先生がそんなにびっくりされるとわかっていたら、こんな話はぜったいにしませんでしたよ……わたしはてっきり、ワルワーラさんの口からすべて、じかにうかがっていると思っていたもんで！」

「いや、そんなこと、まるで考えもしなかったはずです！　はじめなさい、さあ、話をはじめて、そう言っているんです！」

「お願いですから、先生もせめて座るぐらいなさったらいかがです、さもないとこっちもおちついて座ってられませんし、そう興奮して目の前を……走りまわられてはまともに話だってできませんや」

ヴェルホヴェンスキー氏は自制し、ものものしい様子で肘かけ椅子に腰を沈めた。技師は、顔を曇らせたまま床をじっと見つめていた。リプーチンは、おそろしく愉快そうな顔で彼らを見やった。

「そう、どこから切り出したらよいものやら……あんまりまごついてしまったもので……」

6

「一昨日のことですが、とつぜんこのわたしを呼びに使いをよこしましてね。明日の十二時においで願いたいと、そういう伝言です。想像できますか？　で、わたしは仕事をおっぽり出し、昨日のきっかり十二時にベルを鳴らしました。するといきなり客間に通されまして、一分ぐらい待ったでしょうかね、やがて奥さまが顔を出され、椅子におかけなさいと言い、ご自分も向かいの席にお座りになるじゃないですか。で、わたしも腰をおろしましたが、何がなんだかわからないありさまです。ご存じと思いますが、日ごろあの方にはずいぶん冷たくされてきましたから！　で、いきなり話をぶつけてきました。いつものやり方ですよ。〈あなたも覚えてらっしゃるでしょうけど、四年前に息子のニコライは病気にかかり、何度かおかしな行動に出ました、それで経緯がすべてわかるまで、町じゅうの人がキツネにつままれたみたいになったことがありましたね。その行動の一つは、個人的にあなたに関係するものでした。それで、ニコライは当時、健康をとりもどすと、わたしの願いも聞き入れ、あなたのお宅にご挨拶にうかがったはずです。以前にも何度かあなたとお話ししていたことも、わたしは承知しております。で、ひとつ包み隠さず、率直におっしゃっていただきたいんですが、あなたはどんなふうに……（そこで少しばかり口ごもられましたよ）、あなたは当時ニコライのことを、どうごらんになっていたのでしょうか……全体としてどう見ておられたんでしょうか……あの子について、どんな意見をお持ちだったんでしょう……それで、いまはどんなふうなお考えを……？〉

そこまで話すと、すっかり口ごもられましてね、そのためまる一分ほど、何も言わずにすぎたほどですが、そこで急に顔を赤らめたんです。ほんとうにびっくりしました。で、また、話をはじめられたんですが、その話し方は感動的というんじゃない、そんなの、あの方には似合いませんもの、なんというか、こう、たいそうものものしい口ぶりでしてね。

〈わたしが申し上げること、きちんと間違いなく理解していただきたいんです。それで、こうしてあなたをお呼びしたのも、あなたが洞察力やウイットに富み、しっかりとした観察力をお持ちの方と考えたからでしてね（なんというお世辞でしょうか！）。もちろん、ひとりの母親としてあなたとこうして話をしているということもおわかりでしょう……ニコライはこれまでいくつか不幸な目にあい、いろんな変転を経験しています。そういったことが、あの子の精神状態に影響を与えたのかもしれません。むろん、わたしがいま言っているのは、例の発狂のことなんかじゃありません、そんなこと、ぜったいにあってたまるもんですか！（しっかりと自信をもってそう言いきりました)。でも、何かしら奇妙で特殊なところ、ある種の思想の転換とでもいうんでしょうか、ある特殊なものの見方に走りたがる傾向、といったところはあったかもしれません(これはね、あの方の言葉をそのとおり正確に伝えているんですが、ヴェルホヴェンスキー先生、いいですか、ワルワーラさんがあそこまで正確に物事を説明できるというのは、わたしにとっても驚きです、すばらしい知性をもった婦人ですよ!)。多少は自分でも気づいておりましたとも。あの子が何がしか、たえまない不安にさいなまれていることや、変わった好みに対する嗜好があることをね。でもわたしは母親ですが、あなたは第三者です、ということはつまり、あなたぐらいの頭があれば、もっと公平な考えをお持ちになれるはずってことです。で、折り入ってお願いというのは(そうはっきりと言われました、お願いがあると)、どうかほんとうのことをおっしゃってくださいな、なんの遠慮もなく。それで、もし、わたしがいまこうしてお話ししているのは内々のことと、今後ともけっしてお忘れにならないお約束をいただけるなら、この先ずっと機会あるごとに、それなりのお礼をさせていただく心づもりでおります〉とまあ、こんな具合でしてね」

「あなたが……あんまりびっくりさせるもので……」とヴェルホヴェンスキー氏はつ

ぶやいた。「とても信じられません……」

「でも、いいですか、ほんとうに」ヴェルホヴェンスキー氏の言うことなど耳に入らないといった様子で、リプーチンは言葉を引きとった。「あの方の動揺と不安は、きっととてつもないものにちがいないんです。だって、あんな身分の高いお方が、わたしみたいな人間にあんなふうな質問をなされ、おまけに自分から、内々にとまで頭を下げるくらいですから。いったいどういうことでしょう？　スタヴローギンさんについて、何か思いがけないニュースでも手にされたんじゃないでしょうか？」

「ぼくは知りませんよ……そんなニュース、ぜんぜん……あの人とはここ何日間か、顔を合わせていませんからね、でも……でも、あなたにひとつ注意しておきますけど……」と、ヴェルホヴェンスキー氏は口ごもるようにして言った。明らかに彼は、自分の考えをうまくまとめきれていない様子だった。「でも、リプーチン、あなたにひとつ注意しておきますけど、内々に伝えられた話なのに、あなたはいまこうしてみなさんがおられる前で……」

「まったく内々にです！　たとえ口が裂けても、ですよ。……でも、いまここで……で、どうなんでしょう？　わたしたち、おたがい赤の他人ってわけじゃないでしょう、たとえばここにいるキリーロフ君にしたって？」

「その考えに同調するわけにはいきませんね。ここにいるぼくたち三人が秘密を守ることは疑いありませんが、四人目のあなたがあやしい、あなたをまるきり信用していない、ってことです！」

「どうしてそんなことおっしゃいます？　それに、わたしはほかの誰よりも大きな利害関係があるんですよ、だって、末永く謝礼を約束されているんですから！　それはそうと、この件についてひとつ、ひじょうに奇妙な偶然を教えてさしあげようと思っていたんです、たんに奇妙なんてもんじゃない、言ってみりゃ、心理学的な出来事です。昨晩のことですが、ワルワーラさんのお宅での話のせいもあって（わたしにどんな印象をもたらしたかおわかりいただけると思いますがね）そこにいるキリーロフ君に、こう遠まわしの質問をしてみたんです――『あなたは外国でも、さらにそれより前にはペテルブルグでも、スタヴローギンさんをご存じだったわけでしょう、で、彼の頭脳とか能力についてどう思われます？』とです。すると、いかにもこの方らしく、たいそう簡潔に答えてくれたのです。デリケートな頭と健全な判断力を持った男ですよ、とね。で、こちらから、その何年かのあいだ彼の思想が若干変わったとか、考え方が特別に変化したとか、言ってみれば、頭が少し変になったとか、そういったことに気づきませんでしたかとたずねてみました。要するに、ワルワーラさんの質問を繰り返したわけです。すると、どうでしょう。キリーロフ君、急に考えこまれて、ほら、今とまるで同じようにしわを寄せてですよ、『たしかに何か変だなと思えることがときどきありましたね』と、こう答えるじゃないですか。で、そこでお考えいただきたいのは、もしかりに、キリーロフ君にも何かしら変だと思えるようなことがあったとして、それならじっさいはどうなのか、ってことです、ええ？」

「いまのは、本当の話ですか？」ヴェルホヴェンスキー氏は、キリーロフに問いただした。

「その話はしたくありません」キリーロフは急に顔をあげ、目をきらきらさせながら答えた。「ぼくとしては、あなたの資格を議論したいですよ、リプーチン。この件について、あなたはぼくを引きあいに出す資格など何もお持ちじゃないはずです。自分の意見などぼくは何ひとつ言っていませんから。ペテルブルグでは知り合いでしたが、それもだいぶ昔のことですし、今回も会うには会いましたが、スタヴローギン君については、ほんの少ししか知りません。お願いですので、ぼくのことは、除外してください……それに、何もかも中傷めいて聞こえます」

リプーチンは、とんだ濡れ衣とでもいわんばかりに両手を広げた。

「中傷めいている、ねえ！　それより、いっそのこと、スパイ呼ばわりでもしたらどうです？　けっこうなご身分ですよ、キリーロフ君、自分のことはぜんぶ棚にあげて、批判だけしてりゃいいんですから。ところで先生、本気にはなさらないでしょうが、なんというか、あのレビャートキン大尉って男、どうやらとんでもないばからしいですよ……つまり、口にするのも恥ずかしくなるくらいのばかってことです。ばかさ加減をいうのに、ロシア語でそういう言い方するでしょう。何せあの男、自分はスタヴローギンさんに侮辱されたと思ってるくせして、スタヴローギンさんの頭のよさにすっかり参っているんですからね。『あの方には驚きました、えらく賢《さか》しい蛇でしてね』と、こうです（これはやつの口から出た言葉ですよ）。それで、やつに言ってやりました（前日のショックから抜けきれていませんでしたし、キリーロフ君と話しあったあとのことでもありましたから）、で、どうなんです、大尉、ご自分はどうお考えです、その賢しい蛇って、狂ってるんですか、それとも狂ってないんですか？とね。すると、どうです。まるでこのわたしにいきなり背中を鞭でどやしつけられたみたいに、急に椅子から飛びあがるじゃないですか。『そう、……たしかにそのとおり』としきりにうなずいて、『かといって、それが影響してるなんてことは……』とこうです。でもそれが何に影響しているか、しまいまで答えませんでした。それから、悲しそうな顔して考えこんじまいました。せっかくの酔いがさめてしまうぐらいの考えこみようでして。わたしたちはそのとき、フィリッポフの居酒屋におりましたもので。ところが半時間ほどすると、いきなりテーブルを拳骨でどんと叩き、『そうとも、きっと狂ってるにちがいない、ただしそれが影響してるなんてことはない……』と、こうです。で、やはり、何に影響しているかは言いませんでした。わたしがお伝えしているのは、むろんエッセンスの部分だけですが、言わんとするところはおわかりでしょう。誰にきいても行きつく先は一つです。といって、以前は誰の頭にも浮かばなかったことですがね。つまり、『そのとおり、狂っている。ひじょうに頭がいいが、ひょっとして狂っている』」

ヴェルホヴェンスキー氏はすわったまま考えこみ、なんとか考えをまとめようとしていた。

「でも、どうしてレビャートキンが知っているんです?」

「そのことでしたら、さっきここでこのわたしをスパイ呼ばわりしたキリーロフさんに聞くのがいちばんでしょう……。たしかにわたしはスパイですが、それは知りません。キリーロフさんは裏の裏まで知り尽くしているくせして、口を閉ざしておられるんですから」

「ぼくは何も知りませんよ、というか、ほんの少ししか知りません」あいかわらず苛立たしげに技師は答えた。「あなたはレビャートキンに酒を飲ませ、何かをさぐりだそうとした。ぼくをここに連れてきたのだって、何かをさぐりだすためなんだ。ぼくにしゃべらせるためだ。だからスパイだっていうんですよ！」

「いいえ、酒なんか飲ませていません、それに、あの男の秘密なんて、そんな金には値《あたい》しませんよ。わたしにとっちゃ、それぐらいの男なんです、あなたにとっちゃどうかは存じませんがね。それどころか、金をばらまいているのはあの男のほうですよ。十二日前には十五コペイカを無心にやってきたっていうのに。あの男がわたしにシャンパンを飲ませてるんで、わたしが彼にじゃありません。ですが、いいヒントをもらいましたよ。必要なときは、酒を飲ませりゃいいんですね。むろん、さぐりを入れるためにですよ。ひょっとして、何か得るところがあるかもしれない……あなたのこまごまとした秘密をぜんぶ」リプーチンは意地悪そうにやり返した。

ヴェルホヴェンスキー氏は、やりあっている二人をキツネにつままれたような顔で見守っていた。二人とも本音をさらけ出し、言ってみれば、何ひとつ遠慮会釈というものがなかった。わたしはふと、リプーチンがこのキリーロフをここに連れてきたのは、第三者を介し、彼を必要な話し合いに引きこむのが目的だったような気がした。彼好みのやり口である。

「キリーロフさんは、スタヴローギンさんのことを知りすぎるくらいよく知っておられます」と、彼は苛立たしげにつづけた。「ただ、それを隠しておられるだけです。で、レビャートキン大尉についてたずねておいでですが、あの男はペテルブルグでわたしたちのだれよりも早く、スタヴローギンさんと知り合いになりましてね。五、六年前のことだったでしょうか、語弊《ごへい》はありますが、スタヴローギンさんの人生でもほとんど知られていない一時期、つまり、あの方がまだこちらに戻ることなど考えもしなかったころのことです。われらが王子は、そのころ、ペテルブルグでかなり妙な知人を選んでまわりに侍《はべ》らせていました、そう結論せざるをえません。このキリーロフさんと知り合ったのも、どうやらそのころのことのようでしてね」

「気をつけなさい、リプーチン、前もって警告しておくが、スタヴローギン君は、じきにこちらに来られる予定だし、彼は自分を守ることができる男ですよ」

「なに、このわたしが何かしたってわけですか？　あの方はおそろしく繊細で優雅な知力の持ち主だって、真っ先に叫んだのはわたしですよ。昨日もそう言って、ワルワーラさんをすっかり安心させてあげたんですから。ただし『あの方の性格については保証できません』とも言ってはおきましたがね。レビャートキンも、昨日同じようなことを言ってましたよ。『あの方の性格のおかげでひどい目にあいました』とね。ああ、先生、あなたもけっこうひどい方だ。中傷だのスパイだのと、さんざ騒ぎ立てておられるけど、ほうら、ご自分はもう、このわたしから何もかも聞き出してしまわれた、それも好奇心をまるだしになさって。で、そう、肝心のワルワーラさんですが、昨日はいきなり核心をついてきましてね。『あなたはこの件の当事者でしょう、ですからあなたにご相談してるんです』とね。たしかにそのとおり、それにまちがいございません！　何が下心なもんですか、だってわたしは、あのお方から個人的に侮辱を味わわされているんですから、公衆の面前でですよ！　だったらこのわたしにだって、たんに中傷する以外、興味をもつ理由があってもよさそうじゃないですか。なにしろあのお方ときたら、今日は握手したかと思えば、明日は理由もなく、たんなるご馳走のお礼にってな調子で、気分しだい、公衆の面前で頰桁張《ほおげた》るぐらいのお人ですから。恵まれすぎなんですよ！　でも、あの方の場合、問題は女性ですね。蝶みたいに軽やかに、若鳥みたいに雄々しくとびまわる！　古代の愛の女神じゃないですが、翼の生えた地主さま、ペチョーリンも顔負けの女殺し！　あなたもけっこうなご身分ですよ、ヴェルホヴェンスキー先生、根っからの独身男性は。そんな調子であの方の肩をもって、このわたしなんぞはゴシップ屋呼ばわりですからね。あなたは今だってなかなかの男前だし、それこそ若い美人さんとでも結婚なさってごらんなさい。われらが王子を怖れてドアにしっかり鍵をかけ、おまけに家にはバリケードを築かれることでしょうよ！　ほんとうに、怖ろしいったらありゃしない。たとえば、鞭で引っぱたかれてるあのマドモワゼル・レビャートキナ、かりに狂ってもいなくて足が悪いでもなけりゃ、ほんとうに、彼女こそわれらが御曹子の情欲の生贄《いけにえ》じゃないですかね、レビャートキン大尉が『一家の名誉』を汚されたとか、そんな言い方をしているのもそのことじゃないか、って勘ぐりたくもなります。ただし、あの方の洗練された趣味とはだいぶ矛盾していますけど、でも、あの方からすりゃ、べつにどうって問題でもないんでしょうね。うまく気分に合いさえすりゃ、いっさいえり好みはせずってわけでしょう。あなたはまたゴシップ好きとかいうんでしょうが、わたしはね、町じゅうがわいわい騒ぎ立てていることをこうして大声で叫んでるだけでして、たんに連中の話を聞き、それに相槌を打ってるだけのことなんです。相槌打つのが悪いなんて、いくらなんでもそれはないでしょう」

「町じゅうが騒ぎ立ててるって？　いったい何を騒いでるんです？」

「それはですよ、レビャートキン大尉が酒に酔って、町じゅうに聞こえるぐらい大声で騒ぎ立ててるってことです。だって、それならもう、広場じゅうが騒ぎ立てているも同然でしょう？　わたしに罪はありませんよ、わたしに興味があるのは、友だち仲間のちょいとした話だけで、何せこう見えてもわたしは、ここじゃ友だちづきあいさせていただいていると思っているわけですから」そう言うと彼は、無邪気な目でぐるりとわたしたちを見まわした。「ところが、ここで妙なことが持ちあがったんです。いいですか。あのお方がまだスイスにいる時分、あるたいそう立派な女性で、わたしも存じあげている方ですが、言ってみりゃ、たいそうつつましい、孤児ともいうべきその方に三百ルーブルのお金を託し、このレビャートキン大尉に送金したらしいんですね。で、しばらくしてこのレビャートキン、ある人からひじょうに正確な情報を入手しまして、その人が誰かは申し上げられませんけど、これも、たいそう立派な人物です、ってことはつまり、このうえなく信頼にたる人物からってことですが、送金された金は三百ルーブルじゃなく、千ルーブルだったという情報を入手したわけです！……でもって、レビャートキンは、その女性が七百ルーブルをピンハネしたとか騒ぎだし、ほとんど警察沙汰にしかねない剣幕なんです、少なくともそう言って脅したて、町じゅうに触れまわっているわけでして……」

「そりゃ、ひどい、ひどすぎる！」技師はとつぜん椅子から立ちあがった。

「そうおっしゃいますが、いま言ったたいそう立派な人物って、あなたご自身じゃありませんか。ニコライ・スタヴローギン名義で送金された額は、三百ルーブルじゃなく千ルーブルだって、レビャートキンに明言なすったのは。だって、レビャートキン当人が、酔っぱらったときにそうわたしに言ってましたよ」

「それはね……それは、不幸な誤解だ。だれかが勘違いして、そういうことになってしまった……そいつはばかげてるし、あなたって人もほんとうに卑劣だ！……」

「そりゃ、わたしだって、ばかげてると信じたいし、話を聞くだけでも胸が痛くなります。だって、そうでしょう、たいそう立派な女性がですよ、第一にその七百ルーブルの件で、第二に、ニコライ・スタヴローギンとのあからさまな関係のことで疑われてるんですから。だいたいです、あのお方にとっちゃ、高潔きわまりない娘さんを凌辱《りょうじょく》したり、他人の奥さんを寝取ったりすることぐらい朝飯前なんですから。あのとき、このわたしに起こった事件と同じでしてね。あの方にめぐり会ったが最後、寛大な心にあふれる人間は、あの方のために、自分の名誉ある名前でもって他人の不始末の尻拭いをするのが関の山でしてね。このわたしだって、それとまったく同じ煮え湯を飲まされたわけです。いまのはわたしのひとりごとですが……」

「注意しなさい、リプーチン！」ヴェルホヴェンスキー氏は肘かけ椅子から腰を浮かせると、真っ青な顔になった。

「信じないでください、信じないで！　だれかの間違いです、レビャートキンは酔っぱらってたんです……」いわく言いがたい動揺にかられ、技師のキリーロフが叫んだ。「すべて説明がつきます、これ以上ぼくには……卑劣としかいいようがない……もう、たくさん、うんざりだ！」

そう叫ぶなり、技師は部屋から駆け出していった。

「いったいどうなさいました？　それじゃ、わたしもごいっしょに！」リプーチンはぎょっとして立ちあがると、キリーロフのあとから駆け出した。

7

ヴェルホヴェンスキー氏は思案にくれてしばらくそこに立ちつくし、見るともなくこちらに目を向けると、帽子とステッキを手にとり、静かに部屋から出ていった。わたしはまた、さっきと同じように彼のあとからついていった。門を出るところで彼はわたしがついてくるのに気づいて、こう言った。

「ああ、そうだ、あなたが証人になってくれるわけだ……de l'accident（この事件のね）。Vous m'accompagnerez, n'est-ce pas ?（一緒についてきてくれますよね？）」

「ヴェルホヴェンスキー先生、先生はほんとうにまだ、あそこに行かれる気なんですか？　そんなことしたらどうなるか、わかってるんですか」

みじめな、途方にくれたような笑みを浮かべながら——羞恥と完全な絶望の笑みであり、同時にある奇妙な歓喜に満ちた笑みだった——彼は一瞬立ちどまって、わたしにこうささやいた。

「ぼくはね、結婚するわけにはいかないんです、『他人の不始末』とね！」

ひたすら待ちかねていたひとことだった。まる一週間、ごまかしと渋い顔につきあわされたあとでようやく、この聖なる、わたしにひた隠しにしていたそのひとことが発せられた。わたしはもう完全にわれを忘れていた。

「そんな、汚らわしい、そんな……卑劣な考えが、ヴェルホヴェンスキー先生ともあろう人の、明晰な頭脳や善良な心に生まれるだなんて……それも、リプーチンの話を聞かないうちから！」

彼はわたしをじろりとにらむと、なんの返事もせず、そのまま同じ道を歩きだした。わたしは遅れたくなかった。ワルワーラ夫人の前で証言したかったのだ。これがもし、持ち前の女々しい臆病さゆえにリプーチンの言葉だけを信じてしまったせいだとしたら、わたしも彼を許すことができたろう。しかし、彼自身、リプーチンが来るよりはるか以前にすべてを考えだし、リプーチンはたんに彼の疑いを裏書きし、火に油を注ぐだけであったことは明らかだった。彼は、いかなる根拠も、リプーチン程度の根拠すら持たないまま、そもそも最初の日から、深く考えることもせず婚約相手の純潔に疑いをかけていたのだ。ワルワーラ夫人の専制君主めいた行動を、彼は、自分なりにこう解釈していた。つまり、かけがえのない Nicolas（ニコラ）が犯したいかにも貴族らしい不始末を、尊敬すべき人物との結婚でもっていち早くもみ消したい、そういう夫人の必死の願いによるにすぎない、と。わたしとしてはぜひとも、先生がこのことで罰せられてほしかった。

「O ! Dieu qui est si grand et si bon !（ああ、偉大にして、良きものである神よ！）ああ、だれがこのぼくに安らぎを与えてくれるのだ！」それからさらに百歩ほど歩いていったところで、彼はつと立ちどまり、声をあげた。

「いますぐ、家に帰りましょう、わたしがなにもかも説明してあげます！」力ずくで彼を家に連れもどそうとして、わたしは叫んだ。

「あら、あの人！　ヴェルホヴェンスキー先生、あなたですよね？　あなたでしょう？」わたしたちの隣から、清々しい、はずむような若々しい声が、何かの音楽みたいに響きわたった。

わたしたちは気づかなかったが、馬にまたがったリザヴェータ・トゥーシナが、いつもの連れを伴い、わたしたちの脇にとつぜん姿を現わした。彼女は馬をとめた。

「こちらに来て、さあ、早く、来て！」甲高《かんだか》い、陽気な声で彼女は呼んだ。「わたし、十二年間もあの方とお目にかかっていないのに、すぐにわかった、でもあの人のほうが……ほんとうにわたしのことがわからないの？」

ヴェルホヴェンスキー氏は自分に差しだされた手をつかみ、恭《うやうや》しくキスした。彼はまるで祈るように相手をみつめるだけで、ひと言も発することができなかった。

「わかってくれたみたい、うれしそうにしている！　マヴリーキーさん、この方、わたしに会えてほんとうに有頂天みたい。この二週間、どうしておいでにならなかったの？　ご病気だからお邪魔してはいけないって、おばから聞かされていました。でも、こう見ると、嘘をついてらっしゃったんですね。わたし、ずっと地団駄踏んであなたの悪口言ってましたけど、わたし、どうしても、あなたから先に来ていただきたかったもので、使いもやらなかったんです。ああ、この方ったら、ちっとも変わってらっしゃらない！」そう言いながら彼女は、鞍から身を乗り出すようにして彼を仔細に眺めまわした。「この方、おかしいくらい変わってないわ！　いや、そうじゃない、皺がある、目じりと頰にたくさん皺がある、髪が白くなってる、でも、目が同じなの！　ねえ、わたし、変わりました？　変わりました？　でも、どうしてそうだまってばかりいらっしゃるの？」

　この瞬間、わたしはある話を思い出した。それは、彼女が十一の年にペテルブルグに連れていかれたとき、ひどく病気がちで、病気になると泣きながらヴェルホヴェンスキー先生に会いたがったという話である。

「あなたは……ぼくは……」彼はいま、喜びのあまり喉がつまり、声もとぎれとぎれだった。「ぼくはいま叫んでいたところなんです。『だれがぼくを優しく慰めてくれるのか』って、そしたらあなたの声が響いてきた……これはもう奇跡とでもいうしかない、et je commence à croire（これでまた信じることができます）」

「En Dieu ? （神さまをですか？）En Dieu, qui est là-haut et qui est si grand et si bon ? （天にましえます、偉大にして、善良なる神を？）。ほうらね、先生の授業、ちゃんとわたし覚えてるでしょう。マヴリーキーさん、この方、あのころ、en Dieu, qui est si grand et si bon ! （偉大にして、善良なる神）への信仰をほんとうに熱心に教えてくださったの！それから、覚えてらっしゃいます？コロンブスがアメリカを発見して、みんなが〈陸だ、陸が見えた！〉って叫んだときの話。乳母のアリョーナが言ってましたけど、わたし、あの話を聴いた夜、夢にうなされて叫んでいたんですって。〈陸だ、陸が見えた！〉って。それと、覚えてます？　ハムレット王子のお話をしてくださったこと。それに、貧しい移民たちがヨーロッパからアメリカに送られていったときのお話も。でも、あれってみんな嘘だったんですね。あとでわたし、じっさいに送られていく様子をこの目ですべて確かめたんですもの。でもね、マヴリーキーさん、あのとき、先生ったらほんとうに上手に嘘をついてくださったの、事実よりもおもしろいくらいに！　どうして、そうマヴリーキーさんをじろじろ見てらっしゃるの？　この人はね、地球上でいちばん立派な、いちばん誠実な人なんです、わたしと同じくらいに、彼のことをぜひ好きになってくださらなくっちゃね！　Il fait tout ce que je veux（この方はね、わたしが望むことならなんでも叶えてくださるんです）。でも、わたしの大好きな先生、ってことは、先生はまた不幸におなりなのね、だって、通りの真ん中に立って、だれが自分を優しく慰めてくれるのかなんて、叫んでらっしゃるんですもの。不幸なんでしょう？　そうでしょう？」

「いや、いまは幸せですよ……」

「おばさまが傷つけるようなことをおっしゃるのね？」相手にかまわず彼女は話をつづけた。「いつもいつも意地が悪くて、不公平で、それでもわたしたちにはいつまでもかけがえのないおばさまなのよね！　覚えてらっしゃるでしょう、先生がお庭でわたしに抱きついてきて、わたしが先生を泣きながら慰めてあげたことがあったでしょう——いいえ、マヴリーキーさんのことはどうかお気になさらず。この人、先生のことはとっくの昔から、何もかも、ほんとうに何もかもご存じなんですから。なんでしたら、この人の肩に顔をうずめて好きなだけ泣いてくださっていいんですよ。いつまででも、じっと立っていてくださいますから！……帽子を上げてくださいな、いいえ、しばらく帽子をとっておしまいになって、お顔をこちらに寄せて、背伸びなさって、わたし、これから先生のおでこにキスしてさしあげますから、わたしたち、最後のお別れのときにキスしたでしょう、あのときみたいに。ほら、あそこの窓から、どこかのお嬢さんが不思議そうにこっちを見ている……さあ、もっとそばによって、もっと。あら、すっかり白髪だらけ！」

そうして彼女は、鞍から身を屈めて彼の額にキスした。

「ねえ、これから先生のお宅に行きましょう！　どこにお住まいか知ってますわ。これからすぐに行きましょう。先生って強情な方だから、最初はこちらからご挨拶にうかがって、次はまる一日の予定で、先生をうちにお呼びします。それじゃ、先に行ってくださいな、わたしを迎える準備もあるでしょう」

そう言って、彼女は連れの騎士と走り去った。わたしたちは家に戻った。ヴェルホヴェンスキー氏はソファに腰をおろして、泣きだした。

「Dieu ! Dieu !（ああ、神よ！　神よ！）」彼は叫んだ。「enfin une minute de bonheur !（とうとう幸せの時が来た！）」

それから十分と経たないうちに、リーザは約束どおり、連れのマヴリーキーを伴って姿を現わした。

「Vous et le bonheur, vous arrivez en même temps !（あなたと幸福が同時にやってきました！）」そう言いながら、彼は立ちあがって彼女を出むかえた。

「ほら、花束をお持ちしましたよ。さっき、マダム・シュヴァリエのところに行ってきたんです。あの人のお店には、お誕生日をむかえる人たちに贈る花束が、冬でもいつも置いてありますの。こちらにおられる方がマヴリーキーさん。どうぞよろしく。わたし、お花よりもお菓子のほうがいいかなって思ったんですけど、マヴリーキーさんが、それはロシア式に反するってつよくおっしゃるもんですから」

このマヴリーキー・ニコラーエヴィチという人物は、砲兵大尉の地位にあり、年齢は三十二、三、長身でかつ美しい、申し分のない立派な顔立ちをした紳士だった。顔立ちは重々しく、一見したところいかめしい感じもしたが、驚くばかりの繊細さと善良さを備えていて、彼と知り合ったほとんど最初の瞬間から、だれもがそれに気づかざるをえなかった。もっとも、彼は口数がすくなく、たいそう冷静な感じがし、自分から進んで友情を求めるようなタイプではなかった。のちにこの町の多くの人々が、彼のことを目先の利かない男ではないかなどと噂したものだが、それは必ずしも正当とはいえなかった。

リザヴェータの美しさに関して、いまさら描写するつもりはない。彼女の美しさについては、すでに町じゅうの人々が騒ぎ立てていた。とはいっても、町の何人かの夫人や娘たちには、憤然として彼らに異をとなえる者もいた。彼女たちのなかには、第一にまず高慢ちきだとして、リザヴェータを目の敵にする連中もまじっていた。ドロズドワ親娘はまだほとんど挨拶回りをはじめておらず、そのことが町の人々の自尊心を傷つけたのである。とはいっても、挨拶回りがのびのびになっていた理由というのは、じっさい、ドロズドワ夫人の体調があまり思わしくなかったことにあった。第二に、リザヴェータが目の敵にされた理由は、彼女が県知事夫人の親戚にあたっていたことであった。そして第三には、毎日馬に乗って散歩に出かけていることであった。というのも、わたしたちの町ではこれまで乗馬をたしなむ女性が一人もいなかったこともあって、馬であちこち散歩に出ていながら、まだ挨拶回りもすませていないリザヴェータの姿に、社交界が反感をおぼえたのは当然だった。といっても、彼女が馬に乗って散歩に出るのが医師の指示によるものであることは、すでにみんなが承知していた。でありながら、彼女が病気がちなのを辛辣《しんらつ》な調子で噂しあっていたのだ。

事実、彼女は病んでいた。一瞥《いちべつ》しただけで、彼女が病的で、神経症的な不安にたえず苦しめられていることがありありと見てとれた。ああ！　この幸薄《さち》い娘はほんとうに苦しみを嘗《な》めていたのだが、そのすべてが明らかになるのは後になってからのことである。今こうして過ぎ去ったことを思いおこすにつけ、彼女が当時わたしにそう思えたほどの美人だったとは言いがたい。ことによると、彼女はまったくの不美人だったかもしれない。上背《うわぜい》があり、細身ながらしなやかで強靭な体つきをしていたが、顔の造作が不ぞろいなことにわたしたちは驚きの目をみはったものだった。彼女の目は、どこかカルムイク人のように吊りあがっていたし、顔は血の気がなく、顎《あご》がはり、浅黒く、肌の色も悪かった。ところがその顔には、人の心を支配し、魅了してしまうような何かがあった！　燃えるような黒い瞳には、いわく言いがたい強大な力が感じられ、彼女はまるで「勝利者であり、また何かに勝利するために」現われてきたかのようだった。傲慢で、ときとして大胆不敵な感じさえした。彼女がやさしい人であったかどうかはわたしにはわからない。ただ、彼女なりに多少ともやさしい人間たろうと切望し、そうなるために苦しんでいたことはわかっている。むろんこの女性の天性には、多くのすばらしい志や、きわめて正当な意図も秘められていた。だが、彼女のすべては、自らの均衡をどこまでもさぐりながら、それを見いだせず、何もかもがカオス、動揺、不安のなかにあった。ことによると彼女は、あまりに厳しい要求を自身に課し、その要求を満たすだけの力を、いちどとして見いだせていなかったのかもしれない。

彼女はソファに腰をおろし、部屋をぐるりと見回した。

「こんな瞬間にどうしていつも悲しい気分になるのか、その謎を解いてくださいな、だって先生は学者でしょ？　わたしね、ずっと考えてきましたの。あなたにお会いし、いろんな思い出話ができたらどんなにうれしいか。ところが、先生のことをこんなに好きなのに、わたし、今はちっともうれしく感じないの……あっ、あそこにわたしのポートレートが掛かってる！　こっちに持ってきてちょうだい、覚えているわ、この絵、よく覚えてる！」

十二歳のリーザを水彩で描いたみごとなミニアチュールの肖像画は、九年前にペテルブルグのドロズドワ一家から、ヴェルホヴェンスキー氏に宛てて送られたものだった。それ以来、そのポートレートはつねに彼の部屋の壁に掛けられていた。

「わたしって、こんなふうにかわいらしい子どもだったのかしら。これって、ほんとうにわたしの顔？」

彼女は立ち上がると、両手で肖像画をとり、しげしげと鏡をのぞきこんだ。

「さあ、早く持ってちょうだい！」肖像画を返しながら、彼女は声を上げた。「今は掛けずに、あとにしてちょうだい、それ、見ていたくないの」そう言って彼女はソファに腰をおろした。「ひとつの人生が終わって、別の人生がはじまる、それから別の人生も終わって、三つ目の人生がはじまる、いつまでもつづいていくのね。すべての端っこがハサミで切られていくみたいに。まあ、わたしったら、こんな昔話して、でも、ずいぶん真実が隠されているみたい」

そう言って彼女は含み笑いをもらすと、わたしのほうを見た。すでに何度かわたしのほうをちらちら見やっていたが、ヴェルホヴェンスキー氏は興奮のあまり、わたしを紹介するという約束を忘れてしまっていた。

「でも、どうしてわたしのポートレート、こんな短剣の下に掛けてあるの？　それにどうしてこんなにたくさん、短剣やサーベルをお持ちなの？」

　彼の部屋の壁にはたしかに、どういう理由かはわからないのだが、二つのトルコ短剣が十字のかたちに掛けられ、その上にほんもののチェルケス剣が掛かっていた。そうたずねながら、彼女があまりにまっすぐこちらを見つめたので、わたしも何か答えようとしたが、言葉につまった。ヴェルホヴェンスキー氏はようやく察しがついたらしく、わたしを紹介した。

「知ってますわ、知ってますとも」と彼女は答えた。「とてもうれしいわ。あなたのことは、うちの母もいろいろと耳にしていましたから。マヴリーキーさんともお友だちになってくださいね、とってもすばらしい方ですから。じつはあなたについて、わたし、ちょっと滑稽な先入観をもっていたんですよ。だってあなた、ヴェルホヴェンスキー先生の相談役でしょう？」

　わたしは顔が赤くなった。

「あら、ほんとうにごめんなさい、わたし、相談役なんて変な言葉を使ってしまって、べつに滑稽ではありませんけど、でも……(彼女も顔を赤くし、すっかりもじもじしてしまった)もっとも、あなたがすばらしい人だからって、何も恥ずかしがることはないわね? それじゃあマヴリーキーさん、そろそろおいとましましょう! 先生、三十分したら、わたしたちの家に来てくださいね。そう、先生とお話ししたいことが山ほどありますもの! これからは、わたしがあなたの相談役になってあげます、何もかも、何もかい、何もかも、いいですね?」

ヴェルホヴェンスキー氏は思わずぎくりとした。

「そう、マヴリーキーさんは、何もかもご存じなんです、ですから、遠慮なさることなんてないの!」

「ご存じって、何を?」

「先生ったら、また白ばっくれて!」彼女は驚いて声をあげた。「ははあ、ってことは、あの人たちが内緒にしてるってほんとうなんだ! まさかと思っていたけれど。ダーシャも隠してるんだわ。おばさまったら、さっきも、ダーシャの部屋に通してくれなかったんですよ、頭痛がしてる、とかいって」

「でも……でも、どうしてわかったんです?」

「どうしてもこうしてもありませんよ、みなさんと一緒です。べつに知恵なんていりません」

「みなさんと一緒って、まさか？」

「いったい何が変なんです？　ママはたしかに、はじめは乳母のアリョーナをとおして知ったんですよ。その乳母には、おたくのナスターシヤが駆けつけてきて話をしたんです。だって、あなたがナスターシヤにお話しになったんでしょう？　あなたが自分からそうおっしゃったって、あの子、言ってましたけど」

「ええ……ぼくがちょっとした折に話しました」ヴェルホヴェンスキー氏は真っ赤になってそうつぶやいた。「でも……ほのめかしただけですよ……j'étais si nerveux et malade et puis（神経がちょっと高ぶって、病気だったんです、それに）……」

彼女は声をあげて笑いだした。

「相談役がそばにいないすきをねらって、ナスターシヤがうまく近寄ってきたってわけね。それで、もう十分！　あの娘に知れたら、もう町じゅうに筒抜けと同じことですもの！　でももうたくさん、だってどのみち同じことでしょう、いえ、知られてるなら知られてるでいいんです、そのほうが好都合なくらい。それより、なるべく早めにいらしてくださいね、うちは食事が早いものですから……そう、忘れてた」そう言って彼女はまた腰をかけた。「ところで、シャートフってどんな人です？」

「シャートフ？　彼はダーリヤさんのお兄さんですけど……」

「お兄さんってことぐらい知ってますわ、先生ったら、ほんとうに、もう！」彼女はじりじりして話をさえぎった。「わたしが知りたいのは、彼がなにものか、どんな人かってことです」

「C'est un pense-creux d'ici. C'est le meilleur et le plus irascible homme du monde.（彼はこの町の夢想家です。世界中でいちばん善良で、いちばん怒りっぽい男）」

「あの人がどこか一風変わった人ってことは、わたしも聞いて知っています。でも、問題はそのことじゃないの。聞いた話だと、あの人、外国語が三つくらいできて、英語もできるし、文学的な仕事もできるそうね。それがもしほんとうなら、わたし、あの人にいろいろと頼みたい仕事があるんです。わたし、助手になってくれる人が必要なんです、それも、早ければ早いほどいいんです。あの人、わたしの仕事、引き受けてくれるかしら、それとも無理かしら？　じつはあの人を推薦してくれる人がいたものですから……」

「そう、それはぜひ、et vous fairez un bienfait（だって、人助けになりますからね）……」

「わたしね、bienfait（人助け）のためなんかじゃぜんぜんないんです、助手が必要なのはこのわたしですから」

「シャートフのことでしたら、かなりよく知っているつもりですが」とわたしは口をはさんだ。「もし、彼にそのことを伝えてほしいんでしたら、これからすぐにでも行ってまいります」

「じゃあ、明日の昼の十二時にうちに来てくれるよう伝えてくださいません？　ああ、よかった！　ほんとうにありがとう。マヴリーキーさん、準備はよくって？」

二人は出ていった。当然のことながら、わたしはすぐにシャートフの家に駆けつけていった。

「Mon ami！（ねえ、ちょっと！）」ヴェルホヴェンスキー氏が玄関口までわたしを追いかけてきて呼びとめた。「ぼくが戻る十時か十一時に、ぜひここに来てくれませんか。ああ、あなたにはほんとうに悪いと思っている、ほんとうに……あなただけじゃなく、みなさんに、ね、みなさんに」

8

シャートフは家を空けていた。二時間ほどしてまた立ち寄ってみたが、やはり不在だった。最後にもう七時を過ぎてから、つかまればよし、つかまらなければメモ書きでも置いてくるつもりで出かけていったが、またしても不在だった。部屋は鍵がかかっていた。彼は使用人などいっさいおかず、一人暮らしをしていたのである。階下に住むレビャートキン大尉のところに押しかけ、シャートフのことを聞いてみてはとも思ったが、そちらも鍵がかかっていて、空家さながら物音ひとつせず、明かりも漏れていなかった。さっき聞かされた話のせいもあって、わたしは好奇心に胸をはずませながら、レビャートキン大尉のドアの前を通りすぎた。けっきょく、明日の朝の早い時間にもういちど立ち寄ることにした。それに、じつのところ、かりにメモ書きを残したところでたいした期待はもてそうになかった。なにしろシャートフは、ひじょうに頑固なくせに恥ずかしがり屋なので、メモ書きなどはなから無視しかねなかったのだ。徒労を呪《のろ》いながら門を出かかったところで、いきなりキリーロフ氏と出くわした。ちょうど家に入ってくるところで、向こうが先に気づいた。彼のほうからあれこれ聞いてきたので、わたしもひと通り要点を話し、メモ書きももっていると伝えた。

「行きましょう」と彼は言った。「ぼくにまかせてください」

今朝から同じ敷地内の木造の離れを借りていると、そう言っていたリプーチンの話を思いだした。キリーロフ一人が住むには広すぎるこの離れに、耳の遠い老婆が同居していて、彼の身の回りの世話を焼いていた。この屋敷の主は別の新しい持家に住み、別の通りで居酒屋を経営していたが、その男の親戚にあたるらしい老婆がここに残り、古い建物全体を管理していたのである。離れの部屋は、かなり掃除が行きとどいていたが、壁紙だけは汚れていた。わたしたちが入った部屋の家具は、大小ばらばらな寄せあつめで、ガラクタ同然の代物《しろもの》だった。カード用のテーブル二台、榛《はしばみ》の木でできたタンス、どこかの農家かキッチンから持ちこんできたらしい大きな白木のテーブル、椅子が何脚か、格子づくりの背もたれに硬い革のクッションがついているソファ、といった具合である。部屋の隅には古い聖像が置いてあり、その聖像の前には、わたしたちが部屋に入るより先に老婆が灯《とも》した灯明が置かれ、壁にはぼんやりした油彩の肖像画が二枚かかっていた。ひとつは、見た感じから、一八二〇年代に描かれたと思われる先帝ニコライ一世のもの、もうひとつはどこかの主教を描いた肖像画だった。

部屋に入るなり、キリーロフ氏はろうそくを灯し、部屋の隅に置かれているまだ整理のついていないスーツケースから、封筒と封蠟、そして水晶の封印を取りだした。

「あなたのメモ書きをこの封筒に入れて、この上に宛名を書いてください」

そんな必要はない、とわたしは反論しかけたが、彼は譲らなかった。封筒に宛名を書くと、わたしは帽子を手にとった。

「よかったらお茶でも、と思いましたが」と彼は言った。「お茶を買ってきたところなんです。召しあがりませんか？」

誘いにしたがった。まもなく老婆がお茶のセットを運んできた。熱湯の入ったおそろしく大きなやかんと、濃いめの茶がたっぷり入った小さなポット、粗末な絵柄のついた二つの大きな茶わん、丸パン、そして角砂糖が山盛りになった底の深い皿である。

「お茶が大好きで」と彼は言った。「夜なんか、ほんとうにたくさん飲むんですよ。歩きまわりながら、飲むんです。明け方までね。外国じゃ、夜にお茶を飲む習慣はありませんから」

「寝るのは明け方ですか？」

「いつもそう。昔から。少食のほうでしてね。お茶ばかり飲んでいます。リプーチンは、頭は回りますが、せっかちでね」

　彼が話をしたがっていることが、わたしには驚きだった。このチャンスを利用しようと心に決めた。

「さっきは、いやな誤解が生じましたね」とわたしは口をはさんだ。

　彼はひどく眉をひそめた。

「あれはばかげています。とんでもないナンセンスです。何から何までナンセンスです。だって、レビャートキンは酔っぱらってるんですから。ぼくはリプーチンに話したんじゃなく、たんにナンセンスだって説明したまでですよ。だって、あまりに嘘がひどすぎますからね。リプーチンはいろんな空想を抱いていて、ナンセンスの山を築こうってわけです。昨日はリプーチンにうまく乗せられました」

「で、今日はぼくの話に、ってわけですか？」そう言ってわたしは笑いだした。

「だって、あなたはもういろいろとご存じなわけでしょう。リプーチンは弱虫か、短気か、有害か、でなきゃ……嫉妬しているんですよ」

最後のひとことには、わたしもさすがにどきりとした。

「しかしまあ、それぐらいカテゴリーを並べれば、どうしたってそれのどれかには当てはまりますよ」

「ひょっとしてその全部にね」

「そう、それもあります。リプーチンって男はカオスそのものですから！　たしかに、さっき彼が言ってたのも嘘でしょう。あなたが何か本のようなものを書こうとしておられるとか言ってましたっけ？」

「どうして嘘だと言えます？」彼はまた床に目をおとして顔をしかめた。

わたしはひとこと謝り、べつに何かを探りだす気でいたのではない、と言いわけにかかった。彼の顔が赤くなった。

「彼が言ったのは嘘じゃありません。ぼくは書きものをしています。でも、そんなのはどうでもいいことです」わたしたちは一分ほど黙りこんだ。やがて彼はふいに、さっきと同じ子どもっぽい笑みを浮かべた。

「あの首の話は、あの男が何かの本を読んで勝手に思いついたもので、まっさきにぼくに話してくれたんですがね、きちんと理解していないんですよ。で、ぼくはたんに、人間がなぜあえて自殺しないのか、その原因を探っているだけです、それだけのことですよ。それもまあ、どうでもいいことですけど」

「あえて自殺しないっていうのは？　自殺が少ないっておっしゃるんですか？」

「ひじょうに少ないですね」

「ほんとうに、そうお考えですか？」

それには答えずに、彼はつと立ちあがると、何か考えこみながら部屋のなかを行ったり来たりしはじめた。

「あなたに言わせれば、人間に自殺を思いとどまらせているものって、いったい何ですか？」わたしはたずねた。

自分たちが何を話題にしていたのか思いだそうとするかのように、彼は放心した様子でこちらを見つめた。

「ぼくには……ぼくにはまだよくわからないんですが、しかし……自殺を思いとどまらせているのは、二つの迷信、二つのことだけです。たった二つだけなんです。そのうちの一つはとても小さく、もう一つはとても大きい。でも、その小さなほうも、じつはとても大きいんですよ」

「その小さなことって、いったい？」

「痛みです」

「痛み？　そんなに痛みが重要なんですか……この場合？」

「いちばん重要なところです。二種類の人間がいます。大きな悲しみや憎しみから自殺する人間、あるいは狂ってるか、というか、まあどっちでも同じですが……とつぜん自殺する人間。そういう連中は、痛みについてほとんど何も考えず、いきなりです。でも、分別をもって自殺する人間っていうのは、あれこれ考えるわけですよ」

「分別をもって自殺する人間なんていますかね？」

「ひじょうにたくさんいます。もし、迷信がなければ、もっと多いでしょうね。ほんとうにたくさんいます。全員です」

「まさか、全員ってわけは」

彼はしばらく黙りこんだ。

「でも、痛みなしに死ぬ方法ってないもんなんですか？」

「ちょっと想像してみてください」わたしの前で彼は立ちどまった。「いいですか、大きなビルと同じぐらい容量のある石を想像してください。その大きな石が頭上に吊るしてあって、あなたはその下にいるとする。もしもその石が頭上に落ちてきたとしたら、痛みを感じますかね？」

「ビルと同じぐらいの石？　もちろん、怖いですよ」

「いや、ぼくが聞いているのは、恐怖のことじゃなくて、痛みを感じるか、ってことです」

「山ぐらいの石っていうと、何百トンありますよね？　もちろん、痛みもなにもありませんよ」

「でも、じっさいにそこに立ってごらんなさい。頭上にぶらさがっているあいだ、あなたはひじょうに怖れるわけです、さぞかし痛いだろうなと思って。どんな第一線の学者だって、超一流の医者だって、みんな、みんな、ものすごく怖れるわけです。痛くないってだれもが知っていながら、だれもが、痛いだろうなってものすごく怖れるわけです」

「なるほどね、それじゃ、第二の原因って何です、大きいほうの？」

「あの世です」

「ってことは、地獄に落ちる話のことですか？」

「地獄なんてどうでもいいことです。あの世です。あの世だけです」

「あの世をまるきり信じない無神論者だっているでしょう?」

彼はふたたび黙りこんだ。

「ひょっとして、あなたはご自分を基準にして考えておられますか?」

「だれだって、自分を基準にしてしか考えられませんよ」彼は顔を真っ赤にして答えた。「どんな自由も、生きていようが生きていまいがどうでもよくなったときに、はじめて得られるもんなんです。これこそが、すべての目的ですよ」

「目的? それじゃ、だれも生きたいなんて思わなくなるかもしれない」

「ええ、だれもね」彼はきっぱりとした口調でそう言い放った。

「人間が死を恐れるのは、生命を愛しているからでしょう。それがぼくの理解ですが」とわたしは口をはさんだ。「自然も、そのように命じています」

「そこが卑劣なんです、いっさいの欺瞞《ぎまん》がそこにあります」彼の目がきらきら輝きだした。「生命とは痛みだし、生命は恐怖だし、人間は不幸です。いまはもう痛みと恐怖ばかりです。いま人間が生命を愛しているのは、痛みと恐怖を愛しているからです。それに、そういうふうに作られている。生命はいま、痛みや恐怖と引きかえに与えられている。いっさいの欺瞞がそこにある。いまのところ、人間はまだ人間になっていません。いずれ新しい人間が出てきます。幸福で、誇り高い人間がです。生きてようが生きてまいがどうでもいい人間が、新しい人間ってことになる。痛みと恐怖に打ち克つことのできる人間が、みずから神になる。で、あの神は存在しなくなる」

「というと、あの神はまだ存在してるってわけですね、あなたに言わせると？」

「あの神は存在していませんが、神は存在しています。石に痛みはありませんが、石に対する恐怖には痛みがあります。神というのは、死の恐怖の痛みのことをいうんです。痛みと恐怖に打ち克った人間が、みずから神になる。そのとき新しい生命は生まれ、そのとき新しい人間は生まれ、なにもかも新しいものが……そこで歴史は二つの部分に分かれます。ゴリラから神が絶滅するまでの部分と、神の絶滅から……」

「ゴリラまで、ですか？」

「……地球と人間の物理的な変化までです。人間は神になり、物理的に変化する。世界も変化し、事業も、思想も、すべての感覚も変化する。どう思います、そうなれば、人間も物理的に変化するでしょう？」

「生きていようが生きていまいがどうでもよくなったら、みんな自殺しますよ、もしかしたら、それこそが変化ってことなのかもしれませんが」

「そんなのはどうでもいいことです。欺瞞は消されるんです。いちばん大事な自由を欲する人間はだれも、自殺する勇気をもたなくちゃいけない。自殺する勇気のある人間は、欺瞞の秘密を知ることになります。それ以上の自由なんてありません。そこにすべてがあって、その先には何もない。自殺できる人間が神になるんです。こうなると、神をなくし、何も残らなくすることは、だれにでもできることになります。ところがだれひとり、一度としてそれを実行したためしがない」

「自殺者は何百万といたでしょう」

「でも、みんなそのためじゃない。恐怖にかられて自殺するんで、その目的のためじゃない。恐怖を殺すためじゃない。恐怖を殺すためだけに自殺する人間が、ただちに神になるんです」

「そううまくはいきませんよ、たぶん」わたしは口をはさんだ。

「そんなことはどうでもいい」と彼は小声で、軽蔑の念すらにじませながら、穏やかな自信に満ちて言い放った。「残念ですが、笑っておられるようですね」三十秒ほどして彼はそう言い添えた。

「でも不思議ですよ。さっきまであんなにいらいらなさっていたあなたが、いまじゃすっかり落ち着いておられる、そりゃ、話には熱がこもってますけど」

「さっきですか？　さっきはおかしかった」笑顔を浮かべながら、彼は答えた。「ぼくはね、人の悪口をいうのがきらいだし、ぜったいに人をあざ笑ったりはしません」

彼は悲しそうにつけ加えた。

「なるほど、毎晩お茶を飲みながら、退屈に過ごされているわけだ」わたしはそう言って立ち上がり、帽子をとった。

「そう思いますか？」彼はいくらか驚いた様子でにこりと笑みをもらした。「いったいどうして？　そんな、ぼくは……ぼくは」彼はふいに口ごもった。「ほかの連中がどうか知りませんし、ぼくはほかのみんなと同じようにはできない、って感じてるんです。みんなはある一つのことを考え、それからすぐ別のことを考える。ぼくには別のことなど考えられない。ぼくはこれまでずっと、一つのことだけ考えてきました。ぼくはこれまでずっと神に苦しめられてきた」彼はふいに、驚くほど開けっぴろげな調子で言葉を結んだ。

「で、よかったら教えてほしいんですが、あなたはどうしてあまり正確じゃないロシア語しかしゃべれないんです？　五年間の外国暮らしのせいで、ロシア語をお忘れになったんですか？」

「ぼくのロシア語がおかしいって？　そうでしたか。いや、外国暮らしのせいじゃありません。ぼくはこれまでずっと、こんなふうなしゃべり方をしてきましたから……でも、それはどうでもいいことです」

「もう一つ、もっとデリケートな質問ですが。あなたは人に会いたがらず、めったなことでは人と話をなさらないということですが、ほんとうにその通りだと思います。それなら、どうしてぼくといまおしゃべりをなさったんです？」

「あなたと？　あなたはさっききちんと腰をおろして……でも、どうでもいいことです……あなたはぼくの兄にとてもよく似ているんです、ほんとうに、ものすごく」彼は顔を赤らめてそう言った。「七年前に死にましたが。ほんとうに、ほんとうによく、兄に似ています」

「あなたの思想形成に大きな影響をあたえたんでしょうね」

「いえ、ちがいます。兄はめったに口をききませんでした。何も話してはくれませんでした。あなたのメモ書きはお渡しします」

彼はカンテラをぶらさげ、わたしを門まで見送ってくれた。戸締りをするためだった。《どうみても狂っている》わたしは心のなかでそうつぶやいた。そのとき、門のところで新しい出会いが生まれた。

9

くぐり戸の高い敷居に足をかけたとたん、だれかの逞《たくま》しい腕にとつぜん胸もとをつかまれた。

「どこのどいつだ？」吠えるような、だれかの声が聞こえた。「敵か、味方か？　正直に言え！」

「味方です、味方ですよ！」そばでリプーチンの金切り声がひびいた。「こちらはGさん、古典の教育も受けられ、社交界にもつてのある青年です」

「社交界に、古、典、の……とあらば、気に入った……てことは、最高に学ありの男ってわけだ……で、拙者は、退役陸軍大尉のイグナート・レビャートキン、世のため、友のために尽くそうという男……そいつらが、あくまでも公正かつ誠実とあれば、の話だがな。卑怯者どもめ！」

レビャートトキン大尉は上背が二メートルもあろうかという大男で、でっぷりと肉がつき、髪は縮れ毛で、真っ赤な顔をしていた。べろべろに酔っぱらっていたので、わたしの前で立っているのもやっとという感じで、まともにろれつが回らないありさまだった。もっともわたしは、以前にも彼を遠くから見かけたことがあった。

「おう、こいつもいたか！」カンテラを手に、まだ立ち去らずにいるキリーロフの姿に気づくと、彼はまた吠えるように叫んだ。彼は拳を振りあげようとしたが、すぐさまその手をおろした。

「学に免じて許してやる！　イグナート・レビャートキンは、最高に学ありの男だからな……

燃ゆる愛の弾丸が
イグナートの胸にはじけて、
片腕なき兵士はまた泣きぬれる
セヴァストーポリの苦き思いに

セヴァストーポリに行ったこともなけりゃあ、片腕落っことしたってわけでもねえが、なかなかにたいした詩だろう!」彼は、酔っぱらった顔をわたしのほうに突きだした。

「こちらは忙しいんだ、暇がないんだ、家に帰るところでね」リプーチンがなだめにかかった。「明日にもリザヴェータさんの耳に届くぞ」

「リザヴェータ!……」彼は、ふたたびわめき出した。「ちょっと待て、行くな!別バージョンだ。

並みいるアマゾネスしたがえ
馬上の星は軽やかに舞う
駒の上からわれにほほ笑みかけるのは
由緒ただしい貴族の子

以上、『馬上の星に捧ぐ』でさ。

いいか、これは賛歌だ！　あんたがロバでなけりゃわかるだろう！　遊び暮らしの連中にわかってたまるか！　おい、待ってったら」わたしは必死にくぐり戸を通り抜けようとしたが、大尉はわたしのコートをつかんで離そうとしなかった。「いいか、伝えるんだぞ、おれさまは名誉の騎士で、ダーシャなんか……ダーシャなんか、二本の指でつまみだしてやる……農奴あがりのくせして、なまいきな……」

大尉はそこでばったり倒れてしまった。わたしが思いきり大尉の腕を振りはらい、通りを駆けだしていったからである。リプーチンがしつこく後を追いかけてきた。

「あいつはキリーロフ君が助け起こしてくれますよ。じつはね、さっきあの男から聞いたんです」彼は息を切らしながらしゃべった。「あの詩、お聞きになったでしょう？　そう、やつは『馬上の星に捧ぐ』って詩を封筒に入れ、明日にもリザヴェータさんに送るんですって。ちゃんと署名入りでね。あきれたもんです！」

「賭けてもいいですが、それってあなたの入れ知恵でしょう」

「残念でした！」そう言うと、リプーチンは声をあげて笑いだした。「恋ですよ、猫みたいに恋しちまったんです。それが、いいですか、もともとは憎悪でしてね。最初やつは、リザヴェータさんをとことん嫌っていたんです。馬に乗る女なんて、ってわけですよ。往来のまんなかで聞こえよがしに罵《のの》しらんばかりでしたし、じっさいに罵《ば》声《せい》を浴びせていたくらいです。つい一昨日だって、彼女が馬でそばを通りかかったときには、さんざ悪態をついていました。幸い彼女の耳にはとどかなかったようですが、それが今日になったら、いきなり詩ですからね！　いいですか、あの男、プロポーズまでする気でいるんですよ。ほんとうに、まじで！」

「あなたには驚きますよ、リプーチンさん、こういうばかげた話がもちあがるたびに、かならずあなたが顔を出すし、いつも陰で糸を引いているんですから」わたしはついかっとなって口走った。

「それ、ちょっと言葉がすぎませんか、Gさん？　おたがい、思わぬライバルの出現に肝を冷やしてるだけでしょう。どうです？」

「なん、なんだって？」わたしは思わず立ちどまって、声を張りあげた。

「いや、あなたへの罰として、これ以上は何も言いませんよ！　あなたからすりゃ、なんとしても聞いておきたいところでしょうがね。でもまあ、一つぐらいはいいでしょう。いまやあのバカ、たんなる大尉なんかじゃない、れっきとしたこの県の地主ですよ。それも、かなりの大地主。なんせスタヴローギンさんはです、最近あの男に、昔でいう農奴二百人の領地をぜんぶ売り払ったんですから、神に誓ってこの話、嘘じゃないですから！　いまさっき耳にはさんだばかりです。といっても、かなり有力な筋からですがね。じゃあ、これからはご自分で勝手に探りだしてください。これ以上、何も教えませんから。それじゃ、また！」

10

ヴェルホヴェンスキー氏はほとんどヒステリー状態で、今か今かとわたしを待ちうけていた。彼はすでに一時間ほど前に家にもどっていた。わたしが訪ねていったときは、まるですっかり酔っぱらっているようだった。すくなくとも最初の五分間、てっきり彼が酒を飲んでいるものと思っていた。そう、ドロズドワ一家を訪ねたことで、完全に混乱していたのである。

「Mon ami（きみねえ）、ぼくはもう何がなんだかさっぱりわからなくなりましたよ……リーズ……ぼくはあいかわらず、天使みたいなあの子が好きですし、尊敬もしている。ほんとうに昔と同じように、ね。でも、ね、あの人たちがぼくを待っていたのは、もっぱら何かを聞きだすためだったような気がしてならないんです。つまり、このぼくから引きだせるものを引きだしてしまえば、あとはもう好きなようにといった次第でね……いや、ほんとうにそのとおりなんです」

「そんなこと言って恥ずかしくないんですか!」わたしは耐えきれず、声をあげた。

「きみねえ、ぼくは、こうなったらもう完全に一人きりです。Enfin, c'est ridicule.(ほんとうに、滑稽っていうしかない)。だってそうでしょう、あの人たちのところもほんとうにいろんな秘密で固められているんですから。いきなり飛びかかってきたかと思ったら、あの鼻の話だの、耳の話だの、おまけにペテルブルグでのいろんな秘密のことですからね。あの二人、ここに来てはじめて、四年前にニコラがこの町で起こした事件を知ったってわけです。『あなた、ここにいらしたんでしょう、ごらんになったんでしょう、あの人が狂人ってほんとうなんですか?』とこうですから。いったいどこからそんな考えが飛び出してきたのか、ぼくにはさっぱりわかりませんよ。なぜプラスコーヴィヤは、ニコラを何としてでも狂人に仕立てたいんでしょうね? あの人、そうしないと気がすまないみたいなんです。是が非でも! Ce Maurice(あのモーリス)といいましたか、なんていったかな、そう、あのマヴリーキー君、brave homme tout de même（なかなかの好青年ですよ）、でも、あれでほんとうに本人のためになるんですかね。それに、パリからわざわざ、cette pauvre amie（あのかわいそうな友人）に、手紙を寄こしてきたあとのことでしょう……Enfin（つまり）、cette chère amie（あの、親友）とか呼んでいるプラスコーヴィヤ、あれはなかなか隅におけないタイプですよ、そう、ゴーゴリが書いた不朽の人物、『小箱夫人』そのものです。といっても、性質《たち》の悪い『小箱夫人』、喧嘩っぱやくて無限に肥大した『小箱夫人』ってわけでね」

「そうなったらもう、小箱どころかスーツケースでしょう。そこまで肥大してるとしたら、です」

「それなら、縮小した『小箱夫人』でもいいですよ。同じことですから。とにかく、ちゃちゃは入れないでください、こっちはもう頭がこんぐらかっているんですから。で、そこであの人たち、完全に喧嘩別れしてしまったらしいんです。リーズをのぞいてですよ。あの子はまだ『おばさま、おばさま』と言って慕っているようです。でも、リーズは賢い子ですからね、何か裏があるにちがいありません。秘密がね。ただ、お婆さん同士は喧嘩別れしてしまった。Cette pauvre（あのかわいそうな）おばさまは、たしかにだれにたいしても横暴ですから……しかも、そこに県知事夫人でしょう、社交界の不敬でしょう、それに、カルマジーノフには『無視』される。そこにもってきて、いきなり息子の発狂説、ce Lipoutine（リプーチン問題もそう）、ce que je ne comprends pas（ぼくとしちゃ、なんとも納得のいかないごたごた）もあります、そんなこんなで、もう、酢で頭を冷やす騒ぎだったというじゃないですか、それにくわえ、ぼくたち二人があれこれ訴えたり、手紙を書いたり……ああ、どんなにあの人を苦しめたことか、よりによってこんなときに！　Je suis un ingrat !（ぼくは恩知らずな人間ですよ！）。しかもどうです、ぼくが家にもどるっていうと、あの人から手紙が来てるじゃないですか。まあ、読んでみてください、読んでみてください！　ああ、ぼくはなんて恩知らずなことをしたことか」

彼は、ワルワーラ夫人から受けとったばかりの手紙をわたしに差しだした。夫人はどうやら、今朝ほど「家でおとなしくしていてください」と書いてきたことを後悔しているらしかった。今回の手紙は丁重だったが、それでも毅然としていて、言葉数も少なかった。ヴェルホヴェンスキー氏にたいし、明後日《あさって》、日曜日の十二時きっかりにお越しくださるように、そのさい友だちを一人（カッコの中にわたしの名前が書いてあった）同伴なさってはいかが、と書いてよこしたのだ。夫人はさらに、自分のほうではダーリヤの兄であるシャートフを呼ぶことにしている、と書いてきていた。『彼女の口から最終的な返事をお聞きになれると思います。これで、ご満足いただけるでしょうか？　あなたがああもこだわられていたのは、こういう形式的なやり方でしたよね？』

「どうです、最後のところの、この形式的なやり方っていう、いらだたしそうな文句。ぼくはね、ぼくの一生の友がほんとうにかわいそうで。白状すると、この運命の宣告のおかげで、もう押しつぶされてしまったにひとしいんです……正直のところ、かすかに望みを抱いていました、でもこうなったら、tout est dit（一巻の終わりですよ）。ぼくにはわかるんです、すべて終わったってことがね。c'est terrible.（恐ろしいことだ）。ああ、次の日曜日がまるきり来ないで、何もかも今まで通りだったらいいのに。あなたは毎日ここに通ってきて、ぼくもここで……」

「さっきのリプーチンの汚らわしい話やら中傷やらで、頭が混乱してらっしゃるだけです」

「いいですか、きみはいま、別の傷口に触れてくれましたよ、友情にみちた指でね。

この友情に満ちた指っていうのが、往々にして無慈悲でしてね、ときどき理不尽なものに変わることがあるんです、pardon（失敬）、でも、信じてくださるかどうか、ぼくはほとんど、あの汚らわしい話のことは忘れていました、つまり、忘れ去ったってわけじゃなくて、ぼくのばかな性分で、リーズのところにいるあいだ、ずっと幸せな気分でいたいと努めていて、自分は幸せなんだって言い聞かせていたんです。ところが、今はもう……ああ、今は、あの、寛大で、人間味があって、ぼくのおぞましい欠点をがまん強く耐えてくれたあの女性のことが、……といって、がまん強かったばかりじゃないですが、でも、このぼくの体《てい》たらくからすりゃ、この空っぽな厭らしい性格を考えたら、何か言えた義理じゃない！　だってぼくは、わがままなガキだし、子どもみたいなエゴのかたまりだし、そのくせ子どもらしい無邪気さはない。あの人は二十年間、乳母みたいにぼくの世話を焼いてくれた、リーズの優雅な呼び方をまねれば、cette pauvre（あの、かわいそうな）おばさまがです……。ところが、二十年たったあとで、急にその子どもが結婚したいなどと言いだした、結婚させて、結婚させてと、矢継ぎ早におねだりの手紙を送る、で、おばさまは頭を酢で冷やす大騒ぎ……で、子どものほうはついに目的をとげて、次の日曜日には晴れて妻帯の身となる、いや、冗談じゃありません……。じゃ、どうしてああもしつこくせがんだんだろう、いったいどうしてあんなに手紙を書いたんだろう？　そうだ、忘れていましたよ、リーズがダーリヤさんを崇め立てているんです、少なくとも口ではそう言っている。ダーリヤさんについて、『C'est un ange（あの人は天使よ）、でもちょっと気心が知れないところがある』と、こうです。二人とも忠告してくれましてね、あのプラスコーヴィヤまで……いや、プラスコーヴィヤは忠告してくれなかったかな。ああ、あの〈小箱〉にはいろんな毒がしまってあるんですよ！　それに、リーズもじっさい勧めてくれたわけじゃない。『どうしてご結婚なさりたいんです、学問的な楽しみだけでも十分じゃありませんか』と言って大声で笑うんですよ。で、ぼくは、笑わせておきましたよ。だって、あの子にしたって、胸をかきむしられるような思いでいるんですから。でも、あなたはやっぱり女性なしじゃ生きられないんですのね、とこう来るじゃないですか。手足がきかなくなったら、あの方がやさしく面倒を見てくれますし、それにまた……Ma foi（まったく）、このぼくだって、こうして今ずっとあなたと向かいあいながら、この胸のうちでこう考えていましたから。つまり、これは嵐のような人生の終わりに神が彼女をつかわそうというのだ、あの人ならこのぼくの面倒を見てくれるだろう、でなけりゃ……et enfin（つまり）、家事をしてくれる人も必要になる、とね。だってほら、ぼくの部屋はこのとおりゴミだらけでしょう、ほら、ごらんなさいよ、どこもかしこも散らかしっぱなしで、さっき整頓してくれるように言ったばかりなんですがね。床にまで本が転がっている。La pauvre amie（あのかわいそうな友だち）は、ぼくの部屋はいつもゴミだらけだといって、ずっと腹を立ててきたんです……ああ、これでもうあの人の声も聞けなくなる！　Vingt ans !（二十年ですからね！）それはそうと、あの人たちの家には、匿名の手紙が送られてくるらしいですよ、信じられますか、ニコラがレビャートキンに領地を売りはらったとかいう話。C'est un monstre; et enfin（あの男は怪物ですよ、やっぱり）、レビャートキンって何者です？　リーズがじっと聞いていましたよ、ほんとうに、じっと耳をすましていました！　ぼくはね、あの子が笑うのをだまって見逃してやったんです、それはね、話を聞いているときの真剣な顔を見ていたからです、それで、あの Maurice（モーリスが）……ぼくは、今のあの青年の役柄だけはごめんですからね、brave homme tout de même（とにかくいい青年であることにはまちがいないですが）、でも、ちょっと恥ずかしがり屋なところがあるんですね、でもまあ、あの青年のことなどどうでもいいわけですが……」

　彼はそのままだまりこんでしまった。疲れがどっと出たのか、話がしどろもどろになって、精気の失せた眼をじっと床にこらしながら椅子に腰をおろしていた。わたしはこの隙を利用し、フィリッポフの家を訪れたときの話をした。ついでに、きびしいそっけない調子で自分の意見を話してきかせた。たしかにレビャートキンの妹は（わたしはまだ顔を合わせたことがなかった）、ことによると、リプーチンの言う〈ニコラ〉の生涯の謎めいた一時期に、なんらかの犠牲者となったかもしれない、レビャートキンが何かの理由で〈ニコラ〉からお金を受けとっている、というのも大いにありうることだが、たんにそれだけの話だろう。ダーリヤにまつわる中傷については、すべてたわごとで、卑劣漢リプーチンのこじつけにすぎない、少なくともキリーロフは熱をこめてそう主張しているし、その彼をうたがう根拠など何もない、と。ヴェルホヴェンスキー氏は、自分には関係ないとでもいった放心した様子で、わたしの主張に耳を傾けていた。話のついでにキリーロフとのやりとりにも言及し、キリーロフはことによると気が狂っているかもしれないとわたしは言い添えた。

「狂ってなんかいませんとも、ただ、短絡的な考えをもった連中の仲間なんですよ」うつろな、いかにも気がなさそうな顔をしながら、彼はそうつぶやいた。「Ces gens-là supposent la nature et la société humaine autres que Dieu ne les a faites et qu'elles ne sont réelement.（あの連中は、自然とか人間社会を、神が創造したものや、現にそこにあるものと、ちがったもののように考えているんです）。ああいうのをちやほやする連中がいますが、少なくともこのステパン・ヴェルホヴェンスキーは、そんなまねはしませんよ。ぼくはあのころ、ペテルブルグでそういう連中を見てきてるんです、avec cette chère amie（あの親友とふたりで）、（ああ、あのころぼくはどんなに彼女を侮辱していたことか！）、ぼくはね、連中の悪態ばかりじゃない、連中の称賛にだって驚かなかったくらいです。いや、今だって驚きはしませんよ、mais parlons d'autre chose（でも、そろそろ話題を変えませんか）……ぼくは、どうも恐ろしいことをやらかしたみたいでね。だって、そうでしょう、ぼくは昨日、ダーリヤさんに手紙を書いて、……ああ、あんなことをして、ほんとうに自分を呪いたい気持ちだ！」

「何をお書きになったんです？」

「そう、あなたなら、信じてくれますかね、何もかも、ほんとうに高潔な気持ちからしたことなんです。つい五日ほど前、ニコラ宛てに手紙を書いたと伝えました、これも高潔な気持ちからしたことです」

「これでやっとわかりました！」わたしはかっかして叫んだ。「それにしても、いったいどんな権利があって、あの二人をそうペアにして考えるんです？」

「いや、mon cher（たのむから）、ぼくをそうぎりぎりやらないでくれ。そうどうならないで。そうでなくたって、ぼくの面子《メンツ》はもう丸つぶれなんだから……そう、ゴキブリみたいにね。それに、自分のしたことはやっぱりひじょうに高潔なことだと思ってるんだから。たとえばです、あそこで……スイスでじっさいに何かがあったとします……でなくても、何かがはじまっていたとします。だとしたら、このぼくにだって、あらかじめ二人の気持ちを訊いておく義務があるわけですよ……enfin（つまり）、二人の気持ちの邪魔をしたり、二人の前途に杭《くい》みたいに立ちふさがったりしないためにです……ぼくはね、ほんとうに高潔な思いからそうしたまでのことです」

「ああ、なんてばかげたまねをなさったんです！」わたしは思わず口走った。

「ばかげてる、ばかげてるとも！」彼はむさぼるようにしてわたしの言葉を引きとった。「これまであなたがしゃべってきたなかで、いまのがいちばん気がきいています。c'était bête, mais que faire, tout est dit.（ほんとうにばかげてる、でも、どうしようもないんです、すんだことですから）。どっちみち結婚はします、たとえ相手が『他人の不始末』でも、です。だとしたら、なんのために手紙など書く必要があったんでしょう？　そうじゃありませんか？」

「あなたはまた同じことを！」

「ああ、これ以上どんなになってもぼくは驚きませんよ。今あなたの目の前にいるのは、昔のヴェルホヴェンスキーじゃありませんから。昔のヴェルホヴェンスキーは、もう死んでるんです。enfin, tout est dit.（要するに、何もかも終わったんです）。だいいち、大声を出す理由なんてないでしょう？　あるとすれば、結婚するのがあなたじゃなく、花婿用の髪飾りを載せるのもあなたじゃないってことに尽きませんかね。こういうとまた、不愉快に思うんでしょう？　かわいそうに、あなたはまだ女性ってものをご存じないんです、それにひきかえ、ぼくはひたすら、女性を研究してきた。『全世界を征服せんと欲すれば、わが身を征服せよ』でしてね。これはですよ、あなたと同じようなロマンチストで、いずれぼくの義兄になるシャートフ君の口から出た唯一の名言でしてね。ぼくは喜んで彼の言を引用させてもらいますよ。まあ、そんなわけで、このぼくもいよいよわが身を征服する心構えができて結婚するわけですが、ちなみに、全世界のかわりにぼくに征服できるものって、なんですかね？　そうだ、あなたに言っておきたいことがあった、結婚っていうのはです、あらゆる誇り高い精神、すべての独立心にとって、精神的な死を意味するんです。結婚生活はぼくを堕落させ、事業にささげるエネルギーや勇気をうばい取るだろうし、それで子供でもできれば、……それも、ぼくの子じゃなくて、つまりです、当然ぼくの子ではないってことになるわけでね。賢い人間は、こわがらずに真理の顔をのぞくことができる……リプーチンはさっき、バリケードでもってニコラから逃れる手立てを提案してくれましたが、ばかな男ですよ、リプーチンは。女性っていうのは、千里眼の持ち主だって騙しおおせるんですから。Le bon Dieu（善良な神は）、女性を創造するとき、そのためにどんな被害を受けることになるか知ってはいたんだろうけど、ぼくはこう信じているんですよ。つまり、女性は自分から邪魔に入って、その創造に首をつっこみ、ああいうかたちに、ああいう属性をもった存在に作らせたんだってね。でなかったら、いったいだれが、ああいった創造の苦労をただで引きうける気になるもんですか？わかってますとも、ナスターシヤがぼくのこんな自由思想を耳にしたら、かんかんになって怒りだすことぐらい、でも……enfin, tout est dit.（要するに、何もかも終わったんです）」

ひところかなり流行した、いかにも安っぽい駄洒落《だじゃれ》めかした自由思想という言葉を口にしなければ、彼としても面子《メンツ》を保てなかったのだろう。少なくとも今のところはその駄洒落でもって慰めを得ることができたが、それもそう長くはなかった。

「ああ、どうしてこの明後日《あさって》っていう一日を、次の日曜日を、来ないようにできないんだろうね！」彼はふいに声を上げたが、もうすっかり絶望しきっている様子だった。

「どうして、今週ぐらいは、日曜日ぬきってわけにいかないんだろうか、si le miracle existe ?（もしも奇跡ってものが存在するなら）。そう、カレンダーから日曜日をひとつ抹殺するぐらい、神さまからすれば、どうってことないじゃないですか。そうすりゃ、たとえば、無神論者にも自分の力を見せつけてやれるし、et que tout soit dit !（すべてをはっきりさせられる！）ああ、あの人をぼくはほんとうに愛してきた！二十年間、二十年間ずっと、でも、いちどだってあの人はぼくのことをわかってくれなかった！」

「いったいだれのことをおっしゃってるんです。あなたが何をおっしゃっているのかさっぱりわからないんです！」わたしは驚いてたずねた。

「Vingt ans !（二十年間！）。なのに、いちどだってぼくのことをわかってくれたためしがない、ああ、なんて残酷なんだ！　だいたいあの人は、ぼくが恐怖にかられて、必要にかられて結婚するとでも思っているんだろうか？　ああ、恥辱だ！　おばさま、おばさま、ぼくはあなたのために！……ああ、あの人に知ってもらえたらな、あのおばさまが、ぼくがこの二十年間あこがれてきたたった一人の女性だってことを！　そのことをあの人に知ってもらわなくちゃ、そうしてもらわなくちゃ、さもないと、この、ce qu'on appelle le（いわゆるその）結婚の式に、むりやり引きだされることになる！」

わたしははじめて、この告白を、しかもこれほどエネルギッシュに吐きだされた告白を耳にした。隠さず言うが、わたしは無性に笑いたくなった。だが、わたしはまちがっていた。

「こうなったら、ぼくに残されているのはあれだけだ、あれ一人だ、あれだけがぼくの生きる望みだ！」とつぜん新しい考えに打たれたかのように、彼はいきなり両手をぱんと打ち鳴らした。「こうなったら、あの子しかいない、かわいそうな子ども、あの子がぼくを救ってくれる、ああ、でもどうして帰ってこない！　息子よ、ぼくのペトルーシャ……父親と呼ばれるに値せず、虎とでも言われるのが当たっている男だが、それだって……laissez-moi, mon ami（ねえ、ぼくをひとりにしてくれませんか）、少し横になって考えをまとめたいんです。ほんとうに疲れてしまった。疲れきってしまった、それにあなたも、そろそろ寝る時間でしょう、voyez vous（ほら、ごらんなさい）、もう十二時ですよ……」

第4章　足の悪い女

1

シャートフはとくに意地もはらずに、わたしのメモ書きどおり、昼ごろリザヴェータの家に姿を現わした。わたしたちは、ほとんど同時に顔を合わせる感じで中に入っていった。わたしも、最初の訪問をおこなう目的で顔を出したのだ。一同、といってもリーザと母親とマヴリーキーの三人は、大広間に腰をおろして何やら言い争いをしていた。母親はリーザに、ピアノで何かのワルツを弾いてほしいと要求したが、リーザが曲を弾きはじめると、その曲じゃないと言いだしたのだ。根が実直なマヴリーキーが、そのワルツにまちがいありませんと言ってリーザの肩をもつと、老婦人は怒りにかられて泣きだした。夫人は体調がすぐれず、歩くのもやっとという状態だった。

両足が腫《は》れ、この数日というものは気まぐれを起こして、日ごろは恐れているリーザに、ことごとく八つ当たりしていた。わたしたちの訪問には、こぞって大喜びだった。リーザはいかにも満足そうに顔を紅潮させ、シャートフを連れて来てくれたことに、ひとこと「merci（ありがとう）」と礼を言うと、もの珍しそうにじろじろ見まわしながら彼に近づいていった。

シャートフはぎこちなくドア口で立ちどまった。リーザは来てくれたお礼を言って、母親のほうに彼を引っぱっていった。

「こちらが、お話ししたシャートフさん、で、こちらがGさん、わたしにとっても、ヴェルホヴェンスキー先生にとっても大の親友なの。マヴリーキーさんも昨日お近づきになりましたのよ」

「で、教授っていうのは、どちらの方？」

「教授なんていませんよ、ママ」

「いいえ、来られてるはずよ、おまえ、自分の口で、教授が来られてるって言ってたじゃないの。きっと、こちらの方ね」と言って、むずかしい顔をしてシャートフを指さした。

「教授が見えるなんて言ってないわ。Gさんはお勤めしてるし、シャートフさんは以前、学生だった方だし」

「学生だって教授だって、大学の人に変わりないわ。おまえったら、口答えばっかりしたがるのね。でも、スイスでお会いした人は、口ひげも顎ひげも生やしておられたわね」

「ママったら、ヴェルホヴェンスキー先生の息子さんのことを、ずうっと教授って呼んでるんですの」リーザはそう言うと、シャートフを広間のもう一つの隅のソファへと案内した。

「足が腫れると、いつもああなんです。おわかりでしょう、体調を崩しているものですから」彼女はシャートフにそっと耳うちしたが、あいかわらずひどくもの珍しそうに彼の様子を、とくに頭のつむじのあたりをじろじろ眺めやった。

「あなた、軍人さん？」わたしと同様、リーザからひどくすげなくされた老婦人が話しかけてきた。

「いいえ、勤めておりますが……」

「Gさんはヴェルホヴェンスキー先生と大のお友だちなの」リーザがすぐさまそれに

答えた。

「それじゃあ、ヴェルホヴェンスキー先生のところにお勤めなのかしら？　たしか、あの方も大学の教授でしたわよね？」

「ああ、もうママったら、きっと夜も教授の夢を見てるにちがいないわ」いまいましそうにリーザが叫んだ。

「起きてるときだって十分すぎるくらい見てますとも。おまえったら、どこまでも母親に楯つく気ね。それじゃ、スタヴローギンさんが前にここに戻られたとき、ここにおられたってわけね、四年前？」

　わたしは、そうですと答えた。

「で、そのとき、どこかのイギリス人といっしょでした？」

「いえ、いっしょじゃありませんよ」

　リーザは笑いだした。

「じゃあ、イギリス人なんてまるきりいなかったわけね、してみると、みんなでたらめ言ってるってことね。ワルワーラさんもヴェルホヴェンスキーさんも、両方とも嘘をついているんだわ。そう、みんな嘘ついているんだ」

「じつはこの話、初めはおばさまが、それに昨日はヴェルホヴェンスキー先生が、スタヴローギンさんはどうもシェイスクピアの『ヘンリー四世』に出てくるハリー王子に似ているところがある、っておっしゃったことに関係してるの、それで、ママは、イギリス人といっしょでしたかってたずねたんですよ」リーザは、そうわたしたちに説明した。

「もしハリー王子がいないんなら、イギリス人もいなかったことになるわ。スタヴローギンさんひとりが大暴れなさったってことね」

「言っておきますけど、ママはわざとああいう言い方をしてるの」リーザは、シャートフにはきちんと説明しておく必要があると思ったらしい。「ママって、シェイクスピアのことを、ほんとうはよく知っているの。わたしも『オセロ』の第一幕を読んであげたりしたものですから。でも、いまはひどく体調が悪くて。ママ、ほら、十二時打ってるわ、お薬の時間でしょう」

「お医者さまがお見えになりました」ドア口に小間使いが顔を出した。

老婦人は軽く腰を浮かし、犬を呼びはじめた。「ゼミールカ、ゼミールカ、おまえぐらいいっしょについて来とくれ」

薄ぎたない小型の老犬ゼミールカは、言うことをきかず、リーザが腰をかけているソファの下にもぐりこんでしまった。

「行きたくないの？　それじゃこっちもごめんこうむるわ。では失礼しますよ、そう言えば、あなたのお名前も父称も存じあげてなかったわ」と、夫人はわたしに向かっていった。

「アントン・ラヴレンチエヴィチですが……」

「まあ、同じことですけど、こっちの耳から入ってこっちの耳に抜けていってしまうんですもの。マヴリーキーさん、送ってくださらなくてもいいですからね、呼んだのはゼミールカだけですから。おかげさまでまだ自分ひとりで歩けますし、明日は散歩にも出かけます」

彼女は腹立たしげに広間から出ていった。

「アントンさん、しばらくマヴリーキーさんとお話しししていてくださいますか、もっと親しくされてもべつに損はないでしょう、ほんとうに」リーザはそう言うと、マヴリーキーに向かって親しそうににこりと笑った。するとそのまなざしを受けて、彼の顔がぱっと明るくなった。ほかにはなすすべもなく、わたしはマヴリーキーと残って話をはじめた。

2

リザヴェータがシャートフに用があるといった話の中身は、驚いたことに、ほんとうに文筆にかかわる仕事の話だった。なぜかはわからないが、てっきり彼女は何か別の用があって彼を呼んだように思っていたのだ。わたしたちは、といってもわたしとマヴリーキーの二人だが、彼らがなんら隠しだてする様子もなく、ひどく大声で話しあっているのを見て聞き耳を立てはじめた。そのうちにわたしたち二人も呼ばれ、相談を受けることになった。話というのは、要するにリザヴェータはかなり以前、彼女の意見によるとある有益な本の出版を思いついたのだが、ノウハウがまるきりないこともあって、協力者を必要としていたのである。彼女がシャートフに自分のプランを説明する真剣な表情には、このわたしも驚かされた。《なあに、新人類の一人ってわけか》とわたしは思った。《なるほど、スイスにいただけのことはある》シャートフは、床に目を落としたまま注意ぶかく話に聞きいっていた。ただし、上流暮らしのそそっかしい令嬢が、こんな柄でもない仕事に乗りだそうとしていることに、少しも驚いている様子はなかった。

その文筆にかかわる事業というのは、こんなふうな類《たぐい》のものだった。ロシアでは、首都や地方の新聞、雑誌などが数多く出版され、そこでは毎日、たくさんの出来事が報じられている。ところが一年もすぎると、新聞はどこでも棚の奥にたたんでしまいこまれるか、あるいはゴミに回され、破り去られたり、包装紙やカバーに使われることになる。活字になった多くの事実は、それなりに印象をもたらし、読み手の記憶に刻みつけられるが、その後、年を経るごとに忘れ去られていく。いろんな人が後でその事実を調べようと思っても、しばしば日付も、場所も、その事件が起こった年すらわからないまま新聞雑誌の山に埋もれ、それを探し出すことはたいへんな労力である。しかるに、これらの事実を、一年ごとに、一定のプラン、一定のアイデアのもとで、見出しや索引をつけ、月、日ごとに配列したりして一冊の本にまとめれば、そのまとまりは一つの大きな全体をなして、その年のロシア人の生活の特徴を余すところなく浮かびあがらせてくれる。公表された事実が、たとえその年に起きたすべての事実に比して、いちじるしく小さな一部分をなすにすぎないとしてもである。

「すさまじい分量の新聞雑誌の束にかわって、何冊かぶ厚い本が出る、それだけの話でしょう」シャートフはそう意見を述べた。

しかしリザヴェータは、なかなかうまく説明できないながら、自分がいま企《くわだ》てているプランを熱心に主張してゆずらなかった。その本は一冊からなっていて、あまりぶ厚くないものにしなければならない。ただし、たとえ厚いものになったとしても、すっきりした内容でなくてはいけない、なぜなら、いちばん肝心なのは、事実を提示するそのプランと性格にあるからだと力説した。むろん、すべての事実をひろい集め、それを転載するわけにはいかない、政府の布告、条例、地方での行政措置、法律などは、たしかにあまりに重要すぎる事実だが、それらの類は、現に予定している出版物ではぜんぶ除外してかまわない。そういういろんな事実を削除して、多かれ少なかれ、国民の精神的な私生活や、現時点におけるロシア人の個性を写しだす出来事を選択するだけに留めてよい。むろん、その内容はどんなものでもいい、時々の話題、火事、募金事業、ありとあらゆる善行や悪行、いろんな名言や演説、たぶん河川の氾濫に関するニュース、政府の布告のいくつかはここに入ってくる。しかし、何より時代を描きだすものだけを選びださなくてはならない。それらすべてが、一定の見解、指標、意図をともない、一個のまとまった全体、全総体を照らしだす思想とともに入ってくる。最後に、この本はさまざまな調査をおこなううえで不可欠のものになることは言うにおよばず、軽い読み物としても興味を引くものでなくてはならない、それはいわば、過去一年間のロシア人の、精神的、道徳的、内面的な生活を写しだす絵巻物のようなものになる、というのだ。「いろんな人にこの本を買ってもらい、座右の書にしていただくんです」リーザはそう主張した。「すべてはプランニングひとつにかかっているんだって、わかっているんです。ですから、こうしてあなたにお願いしているわけなの」――彼女はそう話を結んだ。彼女があまりに夢中になって話していたので、説明は曖昧かつ舌足らずだったにもかかわらず、シャートフも少しずつ理解を示すようになっていた。

「つまり、何か傾向がかったものができるってわけですね、一定の傾向に沿って事実を集めるわけですから」あいかわらず顔をあげず、シャートフはつぶやくように言った。

「ぜんぜんそんなんじゃないの、傾向に沿って集めちゃいけないんです、どんな傾向もだめ。公平無私であること、それが傾向なんですから」

「でも、傾向だってそう悪くはありませんよ」シャートフは体をもぞもぞさせながら言った。「それに、傾向は避けられませんしね、少くともなにがしかの選択がなされるかぎりにおいては。事実を選択するそのことのなかに、その事実をどう理解するかという方向性が生まれるわけでしょう。あなたのアイデアも悪くないですが」

「ってことは、つまり、いけるってことですね、こういう本でも」リーザは嬉しそうに声をはずませた。

「いろいろ試して、検討してみる必要がありますよ。なんといっても大きな事業ですから。そう急には何も思いつきません。経験が必要ですし。それに、いざ本を出すとなったら、どんなかたちで出版するか、その方法を覚えこむのだってたいへんなことです。ともかく、いろいろ経験を積んでからです。でもそのアイデア、けっこういけそうな気がします。有益なアイデアだと思います」

シャートフはやっとのことで目をあげたが、その目はいかにも満足そうにいきいきと輝いていた。それぐらい彼は乗り気だったのだ。

「でも、それはあなたがご自分で考えつかれたんですか？」優しく、恥じ入るような声で彼はリーザにたずねた。

「でも、そう、考えつくのはかんたんですけど、プランを立てるとなるとたいへんよね」リーザはそう言ってほほ笑みを浮かべた。「わたし、まだよくわかっていないし、頭もあまりよくはありませんから、追跡するといったって、自分にわかることだけですもの……」

「追跡するって?」

「このロシア語、おかしかったかしら?」リーザはあわてて問い返した。

「その言い方でもいいですよ、ぼくはべつにかまいません」

「わたしね、外国にいるときから、自分にも何か役に立てることがあるような気がしていたんです。お金だって自分のものがあるのに、むだに遊ばせていますからね。わたしが公共の事業のために働いたっていいわけでしょう? それにこのアイデア、なぜかこう、おのずから浮かんできたんです。いろいろ考えぬいた末の結果ってわけじゃぜんぜんなくて。このアイデアが生まれてとてもうれしかっただけ。でも、すぐにわかったんです、これは協力者なしじゃできないってね、わたし、自分ひとりじゃ何ひとつできないんですから。協力者は、もちろん本の発行者になっていただくわ。わたしたちは半々でね、あなたはプランを立てて実務をこなし、わたしは最初のアイデアを出して、それと出版費用を持つ。だってこの本なら採算がとれるでしょう?」

「きちんとしたプランが探りあてられれば、本は売れますよ」

「前もって言っておきますけど、わたし、利益が目的じゃないっていっても、本はやっぱりちゃんと売れてほしいし、それで利益があがるなら、それなりに誇りに感じるでしょうね」

「なるほど、で、ぼくは何をやればいいんです?」

「だからそう、あなたに協力者になってとお願いしているの……半々に分けて。あなたがプランを考えだすんです」

「ぼくにプランが立てられるなんて、どうしておわかりになるんです?」

「あなたの話はいろいろと聞いてきましたし、ここでも耳にしました……わたしにもわかるんです、あなたがとても頭のよいかたで……仕事もおできになるし……いろいろと考えておられることがね。スイスであなたのことを話してくださったのが、ピョートル・ヴェルホヴェンスキーさんです」彼女はあわててこう言い添えた。

「彼ってほんとうに聡明な方ですよね、そうじゃありません?」

シャートフは一瞬、すべるような目を彼女に向けたが、すぐにまた目を伏せてしまった。

「スタヴローギンさんもあなたのことをいろいろと話してくださったわ……」

シャートフの顔がふいに赤くなった。

「でもね、ほらここに新聞があるでしょう」そういってリーザは、前もって束ねておいた新聞の束を椅子の上からつかみとった。「わたしね、ここに来てから、ものはためしにいろんな事実をチェックしてね、それから選択して、番号をつけてみたんです……ほら、ごらんになれば、わかります」

シャートフは包みを手にとった。

「ご自宅に持って帰って見てくださいます？ で、お住まいはどちら？」

「ボゴヤヴレンスカヤ通りのフィリッポフの家です」

「あ、知っています。噂だと、あの家には、どこかの大尉さんも住んでるんですってね、あなたのそばに。レビャートキンさんとかいう？」リーザの話しぶりには、あいかわらず慌てたような感じがあった。

シャートフは、手をのばして新聞紙の束をつかんだまま、何も答えずにただ床を見おろし、まる一分ほども腰をおろしていた。

「この仕事にはほかの人を選んだほうがいいですよ、ぼくなんか、とてもお役に立てないと思います」彼はやがてそう口にした。その声は、なぜかひどく奇妙なほど静かで、ほとんどささやき声に近かった。

リーザはかっとなった。

「この仕事って、なんのことをおっしゃっているんです？　マヴリーキーさん！」と彼女は叫んだ。「どうか、さっきの手紙をここに持ってきてちょうだい」

わたしも、マヴリーキーの後についてテーブルに近づいた。

「これを見てください」彼女はひどく興奮して、手紙を開きながらわたしに言った。「こんな手紙、これまでにごらんになったことがあります？　どうか、声に出して読んでください。わたしね、シャートフさんにも聞いてもらいたいんです」

わたしは少なからず驚きの念にうたれて、次のような手紙を大声で読みあげた。

「非のうちどころないリーザ・トゥーシナ嬢に――

親愛なるリザヴェータ・ニコラーエヴナ様

ああ、なんて愛らしい
エリザヴェータ・トゥーシナ
従弟の騎士と馬を駆り
風に髪をなびかせるとき
あるいは母君と教会堂にひれ伏し
慎みぶかいお顔に紅が燃え染めるとき
そのときこそ、法にかなった婚礼の快楽をねがい
母君ともども去りゆく後ろ姿に涙を送る

口論の間に無学の者の作りし詩

拝啓！
小生が何よりも慙愧《ざんき》に思うところは、セヴァストーポリの地にあることもかな

わず、かの地の戦にて片腕をうしなう栄光にもあずからず、卑劣なこととつねに思いいたりながら、食糧配給なる卑しき職務に就いていたことであります。あなたは古代の女神のごとき人であり、わたしは無にひとしい存在ですが、無限の境地について思いいたりました。詩としてご笑覧ください、それ以上のなにものでもありません。なぜなら、詩などというのは、言ってみればばかばかしいもので、散文にあっては不遜とみなされるものが正当化されるからであります。はたして、太陽が滴虫《てきちゅう》類に腹を立てるなどということがありましょうか？　たとえそれが、顕微鏡で見るなら滴虫が数かぎりなくいるところで、太陽のために水滴によって詩を作ったとしても、であります。ペテルブルグの上流社会に生まれた、大型家畜に対する人間愛を呼びかけるクラブですら、犬や馬の権利については同情を惜しまないながら、おとなしい滴虫類をさげすみ、未発達であるとして、まるきり言及もいたしません。わたしも未発達であります。結婚を考えるなど、滑稽千万と思えるでありましょう。しかしながら近々、あなたが蔑《さげす》んでおられる人間嫌いなお方をとおして、かつて二百の農奴があった領地を、譲り受ける予定であります。あれやこれやお伝えすることもできますし、シベリア流刑になりかねぬ証拠書類を持参するつもりであります。どうか小生の提案をないがしろになさいませんように。滴虫類からの手紙、詩としてご理解いただきたく。

このうえなく従順なる友にして、暇をもてあそべる大尉レビャートキン」

「これは、とんでもないろくでなしが酒に酔っぱらって書いたものだ！」わたしは怒りにかられて叫んだ。「やつのことは知っています！」

「この手紙を昨日受けとりました」顔を真っ赤にして、リーザは慌てて説明しはじめた。「わたし、自分でもすぐに気づきました。これは、どこかの愚か者が書いたものだって。ですから、maman（ママ）にはまだ見せていないんです。これ以上あの人に気分を乱されたら厄介ですもの。でも、もしまた続けて書いてくるようだったら、それこそどうしていいかわかりません。マヴリーキーさんは、自分から出向いていってやめさせる気のようです。わたし、あなたを協力者と思っています」そこでリーザはシャートフのほうに向きなおった。「それに、あなたも同じ家に住んでらっしゃるのですから、あなたにいろいろとお聞きしたうえで、これから先どんな手を使ってくるか見きわめたいと思いまして」

「酔っぱらいのろくでなしですよ」シャートフは気がなさそうにつぶやいた。

「そうでしょうか、あの方はずっとあんなふうなばかですの？」

「いや、とんでもない、酔ってないときは、ぜんぜんばかなんかじゃありません」

「わたしはね、これとうり二つの詩を書いた将軍を知っていますよ」わたしは笑いながら注意した。

「この手紙を見ただけで、下心はわかります」ふだんは無口なマヴリーキーが、思いもよらず口をはさんだ。

「なんでも、妹さんといっしょに住んでいるとか？」リーザがたずねた。

「ええ、妹といっしょです」

「その妹さんを虐待しているとか、それってほんとうですの？」

シャートフはまたリーザをちらりと見やり、眉をひそめると、「ぼくには関係ありません！」と口ごもるように言い、ドアに向かって歩きだした。

「あら、ちょっと待って」リーザが心配そうに声をあげた。「いったいどちらに？相談することがいろいろ残ってるでしょう……」

「いったい何を話すんです？　あしたお知らせすることにします……」

「そう、いちばん肝心なこと、印刷所のことです！　嘘じゃありません、わたし、ほんとうに冗談ぬきで、真剣にこの仕事をやってみたいんです」ますます不安にかられたリーザが、きっぱりと言い放った。「いよいよ出すと決めたときは、いったいどこで印刷したらいいんでしょう？　これって、いちばん大事な問題ですよね？　だって、そのためにわざわざモスクワに出かけていくわけにもいきませんし、この町の印刷所じゃ、とうていこれだけの本は作れませんもの。わたし、もう前々から自分の印刷所をもつことに決めてたんです。あなたの名義にして、ですよ。あなたの名義でしたら、ママも許してくれるって、わたし踏んでるんですの……」

「いったいなぜ、このぼくが印刷屋になれるとわかるんです？」不機嫌そうにシャートフはたずねた。

「まだスイスにいたころ、ピョートル・ヴェルホヴェンスキーさんが、あなたの名前を挙げてくださいました、そう、あなたの名前を、あなたなら印刷所を切りもりできるし、仕事もわかってるからって。紹介状まで書いてくださるっておっしゃったんですけど、わたし、それを忘れてきてしまって」

今になって思い出すのだが、シャートフの顔色ががらりと一変した。彼はそのまま何秒間かたたずんでいたが、急に部屋から出ていった。

リーザは怒りだした。

「あの人、いつもあんなふうな帰り方するんですか?」こちらを振り向いて、彼女はたずねた。わたしは軽く肩をすくめた。が、シャートフはふいにもどってきて、そのまま's まっすぐテーブルのほうに近づいていくと、手にしていた新聞紙の束を、そこに置いた。

「協力者にはなりません、そんなひまありませんから……」

「どうして、どうしてです? 怒ってらっしゃるみたいね?」気落ちし、哀願するような声でリーザはたずねた。

彼女の声の響きに、彼は驚いた様子だった。しばらくのあいだ、彼は相手の心のうちを見通そうとするかのように、まじまじとその顔をのぞきこんだ。

「どっちにしても」と、彼は低い声で、つぶやくように言った。「ぼくは、いやなんです……」

そう言うなり、彼は出て行った。リーザはすっかり度肝を抜かれていた。その驚きぶりは、何かしら常軌を逸していると思われるほどだった。そんなふうにわたしには思えた。

「ほんとうにおかしな人ですね！」マヴリーキーがそう大声で言った。

3

むろん「おかしな」男にはちがいなかった。だが、この一連のできごとにはおそろしくあいまいな点が多かった。そこには、何かしら裏があった。あんな出版話など、わたしははなから信じてはいなかった。それから、あのばかげた手紙にしてもである。その手紙には、あれほどはっきりと『証拠書類』をもってなにやらご注進におよぶ、というようなことが書かれていたにもかかわらず、それについては誰もが口に封をし、話すことといえばまるきり別のことだった。それにまた、あの印刷所の話にしてもそうである、ほかでもない、印刷所の話が出たためにシャートフはとつぜん部屋から出ていったのだ。こうしたことから、わたしが来るまえにすでに何かがここで起こっていて、たんにわたしが知らないだけだと考えざるをえなくなった。ということは、わたしは余所者《よそもの》であり、わたしの出る幕ではないということになる。それに、そろそろ家に帰ってもよさそうな頃合いだったたし、最初の訪問ということではもう十分だった。わたしは、リザヴェータのそばに近づいていってお辞儀をした。

彼女は、わたしが部屋に残っていることなどもはや念頭にはないらしく、首を垂れ、なにかしら深く考えこみながら、テーブル近くの同じ場所にずっと立ちつくし、絨《じゅう》毯《たん》の上の一点をじっと見つめていた。

「ああ、あなたもお帰りですのね、それじゃ、また」彼女は、いつものやさしい調子で口ごもるように言った。「ヴェルホヴェンスキー先生によろしく伝えてくださいね、なるたけ早く遊びに来てくださるように、説得していただきたいの。マヴリーキーさん、アントンさんがお帰りよ。ごめんなさい、ママが挨拶に出られなくて……」

わたしは部屋を出たが、階段をおり切ろうとしたところで、従僕が玄関口までわたしを追いかけてきた。

「奥さまがぜひお戻りくださいとのことです……」

「奥さまかい、リザヴェータさんではなく？」

「お嬢さまでございます」

部屋にもどってみると、リーザはもうわたしたちが腰をかけていた大広間ではなく、いちばん近い応接間にいた。今は、マヴリーキーひとりだけが残る広間へ通じるドアは、ぴたりと閉じられていた。

リーザはわたしににっこりほほえみかけたが、その顔は青ざめていた。何かしら思いまようところがあって、明らかに内心と戦いながら部屋のまんなかに立っていた。だが、ふいにわたしの手をつかむと、何も言わず、つかつかと窓のほうに引っぱっていった。

「わたし、今すぐにでもあの人に会いたいんです」ごくわずかな反論も許さない、熱っぽく、つよく、もどかしげなまなざしでひたとわたしを見つめながら、リーザはささやくように言った。「わたし、この目であの人を確かめなくてはならないんです、それで、あなたに助けてほしいんです」

彼女は完全に度をうしない、死にものぐるいだった。

「誰にお会いになりたいんです、リザヴェータさん?」わたしはおずおずとたずねた。

「あのレビャートキンの妹です、あの、足の悪い……あの人がびっこを引いてるって、ほんとうですの?」

わたしはあっけにとられた。

「彼女とはいちども会ったことがありません。ですが、びっこを引いてるとは聞いています、つい昨日も聞きました」相手に合わせようとして、わたしはついあせって答えたが、やはりささやき声になった。

「なんとしても、あの人に会わなくちゃいけないんです。今日にも段取りをつけていただけませんか？」

わたしは彼女がおそろしくあわれになった。

「それは不可能です、それにどう段取りをつけられるか、わたしにもまったく見当がつきません」わたしはなだめにかかった。「でも、ともかくシャートフのところに行ってみましょう……」

「もし、明日までに段取りしていただけないんでしたら、自分からあの人のところに出かけていきます。ひとりで。だって、マヴリーキーさんにも断られましたから。わたし、あなたにしか頼れないんです、ほかには誰も頼れる人がいないんです。シャートフさんには、ばかなことを言ってしまいましたし……わたし、あなたがほんとうに誠実な方で、ひょっとして、わたしの力になってくださる方じゃないかって思っているんです、ですから、なんとか段取りをつけてほしいんです」

　わたしのなかに、たとえどんなことでも彼女を助けてやりたいという熱い思いが湧き起こってきた。

「じゃあ、こうしましょう」わたしはちょっと考えてから言った。「今日じゅうにわたしから出向いていって、かならず彼女に会うことにします。かならず、です！　かならず会うことにします、これだけはお約束します。でも、シャートフにそれを言うことだけは許可してください」

「シャートフさんにはこう伝えてくださいね。わたしはこういう希望を持っていて、これ以上待つわけにはいかないけれど、かといって、さっきはあなたをだまそうとしたわけじゃありません、ってね。さっき帰ってしまったのだって、もしかしたらあの人がとても誠実な方で、わたしがあの人をだまそうとしているように見えたのが気に入らなかったからかもしれませんし。わたし、だます気なんてありませんでした。わたしはほんとうに出版の仕事がしたいし、印刷所を作りたいんです……」

「そう、誠実な男ですよ、ほんとうに誠実です」わたしは熱をこめて主張した。

「でもね、もしも明日までに段取りがつけられなければ、自分から出かけていきます、何がどうなってもいいし、みんなに知られたってかまいません」

「明日は、三時より前にこちらにうかがうことはできません」わたしは、いくらか我に返ってそう注意した。

「それじゃ、三時ということに。ということは、昨日ヴェルホヴェンスキー先生のおうちで考えたことって、まちがいじゃなかったってわけですね。わたし、あなたはわたしのために何か心から親身に、献身的になってくださる方だと思ってました」別れの挨拶にわたしの手をあわただしく握りながらほほえみかけると、ひとり取りのこされているマヴリーキーのいる広間のほうに走っていった。

わたしは、彼女とかわした約束にすっかり押しひしがれたまま部屋を出た。いったい何が起こったのか、わからなかった。わたしが目にしたのは、それこそ完全に絶望し、見ずしらず同然の男を信頼しきり、自分の名誉を台なしにすることさえいとわない女性の姿だった。彼女からすれば困難きわまりない瞬間の、あの女性らしいほほえみや、昨日のうちからわたしの感情に気づいていたという仄めかしに、わたしは、ぐさりと胸を刺し貫かれたような気がした。しかし、わたしは、彼女がかわいそうでならなかった。それだけのことなのだ！　わたしにとって彼女の秘密は、ふいに何か神がかったものとなり、いまそれを打ちあけられたとしても、わたしは耳に栓をし、何ひとつその先の話を聞こうとはしなかったろう。わたしは、ただ何かしら予感していたのだった……しかし、それにしても、いまどんなふうにして段取りをつけてよいものやら、わたしにはまったく見当がつかなかった。そればかりか、いったいなんの段取りをつければよいのかもわからなかったのだ。会うといっても、どんな会い方があるだろう？　それに、どうやって二人を引きあわせたらよいのだろう？　いまや唯一の頼みがシャートフだったが、そのシャートフさえ何ひとつ手助けしてくれないことは、あらかじめわかっていた。しかし、それでも、わたしは彼のもとに駆けつけていった。

4

夜の七時すぎに、ようやく彼を自宅でつかまえることができた。驚いたことに、彼の部屋には何人かお客が来ていた。キリーロフともうひとり、わたしにはまだ顔見知り程度のシガリョーフとかいう名前の紳士で、ヴィルギンスキーの妻の実弟にあたる人物だった。

シガリョーフというこの男がわたしたちの町にやって来て、もう二カ月ほど経つはずだった。どこから来たかはわたしにもわからない。わたしが彼について耳にしていたのは、ペテルブルグで出ているある進歩的な雑誌に論文を載せたことがある、ということだけだった。ヴィルギンスキーが、たまたま通りで彼を紹介してくれた。これまでわたしは、顔にこれほどの陰惨さ、うっとうしさ、憂鬱さを浮かべている男を見たことがない。彼は、世界の滅亡を待っているとでもいった顔をしていた。それも、ことによると実現しないかもしれない予言にしたがっていつかは起こるだろう、という感じのものではなく、たとえば明後日の午前十時二十五分きっかりに、寸分のくるいもなく、正確にそれが起こると信じて待ちうけている顔なのである。しかしわたしたちは、そのときにはほとんど言葉をかわさず、たがいに陰謀をたくらんでいる者同士といった感じで握手しあっただけだった。何よりもわたしが驚かされたのは、不自然なくらいの大きさをもった彼の耳で、長くて広いうえに、やたらとぶ厚く、なんだか不揃いにぴんと突きだしている感じがあった。身のこなしはぎこちなく、のっそりしていた。かりにリプーチンが、いつしか共産組織《ファランステール》がこの町に実現することがあるかもしれないと夢みているとすれば、この男は、それがいつ実現するか、日時までも確実に知っていたことだろう。彼はわたしの心に不吉な印象を呼びおこした。だから、シャートフの部屋でふたたび彼と顔をあわせることになって驚いた。シャートフはだいたい来客が好きなほうではないので、なおさらだった。

階段をのぼっているときから、三人がいちどにわいわい大声を立てて話をしているのが聞こえてきた。どうやら何か議論しているらしかった。ところが、わたしが入っていくや、三人ともぴたりと黙りこんでしまった。三人は立ったまま議論していたが、急に全員が腰を下ろしたので、わたしも腰を下ろさざるをえなかった。この間《ま》のぬけた沈黙は、たっぷり三分間破られることがなかった。シガリョーフはわたしの姿を認めながら、知らぬふりをしていた。別に悪意があってのことではなく、なんとなくそうしたままでのことだろう。キリーロフとは軽く会釈をしたものの、たがいに口を開かず、なぜということもなく握手はしなかった。シガリョーフはやがて、厳しい陰気な目でこちらをじろじろとにらみはじめたが、そうすればわたしがすぐにでも椅子から立ちあがって出て行くだろうと、心から素朴に信じているように見えた。やがてシャートフが椅子から立ちあがった。すると残りの二人も急に立ちあがった。二人はさよならもいわずに出ていき、シガリョーフだけはドアのところまで来ると、見送りに出てきたシャートフに向かってこう言った。

「覚えておくんですよ、あなたには報告の義務があるってことを」

「そんな報告、クソくらえ、相手が誰だろうとぼくに義務なんてない」シャートフは彼を見送ると、ドアを閉めてがちゃんと鍵をかけた。

「阿呆ども！」わたしをちらりと見ると、なにやら口もとをゆがめて含み笑いをもらしながら、シャートフはそう言った。

怒ったような顔をしていた。彼が自分から口をきいたのが、わたしには不思議だった。これまで、彼の部屋に立ち寄ったときはいつも（といってもごくまれであったが）、彼はむっつりした顔で部屋の隅に腰をかけ、いかにも怒ったような調子で返事をし、だいぶ時間が経ってからすっかり気をとり直して、満足そうに話をはじめるのが常だったからだ。といっても、別れる段にはまた決まって顔をくもらせ、自分の個人的な敵を追い出すようにして相手を送りだすのである。

「昨日、さっきのキリーロフ君のところでお茶をごちそうになりましてね」とわたしから口火を切った。「無神論のせいで、どうも気が変になっているみたいです」

「ロシアの無神論なんて、これまでいちどだって駄洒落《だじゃれ》の域を出たことがないんです」ろうそくの燃えさしのかわりに新しいものを立てながら、シャートフが不満そうにつぶやいた。

「いや、彼は駄洒落やなんかじゃないように見えますけど。たんに、満足に話ができないだけのような気がします。駄洒落なんかじゃぜんぜんありません」

「紙でできた人間なんです。やつらの思想なんて、ぜんぶ下男根性のたまものです」シャートフは部屋の隅にあった椅子に腰をおろし、両の手を膝について平然とそう言ってのけた。

「憎悪もからんでますからね」少しばかり沈黙してから、彼はきっぱりと言い放った。「何かのぐあいでロシアがいきなり変革されでもしたら、たとえやつらの考えている流儀でもいいですよ、何かのぐあいにとつぜん、とんでもない金持ちで、幸福にでもなったりしてごらんなさい、まずまっさきに、恐ろしい、不幸な目にあうのはあの連中ですよ。だって、そうなったら、やつらにはもうだれも憎むべき相手も、唾《つば》を吐く相手も、からかう相手もいなくなるんですから！　となると、残るはひとつ、オーガニズムにまでしみ込んだ、ロシアにたいする動物的で限りない憎しみだけですよ……

表面にあらわれる笑いの下にかくれた世間には見えない涙、なんてものは、何ひとつここにないんです！　このロシアでは、見えない涙なんていう以上に嘘っぽい言葉など、いまだかつていちども語られたことがないんです！」シャートフは、ほとんど怒りにかられた様子で叫んだ。

「それは、いくらなんでも言いすぎですよ」そう言ってわたしは笑いだした。

「とすると、あなたは『穏健派リベラル』ってことになるね」そう言って、シャートフも笑いだし、「いいですか」と急に言葉をついだ。「さっき、連中の思想など『下男根性のたまもの』とか言いましたが、ことによると、あれは失言だったかもしれませんね。だって、あなたはきっと、すぐにこう切り返してくるにちがいないですもの。『きみは、たしかに下男の子だけれども、ぼくは、下男なんかじゃありませんから』ってね」

「いや、そんなこと言うつもりはぜんぜんありませんでしたよ……まさか！」

「いや、べつに言い訳などなさらなくていいんです、べつにあなたのことを怖いとは思ってませんから。あのころのぼくは、たんに下男として生まれついたにすぎませんが、今じゃ自分も、あなたと同じような下男になってしまいましたよ。ロシアのリベラル派っていうのは、まず第一に下男ですし、だれのブーツを磨いてやろうかと、きょろきょろ見回してばかりいる」

「ブーツというと？　いったいなんのたとえ話です？」

「たとえ話もクソもありません！　あなたは笑ってらっしゃるようですね……ヴェルホヴェンスキー先生が言ってたことは、ほんとうなんです。ぼくはね、石の下に押しつぶされたまま横たわっている、押しつぶされてはいるが、死にきれないでぴくぴく痙攣《けいれん》している、そんなところらしいですよ。ほんとうにうまい比喩を見つけだしたものです」

「ヴェルホヴェンスキー先生はあなたのことを、ドイツ人にかぶれて気が変になったとか、おっしゃっていますが」笑いながらわたしは言った。「たしかに、ぼくらだってドイツ人から何がしかをくすねて、ポケットにしまいこんでいますけどね」

「二十コペイカ一枚もらって、百ルーブルお返ししたってわけですよ」

一分ほど黙りこんだ。

「ところがあの男、アメリカで床《とこ》ずれ作って帰ってきたんですよ」

「あの男って？　床ずれってなんです？」

「キリーロフのことですよ。ぼくたち、アメリカで四カ月間、百姓家《や》の床でごろごろ寝ころがっていたんです」

「ほんとうにアメリカに行ったんですか?」わたしは驚いてたずねた。「そんな話、いちどもなさったことないでしょう」

「何を話すっていうんです。二年前、ぼくたち三人、なけなしの金をはたいて移民船に乗り、アメリカ合衆国に向かったんです。『アメリカ人の労働者の生活を実地に体験し、その個人的体験でもって、おそろしく苦しい社会状況に置かれた人間の状態をわが身で検証する』ためです。そう、そういう目的で出かけていったんです」

「いやはや!」わたしは笑いだした。「それでしたら、収穫時にこの県内のどこかへ出かけていったほうがよかったんじゃないですか、『個人的体験で検証する』っていうんでしたら、わざわざアメリカまで行かなくたって!」

「向こうでは、ある開拓民の使用人として雇われました、ぜんぶで六人、ロシア人ばかりがそこに集まったわけです。大学生もいれば、自分の領地をもつ地主もいました、将校までいたくらいです、みんなが同じたいそうな目的をもっていました。で、まあ、働きました。汗水ながし、苦しい思いをし、へとへとに疲れはて、とうとうぼくとキリーロフは逃げだしました。体をこわして、辛抱しきれなくなったんですね。で、この農場主は、いざ支払いの段になると計算をごまかし、契約で取りきめてあった三十ドルどころか、ぼくには八ドル、キリーロフには十五ドルしか払ってくれませんでした。しかも、殴られたことは一度や二度じゃありません。まあ、そんなわけで仕事もなく、キリーロフとぼくは、ある小さな町で四カ月間、床にごろごろ寝ころがってたってわけです。彼は彼、ぼくはぼくで別のことを考えながらね」

「農場主があなたたちを殴ったって、アメリカの話ですか？　すると、あなたたち、きっとひどい悪口を言ったんでしょう！」

「ぜんぜん。それどころか、ぼくとキリーロフはすぐにこう決め込んだんです。『ぼくたちロシア人なんて、アメリカ人の前じゃ赤子同然で、アメリカ人と肩を並べるには、アメリカに生まれるか、そうでなきゃ少なくとも、長年にわたたって仲良く暮らすほかないんだ』ってね。だって、いいですか、一コペイカの品に一ドル吹っかけられながら、それに大喜びするどころか、有頂天になって金を出すんですから。何もかも賛美していました。降神術だろうが、リンチだろうが、拳銃だろうが、浮浪者だろうが、おかまいなしなんですね。あるとき汽車に乗っていると、一人の男がいきなりぼくのポケットに手を突っこんできて、ヘアブラシを取りだして髪をとかしだすじゃないですか。ぼくとキリーロフはもう、おたがい顔を見あわせるばかりで、こいつはいい、ひじょうに気にいったって、うなずきあったぐらいです……」

「ふしぎなのは、ロシア人の場合、たんに頭に浮かぶだけじゃ足りなくって、それを実行に移してしまうところなんですよ」とわたしは口をはさんだ。

「紙でできた人間ですから」とシャートフはくり返した。

「でも、それにしたって、移民船に乗って海を渡り、自分の知らない土地に出かけていくなんて、それがたとえ『個人的な経験でもって検証する』といった名目があるにしてもですよ、ほんとうにもう、たいした度胸ですよ……でも、どうやって向こうからもどってこれたんです？」

「ヨーロッパにいるある人物に手紙を書きましてね、その人物がぼくに百ルーブル送金してくれたんです」

こうして話をしている間、シャートフはいつもの癖で、話がどんなに熱を帯びてきても床にじっと目を凝《こ》らしたままだった。ところが、そこで急に顔をあげた。

「その人物の名前を知りたいんですね？」

「いったいだれです？」

「ニコライ・スタヴローギンですよ」

彼は急に立ち上がり、菩提樹のテーブルに向きなおると、なにやらがさごそと探しものをはじめた。わたしたちの町には、あいまいながらも信頼に足る噂が出まわっていた。シャートフの妻が、パリでしばらくのあいだニコライ・スタヴローギンと関係をもったが、それはほかでもない、二年ほど前、つまりシャートフがアメリカにいたときのことだというものだった。といっても、じっさいは彼女がジュネーヴで彼のもとを去ってから、だいぶ時が経っていた。《もしもそうであれば、今ごろどうして彼の名前をわざわざ持ちだし、話をむし返す気になったのだろう？》わたしはふとそう思った。

「ぼくはまだ、そのお金を返していないんです」こちらを急にまたふり返り、しげしげとわたしを見やった。それから彼は、部屋の隅のもとの椅子に腰をおちつけ、さっきとは別人の声でとぎれがちにたずねた。

「むろん、なにか用があってお見えになったんでしょう、で、なんの用です？」

わたしはすぐさま、すべての経緯を順を追って正確に話してきかせ、そのうえでこう言い添えた。わたしも今は、さっきの一種熱病のような状態から覚めていろいろ思いなおすことができるようになったが、そうなるとますます混乱してくる、つまり、ここには何か、リザヴェータさんにとってとても重要なことが隠されていることがわかったのだから、自分としてもなんとか力になりたいと強く望んでいるが、どうにも困ったことに、彼女とかわした約束をどう果たすことができるのかわからない、そればかりか、いったいどんな約束を彼女と交わしたかさえ、今となってはわからなくなっている、と。それから、また諭《さと》すような調子で、リザヴェータさんはあなたをだます気などなかったし、そんなことは考えてもみないことだった、そこに何かしら誤解のようなものが生じ、さっきあなたがあんなふうに尋常とも思えない帰り方をしたこともひどく気に病んでいると、あらためて力説した。

シャートフはたいそう注意ぶかく話を聞いていた。

「ぼくも、いつもの癖で、さっきはたしかにばかをやったかもしれません……でも、ぼくがなぜあんなふうな帰り方をしたかわからなかったのなら……むしろそのほうがあの人にはいいんです」

彼はそこで立ちあがり、ドアのほうに近づいていくと、かすかにドアを開け、階段付近の様子に耳をそばだてた。

「あのご婦人をじかにたしかめたいわけですね？」

「ええ、ぜひそうしたいんです、でも、どうしたらそれができるでしょう？」わたしは大喜びして跳びあがった。

「そう、彼女がひとりでいるときに、ふらっと出かけていきましょう。あの男が戻ってきて、ぼくたちが訪ねてきたことを知ったら、またこっぴどく殴りつけるにちがいありませんからね。ぼくもしょっちゅう様子を見に行ってるんです、こっそりとね。で、さっきも、やつをぶちのめしてやりましたよ。妹をまた、殴ろうとしたもんですから」

「どうして、そんな？」

「いやなに、やつの髪をつかんで彼女から引きはなしたんです。するとやつは、ぼくを叩いて突きはなそうとするもんですから、脅しつけたんですよ。それだけの話です。ちょっと心配なのは、酔っぱらってもどってきて、さっきの件を思いだすんじゃないか、ということです——きっと、彼女をこっぴどく痛めつけるでしょうね」

われわれはすぐに降りていった。

5

レビャートキン兄妹の住まいに通じるドアは、たんに閉まっているだけで鍵も何もかかっていなかったので、わたしたちは勝手になかに入っていった。彼らの住まいは汚らしい二つの小部屋からなっていて、壁はすすけ、汚れた壁紙が文字どおり房のように垂れさがっていた。ここではかつて、何年間か、店主のフィリッポフが新しい建物に場所を移すまで居酒屋が営まれていた。居酒屋に使われていた残りの部屋は、いまはもう閉鎖されて、この二つの部屋がレビャートキンの手にわたったのである。家具とはいっても、粗末な長椅子と白木のテーブルがあるくらいで、ほかには肘かけがひとつとれた古い安楽椅子が一脚、置いてあるだけだった。奥の部屋の隅のほうには、マドモワゼル・レビャートキナの更紗《さらさ》の夜具をかけたベッドが、一台置かれていた。大尉自身は、寝るときはいつも、着の身着のままのかっこうで床に転がっていることが多かった。どこもかしこも、しみやゴミだらけで、あちこちが水に濡れていた。大きくてぶ厚い、ぐしょぬれの雑巾が、手前の部屋の床のまんなかに放りだされ、そのすぐ近くにできた水たまりには、履きつぶした古い靴が一足ころがっていた。どうやら、ここでは家事をする者はひとりもいないらしく、暖炉を焚《た》いたりすることも、食事の支度をすることもないらしかった。シャートフがさらに詳しく聞かせてくれたが、彼らの家には湯沸かし器もないとのことだった。大尉が妹を連れてここにやってきたとき、彼は乞食も同然で、リプーチンの話だと、当初はじっさい、あちこちの家々を物乞いにまわっていたらしい。ところが、思いもかけず大金が手に入ると、彼はたちまち酒におぼれ、すっかり分別をなくして、もはや家の面倒を見るどころの話ではなくなった。

わたしがあれほど会いたいと願っていたマドモワゼル・レビャートキナは、奥の部屋の隅にある長椅子に腰をかけ、白木の調理用のテーブルにひとりひっそりと向かっていた。わたしたちがドアを開けても、声すらかけてこず、その場を動こうともしなかった。シャートフの話だと、この家ではドアを閉めることをせず、あるときなどはひと晩じゅう、入り口のドアが開けっぱなしになっていたとのことだった。

鉄の燭台《しょくだい》に立てられた細いろうそくの薄暗い光のなかに、年のころ三十前後とおぼしき、病的に痩《や》せほそった女の姿をみとめることができた。くすんだ色合いの古い更紗のワンピースに身を包んでいたが、長い首にはショールも巻かず、まばらな黒っぽい髪が、頭のうしろで二歳の赤ん坊のこぶしほどの大きさに束ねられていた。彼女は、いかにも愉快そうにわたしたちのほうを見やった。燭台のほかに、彼女の前の調理用テーブルには、やぼったい小さな手鏡や、使い古したひと組のカード、ぼろぼろになった歌の本、すでに一口か二口かじりかけたドイツ風の白パンが置いてあった。マドモワゼル・レビャートキナが、白粉《おしろい》をはたき、頬に紅をさして、唇にも何かを塗っていることがはっきりと見てとれた。ただでさえ細長く、黒っぽい眉には、眉墨が引かれていた。出っぱりぎみの狭い額には、白粉でも隠せない三本の長い横皺が、かなりするどく刻まれていた。彼女がびっこを引いていることは承知していたが、このとき彼女は、わたしたちのいる前で、立ちあがることも、歩くこともしなかった。かつて青春のはしりの時期であれば、やつれはてたこの顔も、それなりに美しかったかもしれない。とはいっても、優しく穏やかな灰色の目は、今もって人を惹きつけるものがあった。何かしら夢見るような真摯なものが、その穏やかでほとんど喜ばしげなまなざしに光り輝いていた。

彼女のほほ笑みにも浮かんでいる穏やかな落ちついた喜びは、コサック鞭やら、彼女の兄のいろんな醜行《しゅうこう》やらを耳にしたあとだけに、ことのほかわたしを驚かせた。ふしぎなことに、こうした神に罰せられた人たちの前に出たときに感じる、重苦しくおどおどした嫌悪感ではなくて、最初の瞬間から、彼女を見ているのがほとんど心地よいものになった。その後わたしがとらわれた感情も、たんなる憐れみの情というべきもので、嫌悪感などではさらさらなかった。

「あんなふうに座りっぱなしなんですよ、文字どおり、明けても暮れても、ああして一人っきりでしてね、身動きひとつせずにカード占いをしているか、手鏡をのぞいているかなんです」シャートフはそういって、ドア口から彼女を指さした。「なんせ、やつは食うものもまるで与えないんですから。離れに住んでるばあさんが、気の毒に思っちゃ、ときたま食いものをもってくるんですよ。それにしてもよくまあ、ろうそく一本で放っておけるもんだ！」

驚いたことに、シャートフはまるで、彼女が部屋にはいないみたいな大声で話していた。

「やあ、シャーさん！」マドモワゼル・レビャートキナが愛想よく声をかけた。

「マリヤさん、お客さんを連れてきました」シャートフは答えた。

「そう、それはよくいらっしゃいました。で、あんたが連れてきた人ってだれ、こんな人、見たこともないよ」彼女はろうそくの向こう側からこちらをうかがい、すぐにまたシャートフのほうに向きなおった（それきり彼女は、話をしているあいだ、わたしにはもうまるで関心を払わなかった。あたかもわたしなど、そばにいないかのようだった）。

「一人で部屋を歩きまわっているのが、つまんなくなったってわけ？」彼女はそう言って笑いだしたが、そのとき、上下二列のみごとな歯並びがのぞいた。

「つまんなくもなったし、きみを訪ねてもみたくなってね」

シャートフは調理用テーブルにベンチを寄せて腰をおろし、自分のとなりにわたしを座らせた。

「おしゃべりならいつだって歓迎よ、でもシャーさん、あんた、ちょっと変じゃない、まるでお坊さんみたいよ。ずっと髪をとかしてないでしょう？　わたしがちゃんととかしてあげるから」そう言って、ポケットから小さな櫛《くし》を取りだした。「きっと、この前とかしてあげたときから、さわってもいないのね？」

「ああ、櫛もないし」シャートフは笑いだした。

「ほんとう?　それじゃ、あんたにプレゼントしてあげる、これじゃなくって、別のをね。でも、ちゃんと催促してくれなきゃ」

　ひどく真剣そうな顔つきで彼女はシャートフの髪をとかしにかかり、横の部分に分け目までつけてやると、軽く上体をそらして、うまくいったかどうかしばらく眺め、それからポケットに櫛をしまいこんだ。

「あのね、シャーさん」そう言いながら彼女は首を横にふった。「あんたってきっと頭のいい人なんだろうけど、いつも退屈してるのね。あんたたち見てると、ふしぎな気がするの。どうしてみんな退屈してるんだか、わたしにはわからないんだもの。さびしいっていうのと、退屈だってのは、ちがうよ。わたしはね、楽しいの」

「楽しいって、兄さんといっしょのときもかい?」

「それってレビャートキンのこと?　あいつはわたしの下男だよ。それに、あいつがここにいてもいなくても、まったくどうでもよくってさ。わたしがね、レビャートキン、水もっておいで、レビャートキン、靴だしてってどなると、あいつ、すぐに駆けだしていくの、こっちも罰あたりなもんでさ、あいつを見てるっていうと、ほんとうにおかしくなっちゃうのさ」

「それがほんとうにそのとおりなんです」シャートフはまた、無遠慮な大声でわたしに話しかけてきた。「彼女、やつのことをまるで下男みたいに扱っているんですよ。『レビャートキン、水もっておいで』ってどなっちゃ、そのたびにげらげら笑っているのを、ぼくも聞いたことがあります。でも、ちがっているのは、水をとりに駆けだすかわりに彼女をぶんなぐるところですかね。それなのに彼女、少しもあいつのこと、恐れちゃいないんですよ。何か神経性の発作のようなものがあって、それがほとんど毎日起こるために記憶がとんでしまう、で、発作のあとでは、いまさっき起こったこともけろりと忘れてしまって、いつも時間がごっちゃになっているんです。ぼくたちがさっきここに入ってきたことぐらい、覚えていると思うでしょう。たしかに覚えてはいるかもしれない、でも、きっと何もかも自己流に作りかえてしまって、今じゃぼくたちのことも、じっさいのぼくたちとは誰かべつの人間と、とりちがえているんです。このぼくがシャーさんだってことは覚えていても、ですよ。ぼくがこうして大声でしゃべっているのだって、べつにどうってことないんです。自分とかわしていない人の話は、すぐに聞くのをやめてしまうし、すぐにまた自分の空想にふけりだすんですから。ほんとうにすぐに、なんです。異常なくらい空想家なんです。一日ずっと、八時間でも同じ場所にすわっているんですから。ほら、そこにパンが置いてあるでしょう、たぶん朝から一度しかかじってませんし、食べ終わるのだって明日ですよ。ほうら、こんどはカード占いをはじめた……」

「ねえ、シャーさん、こうやって占うには占っているのだけどね、これが何か変な感じなの」――シャートフが口にした「占い」ということを耳にして、マリヤがふいに口をはさみ、目をカードにこらしたまま、左手をすっと白パンのほうにのばした（おそらくパンという言葉も耳にしたのだろう）。やがてやっとその白パンをつかんだが、左手でしばらくそれを持っているうちに、あらたにもちあがった話題にひきこまれ、ひと口もかじらずに、いつしかまたテーブルの上に戻してしまった。

「なんどやっても同じ占いが出てくるの。旅だとか、悪人だとか、だれかの悪だくみだとか、臨終の床とか、どこからか手紙が来るだの、思いがけない知らせだの、こんなのぜんぶでたらめだって思うんだけど、シャーさん、あんた、どう思う？　人間だってでたらめ言うんだから、カードだってでたらめ言うわよね」と言いながら彼女は、急にカードをシャッフルした。「これと同じことを昔、プラスコーヴィヤ尼《に》に話したことがあるの、立派なお方だったけど、わたしにカードで占ってもらいたくて、しょっちゅう庵室《あんしつ》に駆けこんできてね、院長さんには内緒でよ。いえ、駆けこんできたのはあの人ひとりじゃなかった。女たちみんな、ため息ついたり、頭を横にふったり、ああでもないこうでもないって言うわけ、わたしなんかもうおかしくて、『ほんとうにもう、プラスコーヴィヤ尼さまったら、十二年間来なかった手紙が、どうして急に届いたりするもんですか』って言ってやりましたよ。あの方の娘さん、どこかトルコのほうに旦那さまに連れていかれて、十二年間もさっぱり音沙汰がないってわけ。ところが翌日の晩、院長さまのところでお茶をごちそうになっていると（院長さまは公爵家のお生まれでね）、そこに、これもどこかよそから見えた何かとんでもない空想家の奥さまと、アトスから見えたお坊さんがすわってらしてさ、わたしにいわせりゃ、こっちの方も相当におかしな人だったのだけど。それが、いい、シャーさん、このお坊さんがね、その日の朝プラスコーヴィヤ尼さんに、なんと、トルコに住んでいる娘さんからの手紙をあずかってきたっていうじゃない。ほらごらん、このダイヤのジャックっていうのはね、思いがけない知らせを言うのよ！　で、お茶を飲んでいると、アトスから見えられたお坊さん、院長さまにむかってこうおっしゃるのさ。『院長さま、主があなたの住まいにお与えになった何より大きな祝福は、ああいう高価な宝物を、あなたがこの院の奥に保存なさっておられることです』ってね。そこで院長さまがたずねられたの。『それはどんな宝物でございます?』『聖リザヴェータ尼さまでございますよ』。で、この聖リザヴェータっていう尼さんはね、そこの尼僧院の壁にはめこまれた檻に、そう、長さが二メートル、高さ一メートル半ほどあるわね、鉄格子にかこまれて、十七年間もすわったまま暮らしているお方なの。夏も冬も、麻の上着一枚でさ、藁《わら》だの小枝だの手当たりしだいのもので、自分の上着をさ、そう、麻の肌着を体じゅう突ついているんだ。まるきり口はきかないし、髪もとかさないし、顔も洗わない、十七年間も。そりゃ冬になると毛皮の外套を差し入れするし、毎日、固くなったパンきれとコップの水を差し入れてるけどね。巡礼にくる人たちは、その姿をながめては、ああ、おお、とか、ため息ついちゃ、お金を置いていく。てわけで、『ええ、けっこうな宝物を見つけられたこと』と、院長さまがお答えになったのよ(すっかりお腹立ちになって。だって、リザヴェータを毛嫌いしていましたからね)。『リザヴェータがああして座っているのは、たんに底意地が悪いのと、強情をつらぬきたいだけのことで、あんなのはたんに見せかけにすぎません』わたしはその言い方がどうも気にいらなかった。だってあのころ、わたしもあんなふうに閉じこもりたいって思っていたから。で、わたしね、『わたしの考えでは、神さまと自然はぜんぶでひとつです』って言ってみたの。そしたら、あの人たち口をそろえて『あれ、まあ!』って叫ぶじゃない。院長さまはげらげら笑いだし、奥さまとなにかひそひそ話していたけれど、そのうちわたしをそばに呼んでやさしくなでてくださり、奥さまはピンク色のリボンをプレゼントしてくださったの、よかったら見せてあげてもいいわよ? そこでそう、さっきのお坊さんがすぐにわたしに法話をはじめてくださったのだけど、それがほんとうにお優しくて、おだやかで、頭がよさそうな感じの話し方なの。で、わたし、おとなしく話を聞いていたわ。『わかりましたか?』って聞いてきたので、『いいえ、さっぱりわかりませんでした、どうかわたしのことはほんとうにほっといてください』って答えたわけ。それからなのよ、シャーさん、あの人たちがもうすっかりわたしのことをかまわなくなったのは。で、ちょうどそのころ、同じ修道院のおばあさんが、教会を出しなにわたしをつかまえてこうささやくじゃない。『聖母さまっていったいなんだろう、おまえさん、どう思う?』そのおばあさんっていうのは、予言をおこなったとかいう罪で、ここで懺悔《ざんげ》の刑についている人なの。てわけで、わたし、こう答えたわけ。『大いなる母、人類の希望です』とね。すると、

『そうさ、聖母さまっていうのは大いなる母だし、このうるおった大地なのさ、そこにこそ人間にとっての大きな喜びがあるんだ。だから、この地上のどんな悲しみだって、どんな涙だって、わたしたちには喜びになる。自分の涙でさ、この大地の深さ三十センチもうるおしてやれば、何もかもがたちまち、喜ばしいものに感じられてくる。いいかい、おまえさんにはこれ以上、もうどんな悲しみだってありゃしないんだ、これがわたしの予言だよ』そのとき、この言葉がじんと胸に沁みこんでね。それからわたしは、お祈りのさいに、床につくぐらい深々とお辞儀をしてね、そのたびごとに地べたにキスをするようになったの。キスをしながら泣くの。ね、ちゃんと聞くのよ、シャーさん、この涙にはね、悪いことなんてなんにもないの。自分にはさ、どんな悲しみもないし、嬉しくて嬉しくて涙が出てしょうがないの。ひとりでに涙が出てくるの、ほんとうだよ。てわけで、ちょくちょく湖のほとりに出かけていったんだ。こっち側にわたしたちの尼僧院があってね、あっち側にはとんがった丘がある。それで、とんがり丘って呼ばれてた。で、その丘にのぼって、顔を東のほうに向けて、地べたにひざまずいて泣きに泣くの。どれくらいの時間泣いていたか覚えてないし、そのときのことは何も覚えていない、ほんとに何もわからなくなるの。それから起きあがって後ろを向くと、お日さまが沈むところなの、ほんとうに大きくて、華やかで、みごとな夕陽でね。シャーさん、あんたは夕陽をおがむの好き？　夕陽って気持ちいいけど、悲しいよね。で、また東のほうを振り向いた。すると、こっちの丘の影が、湖の遠くまでずっと伸びているんだ。細っこい弓矢みたいにさ、長い長い影でさ、一キロ先まで伸びている、湖に浮かんでいる島にまで、で、岩でできたその島が、湖をそのまま真っ二つに割っているの、そして真っ二つに割ったとたん、お日さまがすっぽり沈んで、何もかも急に消えてしまうの。すると、わたしもすごくさびしくなってきて、急に正気にもどって、薄闇がこわくなるの、シャーさん。そこで、自分の赤ちゃんのことを思ってますます泣けてくるの……」

「ほんとうに、いたのかい？」それまでずっと、ひどく熱心に話に耳を傾けていたシャートフが、わたしを肘で突ついた。

「なんてこと言うの。ちっちゃくて、ピンク色してて、ほんとうにちっちゃな爪をした赤ちゃんでね。でも、わたしがほんとうに悲しいのは、その赤ちゃんが男の子か女の子か覚えていないことなのよ。男の子のような気がしたり、女の子のような気がしたりして。あのころ、わたしがあの子を産んだときは、麻のレースにそのままくるんで、それをピンクのリボンで結び、いろんな花で飾ってやってさ、その子のためにお祈りをして、洗礼もすんでいない子を抱いて連れていったの、森のなかの道をとおってね、わたし、森がこわくて、おそろしくて仕方なかった、でもね、わたしがいちばん泣けてくるのは、子どもを産んだのはいいけど、夫がだれかわからないことでね」

「でも、いるにはいたんだろう？」シャートフは注意ぶかくたずねた。

「あんたもおかしな男だね、シャーさん、そんなちゃんとした頭してるくせにさ。そりゃ、いたかもしれないけれどね、いないも同然だったら、いたってしょうがなくない？　あんたさ、これってそんなむずかしい謎じゃないんだから、解いてみたらどうよ！」そういって彼女は含み笑いをもらした。

「その赤ちゃん、いったいどこに連れていったんだい？」

「池のところに連れていったわ」

シャートフはまた、わたしを肘で突ついた。

「でも、どうなんだ、赤ちゃんなんてまるでいなくてさ、そんなのはみんな夢のなかのことだとしたら、ええ？」

「ずいぶんむずかしい質問、出すじゃないの、シャーさん」その質問にすこしも驚いた様子をみせず、彼女は思案顔で答えた。「そのことは何も答えないからね、もしかしていなかったかもしれないし。わたしに言わせりゃ、そんなのはたんに、あんたのもの好きにすぎないんだし。わたしはどっちみち、あの子のことを思って泣くのやめたりしないもの、夢で見たわけじゃないから」彼女の眼に大粒の涙がきらりと光った。「シャーさん、シャーさん、あんたの奥さん、逃げだしたってほんとう?」彼女はいきなり両手をシャートフの肩に置くと、気の毒そうに彼の顔を見やった。「そう、怒っちゃだめよ、わたしだってむかついてるんだから。いい、シャーさん、わたしね、こんな夢をみたの。あの人がまたわたしんとこにやって来て、手招きして、こう声をかけてくれるの。『かわいいネコちゃん、こっちに出ておいで』ってね。わたしね、この『ネコちゃん』って呼ばれるのがすっごくうれしくてさ、わたしのこと好きなんだ、って思うわけ」

「ひょっとして、ほんとうに来るかもしれないよ」シャートフは、小声でそうつぶやいた。

「そんな、シャーさん、これはね、夢なんだよ……あの人がほんとうに来たりするもんですか。ねえ、こういう歌、知ってる?

りっぱなお家《うち》はいりません
わたしはこの庵《いおり》に残ります
わたしはここで世を捨てて
あなたのことを祈ります

ああ、シャーさん、シャーさん、大好きよ、あんた、どうして何もたずねてくれないのよ?」

「だって何も教えてくれないだろう、だからたずねないんだ」

「教えない、教えない、切り殺されたって教えるもんですか」彼女はそう早口に引きとった。「焼き殺されたって教えるもんですか。どんなに辛くたって、何も教えるもんですか、だれにも知らせるもんですか!」

「そうれ、ごらん、だれにでも秘密はあるってことさ」シャートフはますます深く首を垂らし、さらに小声でつぶやいた。

「でも、お願いされれば、教えてあげるかもしれない。教えてやるかもしれない!」

彼女は夢中になって繰りかえした。「どうしてお願いしないの？　お願いしてごらんよ、ちゃんとお願いしてごらんよ、シャーさん、ひょっとして教えてやるかもしれないよ。心をこめてお願いしてくれたらね、シャーさん、わたしがうんと言えるようにさ……シャーさん、シャーさんったら！」

だが、シャートフは口をつぐんだままだった。一分ばかり沈黙がつづいた。白粉をぬった両の頬をつたってしずかに涙が流れていた。彼女はシャートフの肩にかけた両手のことも忘れ、もはや相手の顔を見ることもなく腰をおろしていた。

「ああ、あんたみたいな人にかかずらうなんて、ほんとうに罪なこった！」シャートフはいきなり椅子から立ちあがった。「さあ、立ってください！」彼は怒ったようにわたしの腰の下の椅子をうばいとると、それをもとの場所にもどした。

「そろそろ戻ってきます、悟られないようにしないとね。さあ、引きあげましょう」

「ああ、あんたったら、もう、うちの下男のことばっかし！」そう言ってマリヤはいきなり笑いだした。「怖いんだ！　それじゃまた、よく来てくれたわ。でも、ちょっとわたしの言うことをお聞き。さっき、ここに、あのキリーロフさんがフィリッポフとここに来たの。赤ひげを生やしたうちの家主よ、それがちょうど、あいつがわたしに飛びかかってきたとこでさ。だから、うちの家主がやつをとっつかまえて、部屋じゅうを引きまわしたの。そしたら、やつ、『おれは悪くない、他人の罪で苦しんでるんだ』ってわめくじゃない。で、いいこと、そこにいたわたしたちみんな、お腹をかかえて笑いだしたってわけ……」

「よせよ、マリヤ、あれはぼくだぞ、赤ひげじゃなくてこのぼくが、さっきやつの髪の毛をつかんで君から引きはなしてやったんじゃないか。家主がここにやってきて君らと喧嘩したのは、一昨日だよ、きみはそれを混同してるんだ」

「お待ち、たしかにそう、混同してたかもしれない、あれはあんただったかもね。でも、こんなばかげたことで言いあうことない。だれが引きはなそうたって、あいつにしちゃ同じことだもの」彼女は笑いだした。

「さあ、行きましょう」シャートフは、いきなりわたしの手を引っぱった。「ぎいって音がしましたよ。ぼくたちがいるのを見たら、彼女をなぐりますから」

わたしたちが階段を駆けあがる間もなく、門のあたりから酔っぱらいのどなり声がひびき、悪態を撒《ま》きちらす声が聞こえてきた。シャートフはわたしを自分の部屋に押しこむと、ドアの鍵をかけた。

「ごたごたがいやでしたら、ここでしばらくおとなしくしていることですね。ほうら、まるでブタみたいにわめいているでしょう。また、ドアの敷居につまずいたんですよ。毎回、あそこで伸びちまうんです」

しかしながら、ごたごたなしというわけにはいかなかった。

6

シャートフは鍵をかけたドアのそばに立ち、階段付近の様子にじっと耳を傾けていた。そして急にドアから飛びのいた。

「こっちに来る、やっぱりそうか！」腹だたしげに彼はつぶやいた。「こうなったら、たぶん夜中までつきあわされるぞ」

こぶしでどんどんとドアを叩く音がひびいてきた。

「シャートフ、シャートフ、開けるんだ！」大尉はそうわめき立てた。「シャートフ、おうい！……

われ、ここに来たるは、挨拶ついで
日が昇りしことを、つ、告げんがため
も、も、燃ゆるがごとき、ひ、光にて
森の木々をば、ゆ、ゆ、揺るがせり
われ目ざめたるを告げるため、ちくしょう
枝の……かげに、目ざめたり

ほんとはさ、鞭でひっぱたかれて目ざめたりだぜ……は、は！

小鳥はみな……水に渇《かっ》え
われ、さて、何を飲まん
飲むべきもの、……何を飲むべきか、われ知らず

ばかげた好奇心なんぞ、クソくらえだぜ！　シャートフ、おまえ、わかってんのか、
この世に生きてるってのがどんなにいいもんかをさ！」

「かまっちゃだめです」シャートフはまたわたしにささやいた。

「開けろったら！　おい、わかってんのか、人類にはだ……ケンカよりずっと高尚なものがあるんだぞ……、り、り、立派な紳士になるときだってある……シャートフ、おれは善人だぞ。きさまを許してやるからよ……シャートフ、アジビラなんてやめとけよ、いいな？」

沈黙。

「わかってんのか、おまえ、ロバ、おれは恋してるんだ。燕尾服まで買ったぞ、見てみろ、恋の燕尾服だぜ、十五ルーブルもしたんだ。大尉が恋した日にゃ、社交場のエチケットも欠かせんからな……さあ、開けるんだ！」ふいに荒々しく吠え立てると、またはげしくこぶしでドアをノックしだした。

「とっとと失せろ！」負けじとシャートフもいきなり吠えたてた。

「ど、ど、奴隷野郎め！　農奴野郎、きさまの妹は奴隷だろう、女奴隷……女泥棒じゃねえか！」

「きさまこそ、妹を売りとばしたくせして」

「でたらめ言いやがるな！　ひとこと説明すりゃすむところが、おれは濡れ衣に泣いてるんだ……わかってんのか、やつがどんな女か？」

「どんな女だ？」シャートフは好奇心にかられ、ドアに近づいていった。

「いいか、おまえ、わかってるんか？」

「ああ、わかるさ、どんな女か、言ってみろ！」

「言ってやるともさ！　人前だろうが、いつだって言ってやる！……」

「なあに、あやしいもんさ」シャートフはそういって相手をそそのかすと、わたしにちゃんと聞いているようにと首をたてに振ってみせた。

「なに、あやしいって？」

「そうさ、あやしいもんさ」

「言えないっていうんだな？」

「そうさ、言ってみろよ、旦那の鞭なんかへでもないっていうんなら……まるきり腰抜けじゃないか、大尉のくせして！」

「おれはな……おれは……あいつが……あいつが……」大尉は、興奮し、声を震わせて話しだした。

「で？」シャートフはドアに耳を近づけた。

だんまりが少なくとも三十秒ほど続いた。

「ひ、ひ、卑怯者」やがて叫び声がドアの向こうで響きわたり、大尉は、湯沸かし器のように息をはあはあさせ、一段ごとに足を踏みはずしてけたたましい音を立てながら、大急ぎで階下へ退却していった。

「だめだ、ずる賢い。酔っぱらっていても口は割らん」シャートフはドアから離れた。

「今のって、いったい何なんです?」わたしはたずねた。

シャートフは、どうしようもないといったふうに片手をふり、ドアの鍵をはずすと、ふたたび階段のほうに耳をすました。そうしてしばらく聞き耳を立ててから、何段かこっそりと階段の途中まで降りてみた。やがて引きかえしてきた。

「何も聞こえない、喧嘩もしていない。てことは、あのままぶっ倒れて眠ってしまったらしい。帰るにはいいタイミングです」

「いいですか、シャートフ、今夜のこの出来事ですが、ぼくはいったいどう結論づければいいんでしょうね?」

「いや、好きなように結論づけたらいいですよ!」シャートフはいかにも疲れはて、うんざりしたような声でそう応えると、そのまま机に向かった。

わたしは部屋を出た。わたしの頭のなかで、ある途方もない考えがしだいに固まっていった。明日のことを思うと、わたしはやりきれない気分になった……。

7

この「明日」という日、つまり、ヴェルホヴェンスキー氏の運命が最終的に決せられるはずの日曜日は、わたしのこのクロニクルのなかでも特筆すべき日の一つである。それは、さまざまな突発事が折りかさなった一日、以前の謎が解かれ、新たな謎が胚胎した一日、さまざまな事実が一挙に解き明かされるとともに、よりいっそうの混乱が生じた一日だった。読者はすでにご存じのように、その朝わたしは、ワルワーラ夫人からご指名を受け、友人のヴェルホヴェンスキー氏を夫人の家まで連れて行き、午後の三時には、リザヴェータさんの家を訪問しなければならなかった。何を話したらよいかわからないながらとにもかくにも話をし、自分に何ができるかわからないままとにもかくにも彼女の力になるためだった。ところがすべては、だれひとり予期しなかったようなかたちで解決した。ひとことでいうと、驚くほどいろんな偶然が折りかさなった一日だった。

そもそものはじまりが妙で、わたしがヴェルホヴェンスキー氏に同行し、指定されたとおり、十二時きっかりにワルワーラ夫人の家に顔を出してみると、夫人は不在だった。教会での礼拝式からまだ戻っていなかったのだ。かわいそうに、ヴェルホヴェンスキー氏は、わずかそれだけの事情にもたちまちくじけてしまうほど、ひどい精神状態にあった、というかそれぐらい心が乱れていた。彼はほとんど力がぬけてしまい、客間の肘かけ椅子にへたり込んだ。わたしは水を一杯飲むようにと彼にすすめた。しかし彼は、顔が蒼白になり、両手に震えまで出ているにもかかわらず、毅然とした態度でそれを断った。ちなみに、彼がこの日身につけていた服は、異様とも思えるほどの凝りようだった。舞踏会用とも見まごう刺繡のついたバチスト生地のシャツ、純白のネクタイ、両手にたずさえられた新品の帽子、麦わら色をした新しい手袋、おまけに、かすかながら香水までつけていた。腰をおろすまもなく、従僕にみちびかれてシャートフが入ってきた。彼もまた公式の招待を受けていることは明らかだった。ヴェルホヴェンスキー氏は軽く腰を浮かして手を差しだそうとしたが、シャートフはわたしたち二人に注意ぶかく目をこらすと、そのまま背を向けて部屋の隅のほうに歩いていき、そこに腰をおろした。こちらには、会釈がわりに軽くうなずくこともしなかった。ヴェルホヴェンスキー氏は、またしてもおびえたように、こっちをちらりと見やった。

こうしてわたしたちは、完全にだまりこんだまま、さらに数分ほどすわっていた。ヴェルホヴェンスキー氏が、ふいに何ごとか、かなりの早口でわたしにささやきかけてきたが、よく聞きとれなかった。それに彼自身も、動揺するあまり最後まで言わずに、途中で言いさしたこともある。もういちど従僕が入ってきて、テーブルに置いてある何かを直していった。というか、わたしたちの様子を見にきたのだ。その従僕に向かって、シャートフがいきなり大声でたずねた。

「アレクセイさん、ダーリヤは奥さまといっしょに出かけたのかい？」

「ワルワーラさまはおひとりで教会にお出かけになりました、ダーリヤさまは、二階の部屋におられます、気分があまりすぐれないとのことで」アレクセイは、説教風のかしこまった調子でそのように報告した。

かわいそうに、友人のヴェルホヴェンスキー氏がまたしても不安げにこちらに目配せしたので、わたしはとうとう彼から顔をそむけてしまった。車寄せのあたりで、とつぜんガラガラという馬車の到着する音がし、屋敷内のいくらか離れたところで起こったざわざわした動きが、女主人が帰宅したことを告げていた。わたしたちはいっせいに肘かけ椅子から立ちあがったが、そこでまたしても意外なことが起こった。聞こえてきたのが、大勢の足音だったのだ。つまり、女主人は一人で戻ってきたのではなかった。わたしたちにこの時刻を指定したのが彼女自身とあってみれば、これはたしかにいささか奇妙だった。やがて、だれかが奇怪ともいえるほど足早に、まるで走ってくるかのような物音が聞こえてきた。ワルワーラ夫人があんなふうな感じで部屋に入ってくるはずはなかった。ところが、当の夫人が、はあはあと息を切らしながら異常なほど興奮し、ほとんど飛びこまんばかりの勢いでとつぜん部屋に駆けこんできたのだった。夫人のあとからいくぶん遅れて、はるかに静かな物腰でリザヴェータが入ってきた。そのリザヴェータと腕を組んで入ってきたのが、なんとマリヤ・レビャートキナだった！　かりにこの光景を夢に見るようなことがあっても、とても信じる気にはなれなかったろう。

およそ想像もできないこの出来事を説明するには、一時間ほどさかのぼって、教会堂でワルワーラ夫人の身に起こった異常ともいえる事件を、すこし詳しくお話ししなければならない。

第一に、教会堂での礼拝式には、ほとんど町じゅうの人々が集まっていた。といっても、むろん町の最上流クラスのことである。県知事夫人が、この町に着いて初めて礼拝式にお出ましになることが知れわたっていた。ひとこと断っておくが、わたしたちの町ではすでに、この県知事夫人が、自由思想と「新しい主義」の信奉者であるとの噂が広まっていた。ご婦人がたには、夫人が優美のかぎりをつくしたすばらしく豪華な装いで現われるということも知られていた。そんなわけで、町のご婦人がたの装いも、この日だけはきわだって洗練された華やかなものとなった。ワルワーラ夫人だけが、いつもと変わらず、慎ましい、黒ずくめの服をまとって現われた。彼女はこの四年間というもの、変わることなくこの装いでおし通してきたのである。教会堂についた夫人が、いつもの最前列左手の席に腰をおろすと、制服をまとった従僕が、跪拝《きはい》用のビロードのクッションを夫人の前に置いた。要するに、何もかもがいつも通りだった。しかし周囲の人々は、夫人がこのとき、礼拝式がとり行われている間じゅう、なぜか異常なぐらい熱心に祈りをささげていることに気づいた。のちに、このときのことを思い出したさい、夫人の目には涙さえ浮かんでいたと主張する者もいたほどである。やがて礼拝式も終わり、町の司祭長であるパーヴェル神父が壇上に現われて説教をはじめた。神父の説教は町のみんなから愛され、高く評価されていた。説教を活字にしてはどうかと勧めるものもいたが、神父としてはなかなか決心がつかずにいた。この日の説教は、どういうわけかとくに長いものになった。

ところで、すでに説教に入ってから、ひとりの婦人が屋根のない旧式の軽四輪馬車で教会堂に乗りつけてきた。その馬車というのは、とくにご婦人がたからすると、横座りになって御者の安全ベルトにつかまり、馬車の振動で風にふるえる野草のように揺すられることを覚悟しなければ、とても乗れないような代物《しろもの》だった。わたしたちの町では、こんな粗末な辻馬車がいまもって走りまわっている。教会堂の隅に馬車をとめると――というのも、門付近にはたくさんの馬車から憲兵たちまでがひしめいていたのだ――婦人は飛びおり、御者に銀貨で四コペイカを手渡した。

「なに、それじゃ足りないってわけ、ワーニャ！」――御者のしぶい顔を見て婦人は叫んだ。「わたし、これしか持ち合わせがないんだもの」彼女は哀れっぽい声でそう言いたした。

「しょうがねえや、お代決めずに乗せちまったんだし」御者はそう言って手を縦にふり、相手をじろりとにらんだ。《それに、あんたみたいな女に恥かかすなんて罪な話だぜ》とでも言いたそうな顔だった。それから革の財布をふところに押しこむと、馬に鞭をいれ、近くにたむろする御者たちの笑い声に見送られながら走り去った。辻馬車や、主人たちが出てくるのを今や遅しと待ちうける従僕たちをかきわけ、教会堂の門へと向かっていく彼女のそばからは、嘲りの笑いや驚きの声が次々とわき起こった。たしかにこんな婦人が、どこからともなくひょっこり通りの人だかりに姿を現わすというのは、だれの目から見ても唐突かつ尋常ならざる出来事だった。

婦人は病的なほど痩せこけていて、軽く足をひきずっており、顔には頬紅や白粉《おしろい》をぬりたくっていた。スカーフもまとわず、コートもはおらず、細い首をすっきりむき出しにしたまま、古くて黒っぽい服を身につけているだけだった。晴れあがった九月の日中とはいいながら、風が吹きわたり底冷えのする日だった。頭には何もかぶっておらず、髪を小さくたばねてうしろで結び、右わきにバラの造花が一輪さしてあった。それは柳の日曜日に天使の像をかざるのと同じ造花だった。同じ紙製のバラの冠をかぶった天使の像を、つい昨日マリヤ・レビャートキナのアパートに腰を落ちつけていたときに、部屋の隅の聖像の下に見かけたばかりだった。しかもすべての仕上げに、婦人は慎ましげにうつむいてはいたものの、同時にさも陽気そうに、意地悪げにほほ笑んでいた。もしも彼女がもう少しでも遅れていたら、教会内には通してもらえなかったろう……しかし彼女はうまくすべりこむことができた。そして堂内に足を踏み入れると、人に気づかれないようにするりするりと前に進んでいった。

説教も半ば近くまで進み、教会堂をぎっしりと埋めつくした人々の群れは、物音ひとつ立てず一心に聴き入っていたが、それでも何人かは好奇心にかられ、入ってきた女をけげんそうに横目で見やった。女は教会の板張りの床にひれ伏すと、白粉を塗りたくった顔を床に近づけ、しばらくそのままひれ伏していた。どうやら泣いているらしかった。だがふたたび顔をあげ、体を起こしてひざまずくと、すっかり自分をとり戻して気晴らしをはじめた。愉快そうに、見るからに悦にいった様子で、人々や、教会堂の壁にきょろきょろ目を走らせはじめた。何人かの婦人にはとくに好奇心をそそられたらしく、つま先立ちまでしてその顔をじろじろのぞきこむと、何かしら奇妙な含み笑いをまじえて、二度ほどげらげらと笑いだした。やがて説教が終わり、十字架が運び出されてきた。県知事夫人が先に十字架のほうに歩み出たが、二歩と進まないところで足を止めた。彼女はどうやら、おそろしい勢いで前に進んできたワルワーラ夫人に道をゆずろうとしたものらしい。夫人は夫人で、自分の前に人がいることなど目に入らない様子だった。県知事夫人が見せた驚くべき丁重さには、まぎれもなく、露骨でそれなりにウイットあふれる皮肉が含まれていた。一同はそう理解し、ワルワーラ夫人もまたそう理解したにちがいない。しかし、あいかわらずだれも目にとめず、ゆるぎない威厳をただよわせて十字架にキスをすると、そのままただちに出口に向かって歩きだした。制服姿の従僕が夫人の露払いをしていたが、それを待つまでもなく、参会者はいっせいに道をあけた。ところが、教会堂の出口にあたる階段のところで、ぎっしりつめかけていた人の群れが一瞬、夫人の行く手をふさいだ。夫人は足を止めた。するとそのとき、頭に紙のバラをさしたなんとも珍妙で異様な感じの女性が、人ごみを掻きわけて、いきなり夫人の前にひれ伏した。めったなことでは動じない、とりわけ人前では容易に動じないワルワーラ夫人は、いかめしく険しい目でその女性を見やった。

ここでできるだけ手みじかに断っておきたいと思うのだが、ワルワーラ夫人は人の噂どおり、ここ数年、極端なくらい勘定高くなり、けちといえるほどになってきたが、それでも時と場合によっては、とりわけ慈善事業にたいしては惜しみなく金をつぎ込んできた。夫人は、ペテルブルグのとある慈善団体の会員でもあった。最近では飢饉《ききん》に見舞われた年に、ペテルブルグにある罹災者《りさいしゃ》救援委員会の本部に宛てて五百ルーブルを送金し、わたしたちの町でもそのことが話題になったものである。しかもごく最近では、新しい県知事が任命される前のことだが、夫人は、この町と県内に住む貧しい産婦を助けるため、地方女性委員会を設立させようとしていた。わたしたちの町の人々は、ワルワーラ夫人の名誉欲をはげしく非難してきたが、彼女は例のひたむきな性格にくわえ、持ち前の頑固さのおかげで、いくつもの障害を乗りこえてきたかに見えた。委員会はすでにほぼできあがる寸前だったし、最初の構想も、すっかり舞い上がった設立者の頭のなかでますます大規模なものへと発展していった。夫人はすでに、同じような委員会をモスクワにも設立し、その活動を徐々に全ての県に広げていくことまで夢みていた。

ところが、今回の県知事のとつぜんの更迭によって、すべてが頓挫してしまった。人の話によれば、新しい県知事夫人はすでに社交界の席で、こうした委員会の基本構想が非実際的であるといった、辛辣《しんらつ》ながらも要点をつかんだ、的確な反対意見を表明していることだった。この噂にはむろんいろいろと尾ひれまでついて、すでにワルワーラ夫人の耳にも伝えられていた。人の心というのはなかなか容易におしはかれるものではないが、わたしが思うに、ワルワーラ夫人はこのとき、ある種の満足さえ覚えながら、教会堂の入り口で足を止めたのではないだろうか。というのも、夫人は、この後からすぐにも県知事夫人が、さらには町じゅうの人々がそばを通りぬけていくことがわかっていたからである。《その目でちゃんと確かめるがいいんだ、あんたがどう考えようが、わたしの慈善事業が虚栄心から出たものなどとしゃれた口きこうが、わたしはへとも思っちゃいないってことをね。さあ、ほかのみんなも、よおく見ておくがいい！》

「どうしました、あなた、何が望みです？」ワルワーラ夫人は、目の前でひざまずき、何かを請願しようとしている女の様子を、さらに用心深く見つめやった。相手の女はおそろしくおびえて、恥ずかしそうな、それでいてほとんど恭《うやうや》しいともいえるまなざしで相手をひたとみつめ、さっきと同じ奇妙な含み笑いをまじえてフフッと笑った。

「だれなの、この女は？　何者です？」ワルワーラ夫人は、命令するような、もの問いたげな目でまわりにいた参会者たちを見まわした。

一同は沈黙したままだった。

「あなた、不幸せなのね？　援助が必要なんでしょう？」

「わたし、困っているんです……ここに参りましたのは……」と「不幸せな女」は、興奮のせいでとぎれがちな声でつぶやいた。「ここに参りましたのは、ただあなたのお手にキスをさせていただくためです……」そう言って彼女は、またフフッと忍び笑いをもらした。子どもがあまえて何かおねだりするときのような、おそろしく純真な目をして彼女は手を差しだし、ワルワーラ夫人の手をとろうとしたが、何かに怖気《おじけ》づいたのか、急にその手を引っ込めてしまった。

「そのためにだけここに来たってわけ？」ワルワーラ夫人は、いかにも同情にたえないといった笑みを浮かべたが、すぐにポケットから貝殻ビーズをちりばめた財布をとりだし、そのなかの十ルーブル札を見知らぬ女に手渡した。女はそれを受けとった。ワルワーラ夫人はひどく関心をもったが、どうやらその女を、素姓あやしきただの物乞いとは思っていない様子だった。

「すげえ、十ルーブルくれちまった」人ごみのなかでだれかがつぶやいた。

「どうぞ、お手を」——「不幸せな女」は、風でひらひらする十ルーブル札のすみを左手の指でしっかりつまみながら、口ごもるように言った。ワルワーラ夫人はなぜか少し眉をひそめ、まじめくさった厳しいといえる顔つきをして手を差しだした。女は恭しくその手にキスをした。感謝の思いに満たされたそのまなざしが、何かしら歓喜にちかいものにきらりと輝いた。まさにそのときだった。こんどの県知事夫人のユーリヤがそばに近づき、それから町のご婦人がたや年寄りの高官たちの一群がどっと外にあふれ出した。夫人は、その窮屈な人だかりのなかで、否応《いやおう》なしにしばらく立ちどまらざるをえなかった。大勢の人が足を止めたからである。

「あなた、ふるえてらっしゃるのね、寒いの?」ワルワーラ夫人はふいにそう言うと、身につけていた薄手のコートを従僕に向かってぽんと投げだし、肩にかけていた黒の(けっこうな値段のする)ショールをとって、あいかわらずひざまずいたままの物乞いのむきだしの肩に自分の手でかけてやった。

「さあ、お立ちになって、膝なんかつかずに立ってくださいい、お願いですから」女は立ちあがった。

「どこにお住まい? ねえ、この方がどこに住んでるか、ほんとうに誰も知らないの?」ワルワーラ夫人はまた、じれったそうにあたりを見まわした。だが、さっきまでいた人の群れはすでになく、目に入ってきたのは、どれもこれも身覚えのある社交界の面々で、ある者はきびしい驚きの表情を浮かべ、またある者は意地のわるい好奇心と同時に無邪気な野次馬根性にかられ、さらにある者は笑い声まであげていた。

「どうやらレビャートキン家の人のようでございますね」ようやく親切な男が現われ、ワルワーラ夫人の質問に答えた。それは、この町でも多くの人に敬愛されている商人のアンドレーエフで、メガネをかけ、白髪のまじる顎ひげをたくわえて、ロシア風の服をまとい、いつもは丸いシルクハットのような帽子をかぶっているが、いまはその帽子を手にたずさえていた。「フィリッポフの家に住んでおりましてね、ボゴヤヴレンスカヤ通りです」

「レビャートキンですって？　フィリッポフの家？　なにか聞いたことがあるわ……ありがとう、アンドレーエフさん、でも、そのレビャートキンって、何者です？」

「大尉を自称している男でして、なんと申しますか、がさつとでもいうんでしょうか。で、こちらの方は、まちがいなくその男の妹さんです。きっと、監視の目を盗んで抜け出してきたってとこでしょうな」アンドレーエフは声を低くしてそう言うと、わけありげにワルワーラ夫人をちらりと見やった。

「わかりました、どうもありがとう、アンドレーエフさん。それでは、あなたが、レビャートキナ嬢なのね？」

「いいえ、レビャートキナじゃありません」

「でも、お兄さまは、レビャートキンでしたでしょう？」

「兄はレビャートキンです」

「じゃあ、こうしましょう、わたし、これからあなたを自宅にお連れします、で、わたしの家からあなたをお宅に送らせることにします。いっしょに行きますか？」

「ええ、行きたい！」レビャートキナ嬢はぱんと両手を打ちならした。

「おばさま、おばさまでしょう！　わたしもお宅にごいっしょさせてくださいな！」

リザヴェータの声が鳴りひびいた。ここでひとこと断っておくと、リザヴェータは県知事夫人といっしょにこの礼拝式にやってきた。他方、母親のプラスコーヴィヤはその間、医師の指示にしたがって馬車をのりまわし、気晴らしにマヴリーキーもつきあわせていた。リザヴェータは急に県知事夫人のそばを離れると、ワルワーラ夫人のほうへ駆けよってきた。

「そうね、リーザ、あなたならいつだって大歓迎よ、でも、あなたのお母さま、なんておっしゃるかしら？」ワルワーラ夫人はもったいぶった調子でそう答えかけたが、リーザの異常な興奮ぶりに気づいてふと動揺が生じた。

「おばさま、ねえ、おばさまったら、これからぜひごいっしょさせて」リーザは、ワルワーラ夫人の手にキスをしながらそう懇願した。

「Mais qu'avez-vous donc, Lise！（でも、どうなさったの、リーズ！）」表情たっぷりに驚きの色を浮かべて、県知事夫人が口をはさんだ。

「あら、ごめんなさい、chère cousine（ねえ、おねえさま）、これからわたし、おばさまのところに伺おうと思うの」リーザは、不快な驚きに打たれている「chère cousine（おねえさま）」のほうにあわてて向き直り、彼女の手に二度キスをした。「それから、maman（ママ）にこうおっしゃってくださる？　これからすぐわたしを馬車で迎えに、おばさまの家に来てくださいって。だって、maman（ママ）は、ぜひお寄りしたいって何度も言ってましたし、さっきも自分からそう口にしてたくらいですから、そう、わたし、お断りするのを忘れていましたけど」とリーザはまくしたてた。「わたしが悪かったわ、怒らないでね、Julie（ユーリヤ）……chère cousine（大好きなおねえさま）……おばさま、これで、もうだいじょうぶよ！」

「おばさま、もしも連れてってくださらないなら、馬車の後を追いかけていきますからね、大声出して！」リーザは、ワルワーラ夫人の耳にほとんど口をつけるようにして、必死で早口にそうささやいた。人に聞かれなかったのがまだしも幸いだった。ワルワーラ夫人は一歩後ろに退くと、突きさすような目で、どこか狂ったような娘の顔をまじまじと見やった。その視線ですべてが決まった。夫人は、何がなんでもリーザをいっしょに連れていこうと心に決めた！

「あれにけりをつけなくちゃ」夫人は思わずそう口走った。「いいわ、喜んで連れてってあげる、リーザ」夫人はすぐに大声で言い添えた。「もちろん、ユーリヤさんのお許しが出たらの話ですよ」打ちとけた表情にいつわりのない威厳をにじませて、ワルワーラ夫人は県知事夫人のほうにまっすぐ向き直った。

「いえ、もちろんかまいませんとも、この子の楽しみをうばう気なんてありませんし、それにわたしだって……」驚くほどに愛想よく、ユーリヤ夫人はつぶやくように言った。「このわたしだって……ちゃんとわかってますから、空想するのが大好きで、わがままなお頭《つむ》さんのお相手をするのが、どんなにたいへんかって（ユーリヤ夫人は魅惑的な笑みをもらした）……」

「それなら、ほんとうにありがたいわ」ワルワーラ夫人はていねいに、威厳たっぷりにお辞儀をした。

「それに、もっとうれしいのは」と、ユーリヤ夫人は心地よい興奮で顔を真っ赤にさせながら、なかば有頂天ぎみにおしゃべりをつづけた。「お宅にお伺いするのもそうですけど、リーザがいま、こういうすばらしい、そう、何といったらいいか、こんなふうな気だかい感情に……憐れみの情に……動かされているってことです……（そう言いながら、夫人はちらりと「不幸せな女」のほうを見やった）……それも……それも、ちょうどこんな教会堂の入り口で……」

「それは、ほんとうに立派なお考えですわ」ワルワーラ夫人はそう言って、鷹揚《おうよう》に相手をたたえた。するとユーリヤ夫人は手をすっと差しだし、ワルワーラ夫人は待ってましたとばかりに相手の手に指先をふれた。一同が受けた印象は、申し分のないものだった。居合わせた何人かの顔は、いかにも満ちたりた表情にかがやき、なかには媚びるような甘い笑みをもらす者もいた。

　ひとことでいうと、町じゅうの人々に、次のようなことがとつぜん明らかになったのである。すなわち、これまでユーリヤ夫人がワルワーラ夫人をないがしろにして訪問を怠ってきたわけではなく、むしろワルワーラ夫人のほうが『ユーリヤ夫人にたいして砦をかまえていたのだ、他方、ワルワーラ夫人が自分に玄関払いを食わせないという確信さえもてれば、ユーリヤ夫人はおそらく歩いてでも表敬訪問に出かけて行っただろう』ということである。ワルワーラ夫人の権威は、これで極端なくらいにまで高まった。

「さあ、お乗りなさい」ワルワーラ夫人は、そばに近づいてきた馬車を、マドモワゼル・レビャートキナに指で示した。『不幸せな女』が嬉しそうにドアのほうへと走りよると、かたわらで待ちかまえていた従僕が彼女に手をかした。

「あら！　あなた、足が悪いのね！」ワルワーラ夫人がぎょっとしたように声をあげ、真っ青な顔になった（居合わせた人たちはみなそのことに気づいたが、その理由は誰にもわからなかった……）。

馬車は走りだした。ワルワーラ夫人の屋敷は、教会からごく近いところにあった。リーザが後で話してくれたのだが、マドモワゼル・レビャートキナは、馬車に揺られていた三分ほどのあいだヒステリックに笑いつづけ、ワルワーラ夫人は、これもリーザ自身の言いまわしを借りると、「まるで催眠術にでもかけられたように」座りこんでいたという。

第5章　賢《さか》しい蛇

1

ワルワーラ夫人はベルを鳴らすと、窓ぎわの肘かけ椅子にどっと体を投げだした。

「さあ、ここにおすわりなさい」夫人はマリヤに、部屋の中央にある大きな丸テーブルのそばの席を指し示した。「ステパンさん、これってどういうことかしら？　ほら、ほら、その女性をごらんなさいな、これはいったいどういうこと？」

「ぼくは……その……」ヴェルホヴェンスキー氏は口ごもった……。しかしそこに従僕が顔を出した。

「コーヒーを一杯、すぐにね、できるだけ早く出してちょうだい！　馬車はそのまま待たせておいて」

「Mais, chère et excellente amie, dans quelle inquiétude...（でもですね、こんなごたごたのなかで）……」いまにも絶え入りそうな声でヴェルホヴェンスキー氏は叫んだ。

「あら、まあ！　フランス語だわ、フランス語！　これでわかりました、上流社会ってことが！」マリヤがぱんと手を打ちならし、うっとりしてフランス語のやりとりを聞こうと身構えた。ワルワーラ夫人は、ほとんどおびえたような様子で彼女をじっと見やった。

　わたしたち一同は口をつぐんだまま、事態が一段落するのを待っていた。シャートフは顔をあげようとせず、ヴェルホヴェンスキー氏は、何もかも自分のせいといわんばかりにうろたえていた。こめかみには汗が滲《にじ》んでいた。わたしはリーザのほうをちらりと見やった（彼女は部屋の隅のほうに、シャートフとほとんど隣りあわせで座っていた）。彼女の目は、ワルワーラ夫人から足の悪いマリヤへ、さらにはまたワルワーラ夫人へと注意深く動いていった。ほほえみで口もとがゆがんでいたが、けっして品のいいほほえみではなかった。ワルワーラ夫人もその笑みに気づいた。いっぽう、マリヤはすっかり夢中になっていた。彼女はうっとりとした様子で、少しも気がねせずに、ワルワーラ夫人のすばらしい客間を眺めまわしていた。家具、絨毯《じゅうたん》、壁にかかっている絵、古風な模様が描かれた天井、部屋の隅に置かれている大きな青銅の磔像、陶器でできたランプ、アルバム、テーブルの上のこまごまとした品々である。

「あら、シャーさんたら、あんたもここに来てたの?」彼女はふいに声を上げた。「そう、わたし、ずっと前からあんたを見ながら考えていたの。あの人じゃないわって、ね！　どうしてあの人が、ここにやってくるもんですか！」そう言ってげらげら笑いだした。

「この方をご存じ?」ワルワーラ夫人は、すぐにシャートフのほうをふり向いた。

「存じあげています」シャートフはつぶやくようにそう答えると、椅子の上でもぞもぞしかけたが、そのまま動かずに腰をおろしていた。

「何をご存じなんです?　どうか、すぐに教えてちょうだい！」

「何をって……」シャートフは意味なく薄笑いをうかべて口ごもった。「見てのとおりです」

「見てのとおりって、いったい何がです?　さあ、ほんとうになんとかおっしゃってください！」

「ぼくと同じアパートの建物に住んでいるんです……お兄さんと……将校の」

「それで？」

シャートフはまた口ごもった。

「べつに、話すほどのことじゃありませんが……」彼は、口ごもりながらそうつぶやくと、そのまま完全に黙りこんでしまった。意固地さで、顔が真っ赤に染まったほどだった。

「わかりました、あなたにはこれ以上、何も聞きませんから！」憤然とした面持ちでワルワーラ夫人が言いきった。夫人にはもうはっきりしていた。一同は何かを知っている、そのくせ何かにびくびくして、自分の質問にたいして逃げの手をうち、何かを隠そうとしている。

従僕が、夫人からとくに注文のあったコーヒーを小さな銀のトレーにのせて入ってきたが、夫人の指図を受け、すぐにマリヤのほうへ近づいていった。

「さあ、さっきは体が冷えたでしょう、早く飲んで温まってくださいな」

「Merci（ありがとう）」マリヤはコーヒーカップを手にとると、従僕に〈merci〉とフランス語で答えたことに気づいてぷっと吹きだした。だが、ワルワーラ夫人のきびしい視線に出あうと、すっかり怖気《おじけ》づいて、カップをそのままテーブルにもどした。

「おばさま、まさか怒ってらっしゃいませんよね?」どこか軽薄でふざけたような調子で、彼女は口ごもるようにたずねた。

「な、何ですって?」ワルワーラ夫人は思わず腰を浮かし、肘かけ椅子の上でのけぞった。「どうして、わたしがあなたのおばさまなんです? どういうつもりで、そうおっしゃったの?」

相手がそこまで怒るなどと思いもしなかったマリヤは、まるでひきつけでも起こしたみたいに急に全身を小刻みにふるわせ、肘かけ椅子の背もたれに深く寄りかかった。

「わたし……わたし、そう言わなくちゃいけないのかと思って」目をかっと見開き、ワルワーラ夫人を見つめながら、彼女は口ごもるように答えた。「リーザがあなたをそう呼んでましたから」

「リーザって、いったいどこの誰のことです?」

「ほら、そこにいらっしゃるお嬢さまのことです」そう言いながら、マリヤはリーザを指さした。

「それじゃあ、あの子のこともリーザ呼ばわりしてるってわけね?」

「だって、あなたこそさっきあの人を、そうお呼びになっていたでしょう」マリヤはいくらか元気づいて答えた。「わたし、夢のなかで、あの人とほんとにそっくりの美人さんを見たことがあるんです」そう言うと彼女は思わず笑みをもらした。

しばらく思案するうち、ワルワーラ夫人は、いくらか気持ちも落ち着いてきた。マリヤが最後に口にした言葉には、思わず吹きだしそうになった。その笑みに目ざとく気づいたマリヤは、肘かけ椅子から立ちあがり、足をひきずりながらおずおずと夫人に近づいていった。

「どうぞ、これをお返しするの、忘れてました、不作法なことといいましたけど、怒らないでください」そう言うと、彼女は、ワルワーラ夫人にさっきかけてもらった黒いショールをふいに肩からはずした。

「いいから、かけてなさい、ずっと持っていていいのよ。さあ、そっちに行って、腰をかけて、コーヒーをお飲みなさい、わたしのことはどうかこわがらず、落ちついてくださいね。あなたのことが少しずつわかってきましたから」

「Chère amie（ええと）……」ヴェルホヴェンスキー氏がまた口を開きかけた。

「ああ、ステパンさん、あなた抜きでも何がなんだかさっぱりわからなくなってるんですから、あなたぐらいはせめて黙っていてくださいな……どうか、ほら、あなたのそばにあるそのベル、鳴らしてください、女中部屋の」

座がしらけた。夫人のまなざしが、けげんそうに、苛立《いらだ》たしげに、わたしたちの顔の上を順ぐりにすべっていった。やがて、夫人のお気に入りの小間使いアガーシャが顔を出した。

「ジュネーヴで買ったチェックのスカーフね、あれ、持ってきとくれ。ダーリヤさんは何をしているの？」

「体調がすぐれないとのことで」

「ここに来るように言ってね。体調がすぐれなくても、ぜひここに来るように、言うのよ」

このとき、隣の部屋からふたたび、さっきと似たなにかしら異様な足音と人の声が聞こえ、〈調子をみだした〉プラスコーヴィヤ夫人がはあはあと息をきらしながら、とつぜんドア口に姿を現わした。マヴリーキーが彼女の腕を下から支えていた。

「やれやれ、やっとたどり着けましたよ。でも、リーザ、おまえ、気でも狂ったの、母さんになんてことをしてくれるの！」夫人は金切り声をあげたが、かよわいながらたいそう癇《かん》のつよい女性の常として、彼女はその声で積年の鬱憤《うっぷん》を吐きだそうとしていたのである。

「あのね、ワルワーラさん、ここには、娘を迎えに来ただけですから！」

ワルワーラ夫人は上目づかいに彼女をじろりとにらむと、軽く腰を浮かせ、いまいましい思いをかろうじて押し殺しながら言った。

「ようこそ、プラスコーヴィヤさん、どうぞおすわりになって。わたしにもちゃんとわかってましたよ、いずれあなたがおいでになることぐらい」

2

プラスコーヴィヤ夫人からすると、こういう応対の仕方に、何ひとつ意外に思えるようなものはなかった。ワルワーラ夫人はごく幼いときから、昔の寄宿舎仲間である彼女を、友情と見せかけて、ほとんど軽蔑の念をいだきながらいつも暴君のように見《み》下《くだ》してきたからだ。ところが今回にかぎって、事情は特別だった。すでに少し触れたことだが、この数日、両家の関係は完全な決裂状態に向かいはじめていた。決裂が生じはじめた原因は、さしあたりワルワーラ夫人にとってはまだ謎めいていて、それだけにますます腹立たしさがつのった。しかし何よりも癪《しゃく》の種は、プラスコーヴィヤ夫人が自分にたいし、どはずれともいえる高慢な態度をとるようになったことである。ワルワーラ夫人はむろんそれに傷ついたが、やがて彼女の耳にもちらほらと奇妙な噂が届くようになって、ひどくいらだちをつのらせる結果になった。その噂というのが、じつにまた曖昧模糊《あいまいもこ》としていたためである。ワルワーラ夫人の性格には、竹を割ったような誇り高く開けっぴろげなところがあって、かりにこういうもの言いが許されるなら、どこかしら無鉄砲なところもあった。夫人が何にもましてがまんできなかったのは、裏にまわってこそこそと陰口を叩くやり方で、つねに正々堂々とした戦いを好んでいた。それはともかく、二人の女性が顔を合わせなくなってすでに五日が経過していた。最後に訪問したのはワルワーラ夫人のほうだが、〈雌《めす》ツグミ〉の家を出た彼女はもう腹立ちがおさまらず、困惑しきっていた。わたしがにらむところ、プラスコーヴィヤ夫人はいま、ワルワーラ夫人がなぜかしら自分に怖気づいているにちがいないとの無邪気な確信をいだいて、この家に入ってきた。そのことはもう彼女の顔つきからして明らかだった。ところがワルワーラ夫人は、理由はともかく自分が蔑《さげす》まれているという疑いが頭をもたげるやいなや、傲慢という、おそろしく鼻もちならぬ悪魔にとりつかれるたちだった。他方、プラスコーヴィヤ夫人はといえば、長いあいだ文句のひとことも口にできず他人の辱めに甘んじる多くの気弱なご婦人がたと同様、ひとたび自分に有利に展開すると見るや、異常なくらい徹底して攻勢に出るといったタイプだった。彼女がいま体調をくずしていることは確かで、病気のときはよりいっそういらだちがつのるらしかった。最後にもうひとつ言い添えておくと、もしもこの幼《おさな》なじみ同士のあいだで口論の火花が散るとなると、わたしたちがこうして広間に同席しているからといって、とくに二人が何かに遠慮するという気づかいはもはやなかった。わたしたちはみな、内輪の人間、というより、なかば子分格の人間とみられていたからだ。そのときこの点に思いいたったわたしは、少なからず恐怖にかられたものだった。

ワルワーラ夫人が家に到着したそもそもの初めから立ちっぱなしでいたヴェルホヴェンスキー氏は、プラスコーヴィヤ夫人の金切り声を耳にすると、急に力が抜けたような感じで、椅子に腰をおとして必死にわたしの視線をとらえようとし、いっぽうシャートフは椅子の上でくるりと向こうを向いてしまい、なにやらぶつぶつひとりごとを言っていた。彼は席を立って部屋を出ていきたそうにしていた。リーザは軽く腰を浮かしかけたが、母親の金切り声にもたいして注意を向けず、すぐまた同じ場所に腰をおろした。それは彼女の〈意固地《いこじ》な性格〉のためというより、明らかに、何かべつのとてつもない印象に翻弄されていたからである。リーザはいま、どこかあらぬ方向に目をやり、ほとんど放心状態のまま、マリヤにたいしてすらそれまでの注意を向けるのをやめてしまっていた。

3

「そう、ここにするわ！」プラスコーヴィヤ夫人はテーブルのそばにある肘かけ椅子を指さすと、マヴリーキーに助けられてどっかと腰をおろした。「この足さえなければ、なにもお宅に腰を落ちつけたりしませんよ！」と彼女はそう言いたしたが、その声はうわずっていた。

ワルワーラ夫人は軽く顔をあげると、苦しげな表情を見せて、右手の指を右のこめかみに押しあてた。どうやらそのあたりに、つよい痛みを感じているらしかった（tic dou-loureux〈顔面神経痛〉だった）。

「まあ、どうしてかしら、プラスコーヴィヤさん、どうしてわたしの家に腰を落ちつけちゃいけないんです？　わたし、あなたの死んだご主人とはずっと、ほんとうに心からのお付きあいをさせていただきましたし、あなたとはまだほんの娘時代から、寄宿舎でいっしょに人形遊びをしてきた仲でしょう」

プラスコーヴィヤ夫人は、うんざりといったそぶりで両手を振った。

「やっぱりそうね！　あなたって人は、他人を槍玉に挙げるときはいつも寄宿舎時代の話からはじめる、それがあなたの手ってわけよ。でもね、わたしに言わせると、そんなのはただのリップサービスでね。寄宿舎時代のそういうきれいごと、わたしにはもうがまんができませんの」

「あなた、ずいぶんご機嫌ななめの状態でいらしたみたいじゃないの。で、足の具合はどうなのよ？　ほら、コーヒーが来ましたよ、お願いだから、それを召しあがって、少し機嫌を直してくださいな」

「ワルワーラさん、あなたって、わたしをどこまでも娘っ子扱いするんですね。わたし、コーヒーはいりませんから、ほんとうに！」

そう言いながら彼女は、コーヒーを運んできた従僕にむかってケンカ腰で両手を振った（もっとも、わたしとマヴリーキーをのぞいて、ほかの連中もコーヒーを断った。ヴェルホヴェンスキー氏はいったんカップを手にしたが、口をつけずにそのままテーブルに置いた。マリヤはもう一杯飲みたいらしく、手まで差しだしたが、思いなおして行儀よく断った。断ることができて、いかにも誇らしそうだった）。

ワルワーラ夫人は苦笑をもらした。

「あのね、プラスコーヴィヤさん、あなた、きっとまた何か勝手な空想をして、それでここに押しかけてきたわけでしょう。あなたって、これまでずっと空想だけが生きがいでしたもの。いまだって、寄宿舎の話をしたらすぐかっとなさったけど、でも、覚えてらっしゃるわよね、あなたが寄宿舎にもどってきたとき、軽騎兵のシャブルイキンに結婚を申し込まれたとかいって、クラスじゅうに吹聴した、だけど、madame Lefebure（マダム・ルフビュール）に、その場で嘘をみやぶられたでしょう。でも、あなたは嘘をついてたわけじゃなかった、たんに気晴らしがしたくて空想にふけりすぎただけだった。さあ、言っておしまいなさい、どうしてここにいらっしゃったか？こんどはまたどんな空想をなさったか。なにが不満ってわけ？」

「そういえばあなただって、寄宿舎時代には、神学を教えていた神父さんに恋してたじゃないの。これでおあいこね、あなたがいつまでもしつこく覚えているからよ、は、は、は」

プラスコーヴィヤ夫人は意地悪げに大きな笑い声を立てたが、たちまち咳きこんでしまった。

「へえ、あなた、あの神父さんのことをまだ忘れずにいたのね……」ワルワーラ夫人も憎らしげに彼女をにらんだ。

ワルワーラ夫人の顔がたちまち青くなった。プラスコーヴィヤ夫人は、急に居丈高《いたけだか》な態度になった。

「わたしね、今はのんきに笑ってられる場合じゃないんです。どうしてあなた、うちの娘を、町じゅうの人の見てる前でご自分のスキャンダルに巻き込んだんです？ わたしがここに来たのは、そのためですよ」

「スキャンダル？」ワルワーラ夫人は急に脅しつけるような顔になって、ぐいと体を後ろにそらした。

「ママ、わたしからもお願い、もっと穏やかに話してちょうだい」リザヴェータがふいに口をはさんだ。

「おまえ、なんてこと言うの？」母親はまた金切り声をあげるところだった。だが、娘の目がきらきら光っているのを見てにわかにおとなしくなった。

「どうしてまたスキャンダルだなんて言えるの、ママ」リーザはかっとなって口走った。「わたしね、自分からここにうかがったのよ、ユーリヤさんのお許しを得てね。だって、こちらにいるかわいそうな人の話、お聞きしたかったし、少しでもこの人のお役に立てればと思って」

「『こちらにいるかわいそうな人の話』だなんて！」プラスコーヴィヤ夫人は皮肉っぽい笑みを浮かべ、妙にきどった調子で言った。「なにもそんな『話』に首をつっこむことないでしょう？　ああ、あなた！　もううんざり、そういう専制政治みたいなやり方はやめてください！」そう言うと、すさまじい剣幕でワルワーラ夫人のほうをふりむいた。「嘘かほんとか知りませんけど、あなたはこの町全体を牛耳《ぎゅうじ》ってきたようじゃない、でもどうやら年貢の納めどきが来たらしいわね！」

ワルワーラ夫人は、今にも弓から放たれる矢のように、ぴんと胸を張ってすわっていた。そして十秒ばかり身動きひとつせず、プラスコーヴィヤ夫人をけわしい顔で見つめていた。

「せいぜい神さまに感謝するのね、プラスコーヴィヤさん、ここにいるのが内輪の人間だけで」やがて彼女は、気味悪いほど落ちつきはらった調子で言った。「かなり口が過ぎてるようよ」

「でも、言っときますが、わたし、だれかさんとちがって社交界の評判なんか恐れてませんから。むしろあなたでしょう、偉そうにふるまいながら、そのくせ社交界の評判をいちいち気にやんでいるのは。ここにいるのが内輪の人だけで助かってるのは、むしろそっちのほうですよ、赤の他人に聞かれるよりはまだましですから」

「この一週間で、あなたも少しは利口になったみたいね」

「べつにこの一週間で利口になったわけじゃありません、この一週間で、どうやら真相が明るみに出たってことですよ」

「この一週間でどんな真相が明るみに出たんですって？　いいこと、プラスコーヴィヤさん、あなた、じらさずにとっとと説明してちょうだい、心からお願いするわ。つまり、どんな真相が明るみに出たのか、それで何をほのめかそうって気なのか」

「ほら、その人ですよ、真相がちゃんとそこにすわってるじゃないですか！」プラスコーヴィヤ夫人はそう言って、いきなりマリヤを指さした。その口ぶりには、相手の面子《メンツ》を丸つぶしにできさえすればあとはどうなってもいい、といったやけっぱちな決意がこもっていた。この間ずっと、好奇心にうきうきしながら彼女を見つめていたマリヤは、ひどく怒りっぽい女の客人がさっとこちらを指さしたのを見て嬉しそうに笑い、椅子の上でいかにも愉快そうに体をもぞもぞ動かしはじめた。

「ああ、イエスさま、この人たちはみんな気が変になったのでしょうか!」ワルワーラ夫人は声をあげると、顔を真っ青にさせて、肘かけ椅子の背もたれにぐったりと身をもたせかけた。

夫人の顔色があまりに悪かったので、一同騒然となった。ヴェルホヴェンスキー氏がまっさきにそばに駆け寄った。わたしもそばに近づいた。リーザも椅子から立ちあがったが、その場から動こうとしなかった。しかし、ほかのだれにもまして怖気づいたのが、プラスコーヴィヤ夫人だった。きゃっと大声をあげ、なんとか体を起こすと、泣きださんばかりの声でわめきはじめた。

「ねえ、ワルワーラさん、さっきはあんなばかみたいな意地悪言ってごめんなさい!ほら、だれか、この人に水をあげて!」

「泣きごとはなしにしてちょうだい、プラスコーヴィヤさん、お願いですから、それに、みんなも席にもどって、水なんていりませんから！」ワルワーラ夫人は、血の気の失せた唇で言った。小声ながらもきっぱりとした口調だった。

「ええ！」ほんのわずかながら落ちつきを取りもどして、プラスコーヴィヤ夫人はつづけた。「ねえ、ワルワーラさん、不用意なことを言ったのは、たしかにわたしが悪かったけど、わたしもどうしようもなく気が立っていたの。どこの馬の骨ともわからぬ連中が匿名の手紙を寄こしてきて、それでもって猛攻撃をかけてくるんですから。書いてあるのはあなたのことなんだから、あなたのところに寄こせばいいじゃないの、うちには娘もいるし！」

ワルワーラ夫人は眼を大きく見開き、無言のまま相手の顔を見つめながら、驚いたように話に聞きいっていた。その瞬間、部屋の隅にあるドアが音もなく開いて、ダーリヤが姿を現わした。彼女はそこで足をとめると、周囲をぐるりと見まわした。わたしたちの混乱ぶりに驚いているらしかった。前もってだれにも聞かされていなかったので、マリヤがいることにもすぐには気づかなかったようだ。彼女の姿に最初に気づいたヴェルホヴェンスキー氏は、ぴくりと体を動かすと、顔を真っ赤にさせ、なんのためか「ダーリヤさん！」とひと声叫んだ。そこで一同の目がさっとそちらに向いた。

「あら、そちらの方がお宅のダーリヤさん！」マリヤが声をあげた。「ねえ、シャーさん、あんたの妹さんて、ちっともあんたに似てないのねえ！　うちのやつったら、なんだってこんな美人さんを、農奴あがりの芋《いも》ダーシャなんて呼んでたのかしら！」

ダーリヤはその間にワルワーラ夫人のすぐそばまで来ていたが、マリヤの叫び声に驚いてすばやくそちらを振りかえると、そのまま自分の椅子の前で立ちすくみ、吸い寄せられるようにじっとその神がかりに見いった。

「おすわりなさい、ダーシャ」ぞっとするほどの落ちつきを見せて、ワルワーラ夫人が言った。「もっと近くに、そう、それでいい。すわったままでもこの人を見られるからね。おまえ、この人知ってるの？」

「いちどもお会いしたことはありませんけど」ダーリヤは小声で答え、ひと息ついてからすぐにこう言い添えた。「この人、レビャートキンとかいう方の病気の妹さんかもしれません」

「ダーリヤさん、あなたにお会いするの、わたしもこんどがはじめてだけど、前からお近づきになりたくて、もうずっとうずうずしてたの。だって、あなたのしぐさひとつひとつに、教養がにじみ出てるんですもの」マリヤは夢中になって叫んだ。「でも、なんだってうちの下男は悪態ついてるんだろう、あなたみたいに教養があってかわいい人が、あいつからお金をかすめとったりするなんて、あるはずないのにね？　だって、あなたってほんとにほんとに、かわいらしい人だもの、わたし、本心で言ってるのよ！」マリヤは、目の前で手をふりながら、有頂天になってそう言葉をむすんだ。

「なに言ってるかわかるかい？」ワルワーラ夫人は威厳たっぷりに誇らしげな調子でたずねた。

「すべてよくわかります……」

「お金がどうかしたって、言ってたろう？」

「あれはきっと、わたしがまだスイスにいたとき、スタヴローギンさんに頼まれて、この人のお兄さんのレビャートキンとかいう方にお渡しするために預かったお金のことです」

沈黙が訪れた。

「ニコライが、お金を渡すように自分からおまえに頼んだのかい？」

「ニコライさまは、レビャートキン氏に、全部で三百ルーブルのお金をなんとしても送金したかったようなのです。でも住所がわからず、わかっていたのはその方がわたしたちの町にやってくるということだけでしたから、レビャートキン氏がこちらに着きしだい渡してくれるようにと、このわたしに預けられました」

「いったいなんのお金だろう……それが消えちまったってわけ？　この女の人がさっき口にしたのはなんのことなの？」

「それはわたしも存じません。ただ、わたしがその方に全額を渡さなかったとか、レビャートキン氏が吹聴しているという噂はわたしの耳にも届いております。でも、その言葉の意味がわたしにはわからないんです。三百ルーブルありましたから、三百ルーブルお渡ししたまでのことです」

　ダーリヤはもう、すっかり落ちつきを取りもどしていた。総じて言えることだが、内心でどう感じているにせよ、この娘をめったなことで驚かせたり、まごつかせたりすることは困難だった。彼女はいまも、けっして慌てることなくはっきりと答えを口にしていた。どんな質問にも、正確に、もの静かに、よどみなく答え、ふいをつかれて動揺した様子などおくびにも出さず、なにか多少でも後ろめたさを感じていることを裏づけるような、ごくかすかなとまどいすらも見せなかった。彼女が話しているあいだ、ワルワーラ夫人の目は片ときも彼女から離れることがなかった。夫人は一分ばかり考えこんでいた。

「もしもね」やがてきっぱりとした口調で夫人は切りだした。見つめていた相手はダーシャひとりだけだが、夫人は明らかに自分を注視している一同を意識していた。

「もしもね、ニコライがですよ、このわたしをさしおいておまえにその用件を託したっていうなら、むろんそんなふうにふるまう理由があったってことですよ。わたしにその理由を秘密にするっていうなら、あれこれ詮索することはしないつもりです。でも、この件におまえが関わっているということなら、それだけでもう、何も心配することはしません、ダーリヤ、だいいちにそのことをきちんとわきまえていておくれね。でも、いいかい、たとえおまえの良心に一点の曇りもなくてもよ、世間知らずのせいで、うかつに何か不注意をおかさないともかぎらないのだからね。現に、どこの馬の骨とも知れないいろくでなしと関わりをもったのだって、そういうことでしょ。そのろくでなしがばらまいている噂が、おまえの過ちを裏づけているってわけ。だけどその男のことはわたしがちゃんと調べあげますから、なんといってもわたしはおまえの保護者なんだから、これからもおまえを守ってあげますからね。でも、そろそろぜんぶかたをつけないと」

「いちばんいいのは、あいつがお宅に来たら」ふいにマリヤが肘かけ椅子から身を乗りだして口をはさんだ。「そのまんま下男部屋に通してやることね。そのまま箱にでも座らせて、下男たちとカードでもやらせておけばいいんだ。で、わたしたちはここにお座りしてコーヒーでもいただきましょう。コーヒーの一杯ぐらいは持っていってあげてもいいけど、わたし、あの男のことをほんとうに軽蔑しているの」

そう言いながら、マリヤは大げさに首を振ってみせた。

「かたをつけないと」ワルワーラ夫人はマリヤの話を注意ぶかく聞きおえると、そう繰りかえした。「おねがい、ベルを鳴らしてくださいな、ステパンさん」

ヴェルホヴェンスキー氏はベルを鳴らすと、興奮しきった様子でふいに前に歩み出てきた。

「もしも……もしもぼくが……」彼は熱くなり、顔を真っ赤にさせて、とぎれがちにつっかえつっかえ話しだした。「もしも、このぼくがこんな汚らわしい話、というか、中傷を耳にしていたならば、……それこそ、もう、頭に血がのぼって……enfin, c'est un homme perdu et quelque chose comme un forçat évadé…（つまり、あれは、破滅した男で、言ってみりゃ脱獄囚みたいなもんです）」

そこで声がとぎれ、しまいまで話しきれなかった。ワルワーラ夫人が目を細め、つま先から頭のてっぺんまでじろりとねめまわした。折り目ただしい従僕のアレクセイが入ってきた。

「馬車を」とワルワーラ夫人は命じた。「アレクセイさん、このレビャートキナさんをご自宅にお送りするよう手配して。道順はこの方が教えてくださるはずだから」

「レビャートキンさまでしたら、しばらく前にお越しになり、下でお待ちになっておられます、ぜひ取りついでもらいたいと申されております」

「それは無理です、ワルワーラさま」それまでずっと冷静に沈黙を守ってきたマヴリーキーが、不安にかられてふいに発言した。「こう申してよければ、あれは社交界に入れるような男じゃありません、あれは……もう……とんでもない男です、ワルワーラさま」

「すこし待っとくれ」とワルワーラ夫人は、従僕のアレクセイに向かって言った。アレクセイはすぐに部屋から消えた。

「C'est un homme malhonnête et je crois même que c'est un forçat évadé ou quelque chose dans ce genre（あれは恥知らずな男です、脱獄囚か、でなければ、それに類した男です）」

ヴェルホヴェンスキー氏はまたつぶやくように言い、またしても顔を真っ赤にさせ、そのまま黙りこんでしまった。

「リーザ、そろそろ時間ですよ」プラスコーヴィヤ夫人が吐き捨てるように言って、席から立ちあがった。どうやら夫人は、自分がさっきびっくりしたはずみに、自分をばか呼ばわりしたことを早くも後悔しているようだった。ダーリヤが話をしているときも、口もとに高慢なひだをよせて聞いていた。しかしなによりもわたしを驚かせたのは、ダーリヤが部屋に入ってきたそのときからリーザが見せた様子だった。その目には、隠すに隠せないむきだしの憎しみと軽蔑がぎらぎらと輝きだしていた。

「ちょっとだけ待って、プラスコーヴィヤさん、お願いだから」あいかわらず驚くほど落ちつきはらって、ワルワーラ夫人が呼びとめた。「どうか、そこにちょっとすわっててちょうだい、わたし、なにもかも話してしまいたいの、でも、あなた、足が痛いんだったわね。そう、それでいい。ありがとう。さっきは、わたしもついかっとなって、せっかちなことを言ってしまった。どうか許してちょうだい。ばかなことをしてしまって、まずこっちから謝るわ、だって、何につけても、わたしが大事にしているのは公正さですから。むろん、あなたもかっとなって、なにか匿名の手紙の話なんかしてたわね。匿名の手紙なんて、署名がないっていうことだけで、もう軽蔑ものよ。あなたがべつの考え方をしているとしたら残念だけど。いずれにしたって、わたしがあなたの立場だったら、そんなくだらない話をもちだして滔々《とうとう》とおしゃべりするような真似はしない、自分で自分の顔に泥を塗りたくないもの。でも、あなたは自分で自分の顔を汚してしまったの。ただ、あなたのほうが先に話してしまったことだから、わたしも言っとくけど、じつは、わたしも六日ほどまえ、やっぱり匿名のふざけた手紙を受けとったの。その手紙のなかで、どこかのろくでなしがわたしにこう断言していたわ。ニコライ・スタヴローギンさんは発狂しました、あなたは足の悪い女を恐れなくてはいけない、その女は、『あなたの行く末にとてつもない役割を果たすことになります』とね。わたし、その言いまわしを覚えこんだの。息子のニコライにはおそろしいぐらいたくさん敵がいるのを知ってますから、そのことも考え、この町に住んでいるある人を呼びにやったの、あの子の隠れた敵でね、すべての敵のなかでもいちばん復讐心に燃えていて、いちばん軽蔑すべき敵ですよ、で、その男と話をしてすぐにピンと来たの。その匿名の手紙の軽蔑すべき出どころよ。もしもよ、かわいそうに、プラスコーヴィヤさん、わたしのせいであなたまでがこんな軽蔑すべき手紙におろおろしたり、あなたも言っていたように『猛攻撃を受け』ていたとしたら、自分としては心にもないことだけど、その原因については、こちらから先にお詫びしなくてはならない。あなたに釈明しておきたかったのは、そのことなの。でもお気の毒に、あなたはほんとうに疲れきって、今はもう心ここにあらずって感じね。おまけに、わたしは、あの素姓あやしい男をいま、この席にぜひとも通そうと決心してるんですから。さっきマヴリーキーさんが、あまりふさわしくない言い方だけど、社交界に迎えるなんてとんでもないといった相手ですよ。リーザはとくに、ここにいても何もすることはないでしょう。さあ、こっちに来なさい、リーザ、いい子ね、わたしにもういちどキスさせて」

　リーザは部屋を横ぎり、何も言わずワルワーラ夫人の前で足を止めた。夫人はリーザにキスをし、その両手をとって少しばかり自分から離すと、しみじみとした表情で相手の顔を見つめ、それから十字を切るとまたキスをした。

「さあ、お行き、リーザ（ワルワーラ夫人の声はほとんど涙まじりだった）、信じておくれ、このさきおまえの身にどんな運命がふりかかっても、わたしはおまえをずっと愛しつづけるからね……神さまのご加護がありますように。わたしはね、いつだって神さまの思し召《おぼ》《め》しを信じてきました……」

夫人はさらに何か言いたそうだったが、それをぐっと押し殺し、そのまま口をつぐんだ。リーザはなおも沈黙したまま、何かしら思案にくれた様子でもとの席にもどりかけた。が、急に母親の前で足を止めた。

「わたしはね、ママ、帰るのはまだにして、しばらくおばさまのところに残るわ」

リーザは小声でそういったが、その静かな物言いには、鉄のようにゆるぎない決意が感じとれた。

「まあ、どうしたっていうの？」力なく両手を打ちならして、プラスコーヴィヤ夫人は叫んだ。だがリーザはそれには答えず、まるで聞いてもいない様子だった。彼女はもとの隅に腰をおろし、またどこか中空の一点を見つめはじめた。

ワルワーラ夫人の顔に、何かしら勝ち誇ったような表情が輝きだした。

「マヴリーキーさん、あなたにとてもだいじなお願いがあるの、階下にいるあの男の様子をちょっとのぞいてきてくださらない？　それで、もし通しても
よいと思えるところがあったら、ここに連れてきてほしいんです」

マヴリーキーは一礼して出ていった。一分ほどして、彼はレビャートキン氏を連れ

てもどってきた。

4

わたしはかつて、この男の外見について話したことがある。上背があり、髪は縮れ、体格はがっしりしていて、年は四十前後、赤みを帯び、いくらかむくんだ感じで、皮膚がたるんだその顔は、体を動かすたびに頰がぶるぶるとふるえ、小さな血走った目は、ときおりかなり狡猾《こうかつ》そうな感じになった。頰ひげとあごひげを生やし、喉元にかなり見ぐるしい肉の塊ができかけていた。

しかし、何よりも驚かされたのは、彼がいま燕尾服に真っ白のワイシャツ姿で現われたことだった。『清潔なワイシャツを着るとかえって不作法な感じのする人間ってのがいる』とは、あるときヴェルホヴェンスキー氏に、服装のだらしなさを冗談まじりにとがめられたリプーチンがやり返した言い草である。大尉は黒い手袋も用意していた。といっても、まだはめていない右の手袋を手にもち、左手はむりにはめたものらしくて手袋のボタンもかけておらず、肉づきのいい左のてのひらの半分まで隠すことができるだけで、その手で彼は真新しい、つやつやした、おそらく今日になってはじめて用をつとめる山高帽をたずさえていた。してみると、彼が昨日シャートフにむかって叫んだ『恋の燕尾服』がじっさいに存在していたことになる。これらすべては、つまり燕尾服もワイシャツもリプーチンの忠告で（あとで知ったのだが）、ある秘密の目的のために用意されたものだった。彼がいま（辻馬車で）ここに乗りつけてきたのも、第三者による入れ知恵とだれかの助けがあることに、やはり疑う余地はなかった。教会堂の階段口で生じた一幕がすぐに彼の知るところとなったと仮定しても、ものの四、五十分のうちに裏の事情を察し、服を着がえ、身支度をし、いざ出陣などという芸当を、彼ひとりでまっとうできたはずはない。彼は酔ってはいなかったが、何日間も酒を飲みつづけた男が急に目を覚ましたときのような、重苦しい、だるそうな朦朧《もうろう》状態にあった。肩に手をかけて二度ほど揺すりさえすれば、たちまちまた酔いが回りはじめそうだった。

男は勢いよく客間に飛びこんでいこうとしたが、いきなりドア口で絨毯に蹴《け》つまずいた。マリヤはおかしさのあまり笑いころげた。彼は猛々《たけだけ》しい目でマリヤをにらむと、ワルワーラ夫人のほうに向かって急に何歩かつかつかと歩みよった。

「わたしがこうして伺いましたのは、奥さま……」ラッパのような大声がとどろきわたった。

「お願いですので、あなた……」ワルワーラ夫人は姿勢をただした。「ほら、そこに、そこの椅子におかけください。そこからでも声は聞こえますし、わたしもこちらからのほうがお顔もよく見えますから」

大尉は足を止め、どんよりした目で前を見やっていたが、それでも向きを変え、ドアのすぐ脇の指示された席に腰をおろした。極度に自信なげな印象とはうらはらな厚かましさと、何かしらたえまない苛立ちとが、その表情にくっきり表われていた。はた目にもおそろしいほど怖気づいていることが見てとれたが、自尊心も傷ついていて、下手をすると、その傷ついた自尊心が高じ、もちまえの臆病さにもめげずどんな厚かましい真似もしでかしかねないと思われるふしがあった。明らかに彼は、自分の不細工な体の動きの一つ一つを気にかけているらしかった。知られるように、こうした類《たぐい》の連中が、なにがしか思いもかけぬチャンスに恵まれて社交界に顔を出すとき、いちばん悩みの種となるのが手の置きどころで、その手をどこへ持っていっても恰好がつかないという思いにたえ間なく苦しめられる。大尉は、帽子と手袋を手にしたまま椅子の上で体をこわばらせ、ワルワーラ夫人の厳しい顔からそのうつろなまなざしをそらすことができなくなった。彼としては、もう少し注意深くまわりを眺めておきたかったが、さしあたりその決心はつかないらしかった。マリヤは、兄の姿がまたしてもひどく滑稽なのに気づいたのか、大声でまた、は、は、はと笑いだしたが、彼のほうはびくりともしなかった。ワルワーラ夫人は残酷にも、まる一分間も彼をその状態にしたまま、容赦なく彼をねめ回していた。

「まず、あなたご自身の口からお名前をお聞きしましょう」穏やかながら表情ゆたかに夫人がたずねた。

「レビャートキン大尉です」大尉はけたたましい声で答えた。「奥さま、わたしがこちらに伺いましたのは……」そう言って彼はまた体をもぞもぞしかけた。

「ちょっとお待ちになって!」ワルワーラ夫人がふたたび制止した。「こちらのお気の毒なご婦人ですが、わたしとしてはとても興味があります、で、この方はほんとうにあなたの妹さんでいらっしゃるの?」

「妹です、奥さま、監視の目を抜けだしてまいったのです、なにしろこんなざまなもんですから……」

彼はそこでふいに口ごもり、顔を真っ赤にさせた。

「しかし、妙な誤解はなさらないでください、奥さま」彼はすっかり取りみだしていた。「これでも、血をわけた兄ですから、妹の顔に泥を塗るようなまねはいたしません……こんなざまと申しあげましたのは、つまり、体面を汚すような、そんなざまというのじゃなく……つまり、このところ……」

そこでまた彼は、ふいに言葉につまった。

「あなた、ねえ!」ワルワーラ夫人が顔をあげた。

「つまり、ここがこういうざまなもんでして!」彼はそう言って、いきなり額の真ん中に指を押しあてた。しばらくのあいだ沈黙がつづいた。

「だいぶ前からですか、この方がお悪いのは?」ワルワーラ夫人は、いくぶん間延びした口調でたずねた。

「奥さま、わたしがこちらに伺いましたのは、教会の入り口でお示しくださったご親切にお礼を申し上げるためでして、ロシア式に、兄弟風に……」

「兄弟風に、ですって?」

「つまり、その、兄弟としてってことじゃなく、もっぱらこの妹の兄であるという意味なんでして、奥さま、で、ですね、奥さま」彼はまた顔を真っ赤にさせ、慌てて答えた。「わたしは、それほど無教養ってわけじゃありません、お宅の客間でちょっと見ただけでは、そう思えるかもしれませんが。そりゃ、奥さま、わたしゃ妹なんて、ここでお見受けする豪華さとくらべたらゼロにひとしい存在です。おまけに、あれこれ中傷をばらまく者もおりますしね。でも、名誉にかんしていえばです、奥さま、レビャートキンは誇り高いってわけでして……それで……お礼を申しあげるためにうかがった次第です……ほら、このお金です、奥さま！」

そこで彼はポケットから札入れをつかみだし、なかから札束を抜きだすと、はげしい焦燥の発作にかられながら、震える指で札束の吟味にかかった。どうやら彼は、一刻も早く何かを説明したくてならない様子だったし、またぜひともそうしなければならなかった。だが、おそらく彼は、札束を相手にまごまごしている自分の姿がいよいよばかげて見えるのを感じて、ついには最後の冷静さまで失ってしまった。お金は勘定する手にあらがい、指はもつれ、あげくの果ては、緑色の紙幣が一枚、財布からぱらりとすべり出て、ジグザグを描きながら絨毯の上に舞い落ちていった。

「二十ルーブルです、奥さま」彼はふいに札束を両手につかみ、苦痛のあまり顔から汗を吹き出しながら立ちあがった。床に舞い落ちた札に気づくと、彼はそれを拾いあげようとして身をかがめたが、なぜか恥じ入ってしまい、いいやとばかりにその手を振った。

「お宅の人たちに、どうぞ、奥さま。これを拾った下男にでも。レビャートキナの記念に！」

「それだけはぜったいに許せませんから」ワルワーラ夫人は、いくらかひるんだ様子であわてて言明した。

「そういうことでしたら……」

彼は体をかがめ紙幣を拾いあげると、顔を真っ赤にさせ、いきなりワルワーラ夫人のほうに歩みよって、数え終わった金を差しだした。

「それはいったいなんの真似です？」夫人はすっかり肝をつぶし、肘かけ椅子の上で身をのけぞらした。マヴリーキーとわたしとヴェルホヴェンスキー氏は、それぞれ一歩前に足を踏みだした。

「まあ、お静かに、お静かに、わたしは狂人じゃありませんから、神かけて狂人じゃありませんから！」興奮した大尉は、そう四方に向かって宣言した。

「いいえ、あなたは狂っています」

「奥さま、あなたがいま考えておられるようなことは、まったくの見当ちがいというものでして！　わたしはむろん、ろくでもない男です。ああ、奥さま、あなたのお屋敷はたいそう豪勢ですが、妹の、知られざるマリヤの住まいは、貧弱きわまるものでしてね。本姓はレビャートキナですが、さしあたりは、奥さま、知られざるマリヤ、無名のマリヤとでも呼んでおきましょう、ただし、いまのところはですよ、なんせ、いつまでもそんな呼びかたをするなど、神さまがお許しになりませんから！　奥さま、あなたは妹に十ルーブルをお恵みくださり、妹はそれを受けとりましたが、それはです、奥さま、相手があなただったからでして！　いいですか、奥さま！　この、知られざるマリヤはです、この世のだれからもお金を受けとったりはしません、そんなことをすれば、カフカースの戦いで、エルモーロフ将軍の御前にて戦死した佐官の祖父が、棺のなかで身震いをはじめます。ですが、あなたからなら、奥さま、あなたからなら何だって受けとりますとも。でも、一方の手では受けとりながら、別の手はもう二十ルーブルを差しだしている、ペテルブルグの慈善委員会の一つへの寄付金として、です、奥さま、あなたがそのメンバーでもあられる委員会へのです……だって、あなたご自身が『モスクワ報知』紙に広告をお出しになったじゃないですか、この町の慈善委員会の寄付帳は、あなたのお宅に備えつけられていて、だれでもそこに記名できます、とね……」

大尉はそこでいきなり言葉を切った。なにかしら困難な大仕事をなしとげたあとのように、苦しげな息づかいをしていた。この慈善委員会にまつわる話は、ことによるとこれまた、リプーチンの筋書きどおりに前もって用意されていたのかもしれない。レビャートキンの顔からは、ますますはげしく汗が吹き出してきた。文字どおり、こめかみのあたりに玉の汗が吹き出していた。ワルワーラ夫人は、刺すような目で相手をにらみつけていた。

「その寄付帳でしたら」と夫人はきびしい口調で切りだした。「階下の玄関番のところにいつも置いてありますから、お望みならそちらで記帳できますよ。ですから、今あなたがお持ちのお金はおしまいになって、やたらと振りまわさないでくれませんか。そう、それでけっこう。それにお願いですから、もとの席にお戻りになって。そう、それでけっこう。ほんとうに残念なことですが、あなたの妹さんについてはどうやら見こみちがいをしていたらしくて、そんなお金持ちの方とも知らずに、うっかり施しものなどしてしまいました。でも、一つだけわからないことがあるんですよ。つまり、どうして、わたしからだけは受けとることができて、ほかの人からは何も受けとろうとなさらないのかということです。あなたは、とくにそこのところに念を押してらっしゃったけど、わたしとしては、きっちりと納得のいく正確な説明をしていただきたいんです」

「奥さま、これは秘密でしてね、おそらくは、棺といっしょに葬られるべき秘密でして！」大尉は答えた。

「どうしてです？」ワルワーラ夫人がたずねたが、その声にはもはや自信といったものが感じられなかった。

「奥さま、奥さま！……」

彼は、床を見つめ、右手を胸に押しあてると、陰気に黙りこんだ。ワルワーラ夫人は相手から目を離さずに答えを待っていた。

「奥さま」とふいに彼は吠えるように叫んだ。「奥さまに一つ質問をしてもよろしいでしょうか？　一つだけですが、率直に、ずばり、ロシア式に、心から質問します」

「どうぞ」

「奥さまは、これまで苦しみを受けたことがおありですか？」

「あなたはたんにこうおっしゃりたいだけでしょう、つまり、わたしがだれのために苦しんできたか、でなければ、現に苦しんでいるのか」

「奥さま、奥さま！」おそらくはそれと気づかず、彼はまた急に立ちあがって胸を叩いた。「ここは、この胸のなかはもう煮えくりかえらんばかりでして、最後の審判のときにそれが明るみに出たら、きっと神さまもびっくりなさるにちがいありません」

「ほう、ずいぶん大げさな物言いですこと」

「奥さま、わたしは、ひょっとして、いらいらが高じてこんな口のきき方をしているのかもしれません……」

「大丈夫ですよ、わたしもちゃんと心得ていますから、あなたの話にいつストップをかけたらよいかぐらい」

「もう一つ、質問してもよろしいでしょうか、奥さま？」

「いいですよ、もう一つぐらいなら」

「人間は、ただ心の高潔さのためだけに死ぬことなどできるもんなんでしょうか？」

「わかりませんよ、そんな質問、自分にしてみたことなんてありませんから」

「おわかりにならない！　そんな質問は自分になさったことがない!!」彼は、大げさな身ぶりで皮肉たっぷりに叫んだ。「もしもそうでしたら、もしもそうでしたら――

黙れ、望みなき心よ！」

そう言って、彼ははげしく胸を叩いた。

彼はもう部屋のなかを歩きまわっていた。こういう連中の特徴というのは、自分の胸のうちにその願望を抑えつけておくということがまったくできない点にある。それどころか、いったんそういう願望が生まれるというと、もうなりふりかまわず、ただちにそれをぶちまけたいという抑えがたい衝動にかられる。こういう男は、自分とは毛色のちがった席に出るときなど、はじめはふつうおどおどとしているが、相手が少しでも下手《したて》に出ようものなら、たちまち傲岸不遜な態度に出る。大尉はもうすっかり興奮していて、部屋を歩きまわったり、手を振ったりして、人の質問には耳も貸さずにひたすら自分のことをしゃべりまくっていた。そのためにときどき舌がまわらなくなり、最後まで話しきらないままにまた次の言葉に飛びうつる、といったありさまだった。たしかに、彼が完全にしらふかどうかすらあやしかった。そこには、リザヴェータも同席していた。彼はいちどもリーザのほうに目をやろうとしなかったが、彼女がそこに居合わせている事実におそろしいほど舞いあがっているように見えた。といっても、これはたんなる想像にすぎない。ワルワーラ夫人が嫌悪感とたたかいながら、それでもこの男の言い分を最後まで聞こうと決めたのは、それなりに理由があった。プラスコーヴィヤ夫人はもう、恐怖のあまり身をふるわせていた。たしかに彼女は、事の次第を必ずしも理解しているわけではないらしかった。ヴェルホヴェンスキー氏もがたがたふるえていたが、それは逆に、彼がつねによけいなことまで理解してしまう傾向があったためである。マヴリーキーは、全員のガード役といったポーズでつっ立っていた。リーザの顔色はやや青ざめていたが、目を大きく見開いたままこの奇怪な大尉を見やっていた。シャートフは、あいかわらず同じ姿勢で腰をおろしていた。だが何よりも奇異な感じがしたのは、マリヤがたんに笑うことをやめたばかりか、なぜかひどく沈みこんでしまったことである。彼女は、右手をテーブルにつき、さかんにまくし立てている兄を悲しそうなまなざしで追っていた。わたしには、ダーリヤひとりだけが平然としているように思えた。

「なにもかも、ほんとうにくだらないたとえ話ですよ」ワルワーラ夫人がついに怒りだした。「『どうして』っていうわたしの質問に答えてらっしゃらないじゃないの。わたしは、しつこく答えを待っているんですよ」

「『どうして？』に答えなかったですと？　『どうして？』の答えを待ってらっしゃるですと？」大尉は目をぱちくりさせながらそう反芻した。「この『どうして』ってやつ、ちっぽけな言葉のくせして、天地創造以来、全宇宙に充満しておる言葉で、奥さま、自然全体がひっきりなしに創造主にむかって叫んでおるわけです、『どうして？』とね。で、答えを得ることができないまま、七千年が経つわけです。なに、ひとりレビャートキン大尉がそれに答えなくちゃならんっていうんですか、そんな法があるんですか、奥さま？」

「そんなのはぜんぶナンセンスですし、見当はずれもいいところです！」ワルワーラ夫人は怒り心頭に発し、忍耐も途切れそうになった。「それはね、あくまでもたとえ話です。しかもですよ、あなたの言い方はあんまり大げさすぎます、無礼にもほどがあります」

「奥さま」大尉は話を聞いていなかった。「わたしはひょっとして、エルネストとでも呼ばれたかったのかもしれません、ところがじっさいは、イグナートなんていう下品な名前を死ぬまで背負わされている。どうしてでしょう、奥さまはどうお考えですか？　わたしはね、ド・モンバール公爵と呼ばれたいと願っておるのですが、でも、じっさいは白鳥のレーベジからとったレビャートキンにすぎません。これは、どうしてでしょうね？　わたしは、奥さま、詩人なんですよ。魂のなかの詩人、出版社から千ルーブルもらったっていいくらいの詩人ですが、じっさいはあばら家《や》暮らしを強いられている、どうしてです、どうしてなんです？　奥さま！　わたしは思うに、ロシアというのは自然の戯《たわむ》れなんでして、それ以上のものじゃありません」

「あなた、ほんとうに何もはっきりしたことがおっしゃれないのね」

「わたしは『油虫』という小品を読んでさしあげられます、奥さま！」

「な、なんですって？」

「奥さま、わたしはまだ狂っちゃおりません！　いずれ狂うでしょうが、いずれ、確実にね。でも、いまはまだ狂っちゃおりません！　奥さま、わたしのある友人が、これがとてつもなく身分の高い生まれなんですが——クルイローフばりの寓話を書いたんですよ、『油虫』というタイトルの。これを読んでさしあげられますが？」

「あなたは要するに、クルイローフの寓話をひとつ朗読したいわけね?」

「ちがいます、わたしが朗読したいのは、クルイローフの寓話じゃなく、わたしが自分で書いた寓話です、わたしの作品です！　どうかお気を悪くされずに、聞いていただきたいのです、奥さま、わたしはですよ、ロシアという国に偉大な寓話作家クルイローフがいて、教育大臣によって夏の庭園に記念碑が建てられ、年少者の遊び場になっていることぐらいちゃんと理解しております。それを理解しないほどの無学者でもなければ、落ちぶれてもおりません。で、いま奥さまは、おたずねになっている、『どうして?』とね。答えは、この寓話の底に、火の文字でもって書かれているんですよ！」

「その寓話というのを、ひとつ読んでみてください」

むかしむかし油虫がおりました
生まれながらの油虫
ある日うっかりコップのなかに落ちました
底はハエ取り薬でいっぱいの……

「まあ、なんですか、それ？」ワルワーラ夫人が叫んだ。

「つまりです、夏のことですが」大尉は凄まじい勢いで両手をふり、朗読を妨げられた作者がよくみせるもどかしげな様子であわててそう口にした。「夏になるとコップにハエがはまって、ハエ取り薬にしてやられる、どんなばかにでもわかるはずです、口をはさまないでください、口をはさまないで、いずれわかることですから、いずれわかることですから……（そう言いながら彼はずっと両手をふりまわしていた）

油虫に場所をふさがれて
ハエども不満がおさまらず
おいらのコップが満杯、と
ジュピターさまに訴えた
ところが騒ぎがつづくうち
素姓正しきご老人
ニキーフォルがやってきて……

まだここまでしかできておりませんが、どっちみち同じことですから、口で言ってしまいましょう！」大尉はまくし立てた。「ニキーフォルはコップを手にとると、連中の叫び声には耳も貸さず、ハエも油虫もいっしょくたに、そのドタバタ喜劇をまるごとゴミ溜めにぶちまけてしまうのです。とっくにそうしてしかるべきだったとでもいわんばかりにです。ところがです、いいですか、奥さま、油虫は不平ひとつこぼさないんですよ！　これが、あなたの『どうして？』っていう問いに対する答えです」彼は、勝ち誇ったように叫んだ。「『あ・ぶ・ら・む・し は、不平ひとつこぼさないんです！』、で、まあ、このニキーフォルについていうと、こいつの表わしているのが自然ていうやつなんですよ」彼は早口でそう言い添え、満足そうに部屋のなかを歩きはじめた。

ワルワーラ夫人はおそろしく腹を立ててしまった。

「それなら、ひとつ質問させていただきますよ、息子のニコライから受けとるべきお金が、あなたにきちんと手渡されなかったとかいって、うちの家の者を非難しておられるけど、それはどういうお金でしょう？」

「中傷であります！」レビャートキンは、悲劇役者じみた大げさな身ぶりで右手をあげると、そう吠えたてた。

「いいえ、中傷なんかじゃありません」

「奥さま、声を大にして真実を叫ぶことより、一家の恥を堪えざるをえない事情ってものだってあるんです。レビャートキンはけっして口を割りません、奥さま！」

彼はもう何も見えなくなったも同然だった。彼はインスピレーションにかられていた。自分の力を感じていた。何かしらそうしたものを確実に思いめぐらしていた。もう人を辱め、なんとかして痛めつけ、自分の力を誇示したくてならなかった。

「ステパンさん、どうかベルを鳴らしてください」ワルワーラ夫人が頼んだ。

「レビャートキンってのはずるい男でしてね、奥さま！」いやらしい笑みを浮かべながら、彼はウインクをして見せた。「ずるい男でして、ところがこの男にも弱みがある。情熱のはけ口ってのがありましてね！　で、このはけ口っていうのが、デニス・ダヴィドフの讃《たた》えた、古来、軽騎兵がこよなく愛してきた酒瓶ですよ。このはけ口に立ったときにです、奥さま、韻文で書かれた、世にもみごとな手紙を書き送るといったことも起こるわけでしてね、でも、その手紙っていうのが、自分の人生の涙にかけても、あとから取りもどしたくなるような代物なんですね、なんせ、美の感覚ってものが壊れているもんですから。ですが、いったん小鳥が飛びたってしまったが最後、もう尾っぽを捕まえるわけにはいかんのです！　で、このはけ口に立ったときにですよ、奥さま、レビャートキンが、名門の令嬢について、つい口をすべらすこともあるわけでして。当人からすりゃ、それこそ辱めを受けていきりたち、魂はもう高潔な怒りに燃えたぎっているというのに、それがまた中傷好きな連中のつけいる隙となるわけでしてね。でも、レビャートキンはずるい男でしてね、奥さま！　不吉な狼がたえまなく酒を注ぎ、その結末を待ちわびながら見張っていたところで、しょせんはむだというもんでして。レビャートキンが口を割ることはけっしてありません。で、やつが当てにしている結末の代わりに、酒瓶の底に顔を出すのが、毎度レビャートキンのずるさってわけですよ！　しかし、もうたくさん、ああ、もうたくさんです！　奥さま、あなたのこの立派なお屋敷も、ことによると、このうえなく素姓正しい男の所有物になるかもしれません、ですが、油虫は不平ひとつこぼしたりはいたしません！　で、いいですか、今度こそはもう、ちゃんと気づいてくださいよ、この、不平ひとつこぼしたりはいたしませんというところに。その偉大な精神を、認識なさっていただきたいのです」

この瞬間、階下の玄関口でベルが鳴りわたり、それとほぼ時を同じくして、ヴェルホヴェンスキー氏が鳴らしたベルからは少し遅れ、従僕のアレクセイが姿を現わした。いつもは折り目ただしい老僕だが、なにやらいつになく興奮していた。

「ニコライ様がただいまご到着になりまして、こちらに来られるところでございます」ワルワーラ夫人のもの問いたげなまなざしに答えて、老僕はそうはっきり言った。

その瞬間の夫人の様子を、わたしはとくに記憶している。はじめ夫人の顔がさっと青くなったが、やがてふいに目がきらきらしはじめた。夫人はなみなみならぬ決意の色を浮かべ、肘かけ椅子に体をうずめたまま大きく胸をそらせた。その様子を見て、一同が驚きに打たれた。わたしたちのだれもがまだ一カ月は先とにらんでいたスタヴローギンのこの思いもよらぬ帰還は、たんにその唐突さだけにとどまらず、今のこの瞬間との、何やら運命的というしかない偶然の一致という点でみても、奇怪な印象をもたらした。レビャートキン大尉までがあんぐりと口を開け、おそろしく間のぬけた顔でドアのほうを見やりながら、部屋の真ん中に茫然と立ちつくしていた。

やがて、長くて大きな隣室の広間から、こちらに近づいてくるせわしない足音が響いてきた。異常に小きざみな足音で、まるでだれかが転がってくるような感じがあった。そしてとつぜん客間に飛びこんできたのは、ニコライ・スタヴローギンとは似ても似つかない、だれひとり見覚えのない青年だった。

5

ここで少し話を中断し、とつぜん部屋に姿を現わしたこの人物について、いくつか走り書き程度にスケッチしておこう。

その青年は年のころ二十七前後で、中背より少し背が高く、薄いブロンドの髪をかなり長くのばし、口と顎にかろうじてわかるヒゲをたくわえていた。身なりは清潔で、流行にもかなっていたが、お洒落というわけではなかった。一見したところ、猫背ぎみでずんぐりとした感じがあったのだが、それでもじっさいには、猫背に固有の陰気さはまるきりなく、むしろくだけた感じのする男だった。どことなく風変わりなのだが、そのじつ、あとで町の人々もみとめたように、その物腰はきわめて礼儀にかなっていたし、話しぶりにしてもつねにむだがなかった。

醜男《ぶおとこ》と彼をいう者はだれもいないだろうが、その顔だちはだれにも好かれなかった。後頭部が突きだし、両脇から押しつぶしたような形の頭をしていたので、その顔だちはとんがった感じがした。高く突きでた狭い額をしていたが、目鼻は彫りが浅かった。目はするどく、鼻は小さくとんがり、長く薄い唇をしていた。顔の表情はどことなく病的な感じがするのだが、それはたんにそう思えただけのことだった。頬と頬骨のまわりには妙にひからびたような皺が刻まれ、それがどことなく大病から回復しつつある病人のような印象を添えていた。しかしそのじつ、彼は健康そのもので、体力もあり、いまだかつていちども病気をしたことがないほどだった。

ひどく忙しそうに歩きまわったり、動きまわったりしていたが、どこかに急いでいるわけではまったくなかった。物事に動じるということがないように思われた。つまり、どんな状況、どんな席にあっても、何かが変わるということがないのである。自己満足のかたまりでありながら、自分ではすこしもそのことに気づいていない。

話し方は早口でせかせかしているが、それでいて自信に満ちており、言葉につまるということがない。そのせかせかした様子とうらはらに、ものの考え方は冷静で、輪郭がはっきりしていて、迷いというものがない。そこのところがとくに目立った。話しぶりは驚くほど明晰だった。その言葉は、いつどんなときも蒔《ま》けるよう選り分けられた粒ぞろいの大きな種のように、次々とまき散らされていく。はじめは人に気に入られるのだが、そのうち鼻についてくる。それはほかでもない、話しぶりがあまりにも明晰すぎ、どんなときにも用意の整ったビーズ玉のように言葉が出てくるせいである。そのうち、彼の口のなかの舌は何かしら特別なかたちをしており、異常に細長くておそろしく赤く、異様にとがったその先っちょが、ひとりで勝手にくるくるまわっているといった絵が浮かんでくる。

ともかく、いま客間に飛びこんできたのがそんなふうな青年だった。正直なところ、わたしはいまもって、彼がすでにとなりの広間にいるときからしゃべりだし、そのましゃべりながら客間に入ってきたような気がする。あっという間に彼はワルワーラ夫人の前に立っていた。

「……いや、おどろきました、ワルワーラさん」彼はビーズ玉を散らしはじめた。「十五分前にはもうこちらに着いていると思って来たんですがね、だって、到着して一時間半も経つんですよ。ぼくたち、キリーロフの家で落ち合い、彼は三十分前にまっすぐこちらに向かいました。このぼくにも、十五分後にはここに来るようにって命令したんです……」

「いったいだれのことです？　だれがあなたにここに来るよう命令したんです？」ワルワーラ夫人が問いつめた。

「だれって、スタヴローギン君に決まってるでしょう！　それじゃあ奥さんは、ほんとうにいま初めて耳になさったわけですか？　でも、彼の手荷物はもうとっくに着いているでしょう、いったいどうしてそれが伝わっていないんだろう？　というと、ぼくがいま初めてお知らせするってわけですね。なんでしたらどこかへ迎えをやってもいいでしょうが、いや、なに、すぐにでも現われますよ、どうやらそれも、彼のいくつかの期待にというか、まあ少なくとも、ぼくに判断できる範囲でいえば、彼のいくつかのもくろみにうってつけのタイミングでね」そこでぐるりと部屋をみわたすと、彼はとりわけ注意深く大尉の姿に目をとめた。「あれ、リザヴェータさんも。来る早々あなたにお目にかかれて、ほんとうにうれしいです、あなたのお手をとれてほんとうにラッキーです」そう言いながら彼はリーザのほうにつかつかと歩みよると、にこやかな笑みとともに差しだされた彼女の手をにぎった。「それに、お見受けしたところ、大好きなプラスコーヴィヤさんも、どうやら『教授』のことをお忘れでなかったようで。いや、スイスでは叱られっぱなしでしたが、今はどうやらご立腹なさっているわけでもなさそうだ。それはともかく、おみ足のおかげんはいかがです、プラスコーヴィヤさん、スイスのお医者さんの立ち会い診断はずばりでしたか、母国の気候にかぎるっていう？……え、なに？　湿布ですって？　そいつはたしかによく効くでしょうね。それにしても残念なのは、ワルワーラさん（彼はまたくるりとふり返った）、あなたとは外国にいたころ行きちがいになって、個人的にお目にかかる機会がなかったことです、いろいろとお知らせすべきことがあったんですがね……うちの老人には知らせておきましたが、いつもの調子で、どうも……」

「ペトルーシャ！」茫然自失の状態から一瞬われにかえったヴェルホヴェンスキー氏が、ひと声そう叫んだ。彼は両手をぱんと打ちならすと、息子のそばに走りよった。「Pierre, mon enfant（ああ、ピエール）、すっかり見ちがえて！」そう言って彼は息子を固く抱きしめた。目から涙があふれ出した。

「さあ、お芝居はやめて、お芝居は。そう大げさにならず、いや、ほんとうにもうたくさん、お願いだから」抱擁からのがれようと体をもぞもぞさせながら、ピョートルは早口につぶやいた。

「おまえにはいつも、ほんとうに申し訳ないことばかりしてきた！」

「いや、ほんとうにもうたくさんです。その話はまたあとで。これじゃもう、思ったとおりのお芝居だ。もう少し冷静に、お願いだから」

「だって、もう十年もおまえの顔を見ていないんだよ！」

「だからって、そこまで大げさにやることはないでしょう……」

「Mon enfant！（そう言ったって！）」

「わかってます、わかってますって、ぼくが好きなことぐらい、でも、その手をどけてくださいよ。だって、ほかの人の邪魔でしょう……ああ、ほら、もうスタヴローギン君も来てるじゃないですか、だから、もうお芝居はやめて、お願いだから、いいかげん！」

ニコライ・スタヴローギンは、事実、すでに部屋のなかにいた。彼はとても静かに入ってきて、静かなまなざしで一同を見わたしながら、一瞬、ドアのところで足を止めた。

はじめて彼を目にした四年前とまったく同じように、今回もわたしは、彼を最初に一瞥《いちべつ》するなりつよい衝撃を受けた。一瞬たりとも忘れていたわけではなかった。しかしどうやら、姿を現わすたびにいつも何か新しい、それまでに何度顔をあわせようとなかなかそれと気づかない趣《おもむき》をただよわせる風貌、というものがあるらしい。見たところ、彼は四年前とまったく変わったところがなかった。同じようにエレガントで、同じように堂々としていて、部屋に入ってきたときの感じからして、あのときと同じようにもったいぶっていたし、さらにはその若々しさも、あのときとほとんど変わりなかった。かすかなほほ笑みにもよそゆきの優しさがあり、同じように自信たっぷりに見えた。目つきにしても、同じように厳しく、物思わしげで、どこか放心したようなところがあった。要するに、つい昨日別れたばかりといった感じだった。しかし、一つだけ驚かされたことがある。以前も彼は美男子とみなされていたが、彼の顔はたしかに、町の社交界の口うるさいご婦人がたが何人か評したように、『どこか仮面に似ている』ところがあった。ところがいま、今回、なぜかはわからないのだが、最初の一瞥からわたしには争う余地のない文句なしの美男子に見えたのであり、彼の顔が仮面に似ているなどと言えるわけがなかった、ということである。それは、彼が以前よりもかすかながら青白くなって、いくぶん痩せた感じに見えたせいだろうか？　あるいはひょっとして、なにかしら新しい思想が、いま彼のまなざしにきざしていたせいだろうか?

「ニコライさん!」背筋をすっと伸ばし、肘かけ椅子から離れずにワルワーラ夫人は叫び、命令的なしぐさで彼を押しとどめた。「ちょっと待ってちょうだい!」

しかし、この命令的なしぐさと叫び声のあと、とつぜんつづいた恐ろしい質問を説明するために、――ワルワーラ夫人の口からこんな質問が飛びだしてくるなど、さすがのわたしも予想できなかった――、読者のみなさんに思いだしてほしいのは、これまでのワルワーラ夫人の性格がどのようなものであったか、ということである。そしてそれは、いざというときに発揮される桁はずれに直情的な性格である。また彼女が、並み並みならぬ精神力やすぐれた判断力、さらにはまた実務的というのか、俗に言う経営者のセンスに恵まれていたにもかかわらず、それでもその長い人生には、われを忘れ、全身をなげうち、かりにこんな表現が許されるとして、もはや完全にたがが外れてしまう瞬間があとを絶たなかった、ということだ。最後に、もうひとつ注意していただきたいのは、いまこの瞬間が夫人にとって、事実上さながらレンズの焦点のように、人生のすべての本質、つまりこれまでの過去、現在、そしておそらくは未来のすべてが集約される瞬間だったかもしれないということである。ついでに、もうひとつ思いおこしてほしいのは、夫人が受けとった例の匿名の手紙の件である。夫人はさっきあれほどにもいらだたしそうに、あの手紙の件をプラスコーヴィヤ夫人に漏らしてしまったが、そのさい手紙に記されたその先の内容については、どうやらわざと口に封をしたと思われる。ことによるとその手紙にこそ、彼女がとつぜん息子にむかって発した恐ろしい質問を解きあかす鍵《かぎ》が隠されていたのかもしれない。

「ニコライさん」毅然とした声で一語一語しっかり区切りながら、夫人はもういちど繰りかえした。その声には挑みかかるような厳《いか》めしいひびきがあった。「お願いだから、その場から離れず、いますぐ答えてちょうだい。ほんとうですの？　この、足の悪い不幸せな女の方が、ほら、あの方ですよ、あそこにいます、あの方をごらんなさい！　あの方が……あなたの正式の妻だというのは、ほんとうですの？」

この瞬間を、わたしはあまりにもはっきりと覚えている。彼はまばたきひとつせず、じっと母親を見つめていた。顔には何も変化は現われなかった。やがて彼は、鷹揚に笑みを浮かべ、ひとことも答えずに静かに母親のほうに歩みよると、その手をとり、恭《うやうや》しげに口もとに運んでキスをした。母親にたいする彼の日ごろからの影響があまりに圧倒的でありかつ強力だったので、夫人はこのときも、あえて手を引っ込めるだけの勇気はなかった。夫人はまるで、全身が質問と化したかのようにひたすら息子を見つめるだけだった。その姿は、さらにもう一瞬そのままでいたら、その答えのない曖昧さにがまんしきれなくなるだろうということを物語っていた。

だが、彼はだまりつづけていた。その手にキスをすると、彼はもういちどぐるりと部屋全体を見わたし、あいかわらず落ちつきはらってまっすぐマリヤのほうに向かった。ある瞬間における、その場にいあわせた人びとの表情を描写するのはなかなか難しい。たとえば、驚きのあまり茫然自失しているマリヤが、彼を迎えようと立ち上がり、まるで哀願するかのように両手を合わせたのをはっきりと記憶している。と同時に、彼女のまなざしのなかに、歓喜の色が、なかば狂気じみた歓喜の色が浮かびあがり、その顔がくしゃくしゃになったのを覚えている。それは、どんな人間でも容易には耐えがたいほどの歓喜だった。それはことによると、その両方、つまり驚きと歓喜の二つだったのかもしれない。しかし、そこでわたしが彼女のほうにすばやく体を近づけたのを覚えている（ほとんど隣りあって立っていたのだ）。彼女がいまにも卒倒しそうに思われた。

「ここにいてはいけません」スタヴローギンは、やさしい流れるような声で彼女に話しかけた。その目には、異様とも思える優しさが宿っていた。彼はおそろしく礼儀正しい姿勢で彼女の前に立っていたが、身のこなしの一つひとつに、心からの敬意の念が現われていた。哀れな女は息をきらし、思いつめた様子で、なかば囁《ささや》くようにつぶやいた。

「あの、かまわないかしら……いま……あなたの前にひざまずいても？」

「いいえ、そんなことをしてはぜったいにいけません」彼はおおらかに微笑みかけると、彼女も急にうれしそうに含み笑いをもらした。彼は、さっきと同じ流れるような声で、まるで赤ん坊をあやすように優しく言い聞かせながらも、いくらかそこに厳しさをにじませて言い添えた。

「よく考えてごらんなさい、あなたはまだ未婚の女性ですよ、ぼくはあなたの心からの友ではあっても、あなたにとってはやはりよその人間です。夫でもなければ、父親でもない、それにフィアンセでもない。さあ、ぼくにつかまって。行きましょう。ぼくが馬車まで案内しますから、よければあなたの家までお伴しますから」

最後まで話を聞き終えた彼女は、なにか思うところがあるのか、頭を軽く傾けた。

「行きましょう」マリヤは、大きくため息をつくと、相手に手を差しだした。が、そこで、彼女の身に小さな不幸が起こった。おそらく彼女は、不用意に体の向きをかえ、悪いほうのみじかい足から前に踏みだそうとしたにちがいない。ひとことで言うと、彼女はそのまま肘かけ椅子の上に横からどっと倒れこんだ。そこにもし肘かけ椅子がなかったら、そのまま床の上に倒れこむところだった。彼はとっさに手を差しのべてマリヤの体を支え、しっかりとその手をとると、優しくいたわるようにしてドアのほうへと導いていった。マリヤはどうやら、自分がころんだことを苦々しく感じているらしく、狼狽しきった様子で顔を赤らめ、おそろしいばかりに恥じ入ってしまった。何も言わず床を見おろしたまま、はげしく肩をゆらし、彼の腕にぶらさがるようにして、その後からついていった。こうして二人は部屋から出ていった。部屋を出ていくまでのあいだ、リーザがなぜか肘かけ椅子から急に立ち上がり、二人がドアから出ていくまで目を離さずにじっと見つめていたのを、わたしは見た。リーザは、それからまた何も言わずに腰をおろしたが、その顔には何か蛇にでも触ったかのような、痙攣《けいれん》めいた慌ただしい動きが見てとれた。

スタヴローギンとマリヤとの間でこの一幕が演じられているあいだ、そこに居合わせていた人々はみなあっけにとられて、だまりこんでいた。ハエの飛ぶ音まで聞こえてきそうだった。しかし二人が出ていくと、一同はにわかに話をはじめた。

6

といっても、何か話をするというより、むしろ叫びあっていたというほうが正しい。そのとき、どういう順序でそれらが起こったか、今となってはあまりよく覚えていない。なにしろ、大混乱がもちあがってしまったからである。ヴェルホヴェンスキー氏は何やらフランス語で叫び、両手をぱんと打ち鳴らしたが、ワルワーラ夫人はもうそんな彼をかまっているひまはなかった。マヴリーキーまでが、何ごとかとぎれとぎれに早口でつぶやいていた。

しかし、ほかのだれにもまして熱くなっていたのが、ピョートル・ヴェルホヴェンスキーだった。彼は、身振り手振りをまじえて、必死の形相でワルワーラ夫人を説得しにかかっていたが、わたしはしばらくのあいだ、彼が何を言っているのかわからなかった。彼は、プラスコーヴィヤ夫人にもリザヴェータにも話しかけ、ときおりかっとなって、父親にまで何ごとかどなりつけていた。要するに、部屋じゅうをぐるぐる走りまわっていたのである。ワルワーラ夫人は、顔じゅう真っ赤にさせて椅子から立ちあがり、プラスコーヴィヤ夫人に叫んだ。「あなた、聞こえた？　あの子がさっきここで言ったこと、聞こえた？」だが、プラスコーヴィヤ夫人はそれに答えられず、どうしようもないというふうに手をふって、何ごとかつぶやいただけだった。かわいそうに夫人は、自分の心配で頭がいっぱいだったのである。彼女はひっきりなしにリーザのほうを振り向いては、わけのわからない恐怖におびえながらその顔色をうかがうだけで、娘が腰をあげないうちに自分から立って暇乞《いとまご》いする気など、もはやなかった。このどさくさにまぎれて、レビャートキン大尉はこっそり部屋を抜けだす気でいたらしく、わたしはそれに気づいた。彼は、スタヴローギンが姿を現わした瞬間から身も世もなく怯えきっていた。だがピョートルが彼の腕をつかみ、帰そうとはしなかった。

「そうしなきゃだめなんです、そうしなきゃあね」ピョートルは、ワルワーラ夫人をなおも説きふせようとして、例のビーズをまき散らした。彼は夫人の前に立っていたが、夫人はもうふたたび肘かけ椅子に腰を下ろし、今も覚えているが、むさぼるように彼の話を聞いていた。彼はまんまと目的を果たし、夫人の関心を釘づけにしてしまった。

「そうしなきゃだめなんです。あなただっておわかりでしょう、ワルワーラさん、これには誤解があるんです、見たところ、いろいろ奇怪千万なところもありますが、しかし、問題は火を見るより明らかですし、この指みたいに単純なんです。べつにだれかに全権を与えられて、この話をしているわけじゃありませんし、自分からそんな役を買ってでるとしたら、きっと滑稽に映るでしょうね。ですが、まず第一に、スタヴローギン君自身がこの件についてどんな意義も認めていないということ、そして第二は、それでも世の中には、なかなか自分の口からは説明に及びがたいケースがあって、それを実行するには、なんとしても第三者に口をきいてもらわなくてはいけない、そうすれば若干デリケートな事柄も、いくらか楽に口にできるということです。とにかく、いいですか、ワルワーラさん、あなたのさっきの質問にたいしてですよ、あんなくだらない問題ながら、その場でずばりラジカルな答えを返さなかったからといって、スタヴローギン君にはちっとも悪いところなんかありません。ぼくは彼のことをペテルブルグ時代から知っていますから。おまけにあの裏話は、スタヴローギン君とすりゃ、むしろ名誉になるくらいの話でしてね、もしこの『名誉』とかいうあいまいな言葉を、どうしても使わなくちゃいけないっていうんなら……」

「それじゃ、あなたはこうおっしゃりたいわけね、つまり、あなたはこの……誤解が生まれるもとになった事件の証人だって？」ワルワーラ夫人がたずねた。

「証人ですし、関係者ですよ」ピョートルが急いでそう断言した。

「もしも、その話がニコライのデリケートな感情を傷つけないと約束してくださるなら、それも、あの子がこのわたしに抱いているある感情という点でですよ、だってあの子は、何ひとつわたしに隠しごとはしませんからね……それにもし、この場合、そうすることがむしろ、あの子を満足させることになると確信しておられるなら……」

「ぜったいに満足します、だからこそ、ぼくもこれには特別な満足を覚えているんですからね。彼のほうからきっとぼくに頼んでくるだろうって、確信してるほどです」

天からいきなり落ちてきたようなこの紳士が、他人の裏話を話しだそうというしつこいほどの願望は、はた目にもかなり奇妙だったし、ふつうの慣習からもかなり逸脱していた。しかし彼は、夫人のいちばんの泣きどころにつけいり、まんまと夫人を罠に陥れてしまった。当時わたしは、まだこの男の性格などろくにわかっていなかったうえに、ましてやその企みなど知るよしもなかった。

「お話をうかがいます」ワルワーラ夫人は、自分の寛容さをいくぶんつらく感じながらも、注意深く控え目に宣言した。

「ごくかんたんな話でしてね。ことによると、じっさいには裏話なんてほどのものでもないんです」ビーズがまかれた。「それでもまあ小説家だったら、暇つぶしに小説をひとつでっちあげるかもしれませんが。けっこう面白い話ですから、プラスコーヴィヤさん、それにリザヴェータさんも、きっと興味をもってしまいまで聞いていただけると思いますよ、だってこれには、不思議なとは申しませんが、いろいろとへんてこりんな話が出てきますからね。五年ぐらい前のことでしたか、スタヴローギン君はペテルブルグでこの男を知りました。ほら、ここにいるレビャートキン氏です。口をあんぐり開けて突っ立っていますが、いますぐにでもここを逃げ出す気のようです。ちょっと失礼、ワルワーラさん。元食糧局のお役人さん、ねえ（どうです、よく覚えているでしょう）あなたに忠告しておきますけど、いまあわてて逃げださないほうが身のためですよ。ぼくもスタヴローギン君も、あなたのここでの行状については知りすぎるくらい知っていますし、忘れてもらっちゃ困りますよ、その話はあとからちゃんと説明してもらいますから。いや失礼しました、ワルワーラさん。スタヴローギン君は当時、この人物をフォールスタフと呼んでいたんです。フォールスタフはきっと（そう言って彼はいきなり注釈に入った）、むかしどっかにいた人物でして、みんなから物笑いの種にされ、金がもらえるのならってわけで、みんなに笑われることをよしとしているような男、つまりburlesque（道化）です。スタヴローギン君は当時ペテルブルグで、なんといいますか、いわゆる冷笑的《シニカル》な生活を送っていましてね。他の言葉ではちょっと表現できません。なにしろ、彼は幻滅するなんてことはなくて、また当時、仕事につくことなど、彼自身はなから軽蔑していたからです。ぼくがいま話しているのは当時のことですからね、ワルワーラさん。で、このレビャートキンには妹がいました。さっきまでそこに座っていたあの女性です。この兄と妹はねぐらがなかったもんですから、よそさまの家をあちこち渡り歩いていました。兄のほうはゴスチーヌイ・ドヴォールのアーケードをうろついていました。いつもきまって、昔の制服姿ですよ。で、身なりのよい通行人を呼びとめ、金を恵んでもらっちゃ、それを酒につぎこんでいたわけです。で、妹のほうはといえば、まるで空飛ぶ小鳥みたいにつましい暮らしですよ。やっかいになった先々でお手伝いをしたり、いろんな用を足していました。いやはや、見るもおぞましいソドムでした。このソドムでの暮らしぶりがどうだったかについては省きますが、当時はスタヴローギン君も、例の変人趣味から、そんな暮らしにどっぷりつかっていたわけです。ワルワーラさん、ぼくが話しているのはあくまで当時のことですからね。それで、その『変人趣味』についていうと、これは、彼が自分から口にした言いまわしでしてね。彼はたいていのことは、隠しだてせず話をしてくれました。マドモワゼル・レビャートキナは、いっときスタヴローギン君とひんぱんに顔を合わせるうち、彼の容貌に圧倒されてしまったのです。スタヴローギン君は、いってみれば彼女の生活の汚らしい背景に、ダイアモンドのような輝きを放っていたのです。ぼくにはどうも、人の感情ってのがうまく描写できませんから、ここんところは省略することにしますよ。ところが彼女は、いかれた連中からただちに笑いものにされ、沈みこんでいました。あそこではだいたいいつも笑いものにされていましたが、以前はそんなことは気にもとめなかったのです。彼女の頭はその当時からもうおかしくなっていましたが、それでもいまほどじゃありませんでした。幼いころには、ある慈善家の女性をとおして、わずかながらも教育を受けたと見てよい根拠があります。スタヴローギン君は、彼女にごくわずかな注意も向けず、もっぱら脂《あぶら》ぎった古いカードで、一点四コペイカの決まりで、役人ども相手にプレフェランスをやっていました。ところがあるとき、彼女が辱められたことがあって、彼は（理由も聞かずにですよ）相手の役人の襟をつかみ、アパートの二階から一階に突き落としてしまったんです。辱められた無垢の女性を守らんがための騎士道的憤《いきどお》り、なんてものとはまるきり関係ありませんでした。この荒っぽい行為は、一同がげらげら大笑いするなかで行われたものですし、だれよりも大笑いしていたのがスタヴローギン君自身でしたから。そして一件が無事落着するというと、彼らは仲直りし、ポンスを飲みだしました。ところが迫害された無垢の乙女のほうは、そのことが忘れられなかったんですね。当然のことですが、その女性の知的能力が決定的に揺さぶられたってわけです。くどいようですが、ぼくはどうも人の感情というのがうまく描写できません。でも、ここで重要なのは空想です。で、スタヴローギン君は、あろうことか、ますますその空想を刺激していったわけです。物笑いの種にするかわりに、彼はとつぜんこのマドモワゼル・レビャートキナにたいして、思いもかけない敬意を示すようになった。さて、そこに居合わせたキリーロフは（ワルワーラさん、こいつはとんでもなくユニークな男でしてね、それにとんでもなく支離滅裂な男なんですよ。あなたもそのうちお会いになると思いますよ、だって彼もいまこちらに来ていますから)、そう、つまりそのキリーロフって男は、いつもは黙りこくっていることが多いんですが、そこでいきなり怒りだしましてね、そう、覚えてますよ、スタヴローギン君にこう注意したんです。君はこの女性をまるで侯爵夫人みたいに扱っているが、そんなことしているとほんとうに彼女をだめにしてしまうぞ、とね。ちなみにスタヴローギン君は、このキリーロフをいくらか尊敬していました。で、スタヴローギン君、その彼にどう答えたかといいますと、『キリーロフ君、君はぼくが彼女を笑いものにしているとお考えのようだね。でも、そういう考えは捨てたほうがいいよ、ぼくはね、彼女のことをほんとうに尊敬しているんだから。だって、彼女はぼくたちみんなより優れているんだもの』と、こうです。それもですよ、いいですか、おそろしく真剣な口調で言ったんです。ところがその二、三カ月、彼はこんにちはとさようなら以外、じっさい彼女とはまともに口もきいていなかったのです。ぼくもそこに居合わせたわけですから、はっきりと覚えていますが、彼女のほうはとうとう彼のことを、自分のフィアンセかなにかのように思いこんでしまいました。自分を『略奪』してくれないのは、彼のまわりに敵が大勢いたり、いろいろと家庭的な障害があったり、なにかしらそうした類のことがあるせいだ、とね。これにはほんとうに笑わされましたよ!

それで、けっきょくスタヴローギン君がこちらに来ることになったので、いざ出発という段になって彼女の生活費について面倒をみてやり、かなりの額の年金を約束したわけです。少なく見つもっても、三百ルーブル以下ってことはありません。要するにまあ、彼の側からすれば、すべてがお笑い草、実年齢よりも早く老けこんだ男の気まぐれってやつですか。キリーロフがいみじくも言ったように、足の悪い狂った女をどこまで狂わせられるか、ひとつ確かめてやろうといった企てでして、こいつはまあ、すべてに満ち足りた男の新手《あらて》の試みとでもいったところです。で、キリーロフはこう言ったんですよ。『あなたはわざと最低の人間を選んだ、いつ果てるともなく辱められ、殴られてきた半端者をだ。おまけに、この女があなたへの滑稽きわまりない愛でいまにも死にそうだということを知りながら、あなたは彼女をかつごうとしている。それもっぱら、これがどんな結果になるかを見きわめるという、それだけのためだ！』とですよ。でも、どうして、彼がこの狂った女の空想にそこまで特別に責任がとれるっていうんです。いいですか、この間、ほとんど二言か三言しか口をきいたことのない相手ですよ。ワルワーラさん、この世にはたんに気のきいた話題にならないばかりか、口に出すことがそもそもばからしい話題ってのがあるもんでしてね。変人趣味ぐらい、まあいいところでしょう、それ以上はもう何とも言いようがありません。ところがいま、まさにそれをネタに、ちょっとした事件が仕立てられているというわけです……ワルワーラさん、今ここで起こっていることは、部分的ですけど、ぼくの耳にも入っているんです」

　ピョートルはそこでとつぜん話を切り、レビャートキンのほうに向きなおろうとしたが、ワルワーラ夫人がそれを制止した。夫人は興奮のきわみにあった。

「それで終わりですか？」と、夫人はたずねた。

「いえ、まだあります。話に漏れがあってはいけませんから、もしよろしければ、いまこの場で、この男にいくつか問いただそうと思っているんですが……何が問題かは、すぐにもおわかりになりますよ、ワルワーラさん」

「もうけっこう、それはあとにしてください、お願いですからしばらく休んでくださ い。ああ、あなたがお話しになるのを許してほんとうによかった！」

「それにしてもです、ワルワーラさん」ピョートルは勢いづいて話をつづけた。

「さっきのあなたの質問ですが、スタヴローギン君は、こういったことをぜんぶ、自分で説明できましたかねえ？　だって、あの質問、けっこう決めつけがきつすぎたでしょう?」

「ええ、たしかにきつすぎました!」

「それに、ぼくの言ったこと、まちがってなかったでしょう、時と場合によっては、当事者より第三者のほうがはるかに説明しやすいことがあるって言ったことです!」

「ええ、ええ……でも、あなた、一点だけまちがいをおかしてます、残念ですが、そのまちがいがまだ続いているようです」

「まさか? それってなんのことです?」

「それは、ね……でも、ピョートルさん、ちょっとおすわりになったらどう?」

「ええ、そうおっしゃってくださるなら、ぼくも疲れてしまいましたから、ありがとうございます」彼は一瞬のうちに肘かけ椅子を前に動かすと、一方にワルワーラ夫人、他方はテーブルのそばに腰をかけているプラスコーヴィヤ夫人のあいだに挟まるかたちで、自分の顔がレビャートキン大尉に向くよう椅子の位置を合わせた。そして大尉からいっときも目を離そうとはしなかった。

「あなたがまちがいをおかしたのは、あのことを、『変人趣味』って呼んでおられる点です……」

「ああ、あれはたんに……」

「いや、いや、いや、ちょっと待ってください」ワルワーラ夫人はそう言って制止した。明らかに彼女は、いまや万感の思いをこめて話しはじめる気構えでいるらしかった。ピョートルはそれに気づくと、すぐに身を乗りだすようにして耳を傾けた。

「いいえ、あれはね、変人趣味というのより高尚な何かなんです。はっきり言って、神聖な、といってもよいくらいの何かです！ プライドが高くて、早くから傷ついて、あなたがいみじくもおっしゃった『冷笑』に行きついてしまった人間、ステパンさんがあのころ、いみじくもたとえてみせたハリー王子なんですよ。これはまったくその通りとしかいいようがないんですけど、でも、少なくともわたしの見方からすると、あの子は、それよりかむしろ、ハムレットに似ているような気がするんです」

「Et vous avez raison（そう、その通りです）」しみじみとした重々しい調子で、ヴェルホヴェンスキー氏が言葉をはさんだ。

「お礼を言うわ、ステパンさん、あなたにはとくに感謝しています、いつも変わらずにNicolas（ニコラ）のことを信じてくださって、あの子の心や使命の高さをね。わたしが落ち込んでいるときでも、あなたがそう信じてくださることで、わたしまで元

「Chère, chère…（ああ、ああ）」ヴェルホヴェンスキー氏は一歩前に踏み出そうとした
が、ここで話に水を差すのは危険と見たのか足をとめた。
「で、もし、ニコラのそばに（ワルワーラ夫人はもう、ところどころ歌うような口ぶ
りになっていた）、穏やかで、謙虚さということから言って偉大なホレーショのよう
な人がいてくれたら、ステパンさん、これもあなたが使った言いまわしでしたね、そ
うだとしたら、たぶん、あの子ももう前々から、あの子をずっと苛《さいな》んできた悲しい
〈冷笑の悪魔〉から、逃れることができていたでしょうね（ステパンさん、冷笑の悪
魔というのも、あなたがみごとに言いあてられたものですわ）。ところがニコラのそ
ばには、ホレーショもオフィーリアも、いちどもいたためしがないんです。あの子の
そばにいたのは母親きり、でもこんな状況のなかで、母親ひとりに何ができるってい
うんでしょう？　あのね、ピョートルさん、わたしにはほんとうにわかりすぎるくら
いわかっていたんです。つまりニコラのような人間というのは、あなたがお話しくだ
さったように、薄ぎたない巣窟にも出入りすることがあるってことがね。いまになっ
て、あの人生に対する『冷笑』っていうのが、痛いくらいはっきりイメージできるん

ですよ（このびっくりするほど的を射た言いまわしもあなたの口から出たんですよ！）、飽くことのないコントラストへの願望ですか、ピョートルさん、これもまたあなたが用いた比喩ですけど、あの子がダイアモンドのように輝いて見えるという、その絵の陰惨な背景とかがです。そして、あの子はそういうところで、みんなから辱められた人に会った、半端者で頭のおかしい、それでいてこのうえなくけだかい感情の持ち主かもしれない女性に出会ったんです」

「ふうん、なるほど、まあそういうことにしておきましょう」

「でも、それでも、あなたはわかってらっしゃらないんです。あの子が、ほかの連中と同様、あの女の人を笑いものにしているわけじゃないってことがね！　ああ、人間というのは！　あなたはわかってらっしゃらないんです、あの子が、あの女の人を迫害者たちから守り、『侯爵夫人のように』（そのキリーロフって方、ニコラのことがわからなかったとはいえ、きっと並みはずれて深く人間を理解しているにちがいありませんわ）あの女の人を尊敬の思いで包んでやっていることがね。なんなら言いますが、不幸が生まれたのは、なんといってもそのコントラストへの願望が原因なんですよ。あの不幸な人がもし別の境遇におかれていたら、ひょっとして、頭が変になるほどの空想にまで行きつくことはなかったかもしれません。これはね、ピョートルさん、女だけに、ほんとうに女だけに、わかることなんです。残念でならないのは、あなたが……つまりその、あなたが女性ではないってことじゃなくて、少なくとも、今回の件について理解していただくにはね！」

「つまり、悪ければ悪いほどいいって意味ですよね、わかります、わかりますとも、ワルワーラさん。それって、宗教なんかでいうのと同じ種類のものでしょう。人間が生きにくければ生きにくいほど、国民全体が虐げられれば虐げられるほど、貧しければ貧しいほど、より執拗に天国でのご褒美《ほうび》を夢みるようになる、そういう理屈です。おまけに十万の聖人たちが、あくせく立ち回りながらその夢を焚《た》きつけ、その夢をネタに荒かせぎする……あなたのおっしゃること、ぼくにもわかります、ワルワーラさん、ですから安心なさってください」

「かならずしもそういうことではないと思いますよ、でも、教えてください、あの不幸せなオーガニズム（ワルワーラ夫人がなんのために〈オーガニズム〉といった言葉を用いたのか、わたしには理解できなかった）のなかに生まれた空想を消し去るため、ニコラはほんとうに、あの子はほんとうに、彼女を物笑いの種にし、他のお役人さんと同じような態度をとる必要があったでしょうか？　ほんとうにあなたは、気高いあわれみというものを否定なさるんですか？　ニコラがキリーロフさんに『ぼくは彼女を笑いものになどしていません』と言って、とつぜん厳しい答えを返したときのオーガニズム全体の高潔な震えを。これって、ほんとうに気高い、崇高な答えじゃないですか！」

「Sublime（崇高ね）」ヴェルホヴェンスキー氏がつぶやくように言った。

「それに、いいですか、あの子はね、あなたがお考えになっているほどお金持ちじゃないんです。お金をもっているのはこのわたしであって、あの子じゃありません。当時、あの子はまったくといっていいほど、このわたしからお金を借りることはありませんでした」

「わかっています、何もかもわかってますよ、ワルワーラさん」いくぶん、もうじれったそうにピョートルはもじもじ体を動かしていた。

「そう、あれは、わたしの性格なんです！　ニコラを見ていると、自分がそこにいるみたいな気がします。あの青春、嵐のようにはげしい衝動の可能性とでもいうものが……それにですよ、ピョートルさん、いつかお近づきになれるときがきたら、これはもう心から望んでいることですし、あなたにはすっかりお世話になっているのですからなおさらですが、そのときになれば、もしかしてあなたにもわかっていただけるかもしれません……」

「いや、それは、もう、こっちこそ望んでいることです」ピョートルは、せっかちな口調でつぶやくように言った。

「そのときは、あなたにもその衝動がおわかりになります。高潔な感情につい目がくらんで、どこから見ても自分に値しない人間を選んでしまう、自分をまったく理解せず、ちょっとした機会をみてはいつも自分を苦しめようとする人間を選んでしまうんです。しかも、そういう人間を、あろうことか、自分の理想なり自分の夢なりに一気に仕立てあげ、自分のすべての期待を託して、その前にひざまずき、なぜかもまったくわからないまま一生その人間を愛してしまう、ひょっとして、その人間がそれに値しないからこそ愛するのかもしれませんけど……ああ、ピョートルさん、わたしはね、ほんとうに苦しんできたの、ずっと！」

ヴェルホヴェンスキー氏は病的な表情でわたしの視線をつかまえようとしていた。しかしわたしは、タイミングよくそれをそらすことができた。

「……それもつい最近のことでしてね、つい最近の。そう、ニコラにはわたし、ほんとうに申しわけないことをしてしまった！……本気にはなさらないかもしれないけど、わたし、四方八方から苦しめられました、みんなに、ほんとうにみんなに、敵も、そこらの人も、友だちもそう。ひょっとすると、敵よりも友だちのほうがずっとひどかったかもしれない。あの汚らわしい匿名の手紙がここに届けられたときのことです、ピョートルさん、あなたは本気にはなさらないかもしれないけど、そういう悪意にたいし、それを軽蔑しきるだけの気力がわたしにはなかったんです……この臆病な自分を、わたし、ぜったいに、ぜったいに許さないと思います！」

「そういう匿名の手紙がばらまかれていることは、ぼくもだいたいのところ耳にしていましたよ」にわかにピョートルが活気づいた。「犯人はこのぼくが探しだしてあげますから、安心してください」

「でも、ここでどんな陰謀が企てられているか、想像もつきません！　かわいそうに、こちらのプラスコーヴィヤさんまで苦しめているくらいですから。いったいどんな理由があって、この人まで巻きぞえにするんでしょう？　わたし、今日はあなたにほんとうにすまないことをしたかもしれない、プラスコーヴィヤさん」感きわまって、夫人は寛大な調子でそう言い添えたが、そこにはいくらか相手をのんだような皮肉もまじっていた。

「もうけっこうです、あなた」プラスコーヴィヤ夫人はしぶしぶつぶやいた。「こういうことは、さっさとけりをつけたほうがいいと思いますけど。いいかげん、おしゃべりがすぎましたし……」そう言いながら、彼女はまたおずおずとリーザのほうを見やったが、リーザの顔はピョートルに向いていた。

「で、あのかわいそうな、不幸せな女性のことですけどね、そう、なにもかも失い、心だけを大切にもっているあの女性ですけど、わたし、これからあの人を養女にむかえるつもりでいます」ワルワーラ夫人がいきなりそう叫んだ。「これは義務です、ですから、神に誓って遂行するつもりです。きょうからあの人を引きとって、わたしが面倒をみることにします！」

「ある意味で、たいへんけっこうな話ですよ」ピョートルはまるきり元気づいて言った。「ただ、申し訳ありませんが、さっきの話、まだ終わってないんです。ほかでもない、その保護のことです。よろしいですか、で、スタヴローギン君があのとき出発してしまうと（ワルワーラさん、あなたがさっき話をとめたところからはじめますね)、この紳士、つまりこのレビャートキン氏はです、妹名義になった年金はまるごと処分する権利が自分にはあるとすぐに思いこみまして、で、処分したわけです。あのとき、スタヴローギン君がどう手はずを整えたのか、正確にはわかりません。しかしともかく、一年後、すでに外国に出てからのことですが、事のなりゆきを知った彼は、別のかたちでもって処分せざるをえなくなったわけです。これもまた詳しいところはわかりませんし、彼が自分から話してくれるでしょうけど、ただ、このいっぷう変わった令嬢をどこか遠くの修道院に入れた、ということだけはわかっています。けっこう快適といえる場所のようでしたが、友好的な監視がついてましてね、わたしが言っていること、わかります? そこでレビャートキン氏は、いったいどういう決心をしたと思います? 彼はまず、ありとあらゆる手立てをつくして、自分の金蔓《かねづる》、つまり妹の居どころを探しにかかりましてね、で、最近になってようやくその目的を果たすと、自分にはこれこれの権利があるとかいう書状を突きつけて修道院から彼女を引きとり、そのままここに連れてきたってわけです。ところがここじゃあ、彼女を養うこともしないばかりか、殴る蹴るの暴力をくわえ、あげくの果ては、どんな手を使ったものやら、かなりの額のお金をスタヴローギン君からせしめて、たちまち狂ったように飲みだした。しかも感謝の念を示すどころか、厚かましくもスタヴローギン君に挑戦状をつきつけ、今後もし、じかに自分に年金を支払わない場合には裁判に訴えるといって脅し、意味もない要求を突きつけたってわけです。つまり、こんなふうに、スタヴローギン君の自発的な贈り物を、自分への貢ぎ物かなんかのように考えているわけですよ、こんなばかげた話、想像できますか？　レビャートキン君、ぼくがいまここでしゃべったことは、ぜんぶ事実ですよね？」

　それまで何も言わず、うつむいたまま立っていた大尉は、あわてて二歩前に歩みでると、顔を真っ赤にさせた。

「ピョートルさん、それはずいぶんひどい扱いようだ」まるで断ちきるように、彼は言った。

「どこがひどいとおっしゃるんです、どうして？　しかしまあ、ひどいとか、優しいとかいった話は後にしましょう、いまあなたにお願いしたいのは、最初の質問に答えてくれることだけです。ぼくが話したことがぜんぶ真実かどうか、ね。嘘だというなら、すぐに異議を申し立ててくださっていいんですよ」

「わたしは……ピョートルさん、あなたもご存じでしょう……」大尉はつぶやくように言うと、そのまま言葉をきって黙りこんだ。ここでひとこと断っておくが、このときピョートルは、肘かけ椅子に足を組んで腰をかけ、大尉のほうは最敬礼の姿勢をとって彼のまえに立っていた。

レビャートキン氏の動揺ぶりが、ピョートルにはいたく気に入らなかったとみえ、その顔が怒りでぴくぴく引きつっていた。

「それじゃもう、じっさいには、何かしら異議を申し立てる気はないってことなんですね?」そういって彼は、微妙な表情で大尉を見やった。「もしそうであるなら、早く言ってもらいましょう、みんな待っているんですから」

「あなたもご存じでしょう、ピョートルさん、わたしに何も異議を申し立てられないことぐらい」

「いえ、知りませんよ、初耳といっていいくらいです、どうして異議を申し立てられないんです?」

大尉は、床に目を落としたまま黙りこんでいた。

「帰らせてください、ピョートルさん」大尉はきっぱりと言いはなった。

「ええ、でも、ぼくの最初の質問に何か返事をしてくれるまではだめです。ぼくの話したことが、すべて真実かどうか？」

「真実です」レビャートキンはうつろな調子でそう答えると、迫害者の顔にちらりと目をやった。こめかみに汗がにじんでいた。

「ぜんぶ真実ですか？」

「ぜんぶ真実です」

「何かつけ足したり、注意したりすることもないっていうんですね？　ぼくたちを不当と感じておられるなら、そのように申し立ててください。抗議して、ご自分の不満をみんなに聞こえるようにおっしゃってください」

「いや、何もありません」

「あなたは最近、スタヴローギン君を脅しましたね？」

「それは……それは、どっちかというと酒が入っていたせいでして、ピョートルさん。(そこで彼はふいに顔をあげた)ピョートルさん！　かりに一家の名誉を守りたいという思いと、身に覚えのない恥辱のせいで、思わず人なかで声をあげたとして、やっぱりその男には罪がありますか？」さっきと同じように、大尉はわれを忘れてわめき立てた。

「あなたはいま、しらふなんですか、レビャートキン君？」ピョートルは突き刺すような眼で彼をにらんだ。

「わたしは……しらふです」

「一家の名誉とか、身に覚えのない恥辱って、いったいなんのことです？」

「べつにだれのことを言ってるわけでもありません、だれかのことを言おうとしたわけじゃないんです。わたしはただ自分のことを……」大尉はそこで、また腰くだけになった。

「あなたはどうやら、あなたのことや、あなたの行状についてぼくが言った言いまわしに、ひどく腹を立てておられるようですね？　あなたはとても怒りっぽい人なんでしょう、レビャートキン君。でも、いいですか、あなたの行状について、その核心の部分はまだ何も話しちゃいないんですよ。あなたの行状について、これからその核心の部分を話す気でいます。話しますとも。きっとそういうときが来るはずです。でも、いまはまだ、その核心の部分を話していません」

レビャートキンはぎくりと身じろぎをし、ピョートルをふしぎそうに見すえた。

「ピョートルさん、いまやっと目が覚めてきました！」

「ふうん。それは、ぼくが目を覚ましてやったということですか？」

「ええ、あなたが覚ましてくださったんです、ピョートルさん。わたしはこの四年間、低く垂れこめた雲の下で眠っておりました。そろそろ帰ってもよろしいでしょうか、ピョートルさん？」

「ええ、これでもうけっこうです、ワルワーラさんが、どうしてもっていうんでなければ……」

だが、夫人は両手を振った。

大尉は一礼し、ドアに向かって二歩歩きだしたが、そこでふいに足をとめた。胸に手をあてて何かを言おうとしたが、何も言わずにそのまま足早に走りだした。ところが、ちょうどドアのところでスタヴローギンとばったり鉢合わせしてしまった。スタヴローギンは脇に寄った。大尉は、どうしたわけか彼の前でとつぜん体をちぢこまらせ、大蛇に睨《にら》まれたウサギのように目を離すこともできず、その場に立ちつくしてしまった。しばらくそこで間をおいてから、スタヴローギンは軽く手で相手を押しのけ、客間に入ってきた。

7

彼は、陽気で、落ち着いていた。ことによると、彼の身にわたしたちの知らない、何かしらとても楽しいことが起こっていたのかもしれない。それはともかく、彼は何かことのほか満足しているように見えた。

「ニコラ、おまえ、わたしのことを許してくれるね？」ワルワーラ夫人はついにこらえきれず、彼を出迎えようと慌てて椅子から立ちあがった。

ところが、〈ニコラ〉はそこで思いきり大声で笑いだした。

「まあいいでしょう！」彼はいかにも上機嫌な様子で、冗談めかして叫んだ。「どうやら、みなさんはもうなにもかもご存じのようですね。じつはさっきここを出てから、馬車のなかで考えこんでしまいましてね。『少なくともあのエピソードぐらいは話しておくべきだったかな、いくらなんでもあんなふうな出かけ方はないだろう』って。でも、ここにピョートル君が残っていることを思い出したものですから、そんな心配も吹っ飛びました」

そう言いながら、彼はちらりと周囲を見まわした。

「ピョートルさんが話してくれたの。ある変わった人物の生涯から、昔のペテルブルグで生まれた物語をひとつね」ワルワーラ夫人は有頂天になって言葉を引きとった。「気まぐれで、狂ったひとりの男の物語なの、でも心の中はいつも気高く、いつも騎士のように高貴な人です……」

「騎士のようですって？　なんです、そんなところまで話が進んでいたんですか？」笑いながら〈ニコラ〉は言った。「でもね、今度ばかりは、ピョートル君にとても感謝しているんです、彼のせっかちなところにね（そこで彼はピョートルにちらりと目配せした）。母さん、ピョートル君はどこに行っても、調停役を引き受けてくれるんですよ。それが彼の役回りだし、弱みだし、得意とするところなんです。で、この点ではとくに彼を推薦しますよ。彼があなたたちに何を吹き込んだか、だいたいの察しはつきます。彼が話をするときは、いつもかならず吹き込んでいますからね。彼の頭んなかは、事務所になってましてね。そう、リアリストなんですから嘘がつけない、彼にとっては成功よりも真理が大事なんですよ……むろん、真理より成功のほうがたいせつな特別の場合はのぞきますけど（そう言いながら、彼はずっと周囲を見まわしていた)。というわけで、maman（母さん）、あなたもはっきりおわかりでしょう。このぼくに許しを請うなどというのは筋違いだし、もしもどこか狂ったところがあるとすれば、それはむろんだいいちに、ぼくのほうなんですから、つまり、けっきょくのところ、ぼくはやはり狂人だってことです。ここでの風評を裏切るわけにもいきませんし……」

そこで彼はやさしく母親を抱きしめた。

「ともかく、この件はすでにけりがついていますし、話も出つくしたわけですから、そろそろやめにしてもいいでしょう」彼はそう言い添えたが、その声にはどこかそっけない、毅然たる調子が感じとれた。ワルワーラ夫人はその声の調子に気づいたが、興奮は消えるどころかむしろつのるくらいだった。

「わたしね、ニコラ、一カ月ぐらいしないとおまえが帰ってこないって、そう思っていたものだから！」

「そのことは母さん、何もかも説明しますよ、もちろん、でもいまは……」

そこで、彼はプラスコーヴィヤ夫人のほうに近づいて行った。

ところが夫人は、彼のほうに軽く顔を向けただけだった。そのじつ、彼女は、半時間ほど前に彼がはじめて姿を見せたさい、たいへんなショックを受けていたのである。いま、夫人には新しい心配事があった。大尉が広間を出ようとして、ドア口でスタヴローギンと鉢合わせしたその瞬間から、リーザが急に笑いだしたのである。はじめは低くとぎれがちであった笑い声が、徐々に大きくなり、やがて甲高いあからさまなものとなった。彼女の顔は真っ赤だった。ついさっきまでの陰気な表情と比べて、その差異は異常ともいえるものだった。スタヴローギンがワルワーラ夫人と言葉を交わしているあいだ、リーザは何かを耳打ちしようと、二度ばかりマヴリーキーに体をよせた。だが相手が自分のほうに顔を傾けたとたん、リーザはぷっと吹きだしてしまった。かわいそうに、彼女が笑いものにしている相手が当のマヴリーキーであることは、まちがいなかった。しかしリーザは、なんとか自分を抑えようとしてしきりにハンカチを唇にあてていた。スタヴローギンは少しも悪びれた様子をみせず、屈託なさそうに彼女に挨拶した。「どうか許してくださいね」と彼女は早口で答えた。「あなた……あなた、マヴリーキーさんとはもちろんご面識がおありですよね……ああ、ああ、ほんとうにあなたったら、許しがたいくらい背が高いんだから、マヴリーキーさん！」

そこでまた笑いが起こった。マヴリーキーはたしかに長身だったが、けっして許しがたいほどの上背ではなかった。

「あなた……ここに来られてだいぶたちますの？」リーザはまた控え目に、きまり悪そうに小声でたずねたが、その目はぎらぎらと輝いていた。

「二時間あまり前です」リーザの目をじっと見つめながら、〈ニコラ〉は答えた。ここでひとこと注意しておくと、彼はいつになく控え目で慇懃《いんぎん》だったが、その慇懃さをのぞけばまったく無関心で、憂鬱そうな表情をしていた。

「で、お泊りはどちらに？」

「ここですが」

　ワルワーラ夫人もまたリーザを観察していたが、ふいに浮かんできたある考えに、思わずぎょっとなった。

「ニコラ、おまえ、この二時間あまり、いったいどこに行ってたの？」夫人がそばに歩みよってきた。「列車は十時に着いたんだったわね」

「最初まず、ピョートル君をキリーロフのところに連れていきました。ピョートル君と落ち合ったのは、マトヴェーエヴォです。（三つ前の駅です）同じ車両に乗って到着したんですよ」

「明け方から、マトヴェーエヴォで彼を待っていたんです」ピョートルが口をはさんだ。「夜、後ろの車両が脱線しましてね、あやうく足を折るところでしたよ！」

「足を折る、ですって」リーザが急に声をあげた。「ママ、ママ、わたしたちも先週、マトヴェーエヴォに行こうとしてたのね、行っていたら、やっぱり足を折っていたかもしれないわ！」

「まあ、なんてことを！」プラスコーヴィヤ夫人が十字を切った。

「ママ、ママ、ねえ、ママったら、わたしがほんとうに両足を折ったりしても、びっくりしないで。わたしにも同じことが起こるかもしれないのよ。だって、ご自分でもおっしゃってるじゃない、わたしが毎日、夢中になって馬を飛ばしてるって。マヴリーキーさん、びっこを引くわたしでも手を引いてくださる？」そう言ってリーザは、またげらげらと笑いだした。「そんなことになったら、わたし、あなた以外のだれにも手を引かせませんから、本気でそのことをあてにしていいわ。でも、もし、片足だけですんだときは……そう、お願いだから、そのことを幸せに思いますって、言ってくださいね」

「片足になって何が幸せなんです？」マヴリーキーは大まじめに顔をしかめた。

「だって、あなたは手が引けるでしょ、あなただけ、ほかのだれにも引かせませんからね！」

「いや、リザヴェータさん、そうなっても、きっとあなたのほうがこのぼくを引き回しますよ」マヴリーキーがますますまじめな調子でつぶやいた。

「ああ、この人ったら、洒落を言った気でいる！」なかば恐怖にかられて、リーザは叫んだ。「マヴリーキーさん、これからはそういう冗談、ぜったいにおっしゃらないで！　それにしても、あなたってどこまでエゴイストなのかしら！　あなたの名誉のために言いますけど、あなたはいま、自分で自分を中傷なさっているのだって思いますよ。それどころか、あなたはきっと朝から晩までわたしを説得にかかるの、足がきかなくなったらもっと魅力的です、ってね！　でもね、ひとつだけ、どうにも取りかえがきかないことがあるの、それは、あなたが、どうしようもなくのっぽってこと、わたし片足がきかなくなったら、ものすごくちっちゃくなってしまう。そしたら、どうやってあなた、わたしの手を引けるの、わたしたち、お似合いのカップルじゃなくなるわ！」

　そこでリーザは病的に笑いだした。洒落もあてこすりもありふれていたが、彼女は明らかに体面を気にするどころではなかった。

「ヒステリーだ！」ピョートルはわたしにそう耳うちした。「コップで、すぐに水を」

ピョートルの察したとおりだった。一分後にはもうだれもが慌てふためき、水が運ばれてきた。リーザは母親を抱きしめ、熱烈にキスを浴びせ、その肩に顔をうずめて泣いていた。そこですぐにまた体を反らせ、母親の顔をまじまじとのぞきながら高笑いをはじめた。やがて、母親のほうもしくしく泣きはじめた。ワルワーラ夫人は急いで、さっきダーリヤが入ってきたドアから自分の部屋に二人を連れていった。だが、彼女たちがそこにいたのはわずかで、ものの四分かそこらだった……。

わたしはいま、この記憶に残る朝の最後のいくつかの瞬間を、ひとつひとつ思い起こそうとしている。ご婦人がたがいなくなり（席から動かなかったダーリヤひとりをのぞいて）、わたしたちだけになると、スタヴローギンはそのひとりひとりに近づいては、シャートフをのぞく全員と挨拶をかわした。シャートフは隅のほうに座りつづけたまま、さっきよりもさらに一段と屈みこんでいた。ヴェルホヴェンスキー氏は、スタヴローギンに向かって何やらたいそう気のきいた話を口にしかけたが、相手はすぐさまダーリヤのほうへと足を向けてしまった。ところが、途中ピョートルがなかば力ずくで彼の腕をつかまえて窓のほうに連れていき、そこで何やら早口でささやきははじめた。ピョートルの表情や、ささやきかけるそのしぐさから推して、どうやらかなり重大なことらしかった。スタヴローギンは、もちまえのよそゆきの薄笑いを浮かべ、ぼんやりひどく退屈そうに耳を傾けていたが、最後のころにはもうがまんできないといった様子で、しきりにそこを離れたそうなそぶりを見せていた。彼が窓際を離れるのとちょうど時を同じくして、ご婦人がたが部屋に戻ってきた。ワルワーラ夫人はリーザをもとの席にすわらせ、せめて十分ぐらいはここでじっと休んでいなくてはいけない、外気に当たるのは神経によくないと言いきかせていた。夫人はリーザの面倒をみながら、自分もとなりに腰をおろした。一人になったピョートルがさっそく二人のほうに駆けつけていき、早口でにぎやかにおしゃべりをはじめた。スタヴローギンはそこでようやく、落ちついた足取りでダーリヤのほうに近づいていった。彼が近づいてくるのに気づいたダーリヤは、その場でしきりと体を揺らしはじめ、みるからにどぎまぎした様子で、顔を真っ赤にさせながらさっと立ちあがった。

「お祝いの言葉をかけてもよさそうですが……まだいけませんか？」そう言いながら、彼は、何かしら妙なしかめっ面をみせた。

ダーリヤが彼に何かを答えたようだったが、ほとんど聞きとれなかった。

「よけいなことを言ってごめんなさい」彼は声を高めて言った。「でも、ご存じですよね、ぼくにもわざわざその知らせが届いていたことは。それはご存じですよね？」

「ええ、あなたに知らせが届けられていることは、存じています」

「それでしたら、ぼくがお祝いを述べたからといって、べつに困ることはないと思いますが」そう言って彼は笑いだした。「もしもヴェルホヴェンスキー先生が……」

「なに、なんのお祝いだい？」ピョートルがふいに話に飛び込んできた。「ダーリヤさん、いったいなんのお祝いです？　ははあ！　それって例の話ですね？　顔を赤らめたところを見ると、どうやらぼくの推測は当たったみたいだ。じっさい、こんな美しくてしとやかなお嬢さんにお祝いを言って、お祝いを言われた本人がまっさきに顔を赤くされるとすりゃ、理由はほかにありませんからね。もしぼくの推測が正しければ、ぼくからもお祝いを言わせてください、で、そのうえで賭け金を払ってくださいよ。覚えているでしょう、スイスで賭けをしたこと、あなたはぜったいに結婚はなさらないって言った……ああ、そうだ、スイスといや、ぼくはいったい何をしてるんだろう？　そう、半分はそのために来たっていうのに、うっかり忘れるところでしたよ。

ねえ、教えてくださいよ」と言って、彼はヴェルホヴェンスキー氏のほうをふり向いた。「父さんは、いったい、いつスイスに行くんです？」

「ぼくが……スイスにだって？」ヴェルホヴェンスキー氏は虚をつかれ、どぎまぎしてしまった。

「ええ？　行かないんですか？　だって、父さんも結婚するんでしょう……そう書いていたでしょう？」

「Pierre（ピエール）！」ヴェルホヴェンスキー氏は叫んだ。

「なにがピエールですか……だって、いいですか、ぼくがここに飛んできたのは、父さんにとってそれがいいことなら、ぼくとしてはぜんぜん反対しませんって言うためなんですよ。できるだけ早くぼくの考えが聞きたいっていうから。もしも（彼はビーズを転がした）父さんがその手紙にくどくど書いてたように、父さんを『救いだす』必要があるなら、それなりに力になるつもりでいますよ。父が結婚するって、ほんとうなんですか、ワルワーラさん？」彼はすばやく夫人のほうを振りかえった。

「何も出しゃばっているつもりはありませんが、手紙に書いてきたんですから。町じゅうの人がこの話を知っていて、みんなからおめでとうを言われるので、人目のない夜にしか外出できない、とね。その手紙ならこのポケットに入っています。でも、いいですか、ワルワーラさん、ぼくにはその手紙がいったいなんのことやら、さっぱりわからないんですよ！　大先生、せめてひとつぐらい答えてくれませんか、あなたにお祝いを言うべきなのか、それとも『救いだす』べきなのか、どっちなのかをね？　あなたには信じられないでしょうけど、ものすごく幸せそうな文章のあとに、どうしようもないくらい絶望的な文章がとなり合わせで続くんです。初めにまずぼくに許しを請い、まあこれは言ってみれば親父の習慣ですから……それにしたって、口に出すべきことじゃない。だって、考えてもみてください、この人、一生で二度ぼくと顔を合わせたきりなんですから、それも偶然にですよ、それが今こうやって、急に三度めの結婚をすることになって、それが何か親としての務めに反しているかのように想像して、何千キロも離れたぼくに、怒らないでくれ、許してくれと頼みこんでくる始末です！　大先生、どうか怒らないでくださいよ、これも時代の特徴なんですから、ぼくはものごとを広く見ているし、非難がましいことも言っていない、こいつは、言ってみりゃ、父さんにとって名誉になることなんですからね、とまあそんなところですけど、でも大事なのはやっぱり、その大事なところがわからないっていうところなんです。あれには、なにか『スイスでの不始末』がどうたらこうたら書かれていましたよ。自分の不始末のせいで結婚するだったか、他人の不始末のせいで結婚させられるだったか、手紙はどうでしたかね、ひとことで言や『不始末』です。『その娘さんは真珠でダイアモンドで』という話で、当然のことながら『自分は値《あたい》しない』といった調子でしてね。いかにも親父らしい文体ですよ。しかし、なにかの不始末だか事情だかで『結婚せざるをえなくなり、スイスに行くことになった』、だから『すべてを捨てて救いに来てくれ』と、こうです。こんな調子で、ぼくにいったい何を分かれっていうんです。でも、それにしても……それにしてもです、みなさんの顔つきを見て気づきました（手紙を手にあちらこちらに体を向け、無邪気に笑顔を振りまきながら一同の顔をのぞきこんだ）、どうもいつもの悪い癖で、ぼくは何かへまをやらかしたみたいですが……ぼくのばかげた開けっぴろげな性格のためか、それともスタヴローギン君が言ったせっかちな性格のためか。だってですよ、ぼくはこう考えていたんです。つまり、ここではみんな仲間なんだと。つまり大先生、あなたの仲間、あなたのであって、ぼくはほんとうのところは他人だったんです、ぼくにはわかるんです……わかるんですよ。だれもが何かを知っている、でもこのぼくは、その肝心な何かがわかっていないということがね」

彼はそう言いながら、ずっと周囲の顔を眺めまわしていた。

「ステパンさんは、ほんとうに『スイスでの他人の不始末』と結婚する、ここに飛んできて『自分を救いだして』ほしいって、そう手紙に書いてきたわけですね、そのままの言いまわしで？」ワルワーラ夫人はふいに彼に近づいていった。顔を真っ黄色にさせ、ゆがんだ口もとをひくひく震わせていた。

「つまり、いいですか、ぼくがいま、その何かというのをちゃんと理解していなかったとすれば」ピョートルは怖気づいたような様子で、さらにいっそう慌てて話をつづけた。「むろん、そんなふうな書き方をした親父が悪いんです。これが手紙です。いいですか、ワルワーラさん、手紙はもう次々ときりなく来るもんですから、ここ二、三カ月はもう矢継ぎ早という感じでしてね、正直言って、しまいには、最後まで読みとおさないこともときどきありました。ごめんよ大先生、こんなばかげたこと告白して、でも、きっと承知してくれると思うけど、その手紙、ぼく宛てになっていても、じっさいは、どっちかといえば子孫たちのために書いたわけでしょう、だったらどっちにしても同じじゃないですか……まあ、そう怒らずに。それだって、ぼくと父さんは仲間同士なわけなんだから！　でもこの手紙は、ワルワーラさん、この手紙はしまいまで読みましたよ。この『不始末』、この『他人の不始末』とかいうのは、きっと何か親父自身のちょっとした不始末のことなんでしょうし、賭けてもかまいませんが、ごくごく無邪気な不始末でしょう。でもその不始末のせいで、親父はふとある恐ろしい事件を引き起こすことを思いたった、高潔なニュアンスを帯びた事件で、ほかでもない、その高潔なニュアンスのためにこそ起こしたと言ったっていいくらいだ。しかも、いいですか、親父は何やら支払いの面で穴をあけたわけでしてね、そろそろ白状しなくちゃならないところですよ。うちの親父は、そう、カードに目がありませんから……いや、こいつはよけいな話でした、まるきりよけいな話です、申しわけない、ぼくはおしゃべりが過ぎるもんで、ですがワルワーラさん、ほんとう言って、親父には驚かされましたよ、で、ぼくとしてはまあ親父を『救いだして』やるのもいいかって気になったわけです。そりゃ、ぼくとしたってやっぱり恥ずかしいですよ。なんです、このぼくが親父の喉もとにナイフを突きたてるとでもいうんですか、親父のところに忍びこむとでも？　そんなあこぎな債権者だっていうんですか、このぼくが？　そういや、親父は手紙のなかで、何か持参金のことについても書いていましたっけ……それはまあそれとして、結婚するんですか、しないんですか、ほんとにもう、大先生？　だって、そういう可能性だってあるわけだし、ぼくらがいくらおしゃべりしたところで、しょせんは言葉の遊びでしょう……ああ、ワルワーラさん、そりゃぼくだって考えはしますよ、あなたもいま、このぼくのことを非難なさっているかもしれないって、それもこの言葉の遊びのせいで……」

「いえ、そんなことはありません、それどころか、わたしにはわかるんです。あなたの、がまんの糸が切れてしまったってことがね、それももちろん、それだけの理由をお持ちなんです」ワルワーラ夫人は嫌味たっぷりに答えた。

夫人は毒々しい快感をおぼえながら、明らかにひと芝居うっているピョートルの〈それらしい〉おしゃべりを最後まで聞きとおした（それがどんな芝居なのか、当時のわたしにはわからなかったが、役割は明らかで、あけすけすぎる演技だった）。

「それどころか」と夫人はつづけた。「話のきっかけをつくってくださって、ほんとうに感謝しているの、あなたがいらっしゃらなかったら、何も知らずにいたはずですから。この二十年間、わたし、何も見えていませんでした。ニコラさん、あなたさっき、自分もわざわざ知らされたっておっしゃってました。ステパンさんはあなたにも、同じような手紙を書きませんでした?」

「ぼくがもらった手紙は、無邪気そのもので……それに……なかなか高潔な中身のものでしたけど……」

「あなた、言葉につまってらっしゃるようね、もうけっこう! ステパンさん、わたし、あなたに折りいってお話があります」夫人は目をぎらつかせながら、とつぜん彼のほうをふり向いた。「お願いですから、いますぐここを去られて、今後、二度とこの家の敷居はまたがないでください」

いまもってなお消えることのない、先ほどの〈興奮状態〉を思いだしていただこう。たしかに、ヴェルホヴェンスキー氏にも非があった! だが、わたしがそのとき何よりも驚かされたのは、彼が息子ピョートルの〈すっぱ抜き〉に対し、途中で割って入ることもせず、驚くほどの威厳をみせて耐えぬいたことである。これは、ワルワーラ夫人の〈呪い〉に対しても同じだった。これほどの気力がいったいどこから生まれたのだろう? わたしにわかったのはただ一つ、つまりそれは、彼が息子ピョートルと最初に顔を合わせたさい、ほかでもない、さっきのあの抱擁に、疑いようもなく深く傷つけられていたということだ。それは、少なくとも彼の目から見ると、深い、まぎれもない心の悲しみだった。その瞬間、彼の心のうちには別の悲しみもあった。それはほかでもない、自分が卑劣なまねをしでかしたという苦々しい自意識だった。後に彼は、そのことを自分から包みかくさず打ちあけてくれた。しかし、このまぎれもなく疑いようのない悲しみというのは、たとえごく短いあいだとはいえ、まれにみるほど軽はずみな人間をも、毅然として意志の固い人間に変えることがあるものなのだ。そればかりか、真実のまぎれもない悲しみのおかげで、ばかな人間でさえ、時として賢くなる。むろん、これもまた一時的にではあるのだが。これこそはまさに、悲しみの特質というべきものである。とすると、ヴェルホヴェンスキー氏のような人物に起こりえたのは、はたしてどんな事態なのだろうか？　それは、一大転機だった。むろん、これも一時的にではあるのだが。

　威厳を失うことなく、彼はワルワーラ夫人に頭を下げただけで、ひとことも発さなかった（事実、彼にはもはや何もしようがなかったのだ）。そのまま出ていこうとしたが、がまんできずにダーリヤのほうへ歩みよって行った。彼女はどうやらそのことを予感していたらしい。というのも、彼女はすでにすっかりうろたえており、あたかも機先を制するかのように、自分からすぐさまこう切り出したからである。

「ヴェルホヴェンスキー先生、お願いですから、どうか何もおっしゃらずに」彼女は熱っぽい調子でそう口にすると、うちひしがれた表情であわてて彼に手を差しのべた。「どうか信じてください、先生のことはいまも変わりなく尊敬しています……それにいつも変わりなく大切な方と思っています、ですから、先生、わたしのことも、どうか悪くは思わないでください、そうしてくださったら、わたし、ほんとうに、ほんとうにうれしく思います……」

ヴェルホヴェンスキー氏は、深く、深く彼女に頭を下げた。

「ダーリヤさん、あなたの好きなようにしていいのよ、いいわね、この件については、ほんとうにあなたの気持ちしだいなんですから！　これまでもそうでしたし、いまもそう、これからも、ね」ワルワーラ夫人は重々しく言葉を結んだ。

「ははあ！　これで呑みこめました、すべてね！」ピョートルは、そこでポンと額を手で叩いた。「でもね……でもですよ……こうなると、ぼくの立場はいったいどうなるんですかね？　ダーリヤさん、どうか、ぼくを許してくださいよ！……こんなことになるなんて、父さん、ねえ、なんてことをしてくれたんです、ええ？」そう言って彼は父親のほうをふり向いた。

「ピエール、このわたしにたいして、もっと別の口のきき方があるんじゃないかね、そうだろう、ええ？」ヴェルホヴェンスキー氏は、すっかり小声になってつぶやくように言った。

「そうわめかないでくださいよ」ピエールはそう言って両手を振った。「いいですか、そういうのは、年寄りの病んだ神経のせいでね、何もそう声を荒らげる理由なんてないんです。だったら、もっとちゃんと言ってくれたらよかったでしょう、だって、ここに入ってきたとたんにぼくが何をしゃべりだすかぐらい、わかっていそうなもんでしょう。どうして、前もって注意してくれなかったんです？」

ヴェルホヴェンスキー氏は、刺しつらぬくような目で彼の顔を見やった。

「ピエール、ここで起こっていることをあれだけ知っているおまえが、この件についてほんとうに何も知らなかった、何も聞いていなかったとシラを切るつもりかい？」

「なんだって！　あきれた人だな！　それじゃ、なに、父っちゃん坊やの役だけじゃ満足できず、意地悪坊やの役までやるって気なわけ？　ワルワーラさん、聞きましたか、この人の言うこと？」

騒ぎが起こった。ところがそこでとつぜん、だれひとり予期できなかった事件がふいに持ちあがった。

8

初めに述べておきたいのは、最後の二、三分間、なにかしら新しい動きが、リザヴェータを支配していたことである。彼女は、「ママー」や、自分のほうに屈みこんでくるマヴリーキーと、何ごとか早口でささやきあっていた。その表情はいかにも不安そうだったが、同時にそこには、何かしら決然としたものが浮かんでいた。やがて彼女は、帰りを急いでいるのか、マヴリーキーが肘かけ椅子から助け起こそうとしている母を急《せ》かしながら椅子から立ちあがった。しかしどうやら、最後まですべてを見届けずに帰る運命にはなかったらしい。

客間の隅にひとり引っ込み（リザヴェータの近くにいた）、だれからも忘れさられていたシャートフは、どうしてそこに腰をおろしたまま帰らずにいるのか自分でもわからない様子だった。その彼がいきなり椅子から立ちあがり、確固とした足どりで、慌てず、部屋を横切るようにしてスタヴローギンのほうに向かっていった。目はじっと彼の顔を見すえたままだった。スタヴローギンはまだ離れたところから、彼がこちらに近づいてくるのに気づいて、かすかながら薄笑いを浮かべた。だが、シャートフが自分のそばにぴたりと近づいてきたのを見て、その薄笑いをやめた。

スタヴローギンから目をはなさずに、シャートフが無言のまま彼の前に立つと、だれもがふいにそれに気づいていっせいに口を閉ざした。だれよりも気づくのが遅かったのがピョートルだった。リーザと母親は、部屋の中央で足をとめた。こうして五秒ほどが過ぎた。相手を見くだすようなスタヴローギンの不審の表情が怒りに代わり、彼は眉をひそめた。と、とつぜん……。

とつぜんシャートフは、長くて重い腕を振りあげると、思うさま相手の頰をなぐりつけた。スタヴローギンは、その場でぐらりと体を揺らした。

シャートフのそのなぐり方は、一種特別なものだった。ふつう顔を叩くときに見られるのとは（かりにもしこういう言い方ができるとして）まるで異なっていて、手のひらではなく、こぶし全体を用いるやり方だった。しかも彼のこぶしは、大きくて重くて骨ばっており、赤い毛が生え、しみが浮かんでいた。もしもその一撃が鼻の部分に命中していたら、鼻骨が砕けたにちがいない。しかし一撃は、唇と上の歯の左端をかすめて頬にあたった。口からすぐに血がほとばしった。

一瞬の叫び声が響きわたったらしかった。おそらくワルワーラ夫人が叫んだのだろうが、わたしにはその記憶がない。というのも、すべてがたちまちまた凍りついたようになったからだ。もっともこの一幕は、ものの十秒ほどつづいたにすぎなかった。

しかし、この十秒間におそろしいほど多くのことが起こった。

読者にもういちど断っておくが、スタヴローギンは、恐怖心というものを知らない性質《たち》の男だった。決闘の現場でさえ、冷静に敵の発射を待ちかまえることができたし、狙いをさだめて、残忍ともいえるくらい冷静に相手を撃ち殺すこともできた。たとえだれかに頬をなぐられたとしても、相手に決闘を申し込むこともせず、ただちにその場でその無礼な相手を殺してしまっただろう。彼はまさにそんな男で、人を殺すにしても、完全に覚醒しきった状態でやってのけ、けっしてわれを忘れるということはない。分別をなくして何もわからなくなるような怒りの発作にかられたことなど、いちどとしてなかったような気もする。ときとして彼は、限りない怒りにかられてきたが、彼はそれでもつねに、自分にたいして完全な支配力を保つことができた。それゆえ、かりに決闘以外で人を殺すようなことがあれば、かならずやシベリア送りになることもわきまえていた。しかしそれでも、彼は侮辱した相手を、かすかなためらいさえ感じることなく殺しただろう。

わたしはこのところずっとニコライ・スタヴローギンを研究し、ある特別の事情もあってこれを書きしるしている今は、彼についてじつにたくさんの事実を知っている。ことによると彼を、わたしたちの社会に今も伝説的な記憶を残している過去の何人かの人物たちと、比較できるのではないかとさえ思う。たとえば、デカブリストのLについて、こんなことが語りつがれてきた。すなわち彼は、死ぬまでわざと危険を求め、その感覚に酔いしれ、それをおのれの本性に欠かせない欲求にしてしまった。若いころは特別の理由もなく決闘に赴き、シベリアではナイフ一本でクマに立ち向かい、シベリアの森で脱走囚と出くわすのを好んだ。ついでに断っておくと、脱走囚というのはクマよりも恐ろしい連中である。これらの伝説的な人物たちが、恐怖の感覚を、ことによると極端なほどつよく味わうことができたのは、うたがう余地がない。でなければ、はるかに平穏に暮らして、危険の感覚をも自分の生来の欲求に仕立てるといったようなこともなかったろう。だが自分の内なる臆病さに勝つこと、それこそがむろん、彼らを惹きつけてやまないものの正体だった。たえず勝利に酔い、自分を打ち負かすものなどないという意識、それが彼らを夢中にさせるのである。このLという人物は、シベリア流刑になる以前も、しばらくのあいだ飢えと戦い、苦しい労働によってパンを稼いできたが、それもひとえに、金持ちの父親の要求を不当とみて、これになんとしても屈したくなかったからだ。したがって彼は、戦いのもつ意味を多面的に理解していた。彼が自分のなかの不屈な性格の力を誇りと感じていたのは、なにもクマとの格闘や、決闘のときばかりではなかったのである。

しかしそれにしても、そのときから多くの年月が経過した。現代に生きる人々の、神経症的かつ疲れきって分裂した本性は、古き良き時代に生き、波瀾万丈の生涯を送った人たちがあれほどに希《ねが》った、直接的かつ全一的な感覚への欲求など、もはやまるで認めようとしない。スタヴローギンは、ことによると、このLなど端《はな》から見くだし、たんに性懲りもなく粋がっている臆病者、チキンとまで、くさしていたかもしれない――といって、じっさいにそのことを口にすることはなかったろうけれど。スタヴローギンなら決闘で敵を撃ち殺しもしただろうし、いざとなれば、クマにだって立ち向かっていったろうし、森の中で出くわした盗賊だって撃退しただろう。それも、Lに負けないくらいものみごとに、少しもひるまずやりおおせたにちがいない。だがそのかわり、そこにはもういかなる快感もなく、不本意ながらもやらざるをえないというそれだけの理由で、仕方なく、けだるげに、ときとして退屈しながらそれを実行するのである。悪意という点では、当然のことながら、Lはおろかレールモントフに比べても進化している。スタヴローギンの悪意は、ことによると彼ら二人を足したものより大きかったかもしれない。しかしその悪意は、冷たく、冷静で、かりにこんな言いまわしができるとして、理性的な悪意であって、したがってもっとも嫌悪すべき、考えうるもっとも恐ろしい悪意である。もういちど繰りかえそう。わたしは、当時もいまも（すべてはもう決着してしまったけれど）、彼をこんなふうな人物と考えている。つまり、もしも顔に一撃をくらうか、それに類した強烈な辱めを受けでもしたら、その場で決闘を申し込むなどといった七面倒くさいことはせず、すみやかにその相手を殺してしまうような人物であると。

しかしながら、いまこの場合に生じたのは、なにかしらそれとは異なる、驚くべき出来事だった。

頰に一撃をくらった彼が、あれほどぶざまに、ほとんど上半身を大きく脇にぐらりとぐらつかせたあと、にわかに姿勢を立てなおし、部屋のなかにはまだ、あのこぶしで顔をなぐりつけたときの、あさましい、何かしら水しぶきのような音が漂っているように思えた瞬間、彼は両手でやにわにシャートフの肩をつかんだ。ところがすぐまた、ほとんど同じ瞬間にその両手をひっこめ、背中で十字に組んだ。彼は無言のままシャートフを見つめ、シャツのように顔面蒼白となった。だが奇妙なことに、そのまなざしは、まるで光が消えたかのようだった。十秒すると、彼の眼は冷ややかで――わたしはこれが嘘ではないと信じている――平穏なものに感じられた。ただ顔面は、おそろしいほど蒼白だった。当然のことだが、その内面がどうであったかなど知るよしもないし、わたしはたんに外からながめていただけのことである。わたしにはこう思えるのだ。つまり、たとえば自分の強さをはかる目的から、灼熱した鉄の棒をつかみ、それを握りしめ、それから十秒ものあいだ耐えがたい痛みに打ち勝とうとし、ついにはその痛みに耐えきった人間がいるとすれば、それは思うに、いまニコライ・スタヴローギンがこの十秒間に耐えたものと、どこか似たものであっただろうと。

二人のうち最初に目をふせたのは、シャートフのほうだった。どうやら、そうせざるをえなかったらしい。やがてゆっくり体の向きを変え、部屋から出ていこうとしたが、それはもう、さっきつかつかとスタヴローギンに歩み寄っていったときの足どりとはまったく異なっていた。彼はひっそりと、両肩をぶかっこうに後ろへ持ちあげ、うなだれたまま、まるで何かしら自問自答しているかのようだった。何やらひとりごとを言っているようにも見えた。じっさい何ものも引っかけず、何もひっくり返さず、用心深くドアまでたどりつくと、ドアをほんのわずかだけ開け、その隙間からほとんど体を横向きにしてすり抜けていった。すっかり通りぬけたとき、後頭部に突っ立っていた巻き毛がとくに目についた。

それから、そこに居合わせた人々がいっせいに叫び出すよりも早く、凄まじい悲鳴がひびきわたった。母親の肩とマヴリーキーの手をつかみ、部屋の外に二人を連れだそうと、二度、三度と引っぱっていくリザヴェータの姿が見えた。しかし、その彼女がとつぜん悲鳴をあげ、そのまま気を失って、大の字に床に倒れこんだ。彼女が絨毯に後頭部をぶつけたときのゴツンという音が、わたしの耳に、今もって聞こえるような気がする。

読書ガイド

亀山郁夫

〈『悪霊』の誕生〉

1

ドストエフスキー後期の代表作の一つ『悪霊』第1部をお届けする。

『悪霊』の完成は一八七二年、その後およそ百四十年、この小説がはらむ予言性は、時代の歩みとともに重みを増してきた。わが国のみならず、世界各地で節目ともいうべき大事件が起こるごとに、この小説への言及がなされてきた事実がある。記憶に残るところでは、連合赤軍事件、オウム真理教事件、九・一一事件などが挙げられるが、現代日本の作家では、埴谷雄高、椎名麟三、高橋和巳、大江健三郎、村上春樹、さらには高村薫らの作家が、ドストエフスキーのなかでもとりわけ『悪霊』に注意深いまなざしを注ぎ、みずからの小説において、その理解を血肉化してきた。また、映像の分野においては、古くはルキノ・ヴィスコンティ、アンジェイ・ワイダ、アンジェイ・ジェワウスキらによる映像化があり、ソ連崩壊後のロシアでも、すでに三つの映像化が試みられている。

端的に言って、『悪霊』はドストエフスキーの『地獄篇』である。『悪霊』全体を読みとおした読者は、そこに描かれるおびただしい数の死に、あるいは小説全体に満ちわたる恐ろしいまでのグロテスク性に、驚きの目を見はるにちがいない。自殺者が三人、殺害される者が六人、病死者二人、しかし他にも、象徴的ともいうべき死をとげる人物が二人登場するが、ドストエフスキーの他のどの小説を見ても、これだけの数の死が描かれる作品はほかに存在しない。ただしこの第1部を読むかぎり、そうした悲劇的な結末の気配は、ごくかすかに感じとれるにすぎない。

さて、この小説の誕生には、モデルとなった事件があった。一八六九年十一月にモスクワで起こった、ある革命組織の内ゲバ殺人事件である。革命結社「人民制裁」を率いるセルゲイ・ネチャーエフ（『悪霊』に登場するピョートル・ヴェルホヴェンスキーのモデル）は、同結社からの脱退を申し出た大学生イワーノフ（作品中の、イワン・シャートフのモデル）を、同志四人と共謀して殺害したあげく、遺体を大学構内の池に沈めた。事件は、それからおよそ一週間後に発覚した。
「ラズモフスキー区にあるペトロフスカヤ農業大学で、同大学聴講生イワーノフが死体で発見された。犯行は残忍きわまるもので、死体発見時は氷が溶けて死体が透けて見えた。弾丸がうなじから眼孔に貫通していた。至近距離からの発射と見られている。両足は防寒用頭巾にくるまれ、そのなかにレンガ数個が入れられ、頸部はマフラーできつく縛られていた。犯人は犯行現場から死体を運び、池に沈めたものと推定される。イワーノフが被っていた帽子（他人のもの）はしわだらけの状態にあったが、鈍器による殴打が原因と見られる。未確認だが、イワーノフはカザン県の出身、三年前に農業大学に入学した。学友たちの信望は厚かったが、無口な性格で、人づき合いはよくなかったという。給費生であったが、そのほとんどを母親と妹に送っていた」（『モスクワ通信』）
事件発覚からおよそ一カ月を経た十二月二十五日、主犯としてセルゲイ・ネチャーエフの名前が挙がり、年明けて一月、ロシアの新聞は、事件の黒幕としてははじめてミハイル・バクーニンの名前を明らかにした。無政府主義者として当時のヨーロッパの革命運動に名を轟かせた人物である。

「あらゆる国家的権力機構の破壊、個人の財産所有の排除、共産主義の支配――を目的とするこの陰謀の計画指導者は、まちがいなくバクーニンである」

セルゲイ・ネチャーエフは、モスクワ東部ウラジーミル県で酒屋を営む商人の家に生まれ、独学で読み書きを学んだあと、十八の年にモスクワに上京、教師の免状を得るかたわら、ペテルブルグ大学の聴講生となった。一八六〇年代の終わりには折からの学生運動に加わり、六九年の三月、ジュネーヴの無政府主義者バクーニンの前に姿を現わした。バクーニンはロシアから来たこの若者に魅了され、物心両面で援助をあたえることになるが、他方、人民主義《ナロードニキ》の革命家として穏健な立場をとるアレクサンドル・ゲルツェンは、このネチャーエフに対して懐疑的な態度をとったとされている。ネチャーエフはジュネーヴで、「全世界革命同盟」の名のもとに何点かの論文を発表したが、なかでもとくに知られているのが、革命家の心構えを定義づけた「革命家のカテキジス」である。全体で二十六条からなるこの「カテキジス」の第一条には、次のように書かれていた。

「革命家とは破滅を背負った人間である。……革命家においては、すべては、唯一、例外的な関心、単一の思想、単一の情熱に呑み込まれている。すなわち革命である」

一八六九年秋口、バクーニンの委任状をたずさえてロシアに戻ったネチャーエフは、モスクワにあるペトロフスカヤ農業大学内に、同大学の学生を中心とする秘密結社を組織した。五人組からなるこの結社は、ネチャーエフもその一人として加わる「委員会」の司令のもとに置かれていた。結社は、「革命家のカテキジス」にのっとり、厳格な中央統制と絶対服従を特色としたが、メンバーの一人で、別の方法論をとなえる学生のイワーノフと衝突したため、十一月二十一日に他の四人のメンバーとともに殺害を計画。一八六六年四月のアレクサンドル二世暗殺未遂事件のさい、暗殺者のグループ、カラコーゾフ一派が隠したとされる印刷用活字の捜索と称して、学内の公園にイワーノフをおびき出し、ピストルで殺害、死体を池に投げ込んだ。ネチャーエフはその後まもなく国外に逃れたが、事件は一週間後に発覚し、残りのメンバーは逮捕された。なお、捜査終了時までに、じつに八十五人の「ネチャーエフ派」が検挙されたという。審理のなりゆきは新聞紙上に詳しく報道され、家宅捜索の際に発見された「革命家のカテキジス」が政府広報に掲載された。

当時、ザクセン王国の首都ドレスデンに滞在中のドストエフスキーは、ペトロフスカヤ農業大学で起こったこの内ゲバ殺人事件のニュースに接して、ロシアの革命家たちを糾弾し、彼らをカリカチュアライズする小説の執筆を思い立った。たとえ「攻撃論文」的な読みものになるもよし、との覚悟だった。かつて二十代の後半に、ペトラシェフスキーの会のメンバーとしてユートピア社会主義に共鳴し、いちどはその反体制的言動ゆえに死刑宣告まで受けた過去のあるドストエフスキーだが、シベリアでの十年間の苦難を経て、転向の書とされる『地下室の手記』を書いた後は、みずから主宰する雑誌をよりどころに、「土壌主義」と呼ばれる右翼的なイデオロギーを公にし、ロシア国内の革命運動に対してつねに厳しい態度をとってきた。『悪霊』は、そうした作家の積年の主張を一気にぶちまける「攻撃論文」的な小説となるはずだった。

ところが、作品の構想から九カ月ほど経た翌七〇年八月はじめ、作者の脳裏にとつぜん新しい主人公像が浮かびあがってきた。創作ノートには「いっさいはスタヴローギンの性格にあり、スタヴローギンがすべて」「小説の全パトスは公爵にある」「残りすべてのものは、彼のまわりを万華鏡のようにめぐる」と書かれている。

それから二カ月後の七〇年十月、滞在先のドレスデンから、彼は「ロシア報知」の出版者カトコフ宛てに手紙を書き送り、構想中の小説のあらましを次のように説明してみせた。

「私の物語の中心的事件の一つは、モスクワで起きた有名なネチャーエフによるイワーノフ殺害事件です。……わたしはたんに起こった事実を借りるだけです。……わたしの書くピョートル・ヴェルホヴェンスキーは、ネチャーエフとは似ても似つかないかもしれません。……しかしかりにその人物一人だけであったなら、わたしはこれほど惹きこまれることはなかったでしょう。わたしに言わせると、あんなふうな醜い事件は文学に値しないからです……それはやはり、真にこの長編の中心人物と呼ぶことのできるもう一人の人物（ニコライ・スタヴローギン）の行動のアクセサリーであり、舞台装置であるにすぎません。このもう一人の人物は、同じく陰惨で、同じく悪人です。しかしわたしには、これは悲劇的な人物と思われるのです……。わたしの考えでは、これはロシア的であり、かつ、ひとつの典型的な人物なのです」

小説の連載は、「ロシア報知」一八七一年一月号から開始され、さまざまな曲折と長い中断を経て、七二年十二月号をもって完結する。ドストエフスキーは当初、小説の評判を固唾《かたず》を呑む思いで見守っていた（「脅かされた鼠みたいにはらはらしているのです」）。その理由はほかでもない、発表された第1部前半部が、「全体の礎《いしずえ》となるコーナーストーン」とした「副次的人物」ステパン・ヴェルホヴェンスキー氏の物語に費やされ、必ずしも小説の核心とストレートに通じてはいなかったからである。しかしそのじつ、この第1部の書きだしは、『罪と罰』『白痴』と書き進めてきた作家の著しい進境と並々ならぬ自信を裏打ちするものだった。

物語の舞台は、ロシア中西部の地方都市と、その郊外にあるスクヴォレーシニキと呼ばれる別荘地で、事件は一八六九年の秋から冬にかけて起こる。この大領地を所有するスタヴローギン家の女主人ワルワーラ・スタヴローギナは、県の政治にも強い影響力を持つ人物で、同じ屋敷内に住むステパン・ヴェルホヴェンスキー氏を養う身である。かつてはロシアの思想界をリードする人物の一人とまで目されたヴェルホヴェンスキー氏だが、今や時代の流れからとり残され、若い仲間たちを相手にカードと酒に憂き身をやつす毎日である。

他方、一八六一年のアレクサンドル二世による農奴解放令以後、新たな自由化の波に翻弄され、社会全体が混沌とした様相を見せはじめていた。物語では直接に触れられることはないが、同皇帝にたいする暗殺が試みられたのは、一八六六年四月のことである。

だが、現実のロシアに起こりつつある混沌のなかで、ドストエフスキーが恐ろしいと感じ、怒りと絶望にかられたのは、そうした時代の変化でもなければ、小説のモデルとなったネチャーエフ事件でもなく、まさに農奴解放後に目立ちはじめたロシア社会全体の綻《ほころ》び、具体的には、無気力化する貴族階級、プチブル化する中産階級、それに反比例して野放図に荒れくるう下層階級の人々の姿だった。

2

『悪霊』第1部第1章では、ステパン・ヴェルホヴェンスキー氏とワルワーラ・スタヴローギナ夫人の、過去二十年あまりにおよぶ「友情」の歴史がつづられる。一八四〇年代半ばに始まる二人の「友情」は、時として恋愛を思わせる感情の高まりを見せることもあったが、ついに一線を越えるにはいたらなかった。ワルワーラ夫人の胸のうちでは、この、不発に終わった「恋愛」をめぐるある種の「恨み」が、深く渦を巻いているように感じられる。そして、出会いから二十年あまりの時を経てともに老境に入ったいま、二人の「友情」に、ついに宿命的ともいうべきひびが入りはじめた。

わたしたち読者にとってだれよりも魅力的に映るのは、農奴制に深く腰を落ちつけながら、なお社会変革の夢を見つづける古きよき「四〇年代人」ステパン・ヴェルホヴェンスキー氏の、矛盾だらけの姿である。しかし、彼が好人物ぶりを発揮すればするほど、『悪霊』全体は深いジレンマをはらんでいくように思える。彼の心根の優しさ、そしてある種の絶望的なオプティミズムから、『悪霊』の真の悲劇は芽を吹きはじめる、といっても過言ではないからである。

第2章「ハリー王子。縁談」にいたって、物語はようやく新しい動きをはらみはじめる。はじめに、主人公ニコライ・スタヴローギンの出自をめぐっていくつか概略的な紹介がなされ、いくつかのスキャンダラスなエピソードが紹介される。公衆の面前でガガーノフの鼻をひきずりまわしたり、リプーチンの妻の唇にキスしたり、県知事イワン・オーシポヴィチの耳を噛んだり、といった一連の行動である。その後、物語は、ワルワーラ夫人の養女ダーリヤ（愛称ダーシャ）とヴェルホヴェンスキー氏の結婚話へと移っていくが、読者の多くは、『悪霊』の語り出しに近い部分で、なぜこうしたとりとめもない結婚話のエピソードが必要となるのか、怪訝に感じられるのではないだろうか。

しかしここには、『悪霊』全体の核心にひそかな回路をもつ、いくつかの謎が隠されている。息子ニコライ（ニコラ）の様子を案じ、養女ダーシャとともにスイスにまで出向いていったワルワーラ夫人が、旅からの帰路に思いたったこの「結婚話」の背後に隠された意味とは何だったのか。ワルワーラ夫人はなぜ、日頃の安定した生活を犠牲にしてまで、二人を結婚させようともくろむのか。読者のそれぞれに、それなりの答えを用意していただけることだろう。しかし確実に言えることは、ワルワーラ夫人がそのように決意した背景に、スタヴローギンとリザヴェータ（愛称リーザ）のスイスの「恋」の顚末が影を落とし、と同時に夫人自身が、まさに引き裂かれた存在であるということだ。では、スタヴローギンとリーザのスイスの「恋」は、どのようなかたちで破綻するにいたったのか。それは、プラスコーヴィヤ夫人が説明するリーザの「傲慢さ」ばかりが原因だったのか。リーザの心を深くむしばむ「病《やまい》」は、ことによると、この「破綻」に原因があるのではないだろうか。

第1部を読み進めていくうえで、とくに注意を払っていただきたいのは、農奴解放後もなお大地主としてあるワルワーラ夫人の入りくんだ胸のうちである。ワルワーラ夫人はおそろしく複雑な女性である。この時点で、その彼女には、解決しなければならない問題が少なくとも三つあった。第一に、息子ニコライの先行きに対する不安、第二に、ヴェルホヴェンスキー氏との「関係」の行きづまり、第三に、遺産処理の問題である。端的に言うならば、それらの問題を解決する手立てとして、養女ダーシャとヴェルホヴェンスキー氏の結婚というアイデアが生み出された。まさに熟慮の結果だったのである。

息子ニコライの先行きに対する不安は、言うまでもなく四年前、彼がこの町で起こしたいくつかの事件が直接の原因である。しかしニコライをめぐる悪い噂は、すでにそれよりはるか以前から夫人の耳元に届いていた（「何かしら奇怪というしかないはめの外しよう」）。ニコライをシェイクスピアの戯曲に登場する「ハリー王子」になぞらえたヴェルホヴェンスキー氏とは異なり、夫人の心労ははるかに恐ろしい予感に満ちており、母親としても真剣に息子の将来を懸念せざるをえなかった。その一方、彼女自身も、みずからの老い先の短かさを考え、ヴェルホヴェンスキー氏との関係を整理し、財産問題を片づけるべき時に来ていた。では、この結婚話をとおして浮かびあがるワルワーラ夫人の真意とは、何であったのだろうか。

読者は、ここでひとつ想像力を働かせなくてはならない。ことによると、夫人の心のなかで、農奴あがりの養女ダーシャに対する屈折した感情が渦を巻いていたということはないか。それは、まぎれもない愛情でありながら、嫉妬でもあり、と同時にダーシャが元農奴であるという身分意識から来る、ある種のぬぐいがたい差別意識である。その錯綜した総体として、この結婚話が仕組まれたと考えられる。しかし根本的に、夫人はダーシャに魅了されていた。そしてこの魅了されているという事実が、『悪霊』第1部に描かれる登場人物たちの心理的葛藤を、恐ろしく複雑なものにしている。読者の多くは、夫人が永遠にもちえなかった女性としてのある理想的な資質を、このダーシャに見てとるかもしれない。魅了は、当然のことながら嫉妬と一体だった。たとえば三年前、ダーシャが十七歳になった年、ヴェルホヴェンスキー氏は本格的な「ロシア文学史」を彼女に教授すると申し出た。しかしこの授業は、ワルワーラ夫人のひと言で一夜限りで沙汰やみとなった。ほかでもない、夫人の心のうちに嫉妬がめばえたのが原因である。

にもかかわらず夫人が、ダーシャをヴェルホヴェンスキー氏の妻にしようとたくらんだ背景には、もう一つ別の要因が働いていた。それこそは、息子〈ニコラ〉の「感情」をめぐる彼女なりの憶測である。読者は、このダーシャの存在がもつ重さに、注意してかかる必要があるかもしれない。スタヴローギンとリーザの関係が座礁した背景には、たんに〈ニコラ〉の気まぐれがあったというにとどまらず、ワルワーラ夫人同様、ダーシャに対するリーザの屈折した思いが影を落としていたからである。他方、ワルワーラ夫人の心のうちに、スタヴローギンとダーシャの結婚だけは回避したいという思いが働いていた可能性も、少なからずある。それは、どのような理由からか。それこそは夫人の胸にいまなお燃えさかる、スタヴローギン家の血を守りたいという執念だったのではないか。ワルワーラ夫人はまだ、農奴制時代のメンタリティに深く支配されており、貴族としての自己保存本能から脱け出せていない。夫人がヴェルホヴェンスキー氏との「再婚」に前向きになれなかった理由も、この「執念」に由来するのではないだろうか。

全体として見るなら、『悪霊』の物語は出発点において、スタヴローギンとダーシャとの禁じられた恋のモチーフを根底にはらんだ、と考えていい。ではなぜ、この「恋」はどこまでも禁じられているのか。それはおそらくダーシャこそが、スタヴローギンの唯一帰ることのできる、原初的ともいうべき愛、限りない受容性のシンボルだからだと思う。ダーシャは、ワルワーラ夫人がついにみずからは体現できなかった、永遠の母のイメージを担《にな》いつづけている。この愛は、聖母とイエスの愛にも似た、だれもが嫉妬せざるをえない神話的な愛であり、禁断の愛である。その愛の根源性を前にして、リーザもワルワーラ夫人も根本的に敗北を意識せざるをえない。

3

第1部第3章では、『悪霊』の中心人物たちが、何かしら魔に魅入られでもしたかのように、続々と町に帰還してくる。そこに県知事イワン・オーシポヴィチの更迭と、新知事フォン・レンプケーの赴任という政治ドラマがおおいかぶさる。四年前、町で三度のスキャンダラスな悶着を起こし、その後、ヨーロッパ各地を放浪していたワルワーラ夫人の息子ニコライ（ニコラ）・スタヴローギン、夫人の親友ヴェルホヴェンスキー氏の息子で、ヨーロッパを転々としているピョートル（ピエール）が、それぞれ別ルートでスイスから戻ってくる。その他にも、スイスでスタヴローギンとの恋に破れたリーザ（リザヴェータ）、母親のプラスコーヴィヤ夫人。さらには足の悪いマリヤ・レビャートキナ、その兄のレビャートキン大尉……そして彼らよりもすでにひと足早く町に到着しているのが、建築技師のキリーロフである。

あらかじめここで注意しておきたいのは、『悪霊』第1部には、読者がうかつに読み飛ばすことができない暗示や伏線が満ち満ちているということだ。読者はいやおうなく、それらディテール同士の照合という作業を強いられる。たとえば、出版の計画に夢をふくらますリーザは、シャートフにその協力を仰ぎ、シャートフもいったんは乗り気になるものの、最後に印刷所の話が出るにおよんで気持ちが変わり、断りを入れるといった話の流れは、小説の後半に入らなければとうてい理解できない。出版、印刷ということにからめるなら、レビャートキン大尉が紙幣偽造に関わっていたとかいう噂も、どことなく暗示的である。

さて、『悪霊』第1部全体が、二つのトポス（場所）を軸に展開していることにも注意を払っておこう。現実に進行している物語の舞台は、ロシア中西部のとある地方都市とその郊外にあるスクヴォレーシニキ、そしてもう一つのトポスがスイスである。ドストエフスキーが、前作『白痴』同様、どのような理由からスイスを物語の起点としたかは、『悪霊』という小説の成立そのものに関わる問題だが、これは端的に彼が、『悪霊』を、『白痴』の合わせ鏡として構想していた証とも見ることができる。少し先走った言い方になるが、『白痴』と『悪霊』のいずれも、スイスのモチーフに始まり、スイスのモチーフで終わる。『白痴』では、冒頭で主人公レフ・ムイシキンのペテルブルグ帰還が描かれ、ラストにおいて、癲癇《てんかん》の発作を起こした彼のスイス送還が暗示される。『悪霊』では、物語の登場人物の約半数近くがスイスから戻ってくるが、小説の終わりでこのスイスのモチーフがどのような帰結を見ることになるのか、興味はつきない。

『悪霊』第1部、とくに前半を読むかぎり、物語全体にどことなく牧歌的な雰囲気が感じられるが、たとえ間接的ではあれ、スイスのモチーフが関与している点には、それなりに重大な動機付けが隠されていたと見る必要がある。たとえば語り手のG氏が、スイス帰りのリーザの出版に対する情熱について《なるほど、スイスにいただけのことはある》といった感慨を抱くとき、確実にスイスについて同時代人たちが思い描いていた共通のイメージが隠されている。スイスとくにジュネーヴは、一九世紀ロシアの革命家たちのみならず、ヨーロッパの革命家たちにとって一種の前線基地のような役割を果たしていた。

ドストエフスキーが『悪霊』の執筆に入る五年前の一八六四年、英国・ロンドンで、ヨーロッパの労働者や社会主義者を巻き込んで第一インターナショナル（国際労働者協会）が創設された。創設のマニフェストを起草したのは、カール・マルクスだった。二年後の六六年、スイス・ジュネーヴで最初の年次大会が開催され、労働組合の奨励、労働時間の制限その他、さまざまな条項が決議された。さらに翌六七年には、同じスイスのローザンヌで大会が開かれ、ガリバルディ、ユゴー、バクーニンらが組織する「平和と自由の連盟」との一体化が評決された。これで名実ともに、ヨーロッパ社会全体の社会主義運動を牽引する組織としての体裁が整うが、六八年のブリュッセル大会では、私有財産の撤廃が決議され、徐々に過激な色合いを帯びはじめた。さらに、六九年のバーゼル大会では、土地私有の廃止が決議され、「遺産相続の廃止」をめぐる議論では、無政府主義者バクーニンとの間に齟齬が生じることになる。

この時期、ジュネーヴには、このバクーニンほか、ゲルツェン、オガリョフといった旧世代の革命家たちもまた徘徊し、他方、この年の一月には、若い世代の革命家として注目されていたセルゲイ・ネチャーエフが、ペテルブルグからジュネーヴに亡命し、スイスの地で、「革命家のカテキジス」を著わし、その後まもなくジュネーヴを発ってモスクワに向かっている。これが、『悪霊』の発端ともなる一八六九年の秋口のことである。

『悪霊』を読むさいに、そうした歴史的背景を念頭に置いておくと物語の個々のディテールがより明瞭に理解できる。たとえば、スタヴローギンがその領地をただ同然でレビャートキン大尉に譲りわたすといった「噂」なども、当時の第一インターナショナル内での議論の内容と重ねあわせることで、別の理解の糸口がつかめるかもしれない。もっとも、この『悪霊』では、スイスを震源地とする革命運動（第一インターナショナル）の実体についてほとんど何も触れられていない。作者ドストエフスキーが、ネチャーエフ事件をモデルとしたこの小説を、どこまでも一つの寓話として描きころうとしていた意図をうかがわせている。いわばその意図を着実に実行しているのが、語り手のアントン・G氏である。

では、『悪霊』のなかで、スイスはどのような描かれ方をしているのか。『悪霊』でのスイスのモチーフは、右に述べた現実のスイスでの政治的プロセスとはほとんど関連をもつことなく、「他人の不始末」の物語にほぼ集約され、しかもその「実体」は、『悪霊』全編が閉じられるまでだれも知ることがない。

ところで、第3章のタイトル「他人の不始末」は、ロシア語で「chuzhie grekhi」と複数形で書かれている。むろん、ハリー王子に擬せられたスタヴローギンの不品行を指しているが、これを口にするヴェルホヴェンスキー氏の側からすると、この「他人」には、婚約者ダーシャもまた含まれている。スイスでスタヴローギンとダーシャとの間に何が起こったのか、スタヴローギンに恋心を抱くリーザを含め、登場人物たちの関心がここに集中している。ヴェルホヴェンスキー氏からすると、ダーシャとの結婚は願ってもない僥倖に見えたが、状況はにわかに一変した。状況を一変させたのが、「匿名の手紙」だった。長年、ワルワーラ夫人のもとで居候の身に甘んじてきた身となれば、ダーシャとの結婚は不本意であるとともに、屈辱的でもあったはずだが、噂の真相を確かめる術もなく、あえて「寝取られ亭主」の役目を引きうけようとする。このあたりの屈折した心理に、ドストエフスキー文学の真骨頂がうかがえる。

しかし、ダーシャとの結婚でにわかに露呈したヴェルホヴェンスキー氏の脆《もろ》さは、決して彼だけが抱えている脆さではなかった。というより、むしろ一八四〇年代の知識人の一つの宿命でもあった。それは、ヴェルホヴェンスキー氏のモデルとなった何人かの思想家（グラノフスキー、ゲルツェン）にも共通していえることであった。

時代のラディカルな潮流に押し流された彼らは、自分たちの生活を根本から見直さない限り、巨大な歴史の舞台で、たんなる一道化を演じきるだけの役割しか与えられない。ヴェルホヴェンスキー氏の世代にはげしく対立する若い世代は、スイスのみならず、『悪霊』の舞台となるこの町にも、まさに「小鬼」たちのように怪しく蠢《うごめ》いている。その中心的な人物がリプーチンである。語り手のG氏から「スパイ」呼ばわりされるこの人物こそ、おそらくはドストエフスキーが、新しい世代の堕落の典型とみなしていた存在だったのではないだろうか。彼は、やがてその浅ましい正体を露呈するピョートルのひな型とでも呼ぶべき人物であり、酔っぱらいの退役軍人レビャートキンを手玉にとり、ワルワーラ夫人とヴェルホヴェンスキー氏の牧歌的な生活を、根底から崩しにかかろうとする。

しかし同じ新しい世代でも、外国から帰還してくる熱烈な愛国主義者シャートフと無神論者の建築技師キリーロフの二人は、それぞれに見識ある人物として、愛情豊かに描写されている。シャートフの正体についてはまだ多くが語られないが、キリーロフは早くも、そのユニークな正体を現わしはじめている。いわゆる人神論と呼ばれる思想がそれである。

「いまのところ、人間はまだ人間になっていません。いずれ新しい人間が出てきます。……痛みと恐怖に打ち克つことのできる人間が、みずから神になる。で、あの神は存在しなくなる」

後のドイツの哲学者ニーチェの「超人哲学」を先取りしたとされる、キリーロフのこの「人神思想」が、『悪霊』の今後の展開にどのような役割を果たすか、大いに注目したいところである。

4

物語は第1部第4章にいたって新しい展開をみる。それが、「足の悪い女」の登場である。ペテルブルグの貧民街でスタヴローギンと出会った彼女が、今は、ボゴヤヴレンスカヤ通りの「フィリッポフの家」の元酒場の一室に住んでいるが、彼女はそこに移り住むまでの一時期、いずことも知れぬ修道院に入れられていた経緯がある。マリヤがなぜ修道院に入れられていたか、これまた謎に包まれている。しかし何よりも特筆すべき点は、「神がかり」を思わせる彼女の特別な予知能力である。

「旅だとか、悪人だとか、だれかの悪だくみだとか、臨終の床とか、どこからか手紙が来るだの、思いがけない知らせだの」

いずれ明らかになるが、これらのカード占いで暗示されるディテールの一つ一つが、やがてさまざまな形で物語を前に突きうごかしていく歯車となる。伏線ということであれば、ここに記されたディテールを常に念頭に置きながら、物語を読み進めていく必要があるにちがいない。

しかし、この夢のお告げにもまして興味を引くのが、彼女が担っている象徴的な役割である。第一には、スタヴローギンとマリヤの「結婚」のモチーフである。じっさいに「結婚」がなされたかどうかも、まだ曖昧な形でしか書かれていない。また、レビャートキン大尉が、プラスコーヴィヤ夫人邸の大広間で披露する「滴虫類」の文章の最後で触れる「証拠文書」(「シベリア流刑になりかねぬ……」)の意味するところも、読者にはわからない。これらの真相はことごとく謎に包まれており、いずれ第2部第9章として挿入される「告白」の章で、明らかにされる仕組みである。

第4章で次に読者の関心を引くのが、マリヤの想像妊娠のモチーフだろう。多くの読者は、彼女の子どもが純粋に空想上のものであるのか、それとも現実に生まれているのか、まったく判別がつかない。ただし、妊娠そのものの記憶は、マリヤ自身の頭にしっかりと刻みこまれている。にもかかわらず、マリヤは、子どもの性別や子どもの父親について正確な記憶を持ちあわせていない(「でもね、わたしがいちばん泣けてくるのは、子どもを産んだのはいいけど、夫がだれかわからないことでね」)。作者が、聖母マリアによる処女懐胎とのアナロジーを意識していることはまちがいないが、それではなぜ、そうしたモチーフをあえてここで取りあげようとしたのか。

第一の仮説は、マリヤの言葉通り、彼女にはじっさいに妊娠の経験があったかもしれないということである。しかし、スタヴローギン自身が否定しているように、その相手がスタヴローギンであるという可能性はいちじるしく低い(「よく考えてごらんなさい、あなたはまだ未婚の女性ですよ、……夫でもなければ、父親でもない、それにフィアンセでもない」)。では、スタヴローギンとの関係性をのぞいて、ほかにどのような妊娠の機会が考えられるのか。

この場合、たとえば、『罪と罰』で、ラスコーリニコフに殺害されるリザヴェータや、『カラマーゾフの兄弟』に登場する神がかりの乞食女(リザヴェータ)と同じように、何がしかのセクト(たとえば鞭身派)との関連を連想することも、あながち不可能ではない。次に考えられるのは、先にも触れた想像妊娠のケースである。そこで、改めて「足の悪い女」=「聖母」のダブルイメージが意味するものを考える必要が出てくる。では、そもそもマリヤの子どもは、(少なくともマリヤの頭のなかでは)いまどこにいるのか？　謎は深まる一方である。ともあれ、マリヤが聖なる女性として意味づけられていることは、語り手のG氏が彼女を「神がかり」と呼んでいるところからも明らかである。

5

『悪霊』は第1部第5章にいたって、いよいよスキャンダラスな様相を呈しはじめる。その仕掛け人ともいうべき人物が二人いる。第一には、レビャートキン大尉。彼はスタヴローギンからマリヤに送られた三百ルーブルを横どりし、なおかつ領地を貰い受けたと主張している。スタヴローギンがなぜそのような行為に出たか、さしあたりは謎としておこう。スタヴローギンの、得体のしれないアナーキーかつ破壊的な願望が、ロシアの社会全体をカオスのなかに葬り去っていくという印象を受けるところだ。名門貴族の出であるスタヴローギンの言動が、同時代の貴族たちの心胆をどこまで寒からしめたかは、想像するにあまりある。しかも、そうした新しい破局的事態の出来《しゅったい》を喜ぶリプーチンこそ、ドストエフスキーがどこまでも徹底して批判しようとした、悪しき社会主義者のタイプだったのではないか。

第1部第5章で何度か言及されるリーザの神経質な笑いもまた、章全体のスキャンダラスな雰囲気をいやおうなく掻き立てていく。乗馬は、精神的な傷を負ったリーザの心をいやす療法の一つであるが、第1部の終わりが近づくにつれ、彼女の神経はますます病的な影を帯びてくる。第5章では、列車事故との関連から、「足を折る」話題が出てくるが（「びっこを引くわたしでも手を引いてくださる？」）、これは「足の悪い」マリヤとの関係のみならず、マリヤとリーザの分身的な関係を暗示しているかもしれない。

『悪霊』第1部全体をとおして、世界がいま崩壊しはじめている、という漠たる予感が支配する。ワルワーラ夫人からほどこし物を受けたマリヤに代わって、レビャートキンが傲然と金を突き返す場面は、たんに表向きの描写にとらわれず、ワルワーラ夫人の立場に立って、そのリアリティを感じとる必要があるだろう。農奴制時代のしきたりから脱け出せず、しかも新しい時代に適応しようと必死の努力をつづける夫人の夢が次々と突き崩されていくさまを見届けるのは、多くの読者にとってつらいプロセスではないだろうか。

第1部第5章における第二の仕掛け人、それはほかでもない、ヴェルホヴェンスキー氏の一人息子ピョートルである。両者の間で、肉親としての信頼関係は完全に崩壊している。ヴェルホヴェンスキー氏が旧世代の人間らしく、かなり無邪気に親子関係をとらえているだけに、その親愛の情が残酷に引き裂かれている場面を読むのは、やはりこれもつらいプロセスである。

ピョートルの帰還は、そもそも同じ市内にもつ土地を清算することが目的だったが、それは、いうまでもなく政治活動の資金に充《あ》てるためであった。しかしその内実については、読者にはまだ何も明かされていない（おおよその政治的背景については、すでに3章を解説するくだりでも述べたとおりである）。そのピョートルがスタヴローギンと同様、文字どおり牙を剝くのだが、スタヴローギンの行為が悪意とは別の次元での病的な何かを感じさせ、その行為がつねに両義的に描かれているのに対し、小悪霊の一人ピョートルの言動は、どこまでも意志的な邪悪さに貫かれている。

最後に、少し職業的な読みになることを恐れず、『悪霊』における語り手アントン・G氏の占める位置についても説明しておきたい。

第一に留意すべき点は、この『悪霊』全体が、あくまで語り手G氏によって語られた「年代記（クロニクル）」であるという点である。第1部の所々に回顧的と言ってよい微妙なニュアンスをふくんだ記述がみられるが、『悪霊』は、同時進行的に書かれた物語というより、一種の「回想」の体裁をなしているのである。G氏はまた、ヴェルホヴェンスキー氏から絶大な信頼をかち得、なおかつ、キリーロフからも、リーザからも愛される存在であって、一個の登場人物として彼が果たしている役割も、容易には無視できないものがある。また、改めて指摘するまでもないが、社会主義や革命家を徹底してカリカチュアライズする『悪霊』が、じつは作者ではなく、あくまで語り手G氏のフィルターを通して、G氏の責任において書かれているという事実にも、注意しておこう。

語り手G氏の存在をめぐる議論なくして、『悪霊』がなぜ、どこまでもパーソナルな視点から書かれているのか、という問題は解消されない。何よりも、作者と語り手を安易に同一化することは許されない。

〈『悪霊』を読むための基礎知識〉

1 名前の表記について

ドストエフスキーに限らず、ロシアの小説を読むさいに読者にとって大きなつまずきとなるのが、名前の仕組みである。すでにご存じの方も少なくないと思うが、従来の翻訳と異なって、ここでは固有名詞の提示の仕方において若干変更を行っている。その最大のものが、過去の多くの翻訳に見られた「ステパン氏」の表記である。この表記は、日本語的な常識から言って若干妥当性を欠くため、本書では基本的に「ヴェルホヴェンスキー氏」で統一してある。くどいようだが、ステパンはあくまでも名前であり、名前に対して氏をつけるやり方は、一般的とは認めがたいというのがその根拠である。むろん名前に先生をつけることで、つよい親愛感を表現しようとする人もいないわけではない。だが、『悪霊』では必ずしもそうした特別な愛着が示されているわけではなく、「ステパン・トロフィーモヴィチ」というきわめて一般的な呼びかけで統一されている。

ステパン氏　↓　ヴェルホヴェンスキー氏
ステパン先生　↓　ヴェルホヴェンスキー先生

さて、この小説によって初めてロシアの小説を読まれる読者のために、名称の仕組みについてかんたんな説明をしておこう。ロシア人の呼称は、基本的には、名前、父称、姓の三段構えになっている。本書の中心的な人物を例にとってみる。

名前	父称	姓
ニコライ	フセヴォロドヴィチ	スタヴローギ**ン**

名前	父称	姓
ワルワーラ	ペトローヴナ	スタヴローギ**ナ**

スタヴローギンという姓は、女性の場合、語尾に若干の変化が現われ、スタヴローギナとなる。ちなみに、ニコライの父親の名前はフセヴォロド、ワルワーラの父親の

名前はピョートルである。

名前の点で少し紛らわしいと思われる例を、もう一つ引いておこう。レビャートキン大尉の妹で、「足の悪い女」マリヤである。

名前	父称	姓
マリヤ・	チモフェーエヴナ・	レビャートキ**ナ**

名前	父称	姓
イグナート・	チモフェーエヴィチ・	レビャートキ**ン**

ここでも、男女によって姓の語尾が微妙に変化していることにお気づきだと思う。ちなみに、マリヤとイグナート、ともに、父親の名前はチモフェイである。また、このマリヤが、やはりフランス風に、所々「マドモワゼル・レビャートキナ」と呼ばれている点、また、ニコライ・スタヴローギンと、ピョートル・ヴェルホヴェンスキーが、しばしば、「Nicolas（ニコラ）」「Pierre（ピエール）」と呼ばれており、またピョートルの愛称形「ペトルーシャ」が再三用いられている点にも留意しておこう。

面白いのは第1部第4章で、レビャートキン大尉がリーザに献呈する詩に、三種類の呼び方が使用されていることである。それらを列挙してみる。

リーザ・トゥーシナ（愛称＋姓）
リザヴェータ・ニコラーエヴナ（通称名＋父姓）
エリザヴェータ・トゥーシナ（正式名＋姓）

さて、『悪霊』における人物関係を複雑にしているのが、このリーザ（リザヴェータ、エリザヴェータ）の母親であるプラスコーヴィヤ夫人こと、プラスコーヴィヤ・ドロズドワの結婚歴である。彼女の初婚の相手はトゥーシン二等大尉であったので、かつてトゥーシナ姓を名乗っていた時期がある。ちなみにこの初婚の相手との間に生まれたのが、一人娘のリーザ（リザヴェータ・トゥーシナ）である。その後プラスコーヴィヤ夫人は、イワン・ドロズドフ将軍と再婚したため、ドロズドワの姓を名乗ることになった。ドロズドワ親娘とは、このプラスコーヴィヤとリーザの二人を指している。
ちなみに、イワン・オーシポヴィチ知事の後を継いで県知事に赴任するフォン・レンプケーの妻ユーリヤは、プラスコーヴィヤ夫人の遠縁にあたる。また、リーザのフィアンセであるマヴリーキーは、ドロズドフの姓を名乗っており（ドロズドフ将軍の甥）、二人は血のつながりはないがやはり遠縁にあたる。遠縁ということで付言しておくと、「大作家」カルマジーノフもドロズドフ家の遠縁にあたっている。

『悪霊』第1部全体の背景をなし、同時にまた物語の理解を困難にしているのは、ほかでもない、財産問題である。とりわけプラスコーヴィヤ夫人が、前夫とドロズドフ将軍から引き継いでいる財産から目を離すことができない。その正統な相続者である美貌の娘リザヴェータ・トゥーシナをめぐる駆け引きには、この財産相続の問題が深く影を落としていることはいうまでもない。

2　モデルとなった町と貴族社会の成り立ち

物語の舞台は、ロシア中西部の都市に設定されているが、具体的には作者ドストエフスキーがシベリア流刑からの帰還後、一時期滞在したことのあるトヴェーリである。かつてトヴェーリ県の県庁所在地だったこの町は、モスクワの北西百七十キロの地点に位置し、ペテルブルグとモスクワを結ぶ幹線鉄道、およびヴォルガ河川交通路・道路の主要な中継点にあたっている。ロシアでも有数の古い歴史を持ち、ソ連時代は長くカリーニンの名前で知られていた。また当時、市内には、十一の修道院があったが、そのうちの一つ、スパソ・エフィーミエフスキー修道院に擬せられた修道院が、『悪霊』第2部の重要な舞台となる。

次にロシア文学研究者ロナルド・ヒングリーの記述にしたがって、当時の貴族社会をすこしながめてみる（『19世紀ロシアの作家と社会』）。

一九世紀後半のロシアでは、総人口に占める貴族の比率は一パーセントにすぎず、貴族そのものの概念は、おおむね二つの意味において用いられていた。第一には、領主・地主と、第二には、貴族・士族である。後者は、階級制度からつけられた名前である。貴族は必ずしも爵位や称号をもっていたわけではないが、一八六一年の農奴解放前まで、貴族以外に農奴を所有することは許されなかった。ただし、土地の所有と農奴の所有はほぼ一つに結びついていたので、地主は必然的に貴族階級に属することになった。貴族でないものも、文官、軍人として高い位についたときには、貴族階級に入ることができた。彼らに対する勲章の授与は、世襲的な貴族の一員となることを意味していたが、貴族・士族でも、下の階層になると世襲ではなかった。

3 『悪霊』の思想的背景

『悪霊』とりわけ第1部を読み進めていくには、一九世紀ロシアの歴史的な背景を念頭に置いておく必要がある。物語が本格的な展開を見せるにつれ、そうした背景的な知識は徐々に必要でなくなるが、とくにステパン・ヴェルホヴェンスキー氏の「伝記」をつづる第1部第1章を理解するには、おもに一九世紀の中葉から後半にかけてロシアの思想界を支配した二つの思潮、すなわち西欧主義とスラヴ主義について、ある程度の知識が必要となる。

端的に、西欧派とスラヴ派の分かれ目は、帝政権力のもとで長く農業後進国の地位に甘んじてきたロシアに対する西欧文明の試練をどう評価するか、という点にかかっていた。一九世紀前半のロシアは、軍事的にヨーロッパ列強の一角を占めていたとはいえ、経済的に著しく停滞し、産業革命を経験しつつあるヨーロッパから大きな後れをとっていた。軍事大国と農業後進国との間に横たわる矛盾は、一八一二年のナポレオンによるロシア侵攻後、徐々に顕在化し、社会変革を求める声がロシア国内でも盛り上がりを見せはじめた。そのきっかけとなったのが、このナポレオン戦争であり、戦争末期にヨーロッパまでフランス軍を追撃した若い将校たちだった。

一八二五年十二月、ロシアの近代化をとなえる若い知識人による一斉蜂起は失敗に終わるが（デカブリスト事件）、専制政治を打倒しようとする動きは年々強まってゆき、地方でも領主たちに対する農奴たちの反抗が目立つようになった。

進歩派の若い知識人たちが主張していたのは、後進国ロシアを、ヨーロッパがたどった進歩の道にいち早く立たせることである。彼らは、農奴制やロシア正教会を停滞の元凶とみなしつつ、西欧派と呼ばれる一大思潮を形成していった。彼らはまた、ロシアの近代化に努力したピョートル大帝の一連の政策を評価し、民主主義を賛美し、君主制の打倒まで視野に入れはじめた。

他方、そうした西欧派のラディカルな動きにたいし、つよい抵抗を見せたのが、スラヴ派と呼ばれる保守派の知識人である。彼らは西欧派たちの一方的な西欧崇拝を批判しつつ、先進的とされるヨーロッパ文明にひそむさまざまな問題、すなわちエゴイズム、物質的な満足、俗物主義、ニヒリズムなどに注意を向けた。それらすべてが、ヨーロッパ文明がもたらした唾棄すべき帰結であるとみなしたのである。ロシアにはロシアの歩むべき道があり、ロシアにはロシアしかない高い精神性があると考えた彼らは、何よりもロシア正教と、教会を中心とする精神的共同体を美化した。また兄弟愛、自己犠牲、謙譲の大切さを説き、ピョートル大帝による改革以前のロシアを理想とした。

西欧派の祖として知られる思想家の一人に、アレクサンドル・ラジーシチェフがいる。『悪霊』のなかで、ステパン・ヴェルホヴェンスキーとの比較でこの名前が出てくる（「なかには、こともあろうに、過激な思想家ラジーシチェフと彼を引きくらべるものまでいた」）。西欧派が生まれるより半世紀ほど前に活躍したラジーシチェフは、ロシアの暗黒面をするどく描写するルポルタージュ『ペテルブルグからモスクワへの旅』が、時の女帝エカテリーナ二世の逆鱗に触れて死刑を宣告され、その後、死一等を減じられてシベリア流刑となった。短命に終わったパーヴェル一世の治世下に首都への帰還を許されたものの、新皇帝アレクサンドル一世から新たに不興を買うはめとなり、ほどなく自殺の道を余儀なくされた。

西欧派とスラヴ派の対立が決定的となるのが、一八四〇年代のことである。ナポレオン戦争に従軍し、パリまで赴いて、その見聞を『哲学書簡』に結晶させた哲学者ピョートル・チャーダーエフをはじめ、批評家ベリンスキー、思想家ゲルツェン、さらにはヴェルホヴェンスキーの直接のモデルとされるグラノフスキーらが、西欧派に加わった。他方、スラヴ派には、キレーエフスキー兄弟、ホミャコーフ、イワン・アクサーコフらが名前を連ねた。『悪霊』第1部には、主として右にあげた西欧派の人々の名前が言及されるので、このあたりの事情を十分に理解しておく必要がある。ちなみに、作中のイワン・シャートフは、スラヴ派の思想に共鳴していると思われるふしがある。

最後にひとこと注意しておきたいのは、西欧派とスラヴ派の対立という図式のなかで独自の位置をしめる、ユートピア社会主義者たちの一派である。ご存じの方も少なくないと思うが、『悪霊』の著者であるドストエフスキー自身、二十代の後半に、この運動を代表するシャルル・フーリエの哲学（共産組織《ファランステール》）に傾倒した時期がある。小説では、語り手であるアントン・G氏の記述をとおして、ユートピア社会主義にたいする強烈な批判が繰りかえされるが、そのあたりの記述における作家自身の真意に、思いをはせることも大切だろう。『悪霊』では、しばしばスパイに擬せられるリプーチンと、レビャートキンに「寝取られる」ヴィルギンスキーに、フーリエ主義者としての片鱗《へんりん》がうかがえる。

4　本書に登場する歴史上の人物

15頁　**チャーダーエフ、ピョートル**（一七九四～一八五六年）哲学者。農奴制をきびしく批判する『哲学書簡』はロシアの思想界を西欧派とスラブ派に二分した。当時のロシア皇帝から「狂人」扱いされた。

16頁　**ベリンスキー、ヴィッサーリオン**（一八一一～四八年）批評家。リアリズム批評の礎を築く。プーシキン、ゴーゴリらの才能を発掘し、ドストエフスキーを「第二のゴーゴリ」と激賞した。最晩年に書いた『ゴーゴリへの手紙』で、帝政ロシアの諸制度をはげしく批判した。

16頁　**グラノフスキー、チモフェイ**（一八一三～五五年）歴史家。モスクワ大学教授。一八四〇年代のリベラリズムを代表する一人で、本書に登場するステパン・ヴェルホヴェンスキーのモデルの一人とされる。

16頁　**ゲルツェン、アレクサンドル**（一八一二～七〇年）西欧派の革命思想家。ロシア社会主義の祖とされる。パリ、ロンドンを転々とし、西欧にあって革命運動を指導する。代表作に『向う岸から』『過去と思索』がある。

18頁　**ディケンズ、チャールズ**（一八一二～七〇年）イギリスの国民作家。イギリスの下層階級に生きるさまざまな世代を主人公とし、弱者の視点から社会を諷刺した作品群を発表した。ドストエフスキーも強い影響を受けた。代表作として、『クリスマス・キャロル』『デイヴィッド・コパフィールド』『二都物語』などが知られる。

18頁　**サンド、ジョルジュ**（一八〇四～七六年）フランスの女性作家。詩人のミュッセ、作曲家のリスト、ショパンなどと華やかな交友関係をもつ。一八四八年のフランス二月革命の際には社会主義に共鳴し、その後、バクーニン、ツルゲーネフとも交流をもった。

19頁　**フーリエ、シャルル**（一七七二～一八三七年）フランスの空想的社会主義者。ロシアの若い知識人に圧倒的な影響を与え、ドフトエフスキーも一時期、彼の思想に傾倒した。本書に登場するヴィルギンスキーも彼の思想にかぶれる。

20頁　**ゲーテ、ヨハン・ヴォルフガング・フォン**（一七四九～一八三二年）ドイツを代表する作家、詩人、劇作家。「嵐と衝動（疾風怒濤）」（シュトルム・ウント・ドランク）運動の影響を受けたが、その後古典主義にめざめ、シラーとともにドイツ古典主義を確立した。代表作として、小説『若きウェルテルの悩み』『ヴィルヘルム・マイスターの修業時代』、詩劇『ファウスト』などが知られる。

26頁 **ネクラーソフ、ニコライ**（一八二一〜七八年）ロシアの詩人、作家。ロシアの都市や農村に生きる人々の姿を、たんに否定的な視点からのみならず、社会の原動力として描く。ロシアにおける革命詩の創始者とされる。代表作として「誰にロシアは住みよいか」「デカブリストの妻」などが知られる。

43頁 **クーコリニク、ネストル**（一八〇九〜六八年）詩人、劇作家。君主制を擁護する作品を書き、一時は文壇の寵児となった。

43頁 **トクヴィル、アレクシス・ド**（一八〇五〜五九年）フランスの歴史家。フランス革命史の著者。代表的著作として『旧体制と大革命』『フランス二月革命の日々』などが知られる。

43頁 **コック、ポール・ド**（一七九三〜一八七一年）フランスの大衆作家。パリの下層社会に息づく性風俗を如実に描いた。

47頁 **ラジーシチェフ、アレクサンドル**（一七四九〜一八〇二年）哲学者。帝政ロシアと農奴制を批判する。著書『ペテルブルグからモスクワへの旅』で、ロシア農民の悲惨な生活を描写し、専制政治を撲滅するには革命的手段が不可欠と主張し、一八二五年のデカブリスト事件の思想的なバイブルとされた。エカテリーナ二世の不興を買いシベリア流刑となったが、その後首都に帰還、アレクサンドル一世治世下で自殺をとげた。

52頁 **クラエフスキー、アンドレイ**（一八一〇～八九年）出版業者。一八三九年に創刊された「祖国雑記」には、ロシアを代表する詩人、作家が寄稿したが、出版者としての並みはずれた才能で巨利を博し、批判を浴びた。

54頁 **プーシキン、アレクサンドル**（一七九九～一八三七年）ロシアの詩人。祖先は、ピョートル大帝が寵愛した黒人奴隷あがりの軍人。幼くして詩才を発揮、一八二五年のデカブリスト事件に共鳴し、反政府的な詩を書いたために流刑。その後帰還を許されて、絶世の美女のナターリヤ・ゴンチャローワと結婚したが、その進歩思想から皇帝の一味による策略にあい、妻の誘惑者ダンテスとの決闘に敗れ、死去する。批評家ベリンスキーによって「国民詩人」の名を与えられた。代表作に戯曲『ボリス・ゴドゥノフ』、物語詩『エフゲニー・オネーギン』、散文小説『大尉の娘』などがある。

80頁 **ラシェール**（一八二一〜五八年）「マドモワゼル・ラシェール」の名前で知られたフランスの大女優。ラシーヌ、コルネイユらの作品の主役を演じた。

80頁 **ペトロフ、アントン**（?〜一八六一年）分離派に属する農民運動の指導者。一八六一年の農奴解放令に乗じて、ヴォルガ流域の七十五の村から四千人近い住民をベズドナ村に集めて一斉蜂起したが、軍隊に鎮圧され、同年四月、九十一人が銃殺され、ペトロフ自身も処刑された。

82頁 **イーゴリ公**　一二世紀後半に、トルコ系遊牧民に対して遠征を行い、叙事詩『イーゴリ軍記』に歌われたロシアの地方地主。

84頁 **ゴーゴリ、ニコライ**（一八〇九〜五二年）ウクライナ生まれのロシア作家、劇作家。初期の作品はドイツ・ロマン派の影響下にあって、明るい幻想性を特色とするが、徐々に諷刺作家としての本領を発揮し、ロシア・リアリズム文学の礎を築いた。ドストエフスキーの初期の作品は、このゴーゴリの強い影響下で書かれた。代表作『ディカーニカ近郷夜話』『外套』『死せる魂』、戯曲『査察官』などが知られる。

86頁 **クルイローフ、イワン**（一七六九〜一八四四年）寓話作家。俗語をとりこんだ、ユーモア溢れる寓話詩で知られた。

120頁 **コンシデラン、ヴィクトル**（一八〇八～九三年）フランスの空想的社会主義者の一人で、シャルル・フーリエの弟子にあたる。フランスとアメリカ・テキサスにフーリエが唱えたファランステール（共同生活住宅）の実験を試みるが、失敗に終わった。

139頁 **パスカル、ブレーズ**（一六二三～六二年）フランスの数学者、哲学者。活躍は多岐に及ぶ。パスカルの定理やパスカルの三角形などの発見のほか、「人間は考える葦である」（『パンセ』）の名言で知られる。

198頁 **モリエール、ジャン＝バチスト**（一六二二～七三年）フランスの喜劇作家で、コルネイユ、ラシーヌと並ぶフランスの三大劇作家の一人。パリに生まれ、オルレアンの大学で法律を学んだ後、俳優の道を志すが芽がでず、劇団の座長として旅回りを続けるなか、戯曲の執筆に励んだ。代表作に、『タルチュフ』『守銭奴』『病は気から』などがある。

198頁 **ヴォルテール、フランソワ＝マリー・アルエ**（一六九四～一七七八年）フランスの思想家、哲学者、作家。啓蒙主義を代表する。反カトリック、反権力をつらぬき、一八世紀のフランス自由主義を代表する知識人の一人とみなされた。「弁神論」に代表される予定調和論的な楽天主義を批判した『カンディード』ほか、『哲学書簡』などが知られる。

207頁 **テニエル、ジョン**（一八二〇～一九一四年）イギリスのイラストレーター。ルイス・キャロル『不思議の国のアリス』『鏡の国のアリス』などの挿絵を手がけ、諷刺漫画誌「パンチ」で数多くの諷刺漫画を描いた。

417頁 **エルモーロフ、アレクセイ**（一七七七～一八六一年）ロシアの軍人、将軍。一七九〇年代から一八二〇年代にまたがる数々の戦を率い、ナポレオン戦争でも活躍した。後年は、ダゲスタン地方に出征し、その後チェチェン人と戦って英雄となった。

428頁 **ダヴィドフ、デニス**（一七八四～一八三九年）ロシアの軍人にしてパルチザン。一八一二年のナポレオン戦争にも参加する。また、詩人としても優れた才能を発揮した。

492頁 **デカブリストのL**　具体的にはミハイル・セルゲーエヴィチ・ルーニン（一七八七～一八四五年）を指している。ルーニン自身は、軍人で、デカブリスト党の一員だが、一八二五年のデカブリスト事件には直接加わっていない。だが、一八一〇年代に皇帝暗殺を謀議したとの罪で逮捕され、その後釈放されたものの、一八四〇年代に再逮捕され、シベリアで獄中死した。

494頁 **レールモントフ、ミハイル**（一八一四〜四一年）ロシアの詩人。モスクワに生まれる。早くから詩才を知られるが、決闘死したプーシキンの詩を悼む「詩人の死」によって皇帝権力からうとまれ、カフカースに流刑となる。その後、一度は帰還を許されるが危険人物と目され、再度カフカースに送られた後、決闘死を遂げた。その作品の多くに、ニコライ一世による反動政治への怒りや幻滅が底流する。代表作に戯曲『仮面舞踏会』、小説『現代の英雄』がある。

5　本書に出てくる用語

20頁 **『ファウスト』** ドイツの詩人で劇作家ゲーテの代表作とされる詩劇。韻文形式で二部構成からなり、第一部は、一八〇八年に、第二部は、ゲーテの死の翌年一八三三年に発表された。主人公の大学者ファウストは、学問の意味や力に絶望し、悪魔メフィストの力を得て享楽の限りをつくすが、最終的には心清らかな少女グレートヘンの悲劇におわる（第一部）。グレートヘンを失ったファウストは、美を探究することで生きることの意味を追求するが、その努力もむなしく、最後は、人類と社会のために自らの力を尽くすことで救済の道に入る。

48頁 **大斎期**　斎期には、食事・遊興を控えることが勧められた。復活祭前の大斎期は、おおよそ三月から四月にあたる。

52頁 **硬音記号（ヤーチ）の廃止**　革命前のロシア文字の表記法（旧正字法）では、先行する音が硬子音であることを示すために、そのための記号（硬音記号）「ヤーチ」を加えることになっていた。旧正字法に慣れない国民のために、同種の無発音の記号を廃止する運動が起こり、一八六二年にこの問題を審議する委員会がペテルブルグで発足した。

56頁 **ヴェークとレフ・カムベーク**　「ヴェーク」は当時ペテルブルグで発行されていた週刊誌。レフ・カムベークは当時のジャーナリスト。

62頁 **マカールも子牛を追いたてていけない遠いところ**　ロシアの諺で「鳥も通わないほどの遠い国」の意味。

80頁 **『不幸なアントン』**（『アントン・ゴレムイカ』）　五十代の農奴アントンを主人公

にした小説で、農奴制の暗部を暴露する。ロシアの作家ドミートリー・グリゴローヴィチの作。ロシアの『アンクル・トムの小屋』と呼ばれる。

81頁 **ペテルシューレ**　一八世紀の初めに、ペテルブルグに設立されたドイツ人子弟のための中学校。

84頁 **ベリンスキーがゴーゴリに宛てて有名な手紙を……**　ベリンスキーが一八四七年七月に、ゴーゴリに宛てて書いた手紙で、反政府的、反教会的な内容をもつ。

89頁 **ハリー王子**　シェイクスピアの戯曲『ヘンリー四世』で、ヘンリー四世の死から、次のヘンリー五世が即位するまでを描いている。ハリー王子は、放蕩三昧の生活を送ったヘンリー五世の青春時代のあだ名。

112頁 **「ゴーロス」紙**　ロシアの新聞で、一八六三年に創刊された。当時の有力紙の一つで、一時は、二万部を超える発行部数があった。

166頁 **『イーゴリ軍記』**　ロシア最古の文学の一つ。イーゴリ公によるトルコ系遊牧民ポーロヴェツ族征服のための遠征を描いたもの。ボロディンのオペラ『イーゴリ公』の原作でもある。

222頁 **先だって開かれた平和大会**　一八六七年にジュネーヴで開催された「平和と自

由の連盟」の会議をさし、ロシアの革命家では、バクーニン、ゲルツェンらも参加した。

245頁 **ペチョーリンも顔負けの……** ペチョーリンは、一九世紀ロシア作家レールモントフの代表作『現代の英雄』に登場する主人公で、高い知性と才能に恵まれながら、それらを生かす術を知らず、他人の心を弄ぶことに喜びを見出す高等遊民の一人。プーシキンが『エフゲニー・オネーギン』で描いた同名の主人公とともに、「余計者」の典型であり、『悪霊』の主人公ニコライ・スタヴローギンの原型の一つと目される。

286頁 **ゴーゴリの「小箱夫人」** ニコライ・ゴーゴリの晩年の作品『死せる魂』に登場する女性。迷信深く、吝嗇で、強情な未亡人。

315頁 **セヴァストーポリ** 一八五三年にはじまるクリミア戦争の頂点を印す戦いがくり広げられた町。英仏の連合軍による総攻撃にもかかわらず、一般市民の助力を得てクリミア半島にあるセヴァストーポリ要塞の包囲は、五四年から翌五五年まで続いた。文豪トルストイもこの戦争に従軍している。

316頁 **大型家畜** 一八六五年、ペテルブルグに「ロシア動物愛護協会」が設立された。

369頁　**柳の日曜日**　復活祭直前の日曜日を指す。この日から聖週間がはじまる。

372頁　**飢饉に見舞われた年**　一八六七年にロシア各地で起こった大飢饉を指す。スモレンスク、アルハンゲリスクの二県がとくに大きな被害を受けた。

418頁　**「モスクワ報知」紙**　ロシアの新聞。保守派の出版者カトコフによって刊行。

448頁　**ゴスチーヌイ・ドヴォール**　ペテルブルグの中心街にあるアーケード式の百貨店。他の由緒ある都市にも同じ形式の百貨店が存在した。

455頁　**『ハムレット』**　イギリスの劇作家ウィリアム・シェイクスピア（一五六四〜一六一六年）の悲劇の一つで、執筆は、一六〇〇年の初頭と目される。デンマークの若き王ハムレットが、父を殺し、母を奪った叔父への復讐に挑み、悲劇的な死を遂げる。なお、『悪霊』で言及されるホレーショは、ハムレットの死をみとる親友にして相談役、オフィーリアは、ハムレットの恋人で、狂死する。

この本の一部には、障害者に対する差別的な表現がありますが、古典としての歴史的な、また文学的な価値という点から、原文に忠実な翻訳を心がけた結果であることをご理解くださいますようお願いいたします。

kobunsha classics
光文社古典新訳文庫

悪霊《あくりょう》 1

著者 ドストエフスキー
訳者 亀山《かめやま》 郁夫《いくお》

2010年9月20日 初版第1刷発行
2020年10月30日 第2刷発行

発行者 田邉浩司
印刷 萩原印刷
製本 ナショナル製本

発行所 株式会社光文社
〒112-8011東京都文京区音羽1-16-6
電話 03(5395)8162(編集部)
03(5395)8116(書籍販売部)
03(5395)8125(業務部)
www.kobunsha.com

ISBN978-4-334-75211-8 Printed in Japan

いま、息をしている言葉で、もういちど古典を

長い年月をかけて世界中で読み継がれてきたのが古典です。奥の深い味わいある作品ばかりがそろっており、この「古典の森」に分け入ることは人生のもっとも大きな喜びであることに異論のある人はいないはずです。しかしながら、こんなに豊饒で魅力に満ちた古典を、なぜわたしたちはこれほどまで疎んじてきたのでしょうか。

ひとつには古臭い教養主義からの逃走だったのかもしれません。真面目に文学や思想を論じることは、ある種の権威化であるという思いから、その呪縛から逃れるために、教養そのものを否定しすぎてしまったのではないでしょうか。

いま、時代は大きな転換期を迎えています。まれに見るスピードで歴史が動いていくのを多くの人々が実感していると思います。

こんな時わたしたちを支え、導いてくれるものが古典なのです。「いま、息をしている言葉で」——光文社の古典新訳文庫は、さまよえる現代人の心の奥底まで届くような言葉で、古典を現代に蘇らせることを意図して創刊されました。気取らず、自由に、心の赴くままに、気軽に手に取って楽しめる古典作品を、新訳という光のもとに読者に届けていくこと。それがこの文庫の使命だとわたしたちは考えています。

このシリーズについてのご意見、ご感想、ご要望をハガキ、手紙、メール等で翻訳編集部までお寄せください。今後の企画の参考にさせていただきます。
メール　info@kotensinyaku.jp

光文社古典新訳文庫　好評既刊

カラマーゾフの兄弟　1〜4＋5エピローグ別巻
ドストエフスキー
亀山　郁夫　訳

父親フョードル・カラマーゾフは、粗野で精力的で女好きの男。彼と三人の息子が、妖艶な美女をめぐって葛藤を繰り広げる中、事件は起こる—。世界文学の最高峰が新訳で甦る。

罪と罰（全3巻）
ドストエフスキー
亀山　郁夫　訳

ひとつの命とひきかえに、何千もの命を救える。「理想的な」殺人をたくらむ青年に押し寄せる運命の波—。日本をはじめ、世界の文学に決定的な影響を与えた小説のなかの小説！

白痴（全4巻）
ドストエフスキー
亀山　郁夫　訳

純真無垢な心をもち誰からも愛されるムイシキン公爵を取り巻く人間模様を描く傑作長編。ドストエフスキーが書いた「ほんとうに美しい人」の物語。亀山ドストエフスキー第4弾！

地下室の手記
ドストエフスキー
安岡　治子　訳

理性の支配する世界に反発する主人公は、「自意識」という地下室に閉じこもり、自分を軽蔑した世界をあざ笑う。それは孤独な魂の叫び声だった。後の長編へつながる重要作。

貧しき人々
ドストエフスキー
安岡　治子　訳

極貧生活に耐える中年の下級役人マカールと天涯孤独な少女ワルワーラ。二人の心の交流を描く感動の書簡体小説。21世紀の〝貧しき人々〟に贈る、著者24歳のデビュー作！

光文社古典新訳文庫　好評既刊

白夜／おかしな人間の夢

ドストエフスキー
安岡　治子　訳

ペテルブルグの夜を舞台に内気で空想家の青年と少女の出会いを描いた初期の傑作「白夜」など珠玉の4作。長篇とは異なるドストエフスキーの〝意外な〟魅力が味わえる作品集。

死の家の記録

ドストエフスキー
望月　哲男　訳

恐怖と苦痛、絶望と狂気、そしてユーモア。囚人たちの驚くべき行動と心理、そしてその人間模様を圧倒的な筆力で描いたドストエフスキー文学の特異な傑作が、明晰な新訳で蘇る！

賭博者

ドストエフスキー
亀山　郁夫　訳

舞台はドイツの町ルーレッテンブルグ。「偶然こそ真実」とばかりに、金に群がり、偶然に賭け、運命に嘲笑される人間の末路を描いた、ドストエフスキーの〝自伝的〟傑作！

大尉の娘

プーシキン
坂庭　淳史　訳

心ならずも地方連隊勤務となった青年グリニョーフは、司令官の娘マリヤと出会い、やがて相思相愛になるのだが……。歴史的事件に巻き込まれる青年貴族の愛と冒険の物語。

イワン・イリイチの死／クロイツェル・ソナタ

トルストイ
望月　哲男　訳

裁判官が死と向かい合う過程で味わう心理的葛藤を描く「イワン・イリイチの死」。地主貴族の主人公が嫉妬がもとで妻を殺す「クロイツェル・ソナタ」。著者後期の中編二作。